EU, Cupido

JULIA BRAGA

EU, Cupido

UM ROMANCE
NADA ROMÂNTICO

Diretor-presidente:
Jorge Yunes
Gerente editorial:
Luiza Del Monaco
Editor:
Ricardo Lelis
Assistente editorial:
Júlia Tourinho
Suporte editorial:
Juliana Bojczuk
Assistentes de arte:
Daniel Mascellani
Valquíria Palma
Vitor Castrillo
Suporte de arte:
Isadora Theodoro Rodrigues
Gerente de marketing:
Carolina Della Nina
Analista de marketing:
Michelle Henriques
Assistente de marketing:
Heila Lima
Capa:
Vitor Castrillo

2ª edição, São Paulo - 2021

Produção editorial:
Camile Mendrot | Ab Aeterno
Assistência editorial:
Ana Clara Suzano | Ab Aeterno
Preparação de texto:
Tatiane Ivo | Ab Aeterno
Revisão:
Karina Danza | Ab Aeterno
Vanessa Spagnul | Ab Aeterno
Patrícia Vilar | Ab Aeterno
Clara Alves
Diagramação:
Arleth Rodrigues | Ab Aeterno

DADOS INTERNACIONAIS DE CATALOGAÇÃO NA PUBLICAÇÃO (CIP) DE ACORDO COM ISBD

T727e Tourinho, Júlia Braga

Eu, cupido / Júlia Braga Tourinho. - São Paulo, SP : Editora Nacional, 2021.
296 p. : 15,6 cm x 23 cm

ISBN: 978-65-5881-046-9

1. Literatura infantojuvenil. 2. Romance. I. Título.

2021-2510 CDD 028.5
CDU 82-93

Elaborado por Vagner Rodolfo da Silva - CRB-8/9410

Índice para catálogo sistemático:
1. Literatura infantojuvenil 028.5
2. Literatura infantojuvenil 82-93

NACIONAL

Rua Gomes de Carvalho, 1306, 11º andar - Vila Olímpia
São Paulo - SP - 04547-005 - Brasil - Tel.: (11) 2799-7799
www.editoranacional.com.br - atendimento@grupoibep.com.br

Para todos os meus queridos leitores do Wattpad.
Sem vocês, eu não teria chegado tão longe.

1

— Esquece. Eu não vou.

Augusto cruzou os braços na frente do peito e baixou o olhar. Ele estava tentando evitar contato visual, porque sabia bem que meus grandes olhos negros sempre podiam convencê-lo do que eu quisesse, não importando quão forte fosse sua determinação.

— Ahhh! — choraminguei, rodopiando na cadeira de escritório do quarto dele. — Qual é, Gu! Vai ser legal! Por que você tem que levar tudo tão a sério?

— E por que é que *você* não leva *nada* a sério, Liliana Rodrigues? — rebateu ele.

Revirei os olhos e ignorei a pergunta.

— Tudo bem. É uma festa do Dia dos Namorados. Mas e daí? É como uma festa qualquer. Você não precisa estar namorando pra se divertir. Olha pra mim! — Abri os braços para enfatizar meu ponto. — Também não tenho ninguém.

O garoto levantou os olhos, e um pequeno sorriso de vitória tomou espaço em seus lábios grossos.

— Isso foi um convite, Rodrigues?

Confesso: hesitei uns segundos a mais do que seria considerado apropriado para a segurança da amizade.

— Não.

Ele me encarou com as sobrancelhas erguidas, como se aquele "não" pudesse ser convertido para um "talvez" sem muito esforço. Decidi ignorar e mudar de assunto antes que eu começasse a perder a batalha.

— Por favoooor! — insisti mais um pouquinho, rolando a cadeira tão rápido que meus cachos voaram no ar, até ficar perto o suficiente dele para tocar em sua perna.

Augusto olhou para meus dedos sobre sua calça jeans clara.

— Por que você me trata como um brinquedo, Rodrigues?

A pergunta foi feita em um tom leve, mas pesou nos nossos ouvidos e causou uma sensação estranha na boca do meu estômago.

Era uma acusação real demais para ser ignorada.

Uma coisa era evidente: Augusto gostava de mim, mas eu não sentia o mesmo.

E, pensando assim, a história poderia seguir dois cursos naturais. Ou eu cedia e permitia que nos apaixonássemos loucamente, ou nós terminávamos com aquela amizade de uma vez por todas. Augusto e eu decidimos tomar um terceiro caminho, mais difícil, quase antinatural, porque nossa amizade era mais importante para nós do que qualquer outra coisa. Mas isso significava que às vezes eu iria machucá-lo sem querer... e às vezes ele iria me fazer sentir culpada. Não dava para evitar, e era terrível.

Augusto era engraçado, fofo e inteligente. Tinha cabelos castanhos e um sorriso bonito. Na maioria dos dias, conseguia ser a minha pessoa preferida no mundo inteiro. Eu realmente o adorava, e não teria sido um sacrifício enorme aceitar ao menos uma de suas milhares de investidas... *se* eu fosse capaz de amar.

Mas eu não era.

Então não adiantava ele ser fofo, romântico, inteligente, engraçado, o sonho de toda garota.

Estreitei os olhos e tentei recolher os dedos, mas Augusto segurou minha mão antes que eu tivesse a chance de me afastar. Por um tempo, ficamos os dois quietos, apenas observando nossas peles lado a lado, a dele mais clara que a minha.

— Não estou reclamando — murmurou, quebrando o silêncio. — Só queria entender.

— Não tem o que entender — sussurrei de volta enquanto o olhava diretamente nos olhos. — Você sabe disso, Gu.

Ele balançou a cabeça.

— Nós somos amigos há quase dois anos e eu ainda não descobri como ou por que você construiu essa grande muralha ao redor do seu coração.

Levantei as sobrancelhas e precisei rir. Era a única reação cabível.

— Não tem muralha nenhuma — falei, puxando a mão para longe. — Meu coração apenas gosta de se limitar à sua função vital, só isso.

— Um coração só pra bater? Mas aí não tem graça! — alfinetou Augusto.

— Quem disse que é pra ter graça?

Não seria verdade se eu dissesse que nunca tinha me apaixonado.

Eu já tinha me apaixonado antes. Tinha sido *horrível.*

As pessoas viviam me dizendo que eu precisava dar outra chance ao amor, ou pelo menos me abrir mais para as possibilidades, mas eu não *queria*. Eu não queria repetir aquilo *nem morta*. Detestava me imaginar de novo tão vulnerável, tão fora de controle, tão entregue. Mesmo se eu chegasse a gostar daquilo ou, por alguma razão absurda, chegasse a me *divertir*... simplesmente não valia a pena para mim.

— O que foi que fez você parar de acreditar no amor, hein? — insistiu meu amigo.

Engoli forte e dei meu melhor sorriso de descaso.

— Ah, meu querido Augusto, mas eu acredito no amor, sim! — Coloquei a mão no peito como se a mera suposição do oposto me deixasse tremendamente ofendida. — É o *amor* quem parece não acreditar *em mim*.

Augusto riu alto, sacudindo a cabeça.

— Você é inacreditável, sabia?

— Escuta... — suspirei, desconversando. — A gente nem precisa ficar muito tempo lá. Só uns vinte minutos. Trinta. Talvez quarenta. Por favor, Gu. *Por favor*.

— Peraí! — Augusto não deixou passar despercebido meu desvio da questão. — Voltamos a falar da festa agora?

Pisquei inocentemente.

— Quando foi que paramos de falar disso?

Ele apontou para mim e sacudiu a cabeça.

— Você pode ficar tentando fugir do assunto o quanto quiser, Liliana Rodrigues, mas sabe que não pode se esconder pra sempre.

— Posso me esconder *por enquanto*? — debochei daquela frase feita. — Pelo menos só por tempo o suficiente pra que você decida ir à festa?

— Quem disse que eu vou decidir ir à festa?

Mil respostas espertinhas voaram pela minha cabeça. *Você sempre faz o que eu mando. Você é muito previsível. Você também gosta de dançar. Você está tão louco para ver a decoração cafona quanto eu.*

Mas, sabiamente, apenas lancei a ele um sorrisinho e estendi as mãos curvadas para cima, em sinal de dúvida.

— É só um palpite.

Ele não conseguiu conter o sorriso, deixando claro que eu estava certa desde o início. Cedo ou tarde, Augusto sempre acabava sucumbindo às minhas vontades.

2

A festa de Dia dos Namorados aconteceria em uma boate chamada Subsolo, uma das únicas da cidade que aceitava menores de idade, então era onde acabávamos indo na maioria das vezes. Eu adorava o lugar. A música costumava ser boa, e o ambiente, animado. Em ocasiões especiais, como o Dia dos Namorados, eles sempre pesavam a mão na decoração, além de oferecerem descontos incríveis. É claro que eu não poderia perder aquilo, mesmo não sendo muito fã da data.

Augusto apareceu para me buscar em casa às dez e meia e fomos andando, já que eram só alguns quarteirões.

Ele estava uma gracinha com sua camisa social vinho e os cabelos penteados para trás com gel, dando a ilusão de serem comportados. Eu quase o elogiei, mas me lembrei bem a tempo de que não seria muito legal ficar dando sinais errados para o pobre do meu melhor amigo que não sabia mandar no próprio coração.

Então nós caminhamos basicamente em silêncio, nossas mãos se roçando ocasionalmente enquanto os braços balançavam para a frente e para trás, acompanhando o ritmo dos nossos passos.

Às vezes eu pensava em como o mundo seria milhares de vezes mais simples se ao menos eu pudesse me forçar a me apaixonar por Augusto. Nós éramos uma boa dupla, e é isso o que dizem, não é mesmo? O melhor namorado é aquele que também é seu melhor amigo.

Mas, não importava quanto eu me esforçasse, não conseguia entregar meu coração daquele jeito para ele.

O que é que tinha de errado comigo?

Augusto abriu a porta à prova de som da boate no subsolo, e então os ruídos da festa tornaram impossível que eu escutasse meus pensamentos.

A decoração era tão brega quanto havíamos imaginado. Coraçõezinhos de todos os tamanhos e materiais enfeitavam o lugar exaustivamente, desde o chão até o globo espelhado no teto. Algumas pessoas usavam tiaras com antenas de coração, que provavelmente haviam sido distribuídas pelos próprios organizadores do evento no começo da festa. Augusto e eu ficamos um tempo apenas absorvendo o cenário e rindo, como se aquilo fosse uma piada interna.

— Por que você não vai procurar uma garota bonita pra dançar? — sugeri por fim, gritando em seu ouvido para que pudesse me escutar sobre a música. — Eu vou pegar algo pra beber.

Augusto sorriu, pegou minha mão e apontou para o imenso carimbo que haviam estampado ali quando entramos, me denunciando como menor de idade.

— Boa sorte — disse ele. Eu não escutei, só vi sua boca se mexendo.

Por incrível que pareça, Augusto aceitou minha dica e foi atrás de alguém com quem dançar. Não mencionei nem quis admitir, mas parte de mim não queria que ele se afastasse. Senti um treco pinicar no meu peito. Ciúmes. Só que eu sabia que não tinha o direito de me sentir daquela forma.

Sentei em um dos bancos do bar, escondendo a mão carimbada casualmente.

— Eu quero um *shot* da sua bebida mais forte, por favor — pedi, mexendo a cabeça para jogar meus cachos para trás. Era um gesto que geralmente me fazia parecer mais velha, ou assim eu esperava.

O barman deu uma olhada para mim e sorriu de lado. Seu nome era Alex, e ele era bem gato. Tinha os olhos pretos angulados, cortesia da ascendência japonesa, e a pele dourada de sol. Eu o conhecia de outras vezes em que estive na boate e esperava que ele não tivesse uma memória tão boa, ou saberia logo de cara que eu não era maior de idade.

— Posso ver sua mão?

Revirei os olhos e mostrei meu carimbo.

— Isso é injusto — disse, com um bico que certamente não me fazia parecer mais velha. — Eu faço dezoito em menos de um ano!

— Então, *em menos de um ano*, eu dou pra você um *shot* da minha bebida mais forte. — Alex piscou para mim, colocando o pano de prato no ombro de um jeito estiloso. — Pode ser, Liliana?

Meu estômago se contorceu ao ouvir meu nome e não pude evitar sorrir.

— Pode... O que você tem aí de bom sem álcool?

Alex sorriu como se estivesse a noite inteira esperando justamente aquela pergunta.

— Temos nossos famosos sucos! — exclamou ele. — Prefere Mamão Tentação ou Banana Bacana?

— Tem suco de uva? — perguntei, derrotada.

— Hm... — Ele conferiu as garrafinhas que haviam sido ajeitadas em fileiras na parte de baixo do bar. — Chuva de Uva! — Sorriu, feliz de ter encontrado o que procurava, erguendo-a para me mostrar.

Fiquei surpresa em constatar que o nome ridículo do negócio era mesmo "Chuva de Uva". Até o momento eu achava que ele estava zoando com a minha cara.

Alex despejou um pouco de Chuva de Uva em um copo com gelo e o entregou para mim.

Enquanto tomava o primeiro gole, meu estômago embrulhou de repente. Um arrepio percorreu meu corpo inteiro e fui acometida pela sensação de que estava sendo vigiada.

Franzi a testa para o suco de uva.

— O que você pôs nessa bebida? — perguntei.

— Nada que menores de dezoito estejam proibidos de ingerir — respondeu Alex, com obviedade.

Olhei ao redor, certa de que encontraria algum par de olhos me observando de longe. Mas... nada.

Não havia ninguém por perto.

Todas as pessoas dançavam na pista e nenhuma delas parecia particularmente interessada na garota fracassada e sozinha no bar. Nem mesmo Augusto — percebi com desgosto —, já que ele estava entretido dançando com uma garota lindíssima. Naquele momento, me perguntei (não pela primeira vez) o que Augusto ainda via em *mim* se, com aquela lábia, podia ter qualquer garota que quisesse.

— Ei, você tá bem? — Alex, o barman, colocou a mão sobre a minha.

Virei o rosto para ele, sentindo o mundo girar.

— Não sei — murmurei sinceramente. — Estou com uma sensação de que... — Parei de falar porque de repente vi, em minha visão periférica, um vulto espreitando. Quando me virei para olhar melhor, não havia ninguém. Voltei a encarar Alex; meus olhos estavam embaçados. — Acho que tô ficando louca.

Ele lançou um olhar suspeito para o meu copo e, sem pedir permissão, levou a bebida aos lábios, ingerindo um gole ou dois.

— *Não* — afirmou, mais para si mesmo do que para mim, colocando o copo de volta sobre o balcão. — É só suco de uva mesmo.

— E gelo — sugeri.

— E gelo — concordou. — Nada que deixe uma garota muito louca, na minha experiência.

Eu tentei rir. Tentei fazer uma piadinha sobre como ele nunca deveria subestimar o poder de um cubo de gelo. Mas eu estava me sentindo *tão* estranha que foi praticamente um milagre eu não ter vomitado na cara dele.

— Você não me parece bem — afirmou Alex. — Quer que eu chame seu amigo?

Ele se referia a Augusto, obviamente. Sempre que eu ia àquela boate, Augusto estava comigo, então não era surpresa nenhuma que nos conhecessem por ali como uma dupla.

— Não, não, não... — Sacudi a cabeça. — Deixe ele se divertir.

— Mas você não tá bem...

— Eu vou ficar legal — falei, mas no instante seguinte vi uma sombra passando atrás do bar e gritei como em um filme de terror. Meu coração disparou de tal forma que precisei me segurar na bancada para não cair no chão.

— Vou chamar seu amigo — declarou Alex, abrindo a portinha para escapar do bar. Ele colocou as duas mãos sobre meus ombros e me encarou até encontrar foco no meu olhar. — Não saia daí — disse antes de ir embora.

Como se eu *pudesse* ir a qualquer lugar naquele estado.

3

Augusto insistiu em me levar de volta para casa.

— Desculpa por ter estragado sua noite — murmurei.

Apesar de saber que, se eu não tivesse insistido, ele nem teria ido à festa para começo de conversa, eu também tinha percebido que ele estava aproveitando bem mais do que eu.

— Não esquenta. — Augusto sorriu de lado e ajeitou seu casaco sobre os meus ombros. — Está se sentindo melhor?

Fiz que sim com a cabeça, embora não fosse inteiramente verdade. Eu ainda estava com aquela estranha sensação de estar sendo observada e perseguida, porém, toda vez que olhava ao redor, constatava que era tudo apenas fruto da minha imaginação.

Mas Augusto já tinha que lidar com coisas demais para que eu me sentisse no direito de forçá-lo a aceitar a minha mais nova loucura. Então sorri para ele e fingi que tudo estava bem. Porque era o mínimo que ele merecia de mim.

— E aí... — comecei casualmente, querendo desviar o assunto não só pelo bem dele, mas também pelo meu próprio. Se eu ficasse focando demais naquela minha paranoia sem sentido, provavelmente iria acabar vomitando de verdade. — Quem era aquela garota loira?

— Que garota loira? — perguntou ele, se fazendo de desentendido.

Mas estava desviando os olhos, o que era um sinal clássico de estar escondendo algo de mim. Eu havia aprendido a lê-lo direitinho após tanto tempo de convivência.

— Como assim "que garota loira", Augusto? — provoquei, cutucando suas costelas de forma irritante. — Vocês estavam dançando coladinhos meia hora atrás.

Ele bateu nas minhas mãos para me fazer parar.

— Tá com ciúmes, Rodrigues? — perguntou com uma das sobrancelhas lá no alto da testa.

Eu estava.

Mas não do jeito que ele estava pensando.

Eu estava *morta* de ciúmes no sentido de uma melhor amiga que certamente deixaria de ser o centro das atenções caso ele arrumasse uma namorada. Mas também estava feliz com a possibilidade de ele encontrar uma pessoa que pudesse amá-lo de um jeito que eu provavelmente nunca poderia.

Sorri de lado e revirei os olhos, sem responder nada antes de voltar a caminhar.

Ele acompanhou meus passos.

— Melissa é o nome dela — declarou em tom de voz neutro. — Ela estuda na nossa escola, é da turma B.

— Ela é bonita — concedi.

Augusto riu, sacudindo a cabeça, parecendo se divertir com minha tentativa de parecer casual.

— Ela é bem bonita — concordou meu amigo. Ele parou de andar quando chegamos na frente da minha casa, então se virou para mim. Seus olhos refletiam a luz do poste logo acima de nós. Ele passou um longo tempo olhando dentro dos olhos. Sua mente, completamente impenetrável. — Mas ela não é você — disse por fim.

Em alto e bom som.

Como se estivesse falando uma trivialidade qualquer, um fato corriqueiro. Como se flertar comigo tão abertamente fosse completamente natural entre nós dois. Completamente aceitável.

Agora era a hora em que eu o repreendia por ficar tentando estragar nossa amizade com aquelas declarações fora de hora.

A verdade era que, naquele momento da minha vida, Augusto era a pessoa com quem eu mais me sentia confortável em todo o mundo. Não éramos amigos há muito tempo, mas ele sempre estava lá quando eu precisava, e eu meio que *sempre* precisava. Era bom saber que uma pessoa gostava tanto assim de mim a ponto de aturar todo o meu ceticismo e minhas manias esquisitas.

Eu não conseguia nem começar a pensar no que seria de mim se qualquer coisa arruinasse aquela nossa dinâmica. Era por isso que eu sempre precisava brigar com ele, cortar o mal pela raiz.

Mas daquela vez fiquei de mãos atadas. Foi Augusto quem deu a risada final, antes mesmo que eu tivesse tempo de dizer qualquer coisa.

— Boa noite, Rodrigues. Vê se descansa, tá bom? Você tá precisando.

Então se virou de costas e começou seu caminho de volta para a própria casa.

Eu me encolhi em mim mesma, refreando a vontade de gritar para que ficasse mais um pouco. Não queria que ele partisse, e não só porque tinha o estranho pressentimento de que nossa amizade, a partir daquele ponto, nunca mais seria a mesma.

O fato é que, quando Augusto foi embora, me senti insegura, desprotegida e com medo. Aquela sensação de estar sendo observada, perseguida, *caçada*... retornou com toda a força.

Só que agora não era apenas uma sensação: eu conseguia *ver* claramente a sombra do sujeito atrás da minha. E ele tinha uma arma.

4

Se o Sr. Assaltante soubesse com quem estava mexendo, talvez tivesse pensado duas vezes.

Comecei a treinar defesa pessoal no fim do nono ano. Após uma catástrofe amorosa, eu havia decidido que nunca mais queria me sentir vulnerável. Então fiz meus pais me matricularem no melhor curso de defesa pessoal da cidade.

Depois de quase três anos de prática intensiva, o sujeito atrás de mim estava redondamente enganado se achava que poderia me assustar com aquela arma. Eu sabia desarmar um agressor de pelo menos sete jeitos diferentes.

Respirei fundo e dei alguns passos para a frente, fingindo que não havia percebido que ele me acompanhava.

A melhor parte sobre ser uma garota é que ninguém nunca espera que você vá reagir. E, tratando-se de um contragolpe, o elemento surpresa é sempre muito útil.

De súbito, eu me virei e encarei seus estranhos olhos violetas. Suas pupilas se dilataram com o susto, e ele até mesmo conseguiu dizer alguma coisa antes que meu cotovelo atingisse seu rosto.

— Você pode me ver?!

Na verdade, foi algo mais como "Você pode me v...*ugh*?!", porque logo em seguida acertei-lhe uma joelhada na barriga, sufocando o resto de suas palavras.

E aí, num só instante, ele se curvou para a frente com o golpe.

Chutei a arma para longe antes que pudesse fazer qualquer estrago. Depois, quando ele já estava caído no chão se contorcendo, como medida final, pisei com minhas botas de salto em sua mão. Senti seus ossos estalarem sob meus pés enquanto a adrenalina pulsava pelo meu corpo, me impedindo de sentir qualquer remorso imediato.

Pelo menos, depois daquilo tudo, havia uma grande possibilidade de ele nunca mais incomodar nenhuma garota andando sozinha para casa no meio da noite. O que era sempre bom. Um canalha a menos nas ruas não iria fazer falta alguma — aliás, pelo contrário.

Tudo estava indo muito bem, mas daí o cara começou a se contorcer e a gritar. *Muito*.

Olhei ao redor, esperando as luzes da vizinhança começarem a se acender pouco a pouco enquanto as pessoas acordavam de seus confortáveis sonos para irem investigar o que *diabos* estava acontecendo do lado de fora. Porque, francamente, o cara gritava como se estivesse sendo esquartejado. Eu definitivamente teria saído de casa para olhar o que era. No mínimo, teria dado uma espiadela pela janela, ou ligado para a polícia.

Mas nada aconteceu. Ninguém apareceu, nem vizinhos nem policiais. Ficamos ali apenas eu, o agressor berrando de dor e o poste de luz iluminando de forma falha nossas patéticas figuras no meio da rua.

— Quem é você? — perguntei com a voz tremida de agitação e ansiedade.

Ele não me respondeu. Talvez por não querer que eu soubesse... mas provavelmente porque a dor que estava sentindo era terrível demais para permitir que raciocinasse.

Engoli em seco enquanto ordenava ao meu coração que voltasse ao ritmo normal. Caminhei até onde a arma havia aterrissado e a recolhi com dedos temerosos, como se fosse um animal venenoso que pudesse se virar e me morder a qualquer momento.

Era a arma mais bizarra que eu já tinha visto em toda a minha vida. Era transparente e definitivamente não era um revólver comum. Parecia de brinquedo, mas era pesada demais para ser falsa. Talvez fosse um atirador de tranquilizantes, já que dava para ver pequenos dardos esverdeados no interior transparente da arma. Segurei-a firmemente. Mirei-a contra uma árvore e, sem pensar muito, atirei.

Um dos dardos percorreu o ar com um barulho tímido, quase completamente abafado pelos gritos, e ficou espetado no tronco.

Larguei a arma no chão, um pouco espantada.

Então, fui rapidamente até a árvore e, com cuidado, arranquei o pequeno projétil do tronco. Ele se parecia com uma seringa em miniatura. A agulha era afiada e comprida. No lugar do êmbolo, havia um coraçãozinho espetado com um palito. O conteúdo da seringa era verde neon, parecendo um pouco radioativo. Havia ainda algumas bolotinhas vermelhas flutuando dentro do líquido; ao aproximar os olhos, me dei conta de que eram minúsculos corações cintilantes.

— Que *coisa* é essa? — sussurrei. Eu me virei para o cara, que não parava de berrar. — O que é *isso*?! — gritei acima do barulho de sua voz, balançando a seringa enfaticamente, embora ele não estivesse olhando para mim. Coloquei um pé de cada lado de seu corpo e me abaixei, aproximando meu rosto do seu. — O que você queria fazer comigo, *seu pervertido*?! — Ele me ignorou. Chutei a lateral de seu corpo. — Responde, antes que eu resolva dar um jeito na sua outra mão! — ameacei. Ele arregalou os olhos, sacudindo a cabeça, mas não conseguiu se acalmar. — Ou talvez seja melhor ligar pra polícia — murmurei, percebendo que aquilo provavelmente estava além dos meus limites.

Não foi uma ameaça exatamente, mas surtiu o efeito desejado.

Ele fechou a boca e tentou se levantar de forma patética. Saí um pouco de perto, apenas observando enquanto ele escorregava nos próprios pés.

— Não, a polícia não, por favor! — implorou.

— Então quer dizer que você já está com a ficha suja, é? — gritei de volta, não cedendo.

— Não, não é isso! Eu nunca quis machucar você, Liliana, eu só... Tá doendo tanto! — choramingou ele, perdendo o foco.

Se ele achou que eu fosse deixar escapar aquele pequeno detalhe, estava pior do que eu pensava.

— Como você sabe o meu nome, merda?! — Me abaixei, peguei a arma estranha e mirei bem no meio da testa dele. — *Quem* é você?

De repente, as luzes do meu vizinho de porta se acenderam, e o seu Tadeu apareceu, sonolento, na janela. Ajeitei minha postura rapidamente, escondendo a arma atrás das costas.

— Liliana? — perguntou seu Tadeu. — O que está havendo?

Olhei para o cara que ainda gemia no chão. Vendo de fora, era quase impossível saber realmente que *eu* era a vítima naquela cena. Afinal, não era eu que estava me contorcendo de dor.

— Tá tudo bem — o meu perseguidor conseguiu murmurar, para a minha surpresa.

— Tá tudo bem — repeti para o seu Tadeu, e fiz questão de sorrir para dar mais veracidade à cena.

O meu vizinho coçou a testa e sacudiu a cabeça.

— Está tarde, menina. Você bem que podia maneirar no barulho.

— Eu sinto muito — pedi sinceramente. Claro que não era eu fazendo a maior parte do barulho e, além do mais, eu não havia pedido para ser perseguida pelo delinquente que agora chorava no chão, então era meio injusto que o seu Tadeu tratasse aquilo tudo como culpa minha. — Vamos nos comportar.

Quando o seu Tadeu fechou a janela, o garoto me encarava de uma forma que fez meu corpo inteiro arrepiar. No entanto, antes que eu tivesse a chance de falar qualquer outra coisa, ele vomitou perto dos meus pés. Seu corpo se contorcia enquanto o estômago se despejava na calçada, e tudo o que saiu foi bile. Ele estava vomitando *de dor*.

Depois disso, eu o perdi de novo. Ele só conseguia emitir ruídos primitivos e gemer sobre o quanto tudo doía.

Percebi que não iria conseguir minhas respostas enquanto ele estivesse naquele estado. Então resolvi tomar algumas providências.

Talvez eu devesse ter simplesmente chamado a polícia. Era o que qualquer pessoa sensata faria naquela situação. Mas não sou, nem disse que era, uma pessoa sensata. Eu queria descobrir *quem* era aquele cara, *por que* ele estava atrás de mim, *como* sabia o meu nome e *o que* ele pretendia fazer com aquela arma apontada para mim. Se a polícia o levasse embora, talvez eu nunca descobrisse a verdade.

Além de tudo, chorando daquele jeito, ele não parecia nada ameaçador.

Ergui novamente a arma bizarra, sabendo que o jogo havia virado. Era eu quem estava no controle agora, e eu *iria* conseguir as minhas respostas.

— Levanta! — ordenei, oferecendo meu braço como apoio. Ele obedeceu, mas sem parar de gemer. *Que bebê chorão*, pensei, revirando os olhos. — Nós vamos entrar, e eu vou pegar um pouco de gelo pra sua mão e... Você vai me contar *tudo*. E nem *pense* em tentar nada engraçadinho — reforcei, apontando a arma para ele. — Ou você não vai viver pra contar essa história pros seus amiguinhos na cadeia. Estamos entendidos?

Ele mordeu os lábios e assentiu.

Foi uma tarefa bastante difícil arrastá-lo para dentro de casa sem acordar minha família. Eu perdi as contas de quantas vezes precisei mandá-lo calar a droga da boca enquanto caminhávamos sofridamente até meu quarto, fazendo um pequeno desvio na cozinha para pegar o gelo.

Já no meu quarto, ele sentou timidamente no sofazinho enquanto eu terminava de amarrar o pacote de gelo em uma camiseta velha, para que não queimasse sua pele.

Quando voltei a encarar o sujeito, ele havia acabado de desmaiar. Algumas pessoas são realmente fracas para a dor.

Suspirei. Usei uma segunda camiseta para amarrar o pacote de gelo na mão machucada e prendi a mão boa à mesinha que ficava perto do sofá com a ajuda das algemas de brinquedo do kit de policial do meu irmão mais novo. Cobri o corpo dele com um lençol para escondê-lo de qualquer pessoa que pudesse entrar no meu quarto e encontrar um cara dormindo no meu sofá. Não que aquilo fosse evitar perguntas, mas foi o melhor que meu cérebro cansado conseguiu inventar no momento. Como precaução extra, também tranquei a porta.

Eu sei, eu sei, *eu sei*. Levar um assassino em potencial para o próprio quarto no meio da madrugada não é a ideia mais brilhante do mundo. Trancar a porta com ele dentro também não é um plano genial.

No entanto, eu não sabia mais o que fazer. Estava exausta agora que a adrenalina havia baixado, e o garoto não me parecia perigoso de verdade.

Tirei as botas e me deitei na cama com roupa, maquiagem e tudo. Puxei o edredom até o queixo e fechei os olhos, mas obviamente não consegui adormecer.

Quem era aquele cara? O que ele queria comigo? Por que estava carregando uma arma? Por que *aquela* arma? O que *era* aquela arma? Como ele sabia o meu nome? Há quanto tempo estava me seguindo?

Eram muitas perguntas e poucas respostas. Tudo o que eu tinha era um estranho dormindo no meu sofá com a mão quebrada de maneira possivelmente irreparável. E eu não conseguiria arrancar nenhuma informação dele enquanto estivesse desmaiado.

5

Não me lembro de ter dormido, mas devo ter caído no sono em algum ponto, porque a próxima coisa que vi foi a mesinha de centro se sacudindo como se estivesse possuída.

Precisei de alguns segundos até que a memória da noite anterior me voltasse e eu entendesse o que estava acontecendo: havia um sujeito deitado no meu sofá, algemado à minha mesinha e lutando desesperadamente para escapar. E não era um sujeito qualquer; era alguém que havia me perseguido, *armado*, na calada da noite. Alguém que, de alguma forma, por alguma razão, *sabia o meu nome*. Contra qualquer bom senso, eu havia permitido que ele passasse a noite ali... e agora estava na hora de lidar com aquilo.

Com o coração martelando no peito, levantei da cama tentando não fazer barulho. Peguei o abajur de cima da mesa de cabeceira e segurei-o com as duas mãos para desferir um golpe, se fosse preciso.

Minhas pernas tremiam como gelatina, mas de algum jeito consegui caminhar até estar diante da massa de lençol que se agitava sobre meu sofá. Enquanto eu hiperventilava, apavorada, imaginei se ainda dava tempo de chamar a polícia.

Mas, então, o cara de debaixo do lençol praguejou baixinho. Quando tentou puxar a mão de um jeito atrapalhado, derrubando os livros sobre a mesinha, percebi que estava lidando com um amador.

Suspirei, revirei os olhos e coloquei o abajur no chão. Daí, eu puxei o lençol.

Ele gritou. Não é todo dia que eu vejo um cara de um metro e oitenta berrando feito uma criança assustada, mas acho que só comecei a gritar junto quando a mesa que ele puxava com a ajuda da algema caiu em cima do dedão do meu pé. Então, eu estava gritando de *dor*, não de medo.

Alguém tentou abrir a porta do meu quarto, ainda trancada. Em seguida, começaram a bater nela com força. Fechei a boca imediatamente.

— Liliana?! Está tudo bem aí? — minha mãe gritou do outro lado.

Lancei um olhar para o cara no sofá, agora em silêncio.

— Tudo ótimo. — Joguei o lençol em cima dele novamente e abri uma fresta da porta. — Eu só... hum... bati o pé na mesa.

Teoricamente, não era mentira. Ok, talvez a frase não fosse *completamente* verdadeira. Mas o incidente tinha, sim, envolvido a mesa, meu pé e o ato de bater. Não dava para explicar muito mais sem precisar mencionar o cara dormindo no meu sofá.

Minha mãe espichou o pescoço, tentando ter uma visão melhor do meu quarto. Fechei a porta um pouco mais e aumentei meu sorriso falso.

— Não ouvi você chegando em casa ontem à noite — disse ela, erguendo a sobrancelha esquerda. — Como foi a festa? Você e o Augusto se divertiram?

Pisquei algumas vezes. Não estava acreditando que minha mãe queria puxar papo. Caramba, tinha uma pessoa algemada à minha mesa — eu não estava exatamente no *clima* para *conversa*! Não que minha mãe tivesse como saber disso, é claro. De qualquer forma, lidar com aquilo era o que eu menos precisava no momento.

— Foi legal. Eu vou... arrumar algumas coisas aqui e falo com você mais tarde, ok?

Fechei a porta antes que ela tivesse chance de responder.

— Não acha que foi meio grossa com ela?

Olhei pra trás assustada. O cara sob o lençol tinha se contorcido o suficiente para que sua cabeça despontasse no topo do pano.

À luz do dia ele parecia uma pessoa completamente diferente, frágil como um passarinho ferido. Era difícil imaginar que em algum momento pudesse ter me intimidado. Sua postura submissa e amedrontada não era o que se esperaria de um assassino. Então me senti confiante o suficiente para chegar mais perto e observá-lo bem. Ele tinha cabelos loiros e encaracolados em cachos um pouco mais abertos que os meus, e seus olhos tinham um tom azul tão intenso que eram quase da cor do hematoma em sua pele pálida causado por minha cotovelada da noite anterior. E ele estava acabado. Com um sopro, eu poderia derrubá-lo.

Ainda assim, não baixei a guarda.

Puxei o resto do lençol, descobrindo-o completamente, e coloquei as mãos na cintura.

— *Quem* é você? — perguntei, mantendo a voz firme e o queixo erguido.

Ele sorriu com a testa franzida e ergueu a outra mão — a mão que não estava presa — num sinal de "eu sou inocente". Era a mão em que eu tinha pisado na noite passada. De alguma forma, tinha conseguido libertá-la da prisão de pano e gelo em que eu a havia envolvido depois que desmaiou. Ela agora estava inchada, vermelha e retorcida de um jeito claramente doloroso.

— Você não acha que podia me soltar antes da gente começar essa conversa?

Dei um chute de advertência no sofá.

— Tô falando sério. Você tava me perseguindo ontem à noite — disse a ele, caminhando de costas até a mesinha de cabeceira e pegando o revólver bizarro dele entre o polegar e o indicador. — Com essa *coisa* aqui.

— Minha debellatrix! — exclamou ele, parecendo surpreso. — Você encontrou!

— Sua o *quê*? — Fiz uma careta para o objeto na minha mão. — Você deu um *nome* para a sua arma? Que tipo de psicopata faz uma coisa assim? — Olhei para o cara e sacudi a cabeça. — E que arma é essa?

Ele suspirou pesadamente.

— Você... Hum... — Puxou a mão presa à mesa, agora estava no chão. Aquela posição realmente não devia ser confortável. — Você pode me soltar?

— Só se você me der um bom motivo para isso.

— Acha mesmo que eu estou em condições de *atacar* você? — perguntou ele, ainda sorrindo meio de lado, com uma pontada de amargura na voz.

Olhei para aquela mão inchada e depois para seus olhos cor de violeta. De novo para a mão. Então para os olhos.

O argumento dele era bem válido, afinal, os papéis tinham se invertido. Se alguém entrasse no meu quarto naquele exato momento, seria muito difícil vê-lo como o agressor-*stalker*-psicopata da noite anterior. Ele agora era a vítima. E eu era a vilã que o mantinha sob cárcere privado.

— Está bem. — Pigarreei. — Mas nem pense em me fazer de boba. Sério. Se você *cogitar* a ideia de tentar fugir ou me agredir ou *seja lá o que for*... pode ter certeza de que vai se dar mal.

— Pode deixar, chefe. — Ele sorriu torto, e eu *acho* que fez uma tentativa de bater uma continência com a mão quebrada, mas não deu lá muito certo, e a cena acabou com ele gemendo de dor.

Coloquei a arma bizarra em cima da cama e tirei a chave das algemas de debaixo do meu travesseiro.

Quando soltei sua mão, ele rodou o pulso várias vezes até se sentir confortável em liberdade. Então olhou para mim e suspirou.

Pelo jeito, eu não era uma visão que inspirava felicidade.

— Eu estou *tão* ferrado — resmungou consigo mesmo, acomodando-se no sofá com os pés para cima e fechando os olhos, como se quisesse acordar de um sonho ruim.

Fiquei por um segundo dividida entre me sentir ofendida ou sentir pena do cara. Eu era a responsável por sua mão quebrada, afinal. Tudo bem que ele não deveria estar perseguindo uma garota à noite com uma arma bizarra... Mas ainda assim. Ainda assim eu me sentia responsável, de alguma forma.

À luz do dia, encolhido como uma criancinha, ele não parecia mais ser um lobo mau. Só parecia perdido e confuso.

— É, parece que você tá bem ferrado mesmo — falei, sentando na cama. Indiquei a mão quebrada com a cabeça. — Isso não tá doendo?

— Você não faz ideia — respondeu ele, deixando parte da dor transparecer claramente em seus olhos. — Eu só não tô gritando pra você não pensar que eu sou histérico.

Deixei escapar uma risada. *Tarde demais, meu amigo.*

— Vamos, eu dou um jeito de levar você para o hospital.

Eu já tinha me levantado e estava caminhando até a porta quando percebi que ele não estava me seguindo e que tinha ficado muito sério de repente.

— Não mesmo. — Parecia apavorado com a ideia.

Franzi a testa e coloquei as mãos na cintura.

— Ah. Ok. Não tinha percebido que você era uma daquelas pessoas que acham legal quebrar a mão e observar enquanto ela apodrece e cai.

Ele lançou um olhar amedrontado para a mão inchada.

— Acha mesmo que vai cair? — me perguntou com uma preocupação genuína, mas então sacudiu a cabeça. — Não. Eu não posso pisar num hospital. Eles avisariam meu chefe e, se ele souber o que aconteceu, já era. — Não! — repetiu com mais ênfase. — Nada de hospitais. Você pode enfaixar minha mão com uma faixa de um kit de primeiros socorros. Isso vai servir.

Pisquei devagar.

— Peraí. Você é foragido da polícia *de verdade*?

— Não — respondeu, como se fosse uma coisa óbvia e eu fosse mesmo superidiota de estar perguntando.

Fiquei esperando que me desse mais informações, o que não aconteceu. Eu não sei por que eu ainda tinha esperanças de que ele fosse agir como um ser humano normal. Revirei os olhos.

— Eu já volto. Não sai daí. — Apontei imperativamente para ele.

Ele encolheu os ombros.

— Pra onde eu iria? — O tom de voz desesperançado dele tornou a cena bem mais triste e patética. — Liliana? — chamou quando eu estava abrindo a porta.

Olhei para ele. A luz do sol que entrava pela janela do quarto se espalhava ao redor dele, dando-lhe um contorno dourado que fazia lembrar, mais do que nunca, um ser celestial.

— O quê? — perguntei num sussurro.

— Por favor, não conta pra ninguém que eu tô aqui.

Fiz que sim com a cabeça e saí, fechando a porta atrás de mim.

Parei por um instante e respirei fundo. Aquilo era maluquice. Uma coisa era ele ser um cara aleatório que tinha me visto caminhando na rua sozinha e me subestimado como um alvo fácil. Mas era completamente diferente ele saber meu nome, porque, daí, significava que tinha premeditado todos os passos, que não tinha sido nenhum acaso ele vir atrás de mim com aquela arma.

Eu não conseguia decidir qual dos dois cenários seria pior... nem qual dos dois me faria parecer menos doida de ter abrigado aquele sujeito no meu quarto durante a noite e concordado em não contar para ninguém.

Sacudi a cabeça e caminhei até o final do corredor, parando diante do grande armário de medicamentos. Às vezes é muito útil ser filha de um casal de hipocondríacos. Tínhamos de tudo em casa: remédios para febre, gripe, dor de cabeça; remédios para dormir e para acordar; vitaminas com todas as letras do alfabeto português — e do grego também; pastilhas para a garganta, pomada para batidas, relaxantes musculares e laxantes intestinais....

Peguei o kit de primeiros socorros e estava tentando escolher um analgésico quando minha mãe surgiu ao meu lado.

— Por que está vestida assim?

Olhei para baixo. Eu ainda estava com a roupa da noite anterior.

— Cheguei cansada demais ontem à noite — respondi, evasiva.

Minha mãe soltou um suspiro compreensivo, como se estivesse se recordando de sua juventude, quando também costumava chegar cansada demais em casa. Ela apoiou o braço na porta do armário e seguiu meu olhar.

— O que está procurando?

— Remédio pra dor — foi a primeira coisa que me veio à cabeça.

— É o seu pé? Ah, eu sabia que aquele barulho todo tinha sido anormal demais para uma simples batida! — exclamou, preocupada. — Deixe-me ver!

Olhei para o meu pé. O dedão estava bem inchado e, agora que eu reparava, latejando também. Mas não era nada sério, pelo menos não comparado à mão do sujeito no meu quarto.

— Tá tudo bem, mãe. Só preciso de um... análgesico.

— Está doendo tanto assim? Querida, não se deve tomar remédios como se fossem balinha!

Mesmo achando aquela frase saída da boca dela o cúmulo da hipocrisia, sorri e encolhi os ombros.

— Eu só quero algo que amenize dor. — *Pelo menos por tempo suficiente para ele me dizer quem é e o que estava fazendo atrás de mim,* completei na minha cabeça.

Ela vasculhou dentro do armário e me entregou uma caixa de Tylenol.

— Tenta isso — disse, sorrindo.

Ótimo! Um Tylenol.

Talvez eu tivesse criado algum tipo de resistência pelos longos anos em que meus pais me medicaram sem realmente ter necessidade, mas Tylenol não fazia nem cócegas nas minhas dores de cabeça. Eu duvidava muito que fosse surtir efeito para a dor do pobre sujeito.

Mas eu não poderia pedir nada mais forte sem correr o risco de minha mãe achar que eu estava me drogando secretamente. Então apenas agradeci e voltei para o quarto.

O cara permanecia no exato lugar em que eu o tinha deixado, mas agora estava com as duas mãos estendidas na frente do corpo. Ele abria e fechava a mão esquerda, a mão boa, mas a direita continuava tão inchada, vermelha e preocupantemente imóvel quanto antes. Dava para ver que estava bem frustrado com aquilo.

Ele ergueu os olhos ao me ver entrar e sorriu automaticamente. Eu sorri de volta, porque, sei lá, uma parte de mim acreditava que ele teria escapado na minha ausência. Quer dizer, se eu fosse um assassino em potencial que tinha sido pego no flagra por uma garota de dezessete anos, eu com certeza escaparia na primeira oportunidade. Achei estranho ele não ter feito isso.

— Ok... — falei bem devagar, erguendo as mãos para que visse o que eu trazia, o kit de primeiros socorros em uma e a caixinha de Tylenol na outra. — Tenho o que você precisa. Agora, desembucha: quem é você?

O sorriso dele foi embora. Com a mão boa, coçou o topo da cabeça.

Por um instante, pensei que não fosse me responder e até tinha aberto a boca para repetir a pergunta, mas então ele finalmente falou:

— Eu sou... — A voz sumiu no ar. Ele pigarreou. Ergueu os olhos até encontrar os meus. — Eu sou o que vocês chamam de... hum... cupido.

6

— Então você pensa que é o Cupido? — Articulei bem cada palavra para garantir que não estivéssemos tendo nenhum mal-entendido.

O cara levantou o olhar ao céu por um milésimo de segundo, tão pouco tempo que eu mal tenho certeza de ele ter feito isso mesmo, e suspirou.

— Eu *sou* — corrigiu devagar, como se estivesse tentando ser paciente — *um* cupido.

— Tá dizendo que há mais pessoas como você? — Ergui as sobrancelhas como forma de deboche, mas ele pareceu não perceber. Assentiu, um meio sorriso dançando em seus lábios, como se estivesse feliz por eu ter finalmente compreendido. Para algumas pessoas, nós temos que praticamente soletrar o sarcasmo. — Há outros loucos que também pensam que são o Cupido?

Ele fechou a expressão.

— Eu não diria "loucos". — Desenhou aspas no ar com a mão boa. — Na verdade, eu nem diria "pessoas".

— Vocês pensam que não são pessoas — constatei, levantando a sobrancelha.

— Eu já disse. Vocês nos chamariam de cupidos.

— Cupidos — ecoei, ainda incrédula. — Quer dizer que saem por aí atirando flechas em cidadãos inocentes?

O "cupido" lançou um olhar involuntário para sua arma estranha, que continuava na exata posição onde eu a tinha deixado, sobre a cama.

— Ah. Entendi. Vocês atiram nas pessoas com a arma esquisita.

Ele hesitou por um momento. Em seus olhos eu li que uma parte dele queria negar tudo, dizer que eu era boba de pensar isso. Mas, por fim, acabou apenas encolhendo os ombros e admitindo vagamente:

— É. Algo assim.

Suspirei e sentei no sofá ao lado dele. Não dava para tentar argumentar com uma pessoa que achava que era o Cupido. Pior: achava que era *um* cupido. Como se existissem *muitos* cupidos.

Eu tinha estudado mitologia na escola. Cupido era o nome romano de Eros, o deus do amor. Em algumas versões, ele era um deus primordial. Em outras, era filho de Afrodite e Ares e tinha um arco mágico que atirava flechas com o vírus do amor. Era a ele que as pessoas atribuíam a culpa quando se apaixonavam pela pessoa errada.

Se quando havia *um só* Cupido ele já causava problemas o suficiente para a população mundial, imagine só se existissem, como ele dizia, *vários*!

— Agora você vai me dizer que seu nome é Eros — previ, pegando a mão quebrada dele e inspecionando a situação. Estava bastante inchada. Um médico treinado a imobilizaria, ou mesmo uma enfermeira. Não eu. Mas como explicar isso para um cara que pensa que é o Cupido?

Estendi os dedos dele o mais cuidadosamente que pude e, enrolando a gaze ao redor, enfaixei sua mão aos poucos.

— Na verdade — corrigiu ele, estranhamente sorridente —, não tive a chance de me apresentar. Meu nome é Paco.

— Paco — repeti, olhando para ele. — Paco, o cupido.

— Ei, eu acho que já tá bom... — comentou Paco, observando a mão que eu enfaixava.

Percebi que havia me distraído em seu rosto e entrado em modo automático. Olhei para a mão dele; tinha virado quase uma luva de boxe.

— É, acho que já tá bom mesmo. — Nossos olhos se encontraram de novo, e Paco sorriu para mim. Ele era bem bonito. Não que um cara que anda armado fosse exatamente meu tipo de homem. Mas, enfim, preciso admitir: até que ele era mesmo bonitinho.

Paco sustentou meu olhar por segundos suficientes para tirar meu fôlego. Finalmente voltei a mim, buscando por ar.

Indiquei com um meneio de cabeça sua mão enfaixada.

— Ainda tá doendo muito?

Ele olhou para a mão e assentiu.

— Eu nunca senti tanta dor antes em toda a minha vida.

Destaquei um dos comprimidos da cartela e entreguei a ele.

Segurando o medicamento entre o polegar e o indicador da mão boa, ele o levou até bem perto dos olhos e leu as letras gravadas em depressões.

— Ty-le-nol. O que quer que eu faça com isto? — Voltou a olhar para mim.

— Eu sei. — Suspirei. — Não consegui nada mais forte. Mas acho que dá para, pelo menos, enganar a dor. Se quiser, pega dois. Quando meus pais saírem de casa, tento achar algo melhor.

Ele não se moveu, parecendo não entender.

— Então... — falou devagar, virando o comprimido de um lado para o outro. — É um daqueles negócios que a gente pisa pra liberar a mágica? Ou... ou talvez eu tenha que morder...

— Ahhhh! — De repente eu entendi e fiquei chocada demais até para achar graça. — Você quer dizer que não sabe como... Você não... Você nunca tomou um Tylenol antes?

Ele não chegou a confirmar, mas sua reação respondeu tudo.

— É de tomar — constatou ele. — Mas não é líquido.

— É de engolir — expliquei. — É um remédio.

Ele passou a encarar o comprimido com outros olhos. Parecia impressionado, dividido entre assombramento e admiração.

Por estranho que pareça, aquilo me espantou mais do que quando ele afirmou ser um cupido.

— Você *nunca* tomou um remédio antes?

Paco fez uma careta que eu poderia jurar que era por ter ficado ofendido.

— Eu nunca *precisei* antes. Ninguém nunca tinha me atacado desse jeito.

Aí eu rapidamente fiquei na defensiva.

— Ah, agora é minha culpa você ser um *stalker* maluco?

Aquilo pareceu calá-lo. Ele deixou a cabeça tombar no encosto do sofá e fechou os olhos, repetindo para si mesmo:

— Tô tão ferrado, tão ferrado, *tão* ferrado...

Eu me senti mal por ele, de verdade. Não bastava achar que era um cupido, tinha que achar que era um cupido *ferrado*.

Caminhei até a cômoda e voltei ao sofá trazendo a garrafinha de água que eu mantinha por perto caso sentisse sede no meio da noite.

— Aqui. — Toquei a mão boa de Paco até que ele abrisse os olhos. — Você coloca o comprimido na boca e então engole com a ajuda de um pouco de água. Isso vai fazer você se sentir melhor.

Ele me encarou com olhos tristes.

— Você acha mesmo?

— Com certeza não vai fazer você se sentir *pior.* — Arrisquei um sorriso.

Depois disso, ele não hesitou em me obedecer. Observei seu pomo de adão subir e descer enquanto engolia.

Ficamos em silêncio por alguns minutos. Ele encarava a mão enfaixada com uma careta de dor, e eu fingia olhar para fora da janela quando, na verdade, ainda espiava meu visitante misterioso com o canto do olho.

Quem era ele, de verdade? O que tinha acontecido para fazê-lo pensar que era o Cupido? Ou, corrigindo, *um* cupido?

— Por que você estava atrás de mim? — perguntei finalmente.

Depois de tanto tempo de silêncio, minha voz provocou um zumbido estranho em nossos ouvidos e ficou pairando no ar.

Paco cruzou os braços na frente do peito, a mão direita cuidadosamente posicionada por cima, e suspirou.

Ele demorou a responder, mas, por fim, falou:

— Você era a minha missão ontem à noite.

— Você ia atirar em mim?

— Era esse o plano.

Ele disse isso de maneira tão casual que não consegui nem ficar irritada, apenas perplexa.

— *Por quê?* — Minha voz falhou.

Paco suspirou de novo.

— Eu não deveria estar te contando isso, mas acho que agora tanto faz. — Deu um sorriso desanimado. — Sabe, Liliana, há algum tempo você tem sido um grande problema no meu mundo.

— No mundo... da lua?

Ele nem mesmo se esforçou para sorrir.

— Mundo dos cupidos — corrigiu.

— Ah, é claro — ironizei.

— É sério. Você é causa de grandes debates entre meu povo. Nós chamamos nossos melhores estrategistas, mas nada conseguia penetrar seu coração. Pelo menos não depois do... hum... nono ano.

Meu cérebro foi inundado de imagens do meu nono ano no ensino fundamental. As primeiras eram cor-de-rosa e felizes, mas as últimas eram incrivelmente dolorosas. Eu havia amado um garoto, amado com todo o meu coração. Eu tinha me entregado completamente... e ele me destroçou.

— Então meu chefe veio com essa *brilhante* ideia — continuou, completamente alheio à minha pequena viagem ao mundo das memórias. — "Mandem o estagiário!" — Ele imitou uma voz grossa, com amargura perceptível em seu timbre. — Como se um simples estagiário pudesse resolver os problemas que outros cupidos com anos de experiência na carreira haviam encontrado na missão de alcançar o coração de uma garota de dezessete anos! Não sei como eles esperavam que um estagiário fosse ter sucesso em vez de ferrar com tudo.

— *Você* é o estagiário — especulei.

Ele não precisou confirmar.

— Vê como eu tô ferrado? — Encolheu os ombros.

— É, acho que tô começando a entender... — Algo ainda me incomodava, então precisei retomar o foco original da conversa. — Mas, supondo por um instante que você seja mesmo essa espécie de cupido aí... Qual exatamente era a sua missão? Quais eram os planos pra mim?

— Eu *sou* um cupido — corrigiu ele automaticamente. — E... não é óbvio, Liliana? A missão era fazer você se apaixonar.

— Por quem? — perguntei num fio de voz.

— Pelo Augusto, oras! Vocês são o casal perfeito!

Fiz uma careta.

— Acha mesmo?

— Ele é louco por você — argumentou Paco.

— Ele é — concordei, sem muita modéstia. Mordi os lábios e abracei os joelhos. — Admito, você sabe bastante coisa sobre a minha vida. Mas isso não quer dizer nada. Você não precisa ser o Cupido para saber tanto sobre mim. Pode ser só um psicopata obcecado.

Ele deu de ombros e começou a brincar com um fiozinho solto na gaze.

Mas era difícil acreditar que Paco era um psicopata. Os olhos dele eram inocentes demais, ingênuos até. Quer dizer, ele não sabia nem mesmo como tomar um comprimido!

— O que deu errado? — eu quis saber. Ele ergueu o olhar para mim, sem entender. — O que deu errado na sua missão? Quer dizer, além de você ter apanhado de mim e tudo o mais...

— Você me *viu* — disse ele. Então explicou: — Você não deveria *poder* me ver.

Franzi a testa, com um olhar curioso. Eu tinha que lhe dar crédito: Paco era mesmo muito criativo...

— Está dizendo que você é *invisível*?

Ele sorriu diante do meu interesse e assentiu.

— Quando estou usando esse cinto — ele apontou para o cós da calça —, eu sou. Mas aparentemente o dispositivo não está funcionando. Ou talvez esteja e eu que não sei regular direito. Como é que eu saberia? Sou só um estagiário...

Ele bufou, revirando os olhos. Parecia realmente chateado com o próprio fracasso. Coloquei a mão sobre seu ombro e apertei, tentando confortá-lo.

— Não seja tão duro assim consigo mesmo...

Ele soltou uma risada sem ânimo.

— Obrigado, Liliana. Mas eu... — Parou de falar e piscou com força várias vezes. — Uau.

— O que foi?

— Estou me sentindo... tão... livre.

— Livre — repeti em tom debochado.

Ele se virou para mim.

— É. — Estava sorrindo. — A dor meio que... passou. Eu acho. E estou... leve. Acha que foi o remédio?

— Tylenol 500 mg? — Eu ri. — Provavelmente não. É um remédio muito fraco e... Por que tá me olhando assim?

Os olhos azuis-violeta de Paco brilhavam como poças de água cristalina, e havia um sorriso estranho em seus lábios. Ele estendeu a mão enfaixada e encostou no meu cabelo.

— A sua boca é tão pequena.

Coloquei a mão de leve sobre a dele e a afastei com gentileza.

— Tá bom... — murmurei com uma risada descrente.

Ele forçou a mão de volta para cima e tocou nos meus lábios com a ponta dos dedos inchados.

— Tô falando sério. Como você come? Cabe colher aí dentro?

Dessa vez, não fui tão delicada quando afastei a mão dele, mas Paco nem mesmo gemeu de dor.

— Ok. Primeiro você tenta me atacar com uma arma e depois fala que é o cupido, ou sei lá. Se eu fosse uma pessoa cruel, você não estaria sentado no meu sofá com a mão quebrada já imobilizada. Mas também não sou boba pra ficar aqui parada escutando enquanto você me insulta. Além do mais, o Gu acha minha boca um charme — completei, emburrada.

— Ele tem razão. — Paco sorriu de lado. — É uma graça.

Ele ainda parecia estar naquele transe estranho, e um dos seus cachos loiros caía sobre a testa, cobrindo o olho. Aquilo certamente devia estar incomodando. Estendi a mão para ajeitar, mas aí voltei a mim e olhei para o chão, sentindo minhas bochechas queimarem.

Malditos hormônios adolescentes que não me deixavam nem agir naturalmente diante de um maluco bonitão.

— Ei! — Ele deu uma risadinha. — Você está envergonhada.

— É só... — pigarreei — ... impressão sua.

— Não, não é. — Ele ergueu meu rosto com as mãos, e eu senti a gaze de um lado e a pele macia de sua mão boa do outro lado. — Sua bochecha tá até quente.

Eu o encarei lentamente. Paco ainda sorria. Parte do meu cérebro sabia que aquilo era para ser humilhante, mas eu não me sentia assim. De alguma forma, eu estava apenas... aquecida por dentro, protegida.

— Isso é adorável — sussurrou ele. — Mas você não pode se apaixonar por mim. O meu tipo e o seu tipo... — Ele fez uma pausa e assobiou. Depois de um tempo, completou: — Não combinam. Não mesmo.

Revirei os olhos e me lembrei de tirar as mãos dele do meu rosto.

— Não esquenta. Psicopatas também não me atraem.

Ele parou de sorrir.

— Não estou falando de psicopatas — explicou bem devagar. — Estou falando de cupidos.

A mão quebrada era o menor dos problemas desse garoto. Ele precisava de ajuda psiquiátrica. Urgentemente.

— Ah, sim. — Dei uma risada amarga. — Tinha esquecido que você não é humano.

— Não... — Paco revirou os olhos com um sorriso. — Pela milésima vez, eu sou um *cupido*. — Pausou um momento e pareceu pensar sobre a questão. Depois, voltou-se para mim, capturando meu olhar cético. — Você não acredita em uma palavra que eu digo, acredita?

— Sinceramente? — Fiz uma careta. — Acho que você poderia inventar algo mais convincente. Cupidos, Paco? *Sério mesmo?* Os vampiros saíram de moda?

— Fique parada — instruiu ele, estendendo a mão na direção da minha orelha.

Olhei para seus dedos espichados.

— O que está fazendo?

— Bem parada — repetiu, sussurrando. A ponta de seus dedos tocou a parte de trás da minha orelha. Ele puxou a mão de volta para o alcance dos meus olhos, com os dedos fechados sobre a palma, como se escondesse alguma coisa. — Aqui está.

Inconscientemente, passei a mão na orelha, para ver se estava faltando alguma coisa por lá.

— O que você tem aí? — perguntei, tentando não parecer tão curiosa.

Ele sorria como se pudesse ver através da minha máscara de indiferença. Abriu os dedos devagar, revelando uma tulipa que era grande demais para caber dentro de uma mão fechada. Ou atrás da minha orelha.

Meu queixo tinha caído sem eu perceber. Estendi a mão e peguei a tulipa, analisando-a. Era vermelha como sangue e ainda tinha seu aroma característico. Olhei assustada para Paco. Ele estava com as sobrancelhas levantadas, em puro êxtase.

— Abracadabra — disse de um jeito debochado. — Acredita em mim agora?

7

Entreguei a tulipa de volta para ele e me levantei, desconfortável.

— Admito, é um truque bem legal, mas... não é nada que não possa ser aprendido num kit de mágicas comprado em qualquer loja de R$ 1,99.

— Você é impossível! — exclamou ele, parecendo até mesmo um pouco irritado. — O que preciso fazer pra provar que estou falando a verdade? Uma flor não foi suficiente, mas um *buquê de flores*, talvez?

Dizendo aquilo, ele fez um movimento rápido com os dedos e tinha em mãos, magicamente, um buquê de rosas brancas perfeitamente laceadas com uma fita vermelha. Jogou as flores na minha direção e eu as apanhei no ar antes que caíssem no chão.

— Ou flores não convencem você? Talvez você seja uma pessoa mais de chocolate! — Com um estalar de dedos, uma pequena caixa de chocolates em formato de coração repousava em sua palma. — Ah! Ou talvez você seja mais ambiciosa. Talvez queira passagens de primeira classe para Paris. — No mesmo instante, o chocolate havia desaparecido, dando lugar a duas passagens de avião. *Para Paris.*

Após analisar o que estava escrito nos bilhetes, pisquei e esfreguei os olhos, atribuindo tudo aquilo a uma alucinação. Não tinha como estar acontecendo de verdade.

Ainda exasperado, Paco soltou uma risada.

— Sim, Liliana, isso está acontecendo de verdade — disse ele em voz alta, parecendo escutar o que eu pensava. Enquanto eu estava distraída com os truques de mágica, ele havia tirado do bolso uma espécie de lupa e olhava para mim através dela. — E, sim, eu consigo saber o que você pensa. Vejo tudo nesse dispositivo aqui.

Ele me entregou a lupa, que de primeira parecia mesmo só um pedaço circular de vidro, mas, de repente, ao redor da imagem de Paco, surgiram imagens e palavras: "Eu estou tão ferrado" ocupava a parte central. Então, havia meu rosto num dos cantos e uma focalização na minha boca com as palavras "absurdamente pequena" embaixo. Na parte inferior da lente, palavras se movimentavam com uma rapidez tão grande que eu mal podia acompanhar, mas captei algumas delas, o suficiente para formar uma frase: "Eu não sei se deveria estar contando tudo isso para ela".

Ergui o olhar para Paco, que parecia um pouco mais tranquilo agora. Ele mordeu os lábios e assentiu.

— É — disse devagar. — Eu *sei*.

Tornei a olhar para a lente e, na parte de baixo, estavam as palavras: "E agora, acredita?".

Assustada, eu deixei o objeto cair, mas Paco pareceu prever isso e o segurou antes que se espatifasse no chão do meu quarto.

— Vou tomar isso como um sim — falou com uma risada.

— O *que* é você? — perguntei num fiapo de voz que me restava, apesar do medo.

— Isso está ficando repetitivo — resmungou para si mesmo. — Já disse. Sou um cupido. E agora você acredita em mim.

Eu precisava de uma pausa para pensar naquilo tudo. Então, fui dar uma volta.

E nem era só porque tudo o que tinha saído da boca de Paco era completa loucura, ou porque meu simples cérebro humano era incapaz de processar aquele mundo novo e mágico que havia se aberto na minha realidade — embora, confesso, isso também tenha tido grande influência na minha necessidade por espaço.

Mas o que realmente me incomodava era pensar que... se "cupidos" existiam mesmo... e se aquela arma bizarra de Paco funcionava de verdade... então, caso eu não fosse treinada em defesa pessoal, eu estaria apaixonada bem agora. *Por Augusto.*

Fechei os olhos e encostei a cabeça na corrente fria do balanço em que eu estava sentada. Aquilo era demais para digerir. E não era como se eu tivesse todo o tempo do universo para me acostumar. Tinha um cara dizendo ser um cupido no meu quarto, aparentemente chapado de Tylenol, e não era uma boa ideia deixá-lo sozinho por muito tempo, mesmo que estivesse adormecido no momento.

— Rodrigues?

Meu coração deu um salto.

Na escola, todos me chamavam pelo nome completo, ou às vezes só pelo sobrenome, para diferenciar da outra Liliana, a Carvalho. No começo, eu achava isso um pouco frustrante, mas aprendi a aceitar com o passar dos anos e até comecei a considerar "Rodrigues" quase como um apelido carinhoso e não simplesmente o meu sobrenome.

Levantei a cabeça e dei de cara com Carol, Marina e Letícia, três garotas da minha sala que eram o mais próximo que eu tinha de amigas.

Depois do incidente do meu nono ano, em que todas as minhas amigas deram as costas para mim, eu passei a achar muito difícil fazer amizade com meninas, mesmo tendo mudado de escola. Carol, Marina e Letícia eram até bem legais... Mas, como eu nunca conseguia me abrir muito, nosso relacionamento sempre tinha sido superficial.

Forcei um sorriso quando elas se aproximaram.

— Oi, meninas — murmurei. — Tudo bem?

Carol sentou no balanço ao meu lado, Marina se apoiou no suporte do brinquedo, e Letícia ficou à minha frente, segurando as mãos na frente do corpo de maneira tímida.

— *Você* não parece muito bem. — Carol cortou o papo-furado. — O que houve?

O que *houve*? Hum... Como explicar sem parecer completamente pirada?

— Nada, eu só... — Suspirei, sorrindo de lado. — Só precisava de um pouco de ar. O que vocês estão fazendo aqui?

— Letícia mora por perto — explicou Marina. Eu não fazia ideia. Marina encostou a cabeça na haste do suporte do balanço e, com um sorriso nos lábios, revirou os olhos. — O que *você* está fazendo aqui sozinha, Rodrigues?

— Cadê a sua cara-metade? — provocou Carol, rindo.

— Augusto? Ele... Hum... — Eu me senti sem ar. Mordi os lábios e respirei fundo. — Ele está em casa, acho.

— Então, qual é o problema? — perguntou Letícia.

Era muito raro escutar a voz dela, já que, das três, era a que menos falava comigo. Ergui os olhos, um pouco surpresa. Sua voz era suave, e eu não consegui não me sentir um pouco tocada por sua preocupação.

— O problema é que ele não tá aqui, né, Lê?! Que pergunta! — Carol riu.

Esse não era exatamente o problema, mas eu senti que não conseguiria corrigir.

— Você sabe que pode falar com a gente, não sabe, Rodrigues? — Marina estendeu a mão e tocou meu ombro.

— Nós somos suas amigas — completou Carol.

— São? — perguntei automaticamente, e só depois percebi que não era algo muito delicado de se dizer. — Quer dizer. *Claro*. Vocês são minhas amigas.

Era estranho ter amigas. Era estranho elas me considerarem uma amiga. Mas não era ruim. Eu sentia falta disso. Sentia falta de compartilhar os meus sentimentos, de pedir conselhos, de rir das minhas próprias desventuras... Não era como se eu fosse completamente solitária, afinal Augusto *era* meu amigo — meu melhor amigo. Mas não era o mesmo que ter amigas garotas.

Letícia se ajoelhou na grama à minha frente, ajeitando o vestido para não deixar mostrar a calcinha.

— Qual é o problema? — perguntou mais uma vez.

Respirei fundo e decidi contar tudo a elas — bem, não a parte do cupido esquisitão drogado tirando uma soneca no sofazinho do meu quarto, é claro. Mas todo o resto: meus sentimentos confusos, Augusto, a sensação estranha de que eu estaria apaixonada por ele naquele exato instante se não fosse por um pequeno detalhe técnico.

— Augusto gosta de mim — comecei.

— Ah. Descobriu o Brasil! — Carol empurrou meu balanço, brincando, e ele fez uma trajetória torta para a frente e para trás antes de eu conseguir pará-lo de novo com a ajuda dos pés no chão.

Estreitei os olhos para ela, mas não consegui barrar a risada.

— Essa não é a parte chocante. — Rolei os olhos. — A parte chocante é que eu... hum... Eu acho que eu *deveria* gostar dele também.

— Você *não* gosta? — Letícia parecia genuinamente surpresa.

— Achei que vocês fossem namorados! — disse Marina.

— Só amigos — corrigi, sem precisar pensar muito sobre o assunto. Era uma resposta pronta que eu tinha sempre que era confrontada com aquela questão. — Nós somos só amigos.

— *Como* você não gosta do Augusto? Ele é maravilhoso, amiga! — exclamou Carol. Quando todas nós olhamos para ela, ela encolheu os ombros em um gesto defensivo. — O quê? É verdade! Ele é supergostoso e ele...

— E ele adora você, Rodrigues! — completou Marina. — Ele *venera* você! É sério, eu acho que nunca vi nenhum outro garoto olhar para uma garota do jeito que o Augusto olha pra você.

— É verdade. — Letícia sorriu e mordeu o lábio, soltando um suspiro apaixonado. — Quem dera alguém olhar pra mim desse jeito...

— O chocante é você só *achar* que deveria gostar dele — debochou Carol. — Você tinha que ter *certeza*.

— Então vocês concordam que eu *deveria* gostar dele? — perguntei, séria.

As três começaram a rir da minha cara.

— Amiga, um garoto como o Augusto não é alguém que você deixa ir embora tão fácil, sabe? — Carol colocou a mão sobre o meu joelho, se inclinando para mais perto de mim. — Ainda mais quando tem um monte de peixe no mar só esperando você dar bobeira para abocanhar essa isca!

— Você precisa aproveitar enquanto ele ainda só tem olhos pra você... — confirmou Letícia, balançando a cabeça.

Eu respirei fundo e assenti.

— Acho que vocês estão certas. Hoje mais cedo, um... — quase falei "cupido", mas então me dei um tapa mental, pensando: "Liliana, você acabou de fazer novas amigas. Não vai estragar agora, deixando elas pensarem que você é louca!" — ... um *cara* me disse que eu e o Augusto somos... um casal perfeito. E eu... Eu não consegui tirar isso da cabeça.

— Vocês *são* um casal perfeito! — Letícia sorriu.

— Qual é o problema, Rodrigues? — sussurrou Marina. — O que você está esperando?

— Eu tenho... medo, eu acho — confessei com os olhos no chão. Depois, ergui o olhar para elas esperando deboche, mas tudo que mostravam era compreensão. — E se ele me machucar? Ou, pior: e se eu acabar machucando ele?

— A vida machuca, amiga — disse Carol sabiamente. — É uma coisa que não dá pra evitar. Mas a gente tem que se arriscar mesmo assim de vez em quando. Especialmente quando parece *tão certo*!

— Você não gosta do Augusto? — perguntou Letícia outra vez.

— Gosto, mas acho que... Acho que não *desse jeito*, sabe? — Quase ri de frustração. — Ele é meu melhor amigo, e eu... Eu não queria perder isso.

— Eu concordo com a Carol, mas também acho que é importante sempre saber *quando* arriscar — argumentou Marina. — O Augusto é um fofo, mas... se você não gosta dele, não precisa se forçar a fingir que gosta. Sentimento não é uma coisa que controlamos, afinal.

Um dia antes disso, eu diria que ela estava certa. Agora, no entanto, eu sabia que as coisas não eram exatamente assim.

Afinal, havia uma criatura hospedada na minha casa cuja existência contrariava todas as leis da ciência. E havia uma arma bizarra que prometia não apenas controlar os sentimentos como também criar novos laços de amor.

Eu não queria *perder* Augusto. Sabia que ele não ficaria rastejando atrás de mim para sempre, e não era justo da minha parte desejar isso dele sem poder retribuir. Ainda assim, eu não queria perdê-lo. Eu não queria que ele arrumasse uma namorada, não queria que se afastasse de mim até se tornar um completo desconhecido. Um dia antes, eu achava que éramos um caso sem esperanças. Mas naquele momento... *tudo* havia mudado.

Eu percebi que podia tomar o controle da situação — que eu *deveria* tomar o controle da situação.

Augusto era um sonho em forma de garoto, era o meu "par perfeito". E, já que ele era o príncipe encantado, eu só precisava ir atrás de uma dose de encanto.

E, agora, sabia exatamente onde consegui-la.

8

Entrei em casa, suspirando de alívio quando o ar gelado de um quase inverno finalmente deu trégua para a pele do meu rosto.

A conversa com as meninas havia sido muito reveladora. Eu tinha muita certeza agora do que precisava fazer para resolver minha vida.

O primeiro passo era me apaixonar por Augusto. Mas tinha que me apaixonar *de verdade*.

Comecei a andar até meu quarto, decidida a colocar o plano em ação o quanto antes. Meus passos estancaram quando passei pela sala de estar.

Meu pai, sentado à mesa, jogava em seu celular, supercompenetrado. Minha mãe estava na poltrona vermelha do canto da sala, o jornal do dia nas mãos, lendo o caderno de política como se fosse a coisa mais interessante do universo.

Até aí, a cena era completamente normal para um sábado em minha casa.

Mas havia um pequeno detalhe, detalhe este que estava deitado no sofá, com os pés em cima do encosto de braço, lendo a seção de horóscopos de uma revista, parecendo totalmente despreocupado. Ele segurava a revista com a mão esquerda e parecia fazer um esforço enorme quando ia virar a página, porque não contava com a ajuda plena da mão direita, que estava enfaixada.

Dos três, Paco foi o único que ergueu o olhar ao me ouvir chegar. Um sorriso se abriu em seu rosto na mesma hora.

— Oi — disse ele. — Você voltou.

Mas eu não estava mais olhando para ele. Estava encarando meus pais com uma incredulidade tão densa, tão palpável, que fiquei surpresa de eles não terem me notado ali até que eu falei:

— O que é que tá acontecendo aqui?!

Com isso, claro, eu queria dizer: *como* Paco estava lá na sala e eles não estavam me dando a maior bronca por ter hospedado um homem estranho no sofá do meu quarto?

Minha mãe foi a primeira a olhar para mim. Ela deixou de lado uma matéria sobre a mais nova crise política na França e franziu a testa.

— Olá, querida — disse, confusa. — Eu só estava me inteirando das novidades do dia, e seu pai...

— Terminando a fase — completou ele, e em seguida escutamos o barulhinho sinalizando a vitória dele na fase. Ele então olhou para cima com um sorriso torto. Depois, olhou para a minha mãe e perdeu o sorriso. — O que está acontecendo?

— Liliana está muito estranha — declarou mamãe.

— O que você tem a dizer sobre isso? — perguntei subitamente a Paco. Esperar que meus pais, dois malucos de carteirinha, me dessem uma resposta coerente poderia muito bem ser o mesmo que esperar que o oceano secasse.

Paco sentou rapidamente e parecia estar prendendo uma risada.

Olhei de novo para os meus pais. Eles ainda estavam confusos, talvez até preocupados com a *minha* sanidade. Tornei a encarar Paco. Seus olhos pareciam líquidos naquela luz, e ele encolheu os ombros, sussurrando como se fosse um segredo:

— Eles não me veem.

Eu me engasguei com o ar e comecei a tossir.

Eu sei que, depois de toda aquela demonstração que ele havia feito antes de eu sair, deveria ter sido mais fácil aceitar, mas... Uma coisa era fazer flores e bombons surgirem num passe de mágica. Outra coisa completamente diferente era ser *invisível*. Literalmente invisível. Invisível a ponto de estar deitado no sofá da minha sala, bem diante do nariz dos meus pais, e não levantar nenhuma suspeita.

Meu pai, que estava mais perto de mim, se levantou rapidamente e começou a fazer a manobra de Heimlich em mim. Eu me debati até ele me soltar e só então me acalmei.

— Eu estou bem — disse, massageando o pescoço. — Eu vou... hum... Eu vou pro meu quarto.

Dizendo aquilo, olhei significativamente para Paco e fiz um gesto discreto para que ele me seguisse. Sabia que ele tinha me obedecido quando senti sua presença atrás de mim enquanto eu caminhava até o final do corredor.

— Você pode me dizer *por que* eles não veem você? — perguntei, irritada, assim que fechei a porta do meu quarto.

Paco abriu a boca, como se estivesse espantado com a minha reação, e ficou um tempo parado assim, até que finalmente pigarreou e tentou disfarçar.

— Eu não sei — disse, parecendo genuinamente confuso. — Eles simplesmente não conseguem. Descobri quando sua mãe entrou aqui no quarto de repente e não fez qualquer menção de ter me visto. E isso me diz uma coisa.

— O quê?

— Que o problema — falou, o sorriso maroto voltando aos lábios — não está comigo. Está com *você*.

— O *problema*? — Ergui as sobrancelhas, ofendida. — *Comigo?* Acho que não estamos falando do mesmo problema aqui...

— Hum — fez ele, franzindo a testa. — De que problema está falando?

— Do seu problema, não lembra? Você me disse que era o Cupido...

— *Um* cupido — corrigiu automaticamente.

— ... e fez todos aqueles truques com flores, chocolates e passagens para Paris — prossegui, ignorando-o. — E, quando eu finalmente estava começando a acreditar, você voltou a falar do tamanho da minha boca e então adormeceu, me deixando com mil perguntas sem resposta.

— Ah — disse ele, erguendo as mãos como um refém. Percebi que ele havia trazido da sala a revista que estava lendo quando cheguei. — Desculpe por ter tido minha mão pisoteada e ter sentido tanta dor a ponto de precisar de um remédio, coisa que eu nunca tinha tomado antes *na vida*. Provavelmente foi isso que me tirou do ar por um tempo.

— Você aprendeu sarcasmo enquanto eu estive fora? — Ergui as sobrancelhas ainda mais, colocando as mãos na cintura.

Ele apenas olhou para mim, sentou no sofá e então abriu a revista na página marcada por seu indicador.

— Qual é o seu signo?

— *Inacreditável* — murmurei para mim mesma, sentando ao lado dele. — Você não vai mesmo responder às minhas perguntas?

Ele nem olhou para cima.

— Pode perguntar — falou vagamente, sem tirar os olhos da página. — Eu respondo, se puder.

Revirei os olhos, mas me acomodei no sofá, puxando uma almofada para o meu colo para me sentir mais segura, ou menos vulnerável.

— Então você é um cupido — comecei.

Ele sorriu torto, mas não olhou na minha direção.

— Leão: mostre-se compreensivo e solidário, acompanhe a pessoa de quem gosta, mesmo que não se sinta muito confortável com a situação.

— Paco...

Ele finalmente olhou para mim.

— Sim — falou bem devagar. — Eu sou um cupido. E você é... sagitário? — Fez uma pausa, apertando os olhos, como se estivesse torcendo para estar certo. — Gêmeos?

— Eu não acredito em horóscopo.

— Nem eu. Mas essas frases são todas muito boas! Escuta isso aqui. Libra: esta é a hora para assumir riscos. Se você se sente pronto para se apaixonar, não se segure.

Eu era de libra, e a frase me fez congelar. Ela se encaixava tão bem na minha situação que só faltava um "Se um cupido esquisitão bater à sua porta, tente não quebrar a mão dele" para ficar perfeito. Contive um arrepio, sacudindo a cabeça para tentar me lembrar de que tudo aquilo era absurdo. Felizmente, Paco não estava olhando para mim, então não reparou no meu pequeno surto.

— Quem escreveu isso é um gênio! — Ele sorriu, distraído com as palavras que tinha acabado de ler.

— É um pouco curioso esse seu interesse anormal por revistas femininas — comentei por alto. Sinceramente, eu só queria que ele largasse a revista e me desse respostas concretas, mas se eu pudesse insultá-lo no processo seria um grande bônus.

Paco olhou para mim, mas não estava bravo. Ele definitivamente não tomou meu comentário como uma ofensa, e eu fiquei meio sem graça de ter usado um golpe tão baixo e fora de moda.

— Revistas femininas são excelentes para o meu campo de trabalho — disse ele num tom apaixonado e fervoroso, como se explicar aquilo à mente leiga lhe proporcionasse alguma espécie bizarra de prazer. — No mundo de hoje, as pessoas estão cada vez mais descrentes do amor, mas isso aqui — ergueu a revista como se fosse um troféu — as ajuda a perceber que às vezes ainda há esperança. — Ele olhou para a página da revista. — E também pode ajudar um homem esperto a descobrir como uma mulher pensa.

Eu ri, mas estava impressionada. É difícil encontrar homens que não tomem a palavra "feminino" como uma espécie de xingamento, hoje em dia.

Mas, é claro, Paco não era um homem comum — ele era um *cupido*.

— Ok, próxima pergunta — comecei.

— Diga. — Paco olhava diretamente para mim agora, sorrindo, completamente solícito.

— O que você vai fazer? — Eu esperei ele inclinar a cabeça para o lado como um cachorro confuso antes de continuar. — Digo, agora que você quebrou a mão e...

— Ei, foi *você* quem quebrou minha mão — corrigiu ele, magoado.

— E me contou todos os seus planos e... se drogou de Tylenol... — Fiz uma pausa, esperando ele completar o pensamento, mas estava ficando cada vez mais claro para mim que, com Paco, eu precisava narrar passo a passo. — O que você vai fazer com sua vida? Vai ficar aqui, morando comigo pra sempre?

— Eu posso?

Arregalei os olhos, rindo de tão chocada. Ele estava falando sério?

— Provavelmente não — falei finalmente, quando decidi que precisava esclarecer isso, não importando se ele estava ou não brincando. — Então... Qual vai ser o próximo passo, Paco, o Cupido Estagiário?

— Bem, eu... hum... Não sei ainda...

— Você não vai... seguir com sua missão? Seja lá o que for.

— Não posso fazer muita coisa enquanto... hum... — Ele olhou para a mão enfaixada e suspirou. — Quanto tempo você acha que demora até isso melhorar?

Revirei os olhos e puxei a mão dele entre as minhas, analisando-a.

Estava mais inchada do que de manhã e, talvez fosse impressão minha, as pontas estavam arroxeadas, como se meu enfaixamento improvisado estivesse prendendo a circulação. Eu estava brincando quando mencionei a parte de apodrecer e cair, mas agora eu não tinha mais tanta certeza de que aquela possibilidade fosse tão absurda.

— Tem certeza de que não quer ir a um médico? — perguntei em tom leve, tentando não deixá-lo em pânico.

Pensativo, Paco mordeu os lábios, formando uma linha fina com eles.

— Eu acho que conheço alguém confiável — disse finalmente, girando com cuidado o braço da mão enfaixada, como que para analisar a circunferência da gaze. — Afinal, não queremos que minha mão caia, certo? É minha mão de atirar. Eu ficaria desempregado.

— Esse é o espírito! — encorajei, oferecendo a ele o meu celular. — Liga pra esse tal alguém confiável e manda ele vir até aqui dar um jeito na sua mão antes que seja tarde demais.

Paco ficou um tempo encarando meu celular com um olhar que revelava que ele provavelmente não fazia ideia de como mexer num daqueles. O que era bastante estranho, considerando que meu celular não era nenhum fenômeno tecnológico. Ele era de dois anos atrás — e, se você for parar para pensar, isso é mais ou menos uma eternidade em termos de tecnologia. Mas, claro, Paco provavelmente estava ainda mais atrasado que meros dois anos. Ele não sabia nem o que era um Tylenol!

Ele abaixou os olhos, sorrindo, e não disse absolutamente nada. Apenas fuçou os bolsos com a mão boa até encontrar um aparelhinho retangular muito parecido com um iPhone. Desajeitadamente, começou a clicar na tela e arrastar ícones para lá e para cá até obter um teclado, no qual digitou um número de telefone.

— O que é isso? — perguntei, espichando o pescoço para ter uma visão mais privilegiada.

— O que parece que é? — Ele sorriu, terminando de digitar e colocando o aparelho contra o ouvido esquerdo. — Um iPhone.

Eu soltei uma risada meio alucinada, franzindo a testa.

— Você realmente espera que eu acredite que existe esse tipo de tecnologia no lugar de onde você vem? Você não sabia nem tomar um remédio!

Paco ergueu uma das sobrancelhas, sorrindo de modo divertido.

— Por que não poderia haver tecnologia no lugar de onde eu venho?

— De *onde* você vem? — rebati.

Aquilo pareceu abaixar a bola dele por um momento. Apenas por um momento. Ele logo voltou a sorrir e tinha até aberto a boca para responder, quando provavelmente a pessoa do outro lado da linha atendeu ao telefone. Então Paco fez um gesto de "um minuto" com a mão enfaixada e murmurou para mim:

— Isso é meio confidencial, depois conversamos. — Em seguida, virou-se para outro lado do quarto e sorriu sozinho. — Oi, Doc. É o Paco! Não, eu só estava falando com alguém aqui, não era com você...

Ele continuou um papo *superinteressante* com a pessoa do outro lado da linha, e eu me perdi nos meus pensamentos. Sem demora, meus olhos pararam na minha cama, onde a arma bizarra de Paco ainda repousava, meio escondida por entre o edredom verde, mas perfeitamente visível se você soubesse para onde olhar.

Fui até lá tentando parecer discreta. Olhei de soslaio para Paco. Ele ainda encarava o lado oposto do meu quarto, fazendo grande questão de ignorar a minha presença.

— É que só foram encontrar três meses depois! — Ele estava rindo.

— Eu sei! Parece impossível. Mas, escuta, a minha mão... Eu realmente acho que tem algo errado com ela... — Estendeu a mão enfaixada diante dos olhos e começou a descrever a dor para o cara do outro lado da linha. Então completou: — Foi um... hã... Não, eu acho que os dedos estão quebrados... Eu caí... e depois fui pisoteado. Brutalmente.

Revirei os olhos e peguei a estranha arma de Paco.

Olhando assim de perto, ela era linda. Com apenas um detalhe preto em couro onde os dedos deveriam repousar, o resto da arma era feito de um material meio transparente incrivelmente semelhante ao plástico. Foi por isso que, primeiramente, eu havia pensado se tratar de uma arma de brinquedo. Mas, agora que eu a tinha perfeitamente segura entre as mãos, via que aquilo estava longe de ser plástico. Era algo mais parecido com vidro, mas não exatamente.

Podia até ser a minha imaginação, mas a arma pulsava, como se tivesse vida própria, batimentos cardíacos, como se você não pudesse se esquecer nunca da espécie de poder que tinha em mãos quando a segurava. Engraçado. Eu não me lembrava de ter sentido nada daquilo na primeira vez. Talvez fosse aquela espécie de sentimento ao qual você tem que estar prestando bastante atenção para saber que está lá.

Com a arma nas mãos, eu tive certeza do que precisava fazer. Se Paco estaria incapacitado por quem sabe quanto tempo mais, era eu quem precisava apertar o gatilho. Eu teria que tomar o controle.

Umedeci os lábios rapidamente e respirei fundo, fechando os olhos. Mentalizei Augusto. Mentalizei um beijo imaginário completo: seus lábios contra os meus, o toque de seus dedos no meu rosto, o barulho de sua respiração ofegante quando ele se afastava para pegar mais fôlego... e o quanto eu o amava. Como um amigo.

Bem... amor fraternal já não era suficiente.

Eu *precisava* me apaixonar.

9

Eu já tinha mirado a arma em meu antebraço, para que a seringa bizarra atingisse diretamente a minha veia, e meu dedo sambava no gatilho, quando alguém segurou a arma por cima da minha mão.

Abri os olhos devagar.

Paco apertava os dedos da mão esquerda sobre a arma de maneira desajeitada, me olhando como se eu tivesse perdido completamente a cabeça. Eu nem havia me dado conta de que ele tinha desligado o telefone.

— O que você pensa que está fazendo? —Ele articulou cada sílaba, uma por uma, o que só se mostrou ainda mais eficiente para eriçar os pelos atrás da minha nuca.

Percebi que havia parado de respirar e voltei à atividade com um suspiro engasgado.

— Nada, eu só...

— Escuta, Liliana. — Paco gentilmente puxou a arma para longe do meu alcance. Meus dedos, agora frouxos, não protestaram. — Isso aqui não é um brinquedo. Pode até parecer, mas não é. Então não toque na minha debellatrix sem autorização, tá bem?

— Meu Deus! — exclamei, irritada. — Não sou uma criança. Não estava *brincando* com sua arma estranha.

— Você ia atirar em si mesma — argumentou ele, como se aquilo lhe garantisse a vitória na discussão.

— Não é como se essa coisa pudesse me *matar* — rebati. Depois repensei minha fala e olhei para ele, não disfarçando a preocupação. — Ou pode?

— Claro que pode matar você — disse Paco de modo sombrio, colocando a arma de lado. Fez uma pausa longa e dramática antes de concluir: — De amor.

Revirei os olhos.

— Fala sério! Você é tão ridículo!

Sorrindo de lado, ele colocou a mão enfaixada sobre o meu ombro.

— Não posso evitar. Eu sou treinado para dizer esse tipo de coisa. — Ele me ofereceu a mão boa para me ajudar a levantar e me puxou para cima quando aceitei. — Agora... — Ele suspirou, delicadamente preocupado. — O que você pretendia fazer?

— O seu trabalho — disse, sem rodeios. — Quero me apaixonar por Augusto.

Qualquer traço de seriedade sumiu imediatamente do rosto de Paco, sendo substituído por uma expressão encantada.

— Você faria isso por mim? — perguntou, apontando com a mão enfaixada para a arma que ele havia colocado sobre a cama.

Notei que sua outra mão ainda segurava a minha. Paco tinha um toque quente, macio e superconfortável, mas não achei apropriado que ainda não houvesse me soltado. Puxei a mão para longe bruscamente.

— Faria isso *por mim* — corrigi. — E por Augusto, óbvio.

O cupido colocou a mão livre no peito e ergueu as sobrancelhas em comoção.

— Eu estou sinceramente tocado — murmurou, piscando os olhos. — Pode se enganar o quanto quiser, Liliana. Mas você faria isso *por amor*.

Revirei os olhos. Caminhei lentamente até minha cama e peguei a arma outra vez, mas, em vez de empunhá-la, estendi o objeto a Paco.

— Isso não resolveria as coisas pra você? Pra nós dois? — perguntei com a voz rouca. — Você precisa fazer com que eu me apaixone. Eu *quero* me apaixonar... e estou me voluntariando.

Paco hesitou uns instantes, mas aceitou a arma.

— Vai ser bem mais seguro se *eu* puxar o gatilho — argumentou consigo mesmo, ajeitando a arma desastradamente em sua mão esquerda. Ele estava sério, com a testa franzida, pensativo. Ergueu os olhos para mim. — Você tem certeza de que quer isso?

Para ser sincera, "certeza" era uma palavra forte demais. Eu não tinha certeza e não acreditava que algum dia eu realmente fosse *ter certeza*. Mas estava confiante de que aquela era a coisa certa a fazer, e eu estava determinada a fazê-la, com a certeza ou sem ela. Claro que esse meu incrível raciocínio baseado na lógica provavelmente não bastaria para um cupido inocente meio metido a certinho, então eu engoli todas as minhas dúvidas e preocupações e sacudi a cabeça positivamente, mantendo o olhar firme.

— Você acha mesmo que, se eu não tivesse certeza, estaria aqui, praticamente implorando pra que você pusesse uma dessas seringas malucas no meu braço? — Ergui as sobrancelhas. O sarcasmo serviu perfeitamente para completar o cenário de segurança em relação à minha escolha.

Paco soltou uma risada curta, porém sincera.

— Ok, então. Se é mesmo o que você quer...

Eu ofereci meu antebraço desnudo para ele e observei como a veia azul se estendia até desaparecer de vista pouco antes da região do pulso. Não vou mentir, eu estava com um pouco de medo. Só um pouquinho, sabe? Aquele tipo de medo que você sente quando está prestes a entrar na maior montanha-russa do mundo, aquela vontade estranha de fazer xixi, que não é realmente uma vontade de fazer xixi, é só seu bom senso dando uma desculpa fisiológica para você escapar dali antes que seja tarde demais. Mordi os lábios e tentei esconder o medo na minha expressão.

— Pense em Augusto — instruiu Paco. — Seja o que for, continue pensando nele. E apenas nele. Tente não pensar em nada mais.

Fiz que sim, mas, na verdade, no começo, eu estava pensando em Paco. Não estava pensando em Paco *desse jeito*, claro, eu só estava observando enquanto ele erguia a debellatrix profissionalmente, com o braço estendido na direção do meu. Quando pareceu prestes a atirar, eu fechei os olhos e tentei me concentrar em Augusto.

Eu pensei em sua pele clara e nos cabelos castanhos, que ele costumava pentear para trás com a ajuda de um pouco de gel; pensei em seus cílios escuros contornando os olhos intensos. O nariz dele era grande de um jeito atraente, e eu me perdi recordando sua boca linda e completamente beijável.

Tudo aconteceu rápido demais. Escutei o barulho do dedo de Paco pressionando o gatilho e então o dardo-seringa atravessar o ar e me preparei psicologicamente para a dor que sentiria quando atingisse a parte mais sensível do meu braço.

Mas não doeu. Não doeu *nadinha*.

Não é incrível?, pensei, sorrindo comigo mesma. *Não chega a ser quase irônico? O amor não dói.*

— Merda! — resmungou Paco, o que me fez abrir os olhos e constatar que não havia nenhuma seringa radioativa espetada no meu braço.

Paco encarava o fundo do meu quarto. Seguindo seus olhos, encontrei a tal seringa espetada na terceira gaveta da cômoda. Será que cômodas podiam se apaixonar? E, se pudessem, quem teria sido o sortudo que tinha ganhado o coração da minha linda cômoda de madeira?

Um outro suspiro de Paco me tirou daqueles pensamentos bobos, e voltei a me concentrar no que realmente importava: Paco tinha errado o alvo. Ele tinha errado o meu braço, que estava a apenas cinquenta centímetros de distância.

— Porcaria de mão esquerda! — choramingou, derrubando a arma no chão e se jogando no sofá com os braços cruzados.

Sentei ao lado dele e coloquei a mão sobre seu ombro. Ele parecia *mesmo* chateado, e eu me senti incrivelmente mal por ele.

— Você quer... hum... tentar de novo, talvez? — perguntei, fazendo-o sorrir de leve e voltar a olhar para mim.

— Obrigado por oferecer, mas é inútil. Minha mão direita teve *anos* de treinamento. Eu nunca vou ter uma mira tão perfeita com a outra mão. — Ele fechou os olhos e sacudiu a cabeça. — Mas meu... hum... amigo... Doc vai vir dar um jeito nisso tudo muito em breve, não se preocupe.

Para dar um jeito naquela mão, Doc não precisaria ser apenas um médico. Ele tinha que ser o gênio da lâmpada. No entanto, depois de ter descoberto que cupidos existiam, nada mais era capaz de me surpreender.

— Ah, e ele só vai poder vir amanhã de manhã — acrescentou, tentando parecer casual. — Seria um problema muito grande eu ficar aqui com você até lá? Porque eu posso sair e procurar um... como vocês chamam? Hotel! Posso procurar um hotel se for incomodar muito e...

— Cara, relaxa! — Suspirei, encolhendo os ombros. — Você é *invisível*. Você pode ficar aqui se quiser, meus pais não vão brigar comigo já que não veem você.

Ele abandonou a expressão neutra imediatamente e abriu um enorme sorriso de criancinha grata.

— Obrigado, Liliana! — exclamou, me olhando de um jeito que fez minhas bochechas esquentarem outra vez. — Você é incrível.

De repente, fiquei muito consciente da proximidade de Paco e me levantei, me sentindo um pouco sufocada.

— Eu estou com fome — anunciei, desviando o rosto. — Você está com fome? Vou pegar alguma coisa pra gente comer. — Eu já estava saindo do quarto quando me ocorreu: — Cupidos comem?

— Não, a gente faz fotossíntese — falou Paco, com uma expressão séria.

— Ah. — Franzi a testa. Era obviamente estranho, mas nada comparado à existência de cupidos, então quem era eu para duvidar?

Paco soltou uma risada sapeca.

— Estou brincando. — Ele sorriu de lado. — Chá com biscoitos seria ótimo, obrigado.

— Chá com biscoitos? — Foi minha vez de rir. — Eu nem sei se a gente tem isso aqui em casa. Você vai ter que se contentar com *cream cracker* e refrigerante, Vossa Majestade.

Meus pais e meu irmão tinham saído para ver o mais novo filme da Marvel no cinema, então Paco e eu passamos o resto do dia no meu quarto assistindo reprises de Friends e comendo *cream cracker*. Ele ria fora de hora, geralmente em cenas de romance, e não entendia a maioria das piadas propositais, nem mesmo com a risada de estúdio ao fundo. Acabei achando mais graça em vê-lo assistir ao programa do que do próprio programa, que eu já tinha assistido no mínimo umas dez vezes.

Lá pelas cinco da tarde, quando minha família voltou para casa, Paco começou a reclamar bastante da dor na mão, então lhe dei outro comprimido de Tylenol e tentei enfaixar novamente a mão para que ficasse um pouco mais confortável.

Ajudei o cupido a colocar uma sacola plástica ao redor da mão enfaixada para que ele pudesse tomar banho e peguei umas roupas do meu pai emprestadas.

Limpo, exausto e dopado de Tylenol, Paco adormeceu no meu sofazinho antes das sete da noite.

Passei alguns minutos olhando para ele e imaginando o que aconteceria se eu decidisse contar para alguém sobre o dia mais louco da minha vida.

Eu provavelmente seria internada em uma clínica psiquiátrica.

10

No dia seguinte, acordei com um cupido me observando enquanto eu dormia. Me apoiei desajeitadamente nos cotovelos, tentando arrumar os cachos dos cabelos e passando a mão na bochecha, esperando que não houvesse traço de baba.

— Bom dia — disse Paco, com um sorriso de quem havia tomado mais um comprimido de Tylenol enquanto eu dormia.

— Bom dia — respondi, ainda um pouco confusa. — Que horas são?

Ele conferiu o horário no celular.

— Sete e vinte e três — me informou, encolhendo os ombros.

— De um *domingo*? — Eu quase ri do absurdo. — O que estamos fazendo acordados mesmo? — Joguei a cabeça de volta na cama e coloquei o travesseiro sobre o rosto para bloquear a luz.

Ele deu uma risada.

— Você pode voltar a dormir, se quiser. Eu estou esperando uma visita.

— Como se eu fosse conseguir dormir com um doido me encarando! — Suspirei e joguei o travesseiro de lado. Estreitei os olhos para Paco ao processar suas últimas palavras. — Você está esperando uma visita? Na *minha* casa? Às sete e vinte e três de um domingo?

— Meu amigo Doc vai fazer o favor de consertar minha mão. Acho que não estou em posição de ser exigente com horários ou locais. Eu... hum... Vou esperá-lo lá fora. Você quer vir comigo?

Só então reparei que ele estava usando sua própria roupa: a calça jeans, a blusa branca básica e a jaqueta de lona. Eu tinha colocado seus pertences para lavar quando minha família não estava em casa. Havia deixado as peças secando no fundo do varal, onde ninguém costumava bisbilhotar. Aparentemente, Paco tinha recolhido tudo durante a noite.

Ele estava pronto para sair de casa. Não, ele estava pronto para *ir embora*. Quando percebi isso, fui preenchida por sentimentos inexplicavelmente ruins.

Eu me levantei da cama fazendo que sim com a cabeça.

— Me dá cinco minutinhos.

Cinco minutos depois, Paco e eu caminhávamos silenciosamente até o lado de fora da casa. O vento matinal estava gelado demais, mesmo para junho. Paco colocou a mão esquerda dentro do bolso da calça para protegê-la do frio.

Eu me encolhi para mais perto dele, sem perceber. O calor que emanava de sua pele seria o suficiente para movimentar uma pequena indústria.

— Então... — puxei assunto. — Como é esse tal de Doc?

O olhar que Paco me lançou fez minhas pernas bambearem. Eu percebi que minha pergunta tinha sido, mesmo que sem intenção, uma indelicadeza. Devia haver alguma coisa muito errada com esse Doc.

— Só tente não... hum... não ficar encarando muito.

— A coisa é feia assim?

Ele encolheu os ombros, e aquilo foi o suficiente para ativar minha imaginação.

O nome "Doc" me fazia pensar num sujeito idoso e sábio, de cabelo branco e talvez segurando uma bengala. Mas, agora que Paco estava agindo tão misteriosamente a respeito de seu médico, comecei a imaginar uns detalhes bizarros, como tentáculos no lugar das mãos, grandes asas saindo de suas omoplatas ou um par extra de olhos.

Esperamos por um longo tempo. Fiquei observando uma abelha voar de flor em flor no jardim da minha vizinha até ficar entediada. Mudei o peso do meu corpo de uma perna para outra e cruzei os braços.

— Acha que ele ainda vai demorar muito?

— Não — respondeu Paco vagamente, olhando para algum ponto no horizonte. — Já deve estar chegando.

— Está frio aqui fora — reclamei. — Não acha que podemos esperar por ele lá dentro?

Paco olhou para mim e pareceu pensar no assunto por um momento. Então tirou a própria jaqueta, tomando cuidado para não forçar a mão machucada, e a colocou delicadamente sobre os meus ombros. Encaixei meus braços nos buracos das mangas.

— Pronto. — Ele observou meu corpo agora coberto e já se aquecendo. — Não podemos entrar, porque Doc não vai saber qual é a casa. Ele é meio desorientado no mundo dos humanos.

Eu poderia ter feito uma piadinha sobre isso, mas achei melhor não. Apenas assenti e abaixei a cabeça.

— Obrigada.

— É o mínimo que eu podia fazer — murmurou ele. A blusa branca que usava por baixo da jaqueta era fina como um lençol egípcio; ainda assim, não parecia estar sentindo muito frio.

Fiquei observando seu corpo modelado embaixo do tecido por tanto tempo que ele de repente encontrou meu olhar e sorriu.

Isso me deixou super sem jeito. Tornei a encarar a rua, na esperança de que o tal do Doc chegasse de uma vez.

Uma motocicleta despontou no fim da rua, barulhenta e veloz, e eu me distraí a acompanhando enquanto vinha na nossa direção. Paco ergueu a mão de repente e o motociclista estacionou aos nossos pés. Olhei para Paco, confusa, enquanto o homem na moto abaixava o apoio com o pé e tirava o capacete.

— Oi, Doc! — Paco sorriu, acenando com a mão boa.

Aquele era o Doc? Meu queixo caiu. Ele não era nada, absolutamente nada, como eu tinha imaginado. Era alto (um e oitenta e *tantos*), com a pele negra alguns tons mais escuros que a minha e estonteante de tão bonito. Os cabelos crespos estavam presos em tranças curtas, e os olhos sorridentes tinham toda uma linguagem própria. As feições em seu rosto eram redondas e suaves, e havia um quê de mistério nele, aquela coisa que ninguém, nem mesmo eu, seria capaz de resistir. Então era por *isso* que Paco tinha me pedido para não encarar muito. Não era por Doc ser feio — era por ele ser um tremendo gato!

Ele cumprimentou Paco com um sorriso que, fosse na minha escola, teria infartado pelo menos uma dezena de inocentes desavisados. Mas Paco parecia estranhamente imune a todo aquele charme.

Então Doc jogou aqueles maravilhosos olhos expressivos na minha direção, e eu perdi o fôlego. Passei a não mais sentir a pontinha dos dedos. O sorriso dele desapareceu, dando espaço a uma perfeita ruga de preocupação no centro da testa.

— Um *apê*? — perguntou ele a Paco num tom meio acusatório.

Paco também se virou para me encarar e sacudiu a cabeça.

— Essa é a Liliana.

A boca de Doc se abriu de surpresa, e seus olhos se arregalaram, incrédulos.

— Liliana? Quer dizer... *aquela* Liliana?

— Sim, aquela Liliana — respondeu Paco.

— O que é um *apê*? — perguntei, entrando na conversa, porque pelo contexto eu já havia deduzido que não se tratava de uma abreviação da palavra *apartamento*.

— Alvo em Potencial — falou Paco sem hesitar, e eu entendi que era uma sigla. AP. — É como chamamos os humanos comuns, como você.

O olhar que Doc lançou para ele era o código universal do "Você enlouqueceu completamente?!".

— Você contou sobre a gente?

— Apenas o básico. — Paco encolheu os ombros. — Ela é inofensiva, Doc. Não se preocupe.

Doc me encarou por um tempo muito longo, parecendo não acreditar.

— Se você diz... — murmurou finalmente, largando o capacete sobre o banco da motocicleta. Caminhou até onde Paco e eu estávamos. — Deixe-me dar uma olhada nisso. — Ele estendeu o braço na direção da mão machucada de Paco.

— Por favor, me diga que pode dar um jeito — implorou Paco, entregando a mão ao outro. — Não quero que apodreça e caia.

Doc fez uma careta enquanto desamarrava a faixa.

— Quem fez esse enfaixamento?

— Eu fiz — me adiantei.

— Está uma porcaria — declarou Doc sem a menor cerimônia. Estava surpresa demais para ficar propriamente ofendida, então não consegui retrucar nada esperto. Terminando de desenrolar a faixa, Doc assobiou. — Você se machucou feio.

— Foi o que falei. — Paco bufou. — Mas você pode consertar, né?

O vento soprou o colarinho da jaqueta de Doc, e ele o colocou de volta no lugar, parecendo meio incomodado.

— Podemos entrar? — perguntou, olhando para a casa.

Antes que eu respondesse, Paco colocou a mão boa sobre o peitoral de Doc, barrando-o.

— Está usando seu cinto?

Doc olhou para mim e franziu a testa, voltando a encarar Paco.

— É claro que não estou. — Apontou com a cabeça na minha direção. — Ela consegue me ver.

— Hum... Então... Temos um probleminha. — Paco ergueu a blusa, revelando o mágico cinto da invisibilidade.

— Ah! — Doc não escondeu o choque, e foi divertido ver a quebra completa de seu semblante sério.

— O engraçado é que eu estou completamente invisível e inaudível para todas as outras pessoas — completou Paco. — É essa aqui quem parece ter algum problema.

Doc assentiu.

— É a Liliana, afinal — argumentou ele. — Sua reputação a precede.

— O que quer dizer com isso?! — perguntei.

Doc abriu a boca para retrucar, mas Paco estendeu as mãos em sinal de paz e disse a Doc:

— Apenas coloque seu cinto e vamos entrar.

Doc suspirou antes de tirar um cinto da invisibilidade de dentro de sua mochila-carteiro. Ajeitou-o ao redor da cintura da calça de couro e, quando o afivelou... ele desapareceu.

Olhei para Paco, confusa.

— Cadê ele?

Paco encarava o ponto vazio onde Doc tinha desaparecido. Ele olhou para mim e de novo para o vazio. Apontou com o dedo, indicando que Doc estava bem ali, no mesmo lugar de antes. Por fim, Paco assentiu, como se estivesse concordando com alguém.

— Doc falou que isso é interessante — disse, pensativo, antes de abrir a porta e entrar na minha casa.

11

Eu os estava guiando até meu quarto quando meu irmão mais novo apareceu, irritado.

— Li — chamou ele. Fui forçada a parar enquanto Paco (e provavelmente Doc também, embora eu não pudesse vê-lo) continuava andando, sem me esperar, porque ele tinha a vantagem de ser invisível para todo mundo menos para mim. — Você viu as minhas algemas?

Senti o coração acelerar.

As algemas do seu kit de policial de brinquedo? Você quer dizer aquelas que eu usei para acorrentar um completo desconhecido com potencial para serial killer à mesinha do meu quarto durante a noite sem o conhecimento ou a autorização dos nossos pais?

Engoli em seco e forcei um sorriso. Normalmente, eu era contra mentiras, mas aquela era uma situação de crise. Se você procurasse o termo "X-9" no dicionário, certamente encontraria uma foto do meu irmão de dez anos sorridente levantando o polegar. Ele era um fofoqueiro e se orgulhava disso. Eu sabia que não podia contar nada a ele sem que a informação fosse repassada às autoridades (no caso, meus pais).

Carlos Eduardo — ou Cadu, para os mais íntimos — era um pouco baixo para a idade, mas frequentemente se portava como alguém muito mais velho, dando conselhos sábios e flutuando acima de todo o drama pré-adolescente que seus coleguinhas de escola criavam ao seu redor. Apesar disso, Cadu era tão criança quanto se pode ser aos dez anos. Ainda brincava com carrinhos, lia gibis deitado de cabeça para baixo no sofá da sala e gostava de bancar o policial, utilizando os apetrechos do kit.

Algumas vezes eu olhava para ele e sentia inveja. Eu sempre fui muito precoce. Queria ter continuado criança por mais tempo. Até meus quinze anos, pelo menos, quando tive meu coração partido. Isso teria me evitado um bocado de dor.

— Algemas? — ecoei devagar, tentando ganhar tempo para pensar em uma resposta satisfatória.

Cadu suspirou e passou os dedos pelos cabelos crespos num gesto de impaciência.

— Minhas algemas de brinquedo. Você viu? Não encontro em lugar nenhum!

Felizmente, Cadu não era nenhum Einstein; ele se contentaria com qualquer desculpa esfarrapada. Além do mais, há algumas vantagens em ser a irmã mais velha, como não dever satisfações.

— Ah — falei, dando de ombros. — Elas estão no meu quarto.

— O que elas estão fazendo no seu quarto? — Cadu não escondeu a possessividade. Ele detestava quando eu pegava seus brinquedos sem pedir. Não que eu fizesse isso muito, mas ele, em seu eterno posto de irmão mais novo mimado, nunca tinha aprendido a dividir.

Revirei os olhos.

— Eu precisei delas para... hmmm... uma sessão de sadomasoquismo?!

Lá adiante, Paco parou de andar e se virou para mim com uma das sobrancelhas erguida mais alta que sua irmã gêmea. Ele estava com a mão na maçaneta, mas subitamente já não parecia tão interessado assim em entrar no quarto. Um sorriso meio bobo tomou conta de seu rosto quando nossos olhares se encontraram.

Então, de repente, a porta se abriu (por Doc provavelmente) e uma força invisível puxou Paco pela blusa fina para dentro do quarto. A porta bateu atrás dele.

Eu arregalei os olhos e prendi a respiração enquanto esperava que meu irmão reagisse ao barulho, alegando que nossa casa tinha um poltergeist ou algo do gênero. Mas Cadu não disse nada. Na verdade, ele não pareceu ter escutado o barulho nem sentido a vibração da casa. Continuava parado, me encarando, agora com uma expressão mais confusa que a irritada de dez segundos antes.

— O que é sadomasoquismo?

Meu coração quase pulou para fora do peito. Não imaginei que ele fosse me perguntar aquilo. Forcei uma risada e usei novamente a cartada da irmã mais velha que não era obrigada a nada.

— Pergunta pra mamãe.

Já começava a caminhar na direção do quarto quando Cadu gritou a plenos pulmões:

— Mãe!!!

Por instinto, agarrei-o e tapei a boca dele.

— Cadu — sussurrei em tom bravo. — Depois eu explico pra você, tudo bem? Deixa isso pra lá por enquanto.

Acuado com a minha súbita violência, ele apenas assentiu. Soltei sua boca e limpei minha mão nas calças. O olhar de Cadu pousou na jaqueta de Paco.

— Jaqueta nova?

Abracei meu próprio corpo, mantendo a jaqueta perto de mim.

— Mais ou menos — respondi vagamente.

— É meio masculina, não acha? Provavelmente ficaria muito mais bonita em mim...

Dei uma risada e espanei o cabelo dele.

— Vai sonhando, pirralho.

Quando entrei no quarto, Doc (agora não mais invisível) estava colocando a mão quebrada de Paco sobre uma pequena tábua de plástico, ajeitando os dedos até que estivessem na posição que dedos deveriam ficar.

Doc estava com uma expressão séria enquanto dizia:

— ... e eu estou falando pra você, garoto. Aconteceu de verdade. Confia em mim.

Eu percebi que tinha entrado no meio de uma conversa.

— Desculpa, mas ainda me parece apenas um boato — disse Paco. Ele estava de costas para mim, de modo que não me viu entrando. Doc apenas ergueu os olhos brevemente, e eu fiquei me perguntando se ele tinha tido tempo de me perceber ali ou se a intenção era justamente não se *importar* com a minha presença. — É simplesmente ridículo pensar que algo assim... poderia ser real, sabe?

Doc balançou a cabeça, sorrindo.

— Estagiário, eu estava lá. Anya é uma mulher ciumenta. Tudo é possível nas mãos de alguém com ciúme.

— Concordo. Mas mesmo assim parece muito uma historinha com lição de moral para assustar as crianças. — Paco suspirou. Eu não conseguia ver sua expressão, mas pude imaginá-lo fazendo aquela mesma caretinha de sempre.

Doc reprimiu uma risada.

— Mas preciso saber: existe a possibilidade? — Ele pigarreou e ficou sério. — Quero dizer, você se...

— Sim — Paco o interrompeu, com a voz entediada. — Enquanto eu recarregava minha debellat... Ai! Toma cuidado aí! É minha mão de atirar!

Doc espremeu os olhos e ficou um tempo parado, pensando naquilo, antes de voltar ao tratamento.

— Você disse que sua mão foi pisoteada brutalmente. — Doc levou a tábua com a mão de Paco mais próxima aos olhos para analisar melhor as marcas na pele.

— Sim...

— Desculpa — falei, com a voz meio rouca por estar calada por tanto tempo. Paco girou o pescoço para me ver e sorriu.

— Eu deveria ter suspeitado que tinha sido você. Liliana Rodrigues, a garota que desafiou o amor — disse Doc num tom meio poético, mas estava claro que ele me reprovava de todas as maneiras possíveis. — Faz sentido que tenha quebrado a mão de um de seus mensageiros.

Fiz uma careta, sentindo a mais intensa necessidade de defender meu ato. Eu estava arrependida de ter esmagado a mão de Paco, é claro, mas quem Doc pensava que era para me julgar?

— Olha só! — Apontei o dedo na cara dele, me aproximando. Ele ergueu as sobrancelhas e me olhou de cima a baixo, não parecendo muito impressionado. — Não é minha culpa exatamente. Paco era quem não devia estar me perseguindo no meio da noite, pra começo de conversa. Ainda mais apontando a arma mais bizarra do planeta pra mim! Óbvio que eu precisei me defender!

— A arma mais bizarra do planeta? — repetiu Doc, parecendo mais irritado do que o normal. Sua expressão se fechou, e ele desviou os olhos de mim, voltando a trabalhar na mão quebrada de Paco. Começou a colocar talas metálicas para segurar cada um dos dedos no lugar. Eu observei o processo por alguns segundos antes de me virar para Paco, buscando razões para o comportamento ácido de Doc.

— Ele é o criador da debellatrix — explicou. — Por causa dele, evoluímos da Era Arco e Flecha.

Deixei escapar uma risada, que não agradou muito o médico, mas eu não estava me importando mais em parecer simpática para ele.

— Ele inventou a debellatrix?

— *Debêlatrics*! — Doc assentiu, corrigindo minha pronúncia. — É feita para subjugar.

Fiz que sim com a cabeça, arregalando os olhos e franzindo os lábios como se estivesse impressionada. Ele deu de ombros e começou a envolver o punho e o dedão de Paco em uma espécie de gesso instantâneo que já vinha endurecido, sem precisar molhar ou esperar secar para ser moldado como massinha.

Àquele ponto, eu já tinha me acostumado mais ou menos à maluquice dos cupidos, então não fiquei particularmente surpresa.

Por fim, Doc tirou de sua mochila um frasco com um líquido cor-de-rosa chiclete e o entregou à mão boa de Paco.

— Escute bem, estagiário. Dez mililitros disso aqui a cada doze horas. Ingestão oral. Siga esses passos e sua mão deve ficar completamente restaurada em um mês.

— Um mês?! — ecoou Paco, surpreso, colocando o frasco sobre minha mesa de cabeceira. — Não tenho um mês, Doc!

— Que pena. — Embora estivesse falando com Paco, Doc olhou para mim, como se estivesse me acusando pela má sorte do cupido. — Não sou um santo milagreiro, estagiário. Agora, deixe-me dar uma olhada nesse cinto.

Paco bufou e, desajeitadamente, começou a desafivelar o cinto da invisibilidade. Eu não pude evitar que meus olhos acompanhassem todo o processo — era interessante demais, especialmente quando ele acidentalmente repuxava sua fina blusa para cima, revelando parte do abdômen.

Ele entregou o objeto a Doc, que o pegou de uma vez e começou a analisá-lo sem cerimônia, enquanto andava de um lado para o outro.

Doc apertou alguns botões do cinto e olhou embaixo da fivela. Sua expressão fechada não me permitiu especular se a situação do cinto de Paco era boa ou ruim, mas ele logo suspirou, colocando o cinto aberto em cima da mesma mesinha a que Paco tinha sido acorrentado durante a noite.

— Não há nada errado com o cinto — declarou, mas não parecia ser uma grande surpresa para qualquer um naquela sala além de mim.

Suspeitei que era exatamente sobre isso que eles estavam conversando antes de eu entrar no quarto.

Paco fez que sim com a cabeça.

— Isso quer dizer que...? — Seus olhos flutuaram para mim.

— Temo que sim, estagiário. Não consigo pensar em nenhuma outra explicação. — Doc colocou as mãos na cintura e me lançou um olhar curioso.

— Ok, nem precisa dizer — eu me adiantei, erguendo as mãos em sinal de inocência. — Já entendi o recado. O clube dos cupidos quer conversar em particular. Não vou nem entrar no mérito de que essa é a *minha* casa, porque eu sou uma pessoa *muito* legal. Avisem quando tiverem acabado.

— De jeito nenhum, AP — disse Doc, se aproximando de mim. Ele segurou minha mão antes que eu me virasse e sorriu. — Precisamos de você aqui.

Fiquei sem palavras. A proximidade de Doc fez meu rosto arder, e o modo como ele disse que precisava de mim acelerou meu coração. Ele percebeu de imediato o efeito que tinha sobre mim, e isso o fez sorrir mais.

— É *Liliana* — corrigi pateticamente, tentando me fazer de durona. Mas não adiantou nada, agora que Doc sabia que tinha a vantagem.

— Agora... — sussurrou ele, me guiando para a cama. Fez um sinal indicando para que eu sentasse, então se afastou alguns passos e cruzou os braços. — Por que não me conta um pouco sobre o que você sentiu antes de começar a ver... nosso amiguinho loiro ali? — Ele apontou para Paco com a cabeça.

Meu olhar se encontrou com o do cupido, e o sorriso bobo que eu estava ensaiando para Doc sumiu de repente. Eu me lembrei da noite de sexta, da Subsolo lotada, dos corações de papelão nas paredes. Me lembrei do súbito enjoo, do barman preocupado, da sensação de estar sendo perseguida, de Augusto me acompanhando de volta até em casa.

Será que todo aquele mal-estar e paranoia estavam diretamente relacionados ao aparecimento de Paco?

— Pode dizer — incentivou Doc, lendo meu rosto. — Mesmo que pareça ridículo. *Especialmente* se parecer ridículo, na verdade.

Abaixei os olhos, respirei fundo e contei tudo a ele. Parte de mim esperava que Doc fosse voltar a ser grosso, rir e me mandar parar de graça. Mas o que ele fez foi escutar tudo atentamente.

Quando ergui a cabeça de novo, Doc tinha um meio sorriso vitorioso no rosto, e Paco parecia enjoado.

— Bem... Tudo indica que minhas suspeitas estão corretas — disse Doc, se virando para o cupido. — Mas, para ter certeza, nós podemos usar o antídoto.

Paco olhou para mim brevemente, depois abaixou a cabeça, parecendo pensar sobre o assunto.

— Tem certeza de que não tem nenhum efeito colateral se... — ele pigarreou — ... se não for esse o caso?

— Está com medo de uma injeçãozinha, estagiário? — perguntou Doc. Paco pensou mais um pouco e fez que não. — Ótimo. Vamos acabar logo com isso. Coloque seu cinto de volta.

O cupido obedeceu prontamente.

Doc tirou uma seringa de sua mochila mágica. O fluido dentro dela era preto absoluto, parecendo até ser feito de matéria escura. Doc empurrou o êmbolo até que algumas gotas esguichassem e então colocou a seringa de lado enquanto enrolava a manga da camiseta branca de Paco e limpava seu ombro com um algodão embebido em álcool. Eu fiquei bem surpresa ao perceber que ele planejava mesmo espetar Paco com aquela seringa de aparência perigosa.

Quase me vi protestando, mas estava hipnotizada demais pelo processo. Meus olhos encontraram medo nos de Paco. Ele estava com a boca semiaberta, como se estivesse lutando internamente entre me dizer ou não alguma coisa, mas por fim fechou o maxilar com força e se preparou para a picada da agulha.

— Me avise se vir alguma mudança — falou Doc, e no começo pensei que era com Paco, mas, quando encontrei seus olhos me encarando, percebi que era comigo.

— Que tipo de mudança? — indaguei.

Minha pergunta foi respondida sozinha no instante seguinte. Doc havia furado Paco com a seringa e injetado o líquido negro. Muito rapidamente, eu consegui ver através do ombro de Paco, como se ele não estivesse lá, como se o garoto tivesse nascido sem ombro, com um braço flutuante ao lado do corpo. Mas logo o "nada" em seu ombro se espalhou para o braço, e este também não podia mais ser visto.

Fechei os olhos, certa de que havia algo errado com eles, mas, quando tornei a abri-los, havia uma parte ainda maior de Paco invisível: o nada atingiu o local do coração, e assim foi rapidamente bombeado por todas as partes do corpo, até que não houvesse mais Paco, não houvesse mais Paco nenhum, em nenhum lugar.

Eu engoli o ar, fazendo um ruído estranho e me levantei devagar, com os olhos vidrados. Olhei para Doc, que sorria para mim, como se seu plano desde o início fosse fazer Paco sumir.

— Não consigo mais vê-lo — declarei.

Doc se virou para o lugar agora vazio de Paco no sofá e ficou em silêncio por um momento.

— Sim, estagiário. Não sei por que fica tão surpreso quando eu estou certo. Não é como se eu não estivesse certo na maioria das vezes. — Ele ficou mais um tempo sem dizer nada, como se estivesse escutando. — É natural que se sinta assim, mais racional agora. Acho que meu trabalho aqui está terminado. — Doc pegou sua mochila, colocou-a no ombro e caminhou até a porta, parando de repente e olhando para mim. Depois, olhou na direção do Paco-Invisível e sorriu de lado. — Diga à AP que mandei lembranças.

Eu não consegui acreditar naquilo. Caminhei, irritada, atrás de Doc.

— A "AP" está *bem aqui* — resmunguei. Ele parou de andar, mas não olhou para trás. Mesmo assim, de alguma forma, eu sabia que ele estava sorrindo. — É Paco quem está sumido!

Doc deu de ombros e fechou o cinto da invisibilidade ao redor da cintura, desaparecendo diante dos meus olhos. A porta se abriu sozinha e, depois de um tempo, eu percebi que Doc havia me deixado para trás.

12

— Estou aqui — disse uma voz atrás de mim.

Eu me virei e meu coração deu um salto de alívio ao ver Paco. Ele estava com ambas as mãos na fivela agora aberta do cinto e fazia uma tentativa de sorriso com os lábios fechados.

Escondi meu choque.

— O que ele *deu* pra você? O que era aquilo, Paco?

Paco não precisou se esforçar para sorrir debochado. Colocou o cinto em cima da mesinha e se jogou no sofá.

— O quê? Quer um pouco também? — indagou com sarcasmo. Eu fiz uma careta. Só de imaginar aquele líquido percorrendo minhas veias e deixando meu corpo invisível, senti um arrepio estranho. — Foi o que eu pensei. — Ele fez um sinal para a porta. — Feche-a. Alguém pode me ouvir.

Fiz que sim e obedientemente fechei a porta.

— Então agora minha família também pode ver e ouvir você? — perguntei, sentando ao seu lado no sofá.

— Estou sem meu cinto, né?

— Mas antes...

— Esqueça antes — me cortou, abruptamente. — Você é igual a todos eles *agora*.

Por que ser igual a todos parecia um xingamento? Mordi o lábio inferior por um instante antes de deixar a pergunta escapar, junto com o meu orgulho ferido:

— O que aconteceu? Por que eu conseguia ver você antes, mas não agora?

— Bem, eu... — começou Paco, parecendo meio constrangido. — Mencionei que sou um estagiário, né?

— Algumas vezes — ironizei.

— Eu estraguei mesmo as coisas. Tem um problema comum que pode acontecer entre um cupido e seu alvo e... Ok, não é *tão* comum assim. Mas não importa. O fato é que... eu me atrapalhei. Isso me deixou visível para você. E também estragou todo o plano, como nós dois sabemos.

— E Doc te deu a cura pra esse problema. Uma cura escura e macabra?

Paco assentiu, parecendo um pouco triste.

— Ponha macabra nisso. Acho que estou sentindo um vazio aqui dentro... — Ele fez um sinal vago, indicando algum lugar entre seu estômago e seu coração.

Ficamos em silêncio por um momento. Havia uma tensão estranha no ar. De alguma forma, a visita de Doc havia alterado a estrutura da dinâmica entre mim e Paco. Ele parecia novamente um estranho, como se os últimos dias nunca tivessem acontecido.

— E agora? — ousei perguntar.

— Agora eu não sei. — Paco parecia exausto. Esfregou a testa com a mão boa, espantando alguns cachos. — Não posso atirar com a mão assim. Vou ficar sem fazer meu trabalho por um mês.

— Isso parece ótimo — comentei, colocando a mão sobre a perna dele em um gesto confortador. — Contanto que seu chefe compreenda a situação, claro...

Paco forçou uma risada.

— Você tá brincando, né? Liliana, meu chefe não pode saber sobre isso. Sobre nada disso!

Percebi que sua voz estava embargada e cheia de medo, e aquilo me comoveu. Fiz movimentos suaves sobre a perna dele, sem saber exatamente o que dizer para fazê-lo se sentir melhor.

Então, de repente, antes que eu tivesse chance de falar, o celular de Paco apitou, vibrando sobre a mesinha de centro ao lado do cinto da invisibilidade. Ele se levantou, emburrado, esquivando-se da minha mão para buscar o celular. Clicou na tela lentamente e pareceu ler uma mensagem que o apavorou.

— Boca grande! — Paco olhou para mim, furioso, deixando o celular cair sobre o carpete.

Enterrou os dedos nos cachos, puxando-os para cima de forma nervosa, então fechou os olhos e sacudiu a cabeça.

— O que eu fiz? — perguntei.

Paco não me respondeu. Apenas bufou e se jogou sobre minha cama.

Preocupada, pesquei o celular do chão. Na tela ainda acesa, havia uma mensagem do remetente "Chefe":

"Como foram as coisas com a Coração de Pedra, estagiário?"

— Coração de Pedra?! — exclamei, ofendida. — Ele está falando de *mim*?!

Paco continuou sem me responder. Seus olhos estavam fechados, bem apertados, e fazia uma careta de desgosto enquanto se concentrava em respirar fundo, fundo, fundo... até se acalmar. Sentei na ponta da cama e puxei os pés dele para o meu colo. O toque o fez abrir os olhos.

— Minha boca é grande agora, é? — perguntei, meio brincando, tentando amenizar o clima.

Paco riu e sentou, esticando a mão enfaixada para encostar na minha boca. Eu afastei o rosto, e ele recolheu a mão, resignado.

— Sua boca é minúscula — disse, em tom tranquilizador. Eu abaixei a cabeça e cobri a boca com a ponta dos dedos, me sentindo um pouco vulnerável e extremamente consciente de mim mesma. — Foi só uma... como vocês chamam? Figura de linguagem. — Ele de repente ficou muito sério. — Você mencionou o meu chefe e claro que ele pressentiu isso; me mandou uma mensagem logo em seguida.

Paco puxou os pés para longe do meu colo e dobrou as pernas para apoiar o queixo nos joelhos. Puxei meus pés para cima também, imitando sua posição.

— Cupidos têm algum tipo de radar pra essas coisas? — perguntei. Não que eu duvidasse de mais nada naquele mundo. — Uma intuição especial para saber quando estão falando de vocês?

— Não — confessou Paco, emburrado.

— Então é tipo uma superstição — constatei, dando de ombros.

— Não! — exclamou, balançando a cabeça de forma indignada. — Não é superstição quando acontece de verdade! Você mencionou meu chefe, ele mandou a mensagem. Simples assim.

— Meu filho, você acha que se eu tivesse essa espécie de poder eu estaria aqui sentada tranquila? Claro que não. Eu estaria mencionando, sei lá, o Benji Garcia, porque, segundo você, no instante seguinte ele estaria me mandando uma mensagem, e depois disso era só esperar o casório.

O rosto de Paco se desanuviou na mesma hora.

— Benji Garcia, é? O galã da novela das sete? — Ele riu. — Então ele é o tipo de cara que você gosta.

— Que eu saiba, ele é o tipo de todo mundo. Você já *viu* o Benji Garcia?

Paco sorriu de lado.

— Augusto não se parece particularmente com o Benji — comentou.

Eu nunca tinha parado para pensar naquilo.

É besteira, porque é claro que Augusto não se pareceria com o Benji. Ninguém se parece com o Benji. Benji Garcia é um exemplar único de perfeição neste mundo.

Ainda assim, eu sabia exatamente o que ele queria dizer: "Augusto não faz seu tipo". Pode parecer um modo um pouco grosseiro de colocar as coisas, mas eu não tinha como negar que era verdade.

— Não — disse eu simplesmente.

— Talvez tenha sido sorte sua eu estar com a mão quebrada — continuou Paco, mordendo o canto do lábio despretensiosamente. — Talvez isso tenha evitado que nós dois acabássemos cometendo um grande erro...

Aquela conversa estava ficando profunda demais para o meu gosto.

Eu queria negar tudo o que Paco dizia. Eu queria rebater que, mesmo não sendo o meu tipo, Augusto era um ótimo partido e qualquer garota seria louca de não querer se apaixonar por ele. Mesmo se o ato de se apaixonar envolvesse a arma esquisita dos cupidos.

Mas eu não consegui negar. Porque parte de mim estava realmente aliviada por não estar mentalmente escrava de uma sensação falsa causada por um líquido artificial radioativo com coraçõezinhos.

Abri a boca, sem saber o que falar. Paco me encarava profundamente com os olhos serenos, mas intensos. De repente, tive que tomar consciência do ato de respirar, porque meu cérebro havia se esquecido de como fazer isso de forma mecânica. Inspirar. Expirar. Inspirar. Expirar.

O celular de Paco apitou outra vez, e o som quebrou o clima.

Como Paco não fez menção de se mover, eu me levantei para pegar o aparelho.

— "Estagiário? Favor mandar notícias imediatamente, ou serei obrigado a enviar uma equipe de resgate" — li em voz alta.

Paco saltou da cama com uma expressão alarmada no rosto.

— Ah, não — exclamou baixinho. — Ah, não! — repetiu mais alto.

Soltei o celular e me aproximei dele, segurando seus ombros. Ele estava incrivelmente pálido e parecia à beira de um ataque de pânico.

Então começou a hiperventilar.

— Paco, calma... — sussurrei de forma confortadora.

— Calma?! — murmurou, olhando nos meus olhos. Eu estremeci diante de sua veemência. — Liliana, você não está entendendo o quanto isso é sério. Se meu chefe descobrir o que aconteceu aqui... eu vou ser demitido! Não só demitido: arruinado! — Ele se libertou do meu toque e começou a andar de um lado para o outro de maneira frenética. — Nunca mais vou conseguir um emprego decente na vida, entende? Meus pais certamente vão me deserdar, e a Luci com certeza vai querer desfazer nosso noivado e...

— Espera aí. Você tem uma *noiva*? — interrompi, surpresa.

Claro. Ele despeja um bando de informação tensa, e eu me concentro no estado civil do cara. Muito maduro, Liliana. Muito maduro.

Pelo menos, a minha pergunta boba o distraiu de seu próprio chilique.

Mais ou menos.

Ele parou de falar, mas daí as lágrimas vieram. A hiperventilação voltou. Ele caiu no chão de joelhos, começou a soluçar e voltou a balbuciar suas preocupações.

Olhei ao redor, preocupada. O que eu deveria fazer com aquilo? Um homem crescido chorando no chão do meu quarto. Não era exatamente o tipo de situação com a qual a gente aprendia a lidar na aula de defesa pessoal. Não existia, infelizmente, nenhuma modalidade de defesa da nossa paciência.

— Paco... — comecei devagar. Ele me ignorou e continuou chorando. — Paco! — disse de modo mais firme.

Ele levantou os olhos para mim.

— Ele não pode mandar a equipe de resgate, Liliana. Se ele mandar alguém para cá, já era! — Soluçou dramaticamente.

Comecei a andar pelo quarto, pensativa. De repente, parei. Uma lâmpada metafórica se acendeu sobre minha cabeça.

— Fique quieto — pedi, e Paco imediatamente obedeceu. — Eu tive uma ideia.

Ele ergueu o rosto, curioso.

Peguei o celular dele e o entreguei em suas mãos.

— Responde seu chefe — ordenei. Paco, tendo parado de chorar, secou as lágrimas e seguiu meus comandos. Ele abriu o contato do chefe no celular e posicionou os dedos, pronto para digitar a resposta. Eu ditei: — "Querido chefe..."

— Querido chefe? — repetiu Paco, rindo.

Eu ignorei.

— "Agradeço pela sua preocupação, mas gostaria de informar que me encontro bem." Não. Escreva "*cem por cento* bem". É melhor. A matemática faz tudo parecer mais preciso. Mais *confiável*.

Paco digitou o que eu disse e então olhou para cima.

— Mas eu não estou cem por cento bem — argumentou, erguendo a mão engessada como evidência.

— Eu sei. Mas ele não precisa saber disso. Continue: "É meu dever relatar que tive um pequeno imprevisto com a..." — Pausei.

— Coração de Pedra. — Completou Paco, escrevendo com um sorrisinho.

Eu suspirei, mas deixei passar. Sabia muito bem que ele tinha que utilizar o meu "apelido carinhoso" se quisesse parecer convincente.

— "No entanto, tenho convicção de que posso resolver o caso por conta própria se o senhor me der mais algum tempo."

Paco abriu a boca em surpresa.

— Você é um gênio! — exclamou ele. — Por que eu não tinha pensado nisso antes?

— "Um mês é tudo o que eu peço" — finalizei. — E você não tinha pensado nisso antes porque eu sou o gênio aqui, não você.

Ele sorriu de forma tão genuína que eu me vi baixando minhas defesas. Pela primeira vez em muito tempo, diante de um sorriso tão sincero, eu não recuei, não desviei, não corri para as montanhas. Pelo contrário, aceitei o sorriso de Paco abertamente e retribuí com um sorriso igualmente verdadeiro.

Então, de repente, o celular apitou outra vez e nós dois pulamos de susto, nos voltando prontamente para o aparelho. O chefe havia respondido. Paco conferiu a mensagem. Seus lábios se curvaram para baixo em descontentamento.

— Ah, não — disse ele.

— O que foi?

Ele me entregou o celular para que eu lesse a mensagem por mim mesma.

"Tudo bem. Só vou precisar que você faça alguns serviços por aí, aproveitando que está pela área."

Levantei os olhos, e Paco caminhava de um lado para o outro, desesperado.

— Você não vai voltar a chorar, vai?

Ele parou de caminhar e olhou para mim. Seus olhos se iluminaram, e ele sorriu levemente. O rosto inteiro adquiriu uma expressão marota.

— O que foi? — perguntei.

— Ah, nada... — disse ele, sorrindo com inocência. — Não sei... Só fiquei pensando... Quem dera eu conhecesse alguém que pudesse fazer esses "serviços" no meu lugar...

— Boa ideia! Por que você não chama o Doc?

O sorriso de Paco escorregou por um instante.

— Doc é só um médico — explicou lentamente. — Ele não leva muito jeito para lidar com AP, por isso nunca passou no exame de atirador.

— Ah. Você não tem algum outro amigo cupido?

— Nenhum que possa me ajudar nessa situação — retrucou ele e suspirou dramaticamente. — Mas, oh, se apenas houvesse alguma outra pessoa no mundo, talvez até mesmo nesse quarto... Alguém com *duas mãos boas*... — Olhou enfaticamente para as minhas mãos.

— Você não tá sugerindo que eu... — Encarei-o com os olhos estreitos. Ele me encarou de volta com aquela carinha inocente de anjo. — Ah. Você tá, sim.

Sim, ele estava sugerindo que eu fizesse seu trabalho de cupido.

Ele encolheu os ombros.

— Paco... — resmunguei em tom de advertência.

— É só temporário — ele se apressou em dizer. — Nada muito difícil, também. O chefe não me confiaria tarefas particularmente complicadas. Bem, exceto pelo seu caso... Mas o seu caso é diferente, e eu garanto que não existem mais pessoas como você.

— Obrigada — ironizei.

— De nada. — Ele sorriu, sem perceber meu sarcasmo. — E então, o que me diz?

Eu sentei no sofá, meio rindo, balançando a cabeça sem realmente conseguir acreditar. Paco se ajoelhou à minha frente. Seu rosto era expectativa pura.

— Você não acha que já fiz o suficiente por você? Eu te dei abrigo, comida... roupa lavada. — Apontei para as roupas dele.

— É — concordou Paco, encolhendo os ombros. — Você também meio que... hum... quebrou minha mão... — Ele ergueu o braço engessado para ilustrar e franziu o nariz. — E... hum... essa meio que é a razão principal para eu estar prestes a perder meu emprego, minha dignidade e todo o resto, né?

Eu tive que rir. Paco *sabia* que eu estava me sentindo culpada por ter quebrado sua mão e agora estava tentando usar isso para me manipular.

— Eu sou imune à chantagem emocional, meu camarada. Tenho um irmãozinho mais novo que pode comprovar isso, se quiser. É só perguntar para ele — informei, cruzando os braços. — Além do mais, nem vem me colocar como a vilã da história. Você teve o que mereceu por me perseguir no meio da noite.

Paco uniu as mãos em pose de oração e resolveu apelar para a súplica descarada.

— Por favor, por favor, por favor, por favooooor! — disse, me sondando com aqueles enormes olhos violetas de filhotinho abandonado.

Desviei o olhar, porque ele estava conseguindo penetrar minha casca. Talvez eu não fosse tão imune assim à chantagem emocional. Talvez Cadu simplesmente não soubesse fazer direito — porque Paco era realmente um profissional na arte da manipulação.

— O que eu ganharia com isso? — perguntei, voltando a encará-lo.

Mantive minha expressão séria, impassível, mas ainda assim Paco se encheu de esperanças e um sorriso enorme invadiu seu rosto. Ele sabia que tinha me ganhado.

— A gratidão pessoal de ajudar um amigo em tempos de necessidade? — sugeriu, inclinando a cabeça e encolhendo os ombros. Revirei os olhos e bufei. Paco tocou minha mão, fazendo com que eu voltasse a olhá-lo. — E acesso exclusivo a todas as parafernálias de cupido, é claro.

Ergui as sobrancelhas, surpresa e interessada. Bombons, flores e passagens para Paris de graça, além de poder ficar invisível e ler os pensamentos alheios? Por favor e obrigada.

— Ok, Paco — declarei após alguns segundos de pausa para brincar com a tensão dele. — Eu topo.

13

Eu nem vi o abraço chegando, de tão repentino. Paco me envolveu em seus braços, me ergueu do sofá e me rodopiou, dançando comigo pelo quarto.

— Obrigado, obrigado, obrigado, obrigado, obrigado!!!!!

Quando me recuperei do choque, comecei a rir. A alegria de Paco era muito contagiante e, naquele momento, todas as minhas dúvidas sobre ter tomado a decisão errada desapareceram. Decidi que ajudar Paco era o certo a se fazer. Vê-lo tão feliz me preencheu com uma sensação aquecida de satisfação.

Quando ele enfim me soltou, nossos olhares se encontraram e, subitamente, a leveza se tornou tensa, mas não de um jeito ruim. Paco ainda tinha os braços ao redor da minha cintura. Nenhum de nós se moveu. Eu não ousava nem respirar.

O momento foi interrompido por uma batida na porta do quarto.

— Li, tem alguém aí com você? — perguntou meu pai, do outro lado.

Olhei alarmada para Paco. Ele retribuiu o olhar armado e puxou os braços para longe de mim. Caminhei apressadamente na direção da voz do meu pai.

— Não — falei para a porta. Então apertei os olhos e me lembrei do que Paco havia dito: agora meus pais podiam ouvi-lo. Eles provavelmente tinham ouvido uma voz de garoto dentro do meu quarto, ou meu pai não teria vindo me confrontar. Não fazia sentido mentir. — Quer dizer, sim. O Augusto está aqui. — Bom, não fazia sentido mentir *muito*.

Meu pai abriu a porta de repente e meu coração congelou. Se ele visse Paco, iria me matar. Eu só esperava que Paco tivesse usado sua cabecinha oca rápido o suficiente para pensar em colocar o seu incrível cinto da invisibilidade, mas isso me colocaria numa posição ainda mais esquisita. O único modo da situação acabar bem seria se Augusto se materializasse magicamente dentro do meu quarto.

Fechei os olhos e esperei a bronca.

— Ah. Oi, Augusto — disse meu pai. — Não vi você entrando pela porta da frente...

— Eu entrei pela janela, senhor - a voz de Augusto respondeu prontamente.

Espera aí.

A voz de... *Augusto*?

Abri os olhos e virei a cabeça. E, realmente: lá estava Augusto. Bem no lugar em que, segundos antes, Paco tinha estado. Ele deu uma piscadinha discreta na minha direção.

— Que estranho. — Meu pai riu. — Da próxima vez, use a porta da frente, garoto.

— Pode deixar, senhor!

— O que houve com a sua mão? — perguntou meu pai, preocupado. Porque a mão de Augusto estava engessada, exatamente como a mão de Paco tinha estado.

— Eu caí — respondeu "Augusto", dando de ombros e sorrindo de modo fofo para desviar as suspeitas.

— Provavelmente pulando alguma janela — supôs meu pai, com outra risada. — Você devia tomar mais cuidado.

— Sim, senhor.

Parecendo satisfeito com a interação, meu pai sorriu uma última vez e deu as costas, deixando a porta aberta como uma mensagem indireta de "estamos de olho".

Esperei ele sair e seus passos soarem longe, então me virei para "Augusto".

— Que é isso? — resmunguei num sussurro. — Mais um truque?

Augusto sorriu para mim, e seu sorriso era bizarramente idêntico ao sorriso de Paco. Ele virou a mão para cima e mostrou uma bola de borracha presa em seu punho fechado. Era laranja neon e tinha pequenos espinhos, como um brinquedinho antiestresse.

— Nós precisamos ter nossos truques — informou ele. Abriu a mão, liberando a bolinha, e voltou a ser Paco. — O nosso trabalho não seria muito fácil sem os truques. Vocês, humanos, são bem difíceis de lidar.

— Então é fácil *com* os truques? — provoquei com um sorriso. — Eu nunca suspeitaria. Não depois do fracasso de sexta-feira — Apontei para a mão engessada dele.

Paco deu um passo para trás, colocando a mão engessada no peito como se estivesse muito ofendido, mas havia um sorriso divertido em seu rosto.

— Ah, você acha que consegue fazer um trabalho melhor que o meu? — perguntou em tom instigador.

— Isso é um desafio? — Ergui as sobrancelhas e coloquei as mãos na cintura, não me deixando abalar.

Ele também levantou as sobrancelhas, me encarando com divertimento antes de quebrar o contato visual e sorrir.

— Vou ensinar todos os meus truques pra você, Liliana — disse com leveza. Então pegou a debellatrix, me entregou e pôs as mãos por cima dos meus dedos para garantir que eu os fecharia. — Mas antes você precisa aprender a atirar.

Minhas mãos ricochetearam para trás e por pouco não acertaram o meu rosto. A seringa cortou o ar com um assobio e errou a árvore-alvo por pelo menos dois metros. Soltei uma risada, esperando que Paco fosse fazer o mesmo, mas ele apenas encarou, sério, a direção generalizada onde a seringa havia se perdido.

Então soltou um suspiro impaciente.

— Tente encaixar o ombro, como eu já disse.

Rodei os ombros para a frente e para trás. Eles estavam surpreendentemente doloridos, levando em conta que praticávamos havia menos de uma hora.

— E, como *eu* já disse, não faço a menor ideia do que você quer dizer com "encaixar os ombros"! — informei, irritada.

As coisas não estavam dando muito certo. Eu não era boa naquilo. Não mesmo. E Paco também não era um professor muito paciente. A cada erro meu, ele parecia se desesperar mais. Nossos ânimos estavam bastante alterados: eu estava frustrada comigo mesma por não conseguir, e ele estava frustrado consigo mesmo por depender de mim; daí eu ficava furiosa com ele por estar tão desesperado, e ele ficava furioso comigo por não estar desesperada o suficiente.

Acho que, quando a gente planejou tudo, nenhum de nós dois esperava que fosse ser tão difícil. Nós achávamos que, magicamente, eu iria ser ótima naquele negócio de atirar seringas radioativas. E agora estávamos os dois irritados por eu não ser uma atiradora nata.

Ele me encarava com os braços cruzados e as sobrancelhas erguidas, pronto para começar uma briga. Outra briga. As pontinhas de suas orelhas já estavam vermelhas.

Respirei fundo, girando os ombros de novo.

— Talvez devêssemos dar uma pausa — sugeri levemente.

Ele respirou fundo também e abandonou completamente a pose de briga.

— Não — disse, suspirando. Então se posicionou atrás de mim — Olha. É assim.

Ele sustentou meus dois braços no alto, empurrando os ombros para baixo até que a pose ficasse impressionantemente estável e firme. De repente, a expressão "encaixar os ombros" fez todo o sentido. Se ele tivesse me explicado dessa forma desde o começo, teríamos evitado duas horas de tensão.

Paco pareceu satisfeito com o resultado de sua intervenção, porque logo soltou os meus braços. Sem que eu esperasse, também chutou o meu pé, fazendo minhas pernas abrirem desengonçadamente. Ele me segurou antes que eu caísse e riu.

— Não esquece da firmeza na base, Lili — sussurrou perto do meu ouvido.

Lili. Ele disse o apelido de maneira tão natural mas, ao mesmo tempo, tão íntima, que fiquei completamente sem reação. Achei melhor não comentar. Assenti, enquanto ele se afastava um pouco para me dar espaço.

— Tenta agora — disse ele.

Fechei um dos olhos para mirar, um instinto aprendido por causa de anos vendo filmes de Hollywood, mas Paco logo me lembrou:

— Os dois olhos abertos, ou você vai perder a noção de profundidade. Lembre-se de que a debellatrix é sensível à pressão. Se apertar demais, a seringa pode acabar se inviabilizando dentro do alvo.

Imaginar a seringa transpassando o corpo de alguém me fazia querer vomitar, então tentei não pensar muito nisso. Mesmo porque, para que a seringa perdesse sua potência, entrando fundo demais no alvo, eu precisaria primeiro *acertá-lo.*

Abri o olho fechado, respirei fundo e... apertei o gatilho.

A seringa, dessa vez, passou de raspão no alvo. Foi um grande progresso. Abaixei a arma, sorrindo. Atrás de mim, Paco riu satisfeito.

— Isso, foi quase! — exclamou, com um humor muito melhor. — Só mais um pouquinho para a esquerda — disse, girando o meu corpo milimetricamente. — Assim. Tenta de novo.

Obedeci e, então, por incrível que pareça, a seringa parou espetada bem no galho em que eu estava mirando.

Gargalhei, deliciada, e dei pulinhos de comemoração, abraçando Paco, que apenas riu de volta e me abraçou.

— Tá vendo? Eu disse que você era capaz.

Empurrei-o para longe com deboche.

— Que mentira! Três segundos atrás você estava pronto para me esganar por ser tão ruim!

Ele revirou os olhos, sorrindo, e caminhamos lado a lado até a árvore.

Na verdade, chamar aquilo de árvore era ser bem generosa com a pobrezinha. Era, no máximo, uma planta adolescente. Suas folhas, embora muito verdes, eram escassas, e seu tronco tinha a finura do meu braço. Realmente, tendo estado a quase dez metros de distância, era uma surpresa muito grande que eu de fato tenha conseguido acertar o alvo, mesmo depois de umas cem tentativas.

Paco retirou a seringa do tronco. O líquido verde radioativo tinha sido quase todo injetado na árvore, mas ainda restava um pouquinho no êmbolo quando Paco pegou o objeto entre os dedos para examinar.

— Por quem será que essa árvore vai se apaixonar? — perguntei com um sorriso divertido.

— Pela pessoa em quem ela estava pensando, é claro. — Paco entrou na brincadeira. — Provavelmente a menina louca que esteve tentando acertá-la pelos últimos quarenta e cinco minutos.

— Não seja bobo, ela nem mesmo podia me ver! — lembrei, apontando para o cinto da invisibilidade e abrindo mais o meu sorriso.

Era divertido, *realmente divertido*, poder utilizar toda aquela parafernália de cupido.

Lá estava eu, no meio de um parque movimentado, atirando seringas suspeitas com uma arma esquisita em árvores adolescentes, e ninguém nem ao menos tinha vindo tirar satisfação. E tudo isso só era possível porque *ninguém podia me ver*!

Bem, exceto Paco, é claro.

Aparentemente a invisibilidade do cinto não funcionava com cupidos, apenas com APS.

Mas, infelizmente para Paco, ele só tinha *um* cinto disponível, e esse cinto estava comigo. De modo que, embora ninguém pudesse me enxergar no meio do parque, todo mundo era capaz de ver um sujeito loiro com o braço engessado falando “sozinho”, ficando frustrado com “nada” ou comemorando “sem razão alguma”.

Paco apertou o pequeno êmbolo, fazendo o restante do líquido escapulir pela agulha, então guardou o objeto em um saquinho de pano. Pelo barulho de vidros tilintando, supus que aquele saquinho contivesse uma porção de outras seringas vazias.

— Ela provavelmente se apaixonou por *você*. — Eu ri, dando um tapinha camarada no tronco da planta adolescente. — Pobrezinha. Mal sabe ela que árvores e cupidos não combinam...

14

Já estava anoitecendo quando Paco decidiu que era hora de tirar uma folga. Eu tinha progredido bastante para apenas algumas horas de prática, e nós dois estávamos empolgados com isso. Animados, mesmo. É incrível o quanto uma atividade tão simples quanto aquela pode transformar dois quase-estranhos em praticamente melhores amigos em tão curto tempo.

Estávamos os dois rindo quando voltamos para casa, tão distraídos com nossa própria diversão que esquecemos que não estávamos sozinhos. Se eu tivesse me atentado para o detalhe do carro dos meus pais estacionado na garagem da frente, talvez tivesse me ocorrido a ideia de fazer Paco colocar o cinto da invisibilidade. Ou então, no mínimo, de entrar fazendo menos barulho.

O grito do meu irmão foi o que finalmente trouxe meus pés de volta ao chão.

— Mãããããããe, a Liliana chegou! — informou Cadu, fazendo uma pequena pausa para constatar a presença do cupido bonitão ao meu lado. — E ela trouxe um namorado!

Paco e eu estagnamos na entrada da casa e nossos sorrisos morreram aos poucos de forma sincronizada. Olhamos alarmados um para o outro.

Ótimo. Agora eu seria forçada a apresentar Paco, o cupido estagiário, aos meus pais. Tudo graças ao meu abençoado irmão mais novo que, como já mencionei, também é conhecido como O Rei das Fofocas. O que custava ele ter cuidado da própria vida, para variar?

Só tive tempo de me posicionar na frente de Paco de forma protetora antes que meus pais surgissem na sala. Meu pai foi o primeiro a aparecer, vestindo um avental de cozinha e um pano de prato no ombro.

— Onde você estava, dona Liliana? — começou ele, em tom reprovador. — Saiu sem avisar e não atende o telefone! Sua mãe e eu ficamos preocupadíssimos e... Oi. Você não é o Augusto. — Ele mudou a linha de raciocínio por completo ao finalmente notar Paco atrás de mim.

Paco engoliu em seco de forma audível e sorriu.

— Oi — cumprimentou Paco, estendendo a mão para meu pai. — Sou o Paco.

Meu pai apertou a mão dele sem questionar muito, mas, quando sua pele negra entrou em contato com o gesso branco da mão de Paco, ele recuou. Lançou um olhar estranho para Paco, e então para mim.

— Paco andou pulando janelas também? — perguntou.

Eu congelei, certa de que, de alguma forma, meu pai havia desvendado todo o mistério: *o Augusto verdadeiro não quebrou a mão coisa nenhuma; na verdade, aquele Augusto e esse Paco são a mesma pessoa, porque Paco obviamente possui um dispositivo que consegue transformar uma pessoa em outra. A Liliana acha que eu sou burro? Qual é a probabilidade de duas pessoas próximas a ela terem quebrado a mesma mão no mesmo dia?*.

— Estranho, né? — prosseguiu meu pai, rindo e fazendo dissipar minha tensão. — Um colega meu do trabalho também quebrou a mão esses dias. Acho que é melhor a gente tomar cuidado! Estamos na temporada das mãos quebradas!

Não deu muito tempo de respirar de alívio, porque logo em seguida minha mãe chegou. Ela ainda estava com os óculos de leitura no rosto e o cabelo preso para cima de forma desajeitada. Seu rosto expressava pura curiosidade.

— Alguém disse namorado? — foi a primeira pergunta dela.

— E-ele não é meu *namorado*! — gaguejei, apressada. Apressada demais, o que eu sei que me fez parecer suspeita. Embora, é claro, Paco *realmente* não fosse meu namorado. Lancei um olhar irritado para o meu irmão, que sorria o sorriso dos vitoriosos. — Paco é o nosso novo vizinho — completei em um tom mais ameno.

Foi a resposta mais lógica que surgiu na minha cabeça na hora. Tudo bem que era mentira, mas o que eu podia fazer? Abrir o jogo completamente? "Mãe, pai, esse aqui é o Paco. Ele é um cupido e veio aqui fazer eu me apaixonar pelo Augusto, mas eu meio que quebrei a mão dele. Sem querer. Totalmente sem querer. Aliás, ele dormiu aqui em casa ontem à noite. Espero que não tenha problema!"

Acho que eu teria menos trabalho simplesmente fingindo que ele era o meu namorado.

Meus pais se entreolharam e trocaram uma careta de deboche, fazendo grande caso em demonstrar que não acreditavam que Paco era "só um vizinho". Senti minhas bochechas esquentarem e bufei, revirando os olhos. O barulho trouxe meus pais de volta à realidade, e eles sorriram para mim e para Paco.

— Ok, então — disse meu pai. — *Vizinho*.

Minha mãe pigarreou e cutucou meu pai com o cotovelo, como quem diz "Comporte-se, temos visita!".

— Olá — disse ela para o cupido. — Paco, né? Seja bem-vindo à vizinhança, querido.

— Obrigado. — Paco, atrás de mim, lançou um daqueles sorrisos irresistíveis que lhe vinham naturalmente.

Minha mãe obviamente não conseguiu não sorrir de volta como uma boba.

— Você está na casa da Benedito Arcuri, no quarteirão de baixo, não é? — perguntou ela, de modo amigável. — Essa casa está pra alugar tem um bom tempo! Fico feliz em ver que finalmente foi ocupada.

— Dizem que ela é assombrada — completou meu irmão, com um tom macabro.

— Sim, ele está morando lá. Naquela casa da Benedito Arcuri, no quarteirão de baixo. Isso mesmo. — Aproveitei a oportunidade para criar a ilusão de que Paco era uma pessoa real e concreta, e definitivamente não um cupido sem-teto morando temporariamente no meu quarto. — E não, ela *não é* assombrada.

— Não seja bobo, Carlos Eduardo — repreendeu meu pai, em tom divertido. Então abaixou a voz, como se quisesse que só Cadu escutasse a próxima parte: — Você sabe há quanto tempo a dona Marta está tentando alugar aquele lugar... — Ele se voltou para Paco. — Definitivamente não é assombrada.

— Ela *não* é assombrada — repeti, olhando para Paco, apesar de o cupido não ter nada a ver com a presença ou não de poltergeists em uma casa onde ele nem mesmo morava de verdade. — Ignora eles.

— Paco vai ficar pra jantar? — perguntou meu pai, casualmente.

Meu sorriso congelou no rosto, mas meus olhos se arregalaram inevitavelmente, denunciando o pânico. Se eu achava que aqueles poucos minutos de interação haviam sido ruins, imagine passar um jantar inteiro com um cupido estagiário e a minha família. Seria uma verdadeira tragédia.

— Eu adoraria — respondeu Paco, antes que eu pudesse fazer um controle básico de danos. — Obrigado.

— Ótimo! — Meu pai sorriu. — Vão lavar as mãos, crianças. O jantar vai ficar pronto em cinco minutos.

Paco e eu fomos os primeiros a sentar à mesa. Ele trocou um sorriso tímido comigo.

— Desculpe por ter aceitado o convite. Sinto que você não queria que eu tivesse feito isso.

— Não, não, você pode aceitar o que quiser. — Desviei os olhos. — E, de qualquer forma, é melhor jantar aqui com eles do que escondido no meu quarto, né?

— Eu só não quero abusar... — disse Paco.

— Tarde demais pra se preocupar com isso, colega. — Voltei a olhar para ele e ergui as sobrancelhas. O queixo de Paco caiu, ofendido e surpreso. Eu ri. — Brincadeira. Não é uma *completa tortura* ter você por perto, admito. Eu... hum... me diverti bastante hoje.

A declaração o surpreendeu mais ainda. Ele sorriu, espantado, mas claramente feliz. Quando ia abrindo a boca para responder, meu pai chegou à mesa trazendo seu famoso salmão ao molho de maracujá, e o maravilhoso aroma de comida fez Paco perder completamente a linha de raciocínio.

— Isso aqui está com uma cara ótima — elogiou, fazendo meu pai sorrir lisonjeado.

— Falando em cara ótima... — Meu pai franziu a testa, olhando tão intensamente para o cupido que eu prendi o ar enquanto aguardava o resto de sua fala. — Já disseram que você tem um rosto bem interessante? Diferente mesmo, sabe?

— Obrigado, eu acho — disse Paco baixo, sem desviar os olhos.

— Não, não, é um elogio. É só que... Nunca vi nada parecido. Hum... Qual é a palavra que eu quero? Não é exatamente *belo*. Não que você não seja... bom, que não tenha seu charme. Mas a palavra não era essa, era... Etéreo! — exclamou por fim, e pela empolgação dava para pensar que ele tinha acabado de descobrir a lei da gravidade.

Eu entendia o que meu pai estava tentando dizer. Paco tinha mesmo algo de distinto, o que provavelmente tinha a ver com ser um cupido. Os traços de seu rosto eram incomuns, e não tinha como não reparar naqueles estranhos olhos violetas. Ainda assim, não é o tipo de coisa que se diz em voz alta, ainda mais quando você acabou de conhecer o cara! Eu fiquei tão envergonhada por meu pai que não consegui impedi-lo de praticamente declamar um poema para o cupido convidado. Por sorte, antes que a situação ficasse ainda mais embaraçosa, minha mãe chegou à mesa, puxando Cadu pelo braço.

— Querido, pare de constranger o pobrezinho! — ralhou ela, sentando na cadeira logo à frente de Paco. — Desculpe pelo meu marido. Mas me conte de você. O que está achando da casa nova?

Eu mordi os lábios, ansiosa, pensando que talvez teria sido menos ruim deixar meu pai continuar com sua falta de noção, porque se Paco ficasse sem fala diante de toda aquela estranheza seria uma reação completamente esperada. No entanto, nós não havíamos treinado para conversas "normais", e eu temia que o cupido fosse estragar tudo sem querer, apenas por realmente não saber como agir como um ser humano — pelo simples fato de ele não *ser* um ser humano.

Mas minha preocupação não durou tanto. Paco aprendia rápido e era incrivelmente bom em ler situações para manipulá-las.

— A vizinhança é ótima — disse ele em tom sério, assentindo para ganhar maior credibilidade. — Mas eu não... hum... não pude ainda aproveitar a minha casa, porque... — Ele trocou um breve e discreto olhar comigo. *Por favor, não diga "porque eu estou dormindo no quarto da sua filha"*, implorei mentalmente. — Porque está tudo reformando.

— Ah, reforma é muito chato — palpitou minha mãe. — Mas geralmente vale a pena, quando o resultado é legal.

— Sim, mas por enquanto... por enquanto tem sido bem difícil... — Paco fez aquela cara de cachorrinho sem dono, olhando tristemente para o salmão em seu prato. — Porque meus móveis também não chegaram ainda, e eu estou precisando dormir no chão... no meio da poeira...

Eu quase ri. Se eu não soubesse melhor, teria morrido de pena. O filho da mãe era realmente um ótimo ator.

— *No chão?* — exclamou meu pai, abismado. — No meio da *poeira*?

Paco encolheu os ombros, como se não fosse grande coisa.

— É, mas não tem problema. Já estou acostumado...

— Não, não, não, que é isso! — Minha mãe colocou uma das mãos sobre o peito e enrugou a testa. — Não, querido. Nada de dormir na poeira. Nós temos um quarto de hóspedes. Você pode vir dormir aqui em casa, se quiser.

O rosto de Paco se iluminou.

— Sério?

— O quarto de hóspedes está um pouco empoeirado — brincou meu pai. — Mas nada que um paninho não resolva.

Eu estava dividida entre achar graça e ficar muito surpresa. Não que meus pais fossem pessoas ruins, mas eles nunca tinham sido tão bonzinhos assim com Augusto. Será que esse era o efeito que os cupidos tinham nas pessoas comuns?

— Eu adoraria. — Paco sorriu, gratidão genuína estampada em suas feições. — Obrigado.

Ou Paco era um ótimo manipulador ou aquela carinha de anjo tinha realmente conseguido conquistar meus pais sem nem tentar muito. De uma maneira ou de outra, eu estava verdadeiramente impressionada.

— Você mora sozinho, querido? — perguntou minha mãe. — Onde estão seus pais?

Paco suspirou de leve e, de forma quase imperceptível, seus lábios se curvaram para baixo. Mesmo com nosso pouco tempo de convivência, pude reparar que aquele assunto não lhe era dos mais agradáveis. Mas ele disfarçou tão bem que eu provavelmente fui a única a notar.

— Eles ficaram na minha antiga cidade — disse Paco. — Agora que eu sou maior de idade, não dependo mais deles.

— E o que trouxe você pra cá? — indagou meu pai.

— Uma... uma oportunidade de emprego — respondeu Paco, tímido.

Sorri sozinha, constatando a veracidade escondida naquelas palavras.

— Ah, é mesmo? — Meu pai sorriu.

Minha mãe apoiou o queixo nas mãos enquanto se inclinava para a frente, interessada.

— E com que você trabalha, querido?

Uma sirene de alerta começou a soar na minha cabeça. Parte de mim sinceramente temia que Paco não fosse esperto o suficiente para pensar em algo que não levantasse suspeitas.

No entanto, lá veio ele me surpreendendo outra vez:

— Eu... hum... sou estagiário na área de gestão de relacionamentos... em uma... hum... uma empresa.

Eu sorri, aliviada. De novo, não era exatamente uma *mentira*. Ele trabalhava mesmo na gestão de relacionamentos... E ele era um estagiário... E o negócio todo, eu supunha, era mesmo como uma empresa.

A resposta deixou meus pais felizes.

Aliás, o garoto estava sendo tão perfeitamente amável que, em certo ponto, meu pai sorriu para ele e perguntou em tom de brincadeira:

— Você tem certeza de que não está namorando a Liliana?

Meu cérebro demorou alguns segundos para registrar completamente aquelas palavras. Então, eu quis cavar um buraco no chão e passar o resto da eternidade enterrada.

Não era como se eu não estivesse acostumada às bobagens que meu pai falava quando a gente tinha visita, mas esse comentário definitivamente bateu recordes de fala mais inapropriada já proferida por um ser humano em um dia de jantar comum.

Paco teve a graça de enrubescer e abaixar os olhos, enquanto eu fiquei parada, meio congelada pelo susto. Meu irmão, sempre adorável, escolheu esse exato momento para começar a gargalhar feito uma hiena, e foi minha mãe, novamente, quem colocou um ponto-final ao constrangimento, levantando-se e se oferecendo para lavar a louça enquanto eu mostrava a Paco onde ficava o quarto de hóspedes.

Eu me levantei da mesa, feliz pela distração.

— Desculpe por isso — murmurei para Paco enquanto lhe entregava um travesseiro reserva. — Eles não sabem se comportar muito bem na frente de estranhos.

— Sem problema. Eu também não sei me comportar muito bem na frente de pais.

— Nem eu — admiti. — Muito menos dos *meus* pais. Eles são mais estranhos que outros pais.

— Todos os pais são estranhos de seu próprio jeito peculiar, Lili. Tá tudo bem. Não se preocupa. — Ele abraçou o travesseiro. — Obrigado.

Eu sorri de lado e fiquei olhando para ele por um longo tempo.

— Bem — disse finalmente. — Se precisar de mim, meu quarto é logo ao lado.

— Obrigado. Boa noite.

— Boa noite, Paco.

Foi apenas quando deitei a cabeça cansada no travesseiro em meu quarto que reparei que ele tinha me chamado de novo de *Lili*. Fechei os olhos no escuro e disse a mim mesma que aquilo não significava *nada*.

Meu corpo exausto depois do longo dia me permitiu adormecer muito rapidamente. Mas fui despertada no meio da madrugada por um ruído estranho. Demorei alguns instantes para entender que se tratavam de gemidos de dor, vindos do quarto onde Paco estava dormindo.

Fazia algumas horas desde que ele havia tomado o último comprimido de Tylenol, e o efeito do remédio provavelmente já tinha passado. A poção estranha que Doc dera a ele só reparava tecidos, mas não diminuía a dor. Com nada para anestesiar seu sofrimento ou distraí-lo, a dor devia estar insuportável.

Por alguns minutos, tentei apenas ignorar, colocando o travesseiro sobre a cabeça para abafar o som. Não era como se ele estivesse berrando, então minha estratégia funcionou bem. Apertei os olhos, satisfeita, sem conseguir escutar mais nada.

Mas, *claro*, como afinal de contas eu tenho um coração, logo me senti muito culpada por estar ignorando um pedido de ajuda tão óbvio.

Bati na porta dele. Os gemidos pararam por um instante.

— Posso entrar? — perguntei gentilmente.

— Claro. — A resposta veio sufocada lá de dentro.

Paco estava em um estado deplorável, os cachos bagunçados e grudados na testa com suor, o pijama emprestado do meu pai, já apertado demais para ele, completamente ensopado. Seus olhos se iluminaram quando viu o que eu vinha trazendo. Ele estendeu a mão boa para pegar.

— Não — disse eu, como diria a uma criança pequena. — Sente na cama primeiro.

Ele me obedeceu, então entreguei o comprimido de Tylenol e depois o copo de água.

Agora que ele conhecia como funcionava o remédio, tomou-o sem pensar duas vezes. Sorriu para mim com o rosto ainda contorcido em dor.

— Obrigado.

— Você vai se sentir melhor em breve. Tente dormir um pouco.

Eu me virei para sair, mas Paco segurou a minha mão.

— Fica aqui? — pediu com uma voz suplicante. Seus olhos de cachorrinho brilhavam à fraca luz da lua que entrava pela janela. — Só um pouquinho!

Continuei olhando para ele, hipnotizada.

Poderia ser meu novo instinto cupido aflorando, mas aquela cena, *aquele pedido*, parecia vir diretamente de um filme de romance. E eu não sabia como me sentir em relação a isso.

— Eu não estou acostumado a dormir sozinho — completou Paco, quando fiquei em silêncio.

Fiz uma careta.

Ok. Momento romance totalmente arruinado.

Minha careta se intensificou.

Paco riu.

— Não. Não *assim*. É que dormimos em alojamentos. Os estagiários todos juntos, num aconchegante bolinho de cupidos. Não um bolinho literal, mas nossas camas ficam separadas por menos de um braço — explicou, pateticamente. Sua respiração estava tremida pela dor. — Por favor? Fica?

Suspirei, sorrindo.

— Claro. Eu fico.

Como eu poderia negar um pedido tão simples? Mesmo que parecesse uma cena de romance, como eu poderia deixar Paco sozinho? Eu podia ser conhecida como "Coração de Pedra", mas nem o mais petrificado dos corações seria capaz de resistir à carinha de súplica desse cupido.

Sentei na beira da cama de hóspedes. Ele segurou meus dedos, fechou os olhos e suspirou fundo, caindo no sono em poucos minutos, antes mesmo de o remédio ter chances de começar a surtir efeito.

Por um tempo, fiquei observando a cena, sentindo o aperto em meus dedos se afrouxar conforme ele ia se entregando à inconsciência.

Paco era bem bonito. Dormindo, seu semblante se desanuviava completamente. Parecia tanto uma pintura renascentista viva que, conforme respirava e seu peito subia e descia lentamente, eu sentia minha pele toda arrepiar. Ele era tão deslumbrante que era quase irreal; tão encantador que fazia qualquer um ficar sem ar. Tão majestoso que o resto do mundo parecia um mero pano de fundo. As loucuras que meu pai havia proferido durante o jantar faziam todo o sentido. Não era só a aparência dele que comovia quem quer que olhasse em sua direção; havia algo a mais. Algo diferente. Algo *etéreo*.

Se o meu coração não tivesse adquirido imunidade depois do nono ano, eu podia muito facilmente cair de amores por ele, com ou sem seringa radioativa.

A consciência desse fato era aterrorizante. Eu não podia me apaixonar! Não assim, sem me prevenir. Não sem um Conselho Superior de Cupidos Experientes ter decidido que esse era o caminho certo para mim, como aparentemente tinha acontecido com Augusto.

Eu não conhecia Paco. Não fazia ideia do que era capaz. Ficar apaixoanda por ele poderia ser até mesmo *fatal*. Me apaixonar poderia ser o mesmo que me jogar em um tanque cheio de tubarões famintos e esperar passivamente pelo inevitável destino.

Refreei minha mão que, sem eu perceber, já estava indo amaciar os cachos dourados do garoto.

Que besteira.

Eu não era assim. Não era boba desse jeito.

Fechei os olhos e respirei fundo, voltando à razão. Puxei as duas mãos para o meu colo. O aperto já frouxo de Paco nos meus dedos não deu qualquer sinal de resistência.

Conferi se ele estava dormindo, sem dores, completamente em paz. Era isso o que eu tinha ido fazer em seu quarto no meio da madrugada, afinal.

Então me levantei, virei as costas e fui embora.

15

Quando acordei no dia seguinte, me deparei com uma cena muito inusitada na cozinha: Paco, o cupido, tomava café da manhã com os meus pais e o meu irmão. O que tornava a cena realmente estranha era que todos estavam tratando Paco como se ele fosse um velho conhecido. Como se já fizesse parte da família. Mais uma vez, me perguntei se existia algo mágico reforçando o charme do cupido para humanos. Era difícil acreditar que alguém conquistaria meus pais tão rapidamente sem precisar apelar para recursos místicos.

— Ah, bom dia, Lili! —Paco sorriu, quando deu pela minha presença.

— Bom dia, filha! — Minha mãe também sorria, como que tragada pela aura alegre do cupido. — Senta aqui, vou preparar um café pra você.

— Paco está nos contando uma porção de coisas interessantes — comentou meu pai, com um sorriso misterioso.

Olhei para Paco, que ainda tinha a expressão de felicidade genuína no rosto. Aquele garoto definitivamente tinha coisas interessantes para contar, mas eu esperava que ele fosse esperto o suficiente para não contar certas coisas para as pessoas erradas.

— Ele é campeão de *paintball*! Você sabia disso, Li? — exclamou Cadu, com um sorriso de orelha a orelha.

Franzi a testa, não conseguindo escapar da bolha de sorrisos que existia ao redor de Paco.

— *Paintball*? — ecoei, surpresa apenas pela categoria. Eu não duvidava do fato de ele ser campeão. A mira dele era, teoricamente, impecável. *Para atirar seringas radioativas*. — Eu não sabia que você tinha tempo de...

— É um *hobby*. Eu arrumo tempo para *hobbies* — me interrompeu Paco. — Por conta do meu emprego, fiquei bom nisso.

— Sério? — questionou meu pai, genuinamente curioso, estendendo o braço para puxar a manteiga para perto de si. — Mas o que gestão de relacionamentos tem a ver com mira?

Paco e eu nos entreolhamos.

— Ele precisa ter bom olho para detalhes. — Pensei rápido.

Paco suspirou, visivelmente aliviado.

— E muito foco — completou com aquele sorriso que era sua marca registrada.

— Isso definitivamente ajuda na hora de atirar bolas de tinta. — Eu sorri de lado para ele.

Depois do café da manhã, fui para o meu quarto terminar de me aprontar para a escola, e Paco me seguiu. Por alguma razão misteriosa, isso não levantou nenhuma suspeita da parte dos meus pais.

— Aonde você tá indo? — perguntou Paco, enquanto eu conferia se o meu material estava todo dentro da mochila.

Eu parei de fechar o zíper e olhei para ele.

— Quer dizer que você me segue dia e noite por sei lá quanto tempo e não sabe nem pra onde vou de segunda a sexta entre sete e meio-dia?

— Escola? — chutou ele.

— Acertou, Sherlock. — Terminei de subir o zíper da mochila em um movimento só e coloquei a alça no ombro.

Quando comecei a caminhar na direção da saída, Paco barrou meu caminho.

— Mas e eu? — Ele piscou com cara de cachorrinho confuso.

— O que é que tem você?

— O que eu vou ficar fazendo até você voltar?

Eu ri, empurrando-o pelo ombro para abrir caminho.

— Eu sei lá. O que você costumava fazer antes de me conhecer? — perguntei. Paco olhou para mim com aquela mesma expressão de criança. — Se não conseguir pensar em nada, tenta ioga — sugeri. — Dizem que é bem relaxante.

Quando voltei da aula, Paco me esperava na porta de casa. Ele vestia uma regata e calças de moletom e parecia muito relaxado. Eu ri comigo mesma, porque, ao que tudo indicava, ele tinha resolvido fazer ioga mesmo.

— Oi, vizinha! — me cumprimentou, sorridente. — Tenho algumas coisas para te mostrar. — Ele indicou a mochila que carregava a tiracolo. — Que tal irmos almoçar em algum lugar diferente? Já falei com seus pais, eles deixaram — completou rapidamente, antes que eu tivesse chance de argumentar.

— O que você disse pra eles?

— Que você tinha se oferecido pra almoçar comigo e depois me mostrar a cidade.

— E o que vamos fazer de verdade?

— Coisas de cupido — falou Paco simplesmente.

Estava na hora de continuar meu treinamento.

O restaurante que escolhemos para almoçar era provavelmente meu lugar preferido no mundo por conta do *divino milk-shake* de caramelo salgado e ficava convenientemente perto da minha casa.

Pegamos uma mesa mais reservada e, depois de fazermos nossos pedidos à garçonete simpática, pudemos começar a tratar de negócios.

Paco dispôs sobre a mesa, enfileirados, todos os seus equipamentos tecnológicos (ou talvez mágicos) de cupido e sorriu para mim.

— Ok. Vamos começar pelo básico — disse ele, entrelaçando os dedos sobre a mesa. — Mostre-me os que você já conhece.

A primeira coisa que eu peguei foi a arma.

— *Debêlatrics* — falei, imitando a pronúncia de Doc. Depois completei, ainda no sotaque dele. — É feita para subjugar.

Paco riu como se eu fosse realmente a pessoa mais engraçada do mundo, e isso me fez sentir um quentinho no peito.

— Ótima para quando você quer atirar seringas radioativas infectadas com o bichinho do amor — acrescentei, agora na minha voz. — É a versão moderna do arco e flecha do Cupido e, em todas as definições, uma *arma*. Não devia deixá-la exposta em público dessa maneira — sussurrei teatralmente, deslizando a arma sobre a mesa na direção do cupido.

Paco assentiu e guardou o objeto de volta na mochila.

— Certo. O que mais?

Mostrei a ele o que mais eu conhecia: o cinto que era capaz de deixar alguém invisível e a lupa que mostrava os principais pensamentos de uma pessoa.

Minha mão então flutuou sobre uma certa bolinha laranja neon que mais parecia um brinquedinho antiestresse. Tive medo de tocá-la justamente por não saber exatamente tudo o que ela era capaz de fazer.

— Esse aqui... Acho que ele transforma uma pessoa em outra pessoa. Mas não sei como.

Paco segurou o objeto e fechou os olhos.

— Você precisa segurá-lo no centro da sua mão e... mentalizar.

Fiquei esperando que magicamente virasse Augusto outra vez, mas ele permaneceu Paco.

— Mentalizar o quê? — perguntei enfim.

— A pessoa que você quer se tornar. — Paco abriu os olhos e colocou a bolinha na mesa. — É temporário, claro. Serve só pra emergências.

— Quando você quer acelerar um processo de encontro ou algo assim — sugeri.

— Você aprende rápido! — Paco sorriu, impressionado.

Fui preenchida por um misto de ego inflado e aquele entusiasmo borbulhante que você sente no fundo do estômago quando alguém que admira elogia o seu bom trabalho.

— Ótimo — continuou ele. — Porque temos um longo treinamento pela frente.

A garçonete chegou com a nossa comida, e Paco parou de falar. Sorriu para ela com a naturalidade de alguém que faz isso como profissão. Ela se distraiu tanto com o carisma do cupido que apenas sorriu de volta, após colocar os pratos na mesa, e se afastou. Como se tudo aquilo fosse normal. Como se pessoas com um bando de cacarecos tecnológicos e mágicos no restaurante fosse supercomum. Cotidiano. Rotineiro.

Não pela primeira vez, me perguntei se o mundo estava ficando maluco.

Mas era mais provável que só eu estivesse ficando maluca mesmo.

Enquanto beliscávamos a comida, Paco me apresentou aos outros apetrechos e me explicou como cada um funcionava.

Havia uns óculos de sol com lentes em formato de coração que permitiam enxergar o nível de atração que as pessoas ao redor sentem, ou *sentiriam* hipoteticamente, umas pelas outras. Paco colocou os óculos para demonstrar, e eu não evitei rir. Mas, estranhamente, mesmo parecendo ridículo, ele continuava charmoso.

Uma outra coisa muito legal era uma espécie de fone de ouvido que permitia (nas palavras de Paco) "escutar o sentimento no ambiente". Era o dispositivo perfeito para prever o clima ideal de um romance.

E isso era só parte da parafernália, porque Paco tinha muitos outros truques na manga, como uma máquina fotográfica que *congelava* (!!!) a cena, um dispositivo semelhante a um *minitablet* que providenciava uma ficha completa do currículo amoroso de todos os seres humanos que já existiram neste planeta, um "gerador automático de coincidências" (que era basicamente um dado eletrônico que, quando jogado da maneira certa, fornecia ao cupido a "coincidência" perfeita para uma paixão instantânea) e um aparelhinho que funcionava mais ou menos como um tradutor de emoções (por exemplo, quando Paco o apontou na minha direção, o visor mostrou "confusa, mas animada", o que com certeza foi um bom jeito de resumir meu sentimento diante de toda aquela maluquice).

Eu estava tão encantada por tudo que mal toquei na comida. Até mesmo meu maravilhoso *milk-shake* de caramelo salgado estava quase inteiro e já começava a derreter quando Paco finalmente acabou de me explicar a função de cada uma daquelas coisas de cupido.

— E por último, mas não menos importante... — Paco retirou a pulseira que usava no braço bom e me entregou o objeto cuidadosamente. — A minha preferida.

A pulseira era uma tira normal de couro, com fecho de botão. Era marrom-escura e havia apenas um pequeno detalhe de coração em uma das extremidades (uma marca registrada que, como eu observei, também estava em todos os outros equipamentos). Coloquei-a no meu pulso e, apesar de ele ser bem mais fino do que o de Paco, a pulseira serviu perfeitamente.

— Sua preferida? — perguntei, erguendo a sobrancelha em deboche. — Porque combina com seu estilo...

— Bem, sim... Mas ela também realiza desejos! — anunciou ele, todo orgulhoso.

Eu sorri. Não sei dizer exatamente por que razão eu ainda tinha a capacidade de me surpreender depois de todas aquelas outras coisas que ele já tinha me mostrado — e depois de, sabe, descobrir que cupidos existiam e tudo o mais!!! —, mas a pulseira de desejos arrancou um dos meus maiores sorrisos.

— Quero ganhar na Mega-Sena! — pedi para o objeto, nem por um momento duvidando de seu poder.

Paco riu e puxou o meu pulso, circundando-o com seus dedos quentes.

— Não é assim que funciona. Não precisa falar em voz alta, é só pensar no que você quer. E você não pode pedir um evento. Você tem que pedir uma coisa material. E não pode ser pra você mesma! Tem que ser pra outra pessoa. Algo que realmente pareça necessário no momento, mas você não tem como conseguir rápido o suficiente pelas vias... hum... normais. Essa pulseira vai ser seu gênio da lâmpada! — exclamou ele. — Por exemplo, se você estiver tentando fazer alguém se apaixonar, pode desejar alguma coisa pra facilitar seu trabalho. Pode desejar algo para ampliar sentimentos, algo que direcione a pessoa para o caminho certo. Algo romântico, na maioria das vezes.

— Tipo o quê?

— Use sua imaginação. Pode ser qualquer coisa. Um bichinho de pelúcia, pra algumas pessoas. Ou borboletas coloridas. Ou uma *playlist* com canções de amor — sugeriu Paco, sacudindo a cabeça. — Depende da pessoa. Por exemplo, olhe para mim. — Ele fechou os meus dedos e segurou firme a minha mão. — Pense em alguma coisa que me faria feliz.

Olhei para ele. Instantaneamente, consegui sentir um objeto se materializando na palma da mão. Paco largou meus dedos e eu os abri. Soltei uma exclamação de susto e joguei o objeto longe, enojada.

Era uma mão.

Uma mão *decepada*.

Ela caiu bem no colo de Paco, que gritou também, porque ele também não tinha entendido do que aquilo se tratava e claramente não esperava que fosse sair uma mão de dentro da *minha* mão. Mesmo conhecendo os poderes mágicos das coisas dos cupidos, não conhecia os poderes mágicos da minha imaginação.

A garçonete correu até a nossa mesa para perguntar se estava tudo bem. Paco ergueu a mão decepada para ela e explicou que era só um acessório de fantasia de *halloween*... o que não foi tão convincente assim quando a mão começou a mexer os dedos sozinha. Paco riu e revirou os olhos, dizendo: "A tecnologia de hoje em dia não é incrível?".

A garçonete nos deixou em paz, talvez porque lidar com aquilo era esquisito demais para compensar o salário que ganhava.

Paco se virou para mim, seu sorriso de fachada caindo completamente.

— Uma mão? — perguntou ele, apontando com a mão falsa em sua mão verdadeira. A mão falsa fechou todos os dedos menos o indicador, num gesto acusatório. — Por que você acha que eu preciso de uma mão?

Involuntariamente, lancei um olhar para a mão engessada dele, então, com um clique, nós dois entendemos do que aquilo se tratava.

— Você precisa de uma mão de atirar — argumentei fracamente.

— É, da *minha* mão de atirar! — Ele fez careta. — Não de uma mão aleatória! — Paco gesticulou com a "mão aleatória" para dar ênfase, e ela mexeu os dedinhos como numa coreografia de *jazz*.

Eu espelhei a careta de Paco.

— Ué, desculpe. Eu não tive nem tempo de pensar direito — resmunguei, lançando um olhar magoado para a pulseira mágica. — Esse treco leu o meu subconsciente, pelo jeito.

Paco riu de forma cansada.

— É, eu sei que é difícil. A pulseira consegue sentir seus impulsos mais escondidos. Mas não tem problema. Você vai aprender a controlar, prometo. Agora, segura isso aqui.

Paco me estendeu a mãozinha e eu puxei as mãos para longe automaticamente, escondendo-as atrás das costas, longe do alcance daquela aberração.

— Não! Não chega com esse troço perto de mim! — choraminguei.

Paco suspirou.

— Então me dá a pulseira.

Obedeci. Ele colocou a mãozinha em cima da mesa para poder pegar a pulseira. Quando terminou de abotoar a tira de couro em seu pulso, a mãozinha tinha quase conseguido saltar da mesa. Felizmente, Paco a capturou antes que escapulisse, mas não a tempo de impedi-la de agarrar uma das batatas fritas do seu prato.

Apertando o pulso da mãozinha, Paco fechou os olhos e...

Puff!

Adeus, mãozinha.

A batata frita que ela estava segurando caiu sobre a mesa, livre.

Eu ainda olhava, incrédula, para o ponto exato em que a mãozinha tinha estado antes de desaparecer como fumaça quando, de repente, escutei uma voz muito familiar atrás de mim.

— Rodrigues!

Uma voz inconfundível.

O rosto de Paco se abriu em uma mistura de surpresa, admiração e cautela.

— Augusto está aqui — sussurrou ele teatralmente para mim.

Mas eu já sabia.

16

Augusto parou ao lado da nossa mesa. Ele fez um gesto para os amigos que o acompanhavam seguirem em frente. Então voltou a atenção para mim, cruzando os braços e sorrindo com interesse. O olhar dividido entre curiosidade e ciúme me desafiava a explicar a situação.

— Gu! — exclamei, com um sorriso nervoso. — Senta aqui com a gente!

Parte de mim queria que ele recusasse. E não era uma parte pequena.

Essa parte de mim ficou muito decepcionada quando Augusto sentou ao meu lado, ainda de braços cruzados, ainda com aquela mesma expressão indiscreta no rosto.

Não era exatamente assim que eu planejava que o cara por quem eu deveria estar apaixonada conhecesse o cupido responsável por nos unir. Aliás, eu não planejava que eles sequer fossem se conhecer algum dia. Eu meio que pensava que, quando chegasse a hora de Paco terminar seu serviço, tudo correria bem se Augusto nunca suspeitasse que o meu amor por ele poderia ser irreal ou apenas fruto de uma substância radioativa com coraçõezinhos.

Mas... Era essa situação que a vida tinha me dado. Era com isso que eu precisava trabalhar. Se eu mexesse os pauzinhos certos, talvez aquilo não fosse um completo desastre.

Pigarreei e me esforcei para manter o sorriso.

— Paco, esse é o meu... — *Melhor amigo? Possível futuro namorado? O garoto por quem eu estaria apaixonada se você tivesse feito seu trabalho direito?* — Augusto — disse por fim.

— Eu sei quem é o... Ai! — Paco começou a falar, mas foi interrompido por uma cutucada forte em sua canela embaixo da mesa.

Uma cutucada minha.

Lancei-lhe um olhar significativo.

— Sim, você sabe que esse aqui é o Augusto, porque eu *acabei* de falar dele pra você — falei entre dentes. — Você está conhecendo o Augusto *pela primeira vez* hoje, não é mesmo, Paco? — Sorri falsamente.

Os olhos de Paco se iluminaram em compreensão.

— Ah. Sim. Certo. *Claro.* — Ele abafou uma risada, revirando os olhos e sorrindo de modo claramente forçado. — Augusto? Que Augusto? Nunca conheci nenhum Augusto no universo! — Ele se virou para o Augusto, estendendo a mão esquerda. — Olá, Augusto, muito prazer! — disse, apertando a mão do outro. — Eu nunca tinha visto você antes. Na vida!

Ergui as sobrancelhas, mas não evitei achar aquilo tudo a coisa mais cômica da face da Terra. Com meus pais, aparentemente, Paco era o rei do improviso. Mas, talvez por Augusto fazer diretamente parte de sua missão, parecia ser *realmente* pedir demais que o cupido se comportasse feito gente.

Felizmente, Augusto já estava acostumado. Talvez não ao nível de estranho que Paco oferecia, mas andar comigo podia deixar qualquer pessoa imune a estranhezas. Augusto sorriu de modo cortês.

— Posso dizer o mesmo — falou ele. — Aliás... Paco, né? — Ele olhou para mim quando perguntou isso.

— Sim, Gu. Esse é meu amigo, Paco.

— Amigo? — Ele voltou a cruzar os braços e mordeu os lábios numa expressão ciumenta mas divertida. — Nunca ouvi falar dele antes.

— É uma amizade recente — expliquei.

Paco concordou com a cabeça.

Augusto deslizou seu olhar entre mim e Paco por um tempo.

— Quão recente? — perguntou enfim, parando os olhos em Paco.

— Nós conhecemos na... que dia foi aquele? — perguntou Paco para si mesmo, fazendo uma caretinha enquanto tentava se lembrar. — Ah, foi sexta à noite! Dia dos Namorados — completou ele, sorrindo.

Fechei os olhos e mordi os lábios, xingando em pensamento, porque a resposta de Paco foi uma resposta *muito* burra, e eu percebi isso imediatamente, embora ele provavelmente não tenha feito de propósito. Infelizmente, Augusto teve o mesmo pensamento que eu.

— Dia dos Namorados? — Ele virou o rosto para mim. — Mas eu estava com você no Dia dos Namorados.

Lancei um olhar irritado para Paco. Por que ele tinha que ser tão específico? "Dia dos Namorados"? Se tivesse calado a boca depois do "sexta à noite", talvez ficasse mais fácil contornar o problema com uma mentira básica, do tipo "Ele quis dizer sábado" ou "Pode ter sido qualquer dia, quem é que se lembra dessas coisas?"

— Não. Foi depois que você foi embora... — expliquei calmamente, tentando ganhar tempo para pensar em alguma coisa melhor.

— Rodrigues. — Augusto usou o mesmo falso tom de calma comigo. — Eu deixei você na porta de casa. Foi depois *disso*?

— Pois é. — Paco riu, querendo quebrar a clara tensão. — É uma história engraçada...

Augusto entrelaçou os dedos em cima da mesa e respirou fundo, sorrindo.

— Ah, é? Estou doido pra ouvir. Tô mesmo precisando de umas boas risadas.

Ele não estava sendo particularmente agressivo, mas sem dúvida estava agindo pelo impulso do ciúme. Era quase engraçado, mas ao mesmo tempo muito irritante.

— Depois que você foi embora, Paco surgiu atrás de mim. Achei que ele fosse um assassino ou ladrão ou pior — contei rápido, decidindo-me por uma versão resumida da verdade. — Então, naturalmente, eu quebrei a mão dele.

Paco sorriu, mostrando a mão engessada como evidência concreta das minhas palavras.

Augusto olhou para mim, para Paco, de volta para mim, e ergueu a sobrancelha.

— Na porta da sua casa?

— Sim.

— Você quebrou a mão dele... Daí vocês trocaram telefones? — perguntou, de um jeito debochado.

Paco e eu nos entreolhamos. Se trocamos telefones? Não, mas... Ele meio que dormiu no meu quarto por alguns dias, conheceu meus pais e agora está passando a maior parte do tempo livre comigo. Foi quase como "trocar telefones", né?

— Tipo isso — respondi simplesmente, encolhendo os ombros e esperando que colasse.

Augusto deu um leve sorriso, então se voltou para Paco com uma expressão severa.

— E o que estava fazendo na frente da casa dela?

Paco, pego de surpresa, me apareceu com mais uma de suas pérolas:

— *Bird watching*.

Augusto, mais surpreso ainda, só conseguiu rir.

— *Bird watching*?

— Sim — disse Paco calmamente, se atendo ao personagem. — Observando pássaros. É um *hobby* muito comum. Especialmente nessa área. As corujas-listradas aqui são realmente maravilhosas.

Eu mal consegui segurar a risada. Augusto se voltou para mim como se para perguntar se Paco estava zoando com a cara dele. Eu encolhi os ombros. Augusto se deu por satisfeito e passou à próxima pergunta.

— Você mora na vizinhança?

— Ele é meu novo vizinho — respondi, antes que Paco tivesse a chance de nos afundar mais naquele buraco dizendo alguma besteira como "Não, moro nas nuvens do céu, porque sou um cupido".

Augusto olhou então para mim e foi como se estivesse me olhando realmente pela primeira vez naquela conversa inteira. Foi como se, antes disso, seus olhos estivessem tão ofuscados pela ameaça que era Paco que não tivesse de fato me percebido ali. Foi intenso quando ele me olhou assim. E partiu o meu coração, porque seus olhos estavam cheios de receio e mágoa.

Abri a boca para tentar me explicar de alguma forma, mas Augusto apenas sacudiu a cabeça e tratou de mudar de assunto.

— Ok, então — disse ele, se espreguiçando na cadeira. Seu sorriso agora parecia quase verdadeiro. Ele se esticou para pegar uma das minhas batatas fritas. — Posso? Por que vocês não estão comendo? Nunca vi você deixando batatinha no prato, Rodrigues.

Ele levou a batata à boca, e eu me senti novamente enojada ao me lembrar da mãozinha pegando a batata frita. À minha frente, Paco parecia compartilhar do mesmo sentimento. Estava quase verde de enjoo.

— Fica à vontade — falei para Augusto, empurrando o prato na direção dele. — Pode comer tudo.

Ele agradeceu com um gesto de cabeça e começou a se empanturrar enquanto eu e Paco ficamos só olhando.

— O que são essas coisas? — perguntou Augusto com a boca meio cheia, apontando vagamente para os aparelhos de cupido sobre a mesa.

— Adereços de teatro — respondemos Paco e eu ao mesmo tempo, sem pararmos para pensar muito.

Surpresos com a nossa própria sincronia, nós rimos.

Augusto suspirou e revirou os olhos.

— Que ótimo, Rodrigues. Finalmente encontrou um amigo tão estranho quanto você.

Olhei para Paco, e ele sorriu para mim.

Era verdade. Paco era estranho como eu.

E isso era bom.

17

Depois de um tempo, Augusto se despediu e Paco me disse que deveríamos ir para casa descansar um pouco antes de continuar o treinamento.

Inicialmente eu pensei que estivesse falando da minha casa, claro. Mas acontece que ele estava falando da *própria* casa.

Aparentemente, no pequeno espaço de tempo da minha ida à escola, ele tinha alugado a casa vazia da rua Benedito Arcuri e mobiliado tudo. Quando fiquei (com razão) chocada e perguntei como ele tinha feito tudo aquilo, o cupido encolheu os ombros, como se não fosse nada demais.

— O chefe me forneceu dinheiro humano pra que eu pudesse me infiltrar na comunidade, e o resto foi tudo...

— Mágica de cupido? — interrompi, supondo.

Ele riu como quem diz "Isso mesmo!".

A decoração da nova casa de Paco era básica, mas elegante, e tudo nela gritava "cupido!", desde o tapete na entrada em forma de coração aos quadros espalhados pelas paredes.

Observei em volta por um longo tempo, mas, por mais que eu estivesse impressionada e admirada, minha cabeça continuava voltando para o restaurante, para a nossa conversa com Augusto.

— Você tá muito calada — comentou Paco, se jogando no sofá vermelho.

— Você viu a carinha dele? — perguntei de repente. Paco franziu a testa, e eu sacudi a cabeça, forçando uma risada. — Augusto. Ele ficou com ciúme de você, o que é no mínimo ridículo, porque *olha só pra você*.

— Ei!

— Sem ofensa. É que nós não combinamos. Você é todo sorridente e saltitante e eu... Eu sou mais... hum... realista.

— No meu ramo de trabalho, é o que chamamos de opostos complementares. — Paco me deu um pequeno sorriso.

Fiz uma careta para ele.

— Isso foi uma cantada, Paco? — Cruzei os braços. — Não foi você que disse que humanos e cupidos não dão certo juntos?

— Não, não, nada disso. Claro que não foi uma cantada. Quando for uma cantada, você *vai saber* — me garantiu. — Não, eu só estava expondo os fatos. Um casal ter personalidades completamente diferentes não significa que não vão dar certo. Isso, aliás, é um erro muito comum de iniciantes.

— Ok, mas como isso me ajuda com Augusto?

— Sei lá... — Paco encolheu os ombros. — No que você tá pensando?

Mordi os lábios e suspirei. Sentei ao lado de Paco no sofá.

— Acho que você não vai gostar. Mas meio que estou pensando em... tentar atirar em mim mesma de novo?

— Se matar? — Ele arregalou os olhos.

— Não, bobo! Com a debellatrix.

— Ah! — Ele ficou com a boca aberta, sem conseguir dizer nada. Por fim, fechou o queixo e sacudiu a cabeça. — Tem razão, não gostei. É uma péssima ideia!

— Eu sabia que você ia dizer isso, mas, olha, eu *juro* que continuo ajudando você com essa coisa de cupido e tudo o mais, pelo tempo que precisar. Eu só... Bem, eu só queria não precisar mais magoar meu melhor amigo. Ele gosta de mim, Paco, e, por mais que tente fingir que não, eu sei que eu o machuco apenas por não corresponder. O seu chefe, ou sei lá, disse que era pra eu me apaixonar por ele. Era pra eu *já ter* me apaixonado, se tudo tivesse dado certo naquele dia. E eu vou ter que me apaixonar por ele quando sua mão melhorar, não vou? Eu só quero acabar logo com isso.

— "Acabar logo com isso" — ecoou ele, sorrindo torto. — Realmente, uma ótima razão para se apaixonar por alguém.

— Você entendeu o que eu quis dizer — resmunguei. — Eu gosto demais do Augusto para continuar vendo ele sofrer quando eu *sei* que tenho a solução para o problema. Ajudaria muito se eu pudesse... amá-lo.

Paco ergueu as sobrancelhas, surpreso.

— A debellatrix não vai fazer você *amar* ninguém, Liliana — informou, calmamente.

Meu queixo caiu por um instante.

— Não?

— Não. Nós só trabalhamos com paixão temporária. Atração. A química da seringa reforça sentimentos já existentes. O resto do amor é por conta do casal.

Franzi a testa.

— Isso não faz sentido. Então pra que precisamos de cupidos?

Ele pareceu sem palavras por um instante.

— Pra ativar a mágica, é claro — disse por fim. — Sem nós, não há paixão.

Eu ri pelo nariz. Aquela era uma informação nova e definitivamente inesperada, mas não mudava nada. Tudo seria muito mais fácil se eu pudesse ver Augusto do jeito que ele me via. Se eu pudesse me apaixonar perdidamente por ele, mesmo que fosse temporário, eu tinha a certeza de que seria o primeiro passo para o nosso final feliz.

— Ok. Então me deixa ativar a mágica com o Augusto.

— Não é só isso. — Ele se levantou e enfiou as mãos no bolso da calça enquanto caminhava de um lado para o outro com uma expressão pensativa. — É que é perigoso, Lili. Eu já disse isso. Atirar em si mesmo é extremamente perigoso.

— Perigoso como? Eu tô disposta a correr esse risco.

Ele riu amargamente, parando de caminhar.

— Não, você não tá — disse de forma sombria, sem olhar para mim.

Engoli em seco e me vi sem saber o que falar. Paco respirou fundo e caminhou até estar bem na minha frente. Seu olhar prendeu o meu.

— Ok, ok. Vou contar a você. — Ele suspirou, deixando os ombros caírem em derrota. — Agora tanto faz, de qualquer jeito. Mas é particularmente vergonhoso.

A palavra me chamou a atenção. Sorri de lado, curiosa.

— Vergonhoso?

Ele ignorou a minha provocação.

— Você precisa de uma concentração tremenda pra se autoapaixonar. Ou pode acabar cometendo um erro. Um enorme erro. Um erro sem cura. — Ele fez uma pausa. Mordeu a bochecha. — Não. Não exatamente sem cura. Mas você não gostaria da cura. É uma cura... Quais foram as suas palavras? — Ele sorriu levemente. — Uma cura escura e macabra!

Eu me lembrei imediatamente da seringa com o líquido negro sombrio que se espalhou pelo corpo de Paco, tornando-o invisível aos meus olhos.

— Sim. — Paco sorriu, percebendo que eu tinha entendido. — Essa mesmo.

Engoli em seco.

— Cura pra quê? — perguntei. — O que houve com você?

O sorriso de Paco sumiu por um instante.

— Não ria — pediu, preocupado. Eu ri só pelo pedido. — Sério — insistiu. — Promete?

— Eu não posso prometer algo que não posso cumprir — disse, séria.

Paco fechou a cara.

— Ok. Então vai ficar sem saber.

Ele virou de costas e foi ajeitar algumas coisas na sua mochila. Esperei alguns segundos, certa de que ele estava apenas blefando, mas ele continuou me ignorando completamente.

— Tá bem, tá bem! — disse eu por fim, indo até ele e o puxando pelo braço de volta para o sofá. — Prometo!

Ele sorriu de lado, se gabando da pequena vitória.

— Ok — começou então, perdendo o sorriso e ficando sério. — Acontece que... Bem... Lembra que eu disse que precisa ter cuidado quando for atirar?

— Você só disse isso umas mil vezes...

— Sim, exatamente. Muito cuidado. Mesmo quando você vai atirar em outras pessoas. Muito cuidado.

— Ok, ok, você tá muito repetitivo! Vai logo ao ponto!

— Lembra de quando eu tentei atirar em você naquele dia, com a mão esquerda? E eu errei a mira?

— Acertou a cômoda! — Eu ri, me lembrando da cena. — Como esquecer?

— Isso não é relevante. Você se lembra do que eu pedi pra você fazer antes de eu atirar?

Olhei para ele.

— Você me disse pra pensar no Augusto.

— Sim. Pra pensar no Augusto. Só nele. Em nada mais. Lembra?

— Lembro.

— Sabe o que acontece com alguém que sem querer pensa em algo mais?

— Essa pessoa se apaixona pelo algo mais? — supus.

Paco sorriu de lado tristemente.

— Exato.

— Isso não explica o que aconteceu com você — argumentei, irritada, fazendo uma careta.

Não conseguia acreditar que tinha gastado uma promessa de não rir com aquilo. Nem mesmo tinha graça! E pior ainda: não fazia nem sentido!

— Eu sei — retrucou Paco, calmamente. — Espera. Vou chegar lá.

Cruzei os braços, esperando. Paco pigarreou.

Então começou a contar uma longa história.

— Dizem que há muito tempo, no meu mundo, existiu uma cupido chamada Anya. Ela era uma cupido de classe alfa, que é a mais importante de cupidos atiradores, e era casada com um cupido chamado Félix. Eles tinham um relacionamento muito... hum... humano. Romântica e sexualmente falando. Uma coisa que você precisa saber sobre cupidos é que nós não podemos nos envolver, não como vocês. Não podemos nos *apaixonar*. Senão, nada daria certo. Pessoas apaixonadas tendem a ser desastradas e desatentas. Pessoas apaixonadas não podem ser responsáveis por fazerem outras pessoas se apaixonarem.

Engoli em seco. Eu em breve seria responsável por fazer outras pessoas se apaixonarem. Se Paco parasse a história aí, eu entenderia a razão de eu não poder atirar em mim mesma. Se eu me apaixonasse por Augusto, não conseguiria fazer o trabalho de Paco por todos os trinta dias em que ele permaneceria impossibilitado por conta da mão quebrada. Soava um pouco egoísta demais e talvez até um pouco contraditório, levando em conta que o trabalho principal dele (que era fazer eu me apaixonar pelo Augusto) inviabilizaria os demais trabalhos, mas eu não podia negar que fazia sentido.

Mas, não, não. Aquele não era o fim da história. Aquele mal era o começo. Paco não tinha acabado de me contar sobre a tal Anya e suas peripécias com o marido cupido.

— É por isso que temos o costume de casamento arranjado. Funcionamos bem em pares, entenda. Assim como vocês. Nós também estamos propensos à solidão. Por isso nos casamos.

— É por isso que você está noivo? — interrompi. Não sei por que, mas me pareceu uma pergunta importante. Por alguma razão, era essencial para mim saber se ele estava se casando por amor ou por conveniência.

Paco me fitou com os olhos magoados.

E então ignorou a minha pergunta.

— Sim, nós, cupidos, nos casamos. Mas nós não nos apaixonamos. Não somos *capazes* de nos apaixonar. Bem, *em teoria*. — Paco respirou fundo. O assunto claramente o deixava apreensivo. — Dizem que Anya e

Félix tinham um relacionamento muito peculiar. Eles não eram exatamente apaixonados, mas havia certamente um sentimento humano entre os dois. Eles eram passionais. Ciumentos. Possessivos. Românticos também, é claro. Mas flamejantes, sobretudo. Inflamáveis. Instáveis. *Perigosos*.

O modo como Paco disse aquela palavra me fez estremecer. Não fui capaz de fazer nenhum dos meus comentários espertinhos. Apenas fiquei parada, esperando o resto da história.

— Félix não era um bom sujeito, apesar de ser um excelente cupido. Ele se orgulhava de todos os casais que havia juntado, mas havia um casal em particular que era a menina de seus olhos. Ele tinha fotografias desse casal espalhadas por seu escritório e se gabava do sucesso do trabalho em toda festa ou convenção de cupidos. Sim, ele era um bom cupido, mas, como eu disse, não era boa pessoa. Ele pulava a cerca. "Pulava a cerca"? Vocês usam essa expressão? Bem, ele era infiel. Demais. Isso não é particularmente incomum. Nós também temos nossas libidos, e um mero contrato legal como o casamento dificilmente nos impede de exercer nossos desejos.

Fiz uma careta para esconder minha expressão surpresa e curiosa.

— O incomum, no caso de Félix, era que ele se relacionava com humanas — continuou Paco. — Com APS, digo. E o mais incomum ainda foi que Anya ficou furiosa quando finalmente descobriu as aventuras extraconjugais do marido. Entenda: nós normalmente não temos ciúme ou qualquer uma dessas emoções tremendamente humanas. Mas Anya tinha. E ela decidiu se vingar. Usando a debellatrix do marido, fez o coitado se apaixonar pela mulher do seu casal preferido, estragando completamente o motivo de orgulho do sujeito. Félix se apaixonou invariavelmente pela moça, e ele próprio separou o casal que tinha juntado. Não existe sina pior para um cupido. Não existe motivo de maior desgosto.

Aguardei um tempo, esperando que a história pesasse no ar. Ele havia terminado de contar tudo aquilo em um tom exageradamente dramático, então a parte teatral do meu cérebro tomou seu tempo absorvendo as palavras de Paco e tentando buscar nelas algum sentido obscuro que justificasse todo aquele drama.

É claro que meu cérebro não encontrou nada, afinal era só uma história besta sobre pessoas idiotas que eu nem conhecia. Não havia nada sobre aquela história que particularmente me interessasse, especialmente levando em conta que todo aquele falatório não havia dado conta de responder nenhuma das minhas dúvidas.

Então eu suspirei.

— E o que isso tem a ver com você?

— A história de Anya e seu marido, Félix, é quase como uma história de terror no meu mundo. Uma lenda urbana — disse Paco, sério. — Se ela for real, isso significa que nós não estamos imunes ao amor, como realmente acreditamos. Significa que não estamos imunes ao feitiço que jogamos em vocês. Isso é completamente aterrorizante, não acha?

— E. O. Que. Isso. Tem. A. Ver. Com. Você? — repeti devagar e alto.

— Segundo a lenda, quando Anya usou a debellatrix em Félix, algumas coisas aconteceram: Félix se tornou bobo e facilmente manipulável. — Paco fez uma pausa e respirou fundo antes de revelar: — Seu cinto de invisibilidade também deixou de funcionar com o alvo da paixão, e a garota sentiu uma sequência de sintomas de enjoo e paranoia, que são efeitos colaterais de quando você se torna alvo da paixão de alguém por causa de um erro..

Demorei um segundo, mas finalmente entendi. Meus olhos arregalaram. Meu queixo caiu. Inspiei o ar rapidamente, mas não consegui dizer nada.

Paco tinha se *apaixonado* por mim! Aquilo explicava tudo! Tudo, tudo, tudo! Sua bobeira no começo! Nossos momentos estranhamente íntimos, quando ele estava sedado de Tylenol! Os olhares que trocava comigo! O meu enjoo na boate! E, especialmente, por que eu podia vê-lo mesmo quando estava usando o cinto mágico da invisibilidade!

Ah, e, claro, também explicava, mais ou menos, por que o Doc tinha espetado aquela cura escura e macabra no braço do pobre do Paco. Aquela era provavelmente a cura antiamor. Conforme ela foi sendo irradiada pelo corpo do cupido, ele se tornou invisível para mim, como deveria ter sido desde o início. Ele se desapaixonou de mim.

— Como isso aconteceu? — consegui perguntar após um tempo, querendo dizer, é claro, "Como é que você foi acabar se apaixonando por mim, seu incompetente?".

Sem pensar muito, fiz de cabeça uma pequena lista de possibilidades.

A história de Paco poderia ser bem parecida com a lenda da Anya: a noiva dele poderia ter atirado com a debellatrix para se vingar e, por acidente, ele estava pensando em mim bem na hora.

Ou então talvez tenha se apaixonado sem a debellatrix. Se é que aquilo era possível, para cupidos. Ou se é que aquilo era possível e ponto.

Afinal, ele mal me conhecia, e eu não sou exatamente a pessoa mais cativante do universo.

Pensei em outras possibilidades e todas elas me pareceram igualmente ridículas, mas nada poderia ser mais ridículo quanto a verdade nua e crua:

— Eu... Eu espetei meu dedo em uma seringa da debellatrix quando estava carregando a arma — confessou Paco, com o olhar baixo.

Pausei um segundo.

Então comecei a rir. A gargalhar, aliás. Histericamente.

Afinal, Paco, o cupido estagiário, devia todo o seu fracasso na missão a uma paixão acidental. *Literalmente* acidental.

— Você prometeu que não riria — ralhou Paco, emburrado.

— Eu estava cruzando os dedos — argumentei fracamente, embora não fosse exatamente verdade.

Paco se levantou do sofá com uma expressão rabugenta. Tentei puxá-lo de volta, mas ele se desvencilhou da minha mão e marchou enraivecido até a janela. Ficou um tempo olhando dramaticamente para o lado de fora.

— Ah, vai, Paco! — Eu ri, indo me juntar a ele perto da janela. — Tenha um pouco mais de senso de humor!

Segurei o braço dele, com um olhar de cachorrinho arrependido.

Ele se virou para mim com a mesma expressão severa, tão irritado que por um instante recuei com medo. Mas então ele não se aguentou e sorriu de lado. Eu sorri de volta.

— Viu! — Apertei o braço dele, mais empolgada. — E daí que você se apaixonou perdidamente por mim? Acidentes acontecem... Acidentes de trabalho são extremamente comuns. Você devia era pedir uma indenização! Mandaram você pra cá com condições péssimas para o exercício da sua profissão.

Paco riu a contragosto.

Eu sorri mais. Olhamos juntos pela janela e suspiramos em sincronia.

Lá fora, havia um casal de namorados caminhando. O rapaz levava um cachorro na coleira, e a garota, se divertindo, corria na frente, chamando o animal. Parei para admirá-los, os três, aquela cena simples e adorável. O que será que tinha feito eles se apaixonarem? Será que um cupido, como Paco, tinha sido responsável pelo trabalho? Será que todos os casais apaixonados do universo tinham tido a interferência de um cupido? Era um tópico muito complexo de se pensar, então me forcei a empurrar o assunto para longe da minha mente.

— Além do mais — continuei, provocando o cupido —, mesmo sem esse acidente, você com certeza ainda se apaixonaria por mim. Eu sou irresistível.

Agora Paco riu de verdade. O que, se você parar para pensar, foi bastante ofensivo. Fiz uma careta. Ele riu mais.

Depois ficou bem sério, puxou o braço para longe das minhas mãos e me segurou pelos ombros com firmeza, olhando bem nos meus olhos.

— Mas você entendeu por que não pode atirar em si mesma, não entendeu?

A intensidade daquele olhar me deixou constrangida. Minha única reação foi levar na brincadeira e sorrir de lado.

— Claro! Porque senão vou querer ficar com o Augusto e você vai morrer de ciúmes!

Ele gargalhou.

— Claro — disse com um sorriso debochado. — E também porque, atirando em si mesma, você não vai poder controlar os seus pensamentos antes de entrar em contato com a seringa. Mas a sua explicação também serve.

Sua mão desceu do meu ombro, escorregou pelo meu braço até segurar os meus dedos. Foi um movimento suave e impensado, mas firme o suficiente para apagar qualquer traço de deboche de sua voz. Ele olhou para mim e, espantado com a própria atitude, soltou os meus dedos apressadamente. Pigarreou e jogou os cabelos para trás.

— Vamos lá. Precisamos continuar o treinamento.

Então fomos para o parque e passamos o resto da tarde treinando tiro ao alvo.

18

Naquela madrugada, Paco surgiu na minha janela às duas da manhã.

— Oi — disse ele, como se fosse a coisa mais normal do mundo aparecer na casa dos outros no meio da madrugada.

— Paco? — Ainda confusa e sonolenta, abri a janela e dei espaço para que entrasse. — O que aconteceu?

Ele olhou ao redor, sem entender.

— Era pra ter acontecido alguma coisa?

Fiz uma careta. Claramente não era uma emergência, o que invalidava toda a minha boa vontade de recebê-lo àquela hora.

— Por que você tá aqui?

— Eu... — Ele teve a graça de olhar para o chão parecendo envergonhado. — Só quis fazer uma visita — completou rápido.

— Paco. — Suspirei. — São duas da manhã.

Ele olhou para mim com genuína amabilidade.

— Eu sei.

Cruzei os braços, decidida a não me deixar levar pela aura de bondade do cupido.

— Não sei como as coisas são no lugar de onde você veio, mas por aqui não é *aceitável* entrar na casa dos outros *pela janela* às duas da manhã, a não ser que seja uma emergência.

Paco assentiu.

— Eu sei.

— Então o que você tá fazendo aqui, Paco? — sussurrei no tom mais alto que ousei, tomando cuidado para não acordar minha família.

— Eu tava com medo — admitiu Paco finalmente, deixando os ombros penderem.

Eu quase ri.

— Medo? — perguntei com a voz esganiçada. — Mas medo de quê?

— Bom... — Ele respirou fundo, preso aos próprios pensamentos.

Claramente, não tinha cogitado a possibilidade de eu perguntar aquilo e agora estava tentando buscar uma resposta aceitável. Por vergonha, eu imagino, e vasculhei o meu próprio cérebro em busca de hipóteses.

— Você tá com medo da sua casa nova? — sugeri. Ele olhou para mim, um pouco confuso. — Porque meu irmão disse que era assombrada?

O rosto dele se iluminou.

— Isso! — Assentiu animadamente. — Eu estava com medo dos... hã... fantasmas.

Quem sou eu para questionar o medo alheio? Mas é no mínimo peculiar ver um cara crescido com tanto medo de fantasmas.

Continuei olhando para ele por um longo tempo, até que finalmente suspirei.

— Ok. E o que você quer que eu faça? Eu não conheço nenhum exorcista que atue fora de horário comercial, e eu não...

— Posso dormir aqui? — ele me interrompeu.

Congelei por uns instantes. Aquele pedido me pegou desprevenida. De todas as coisas que Paco poderia ter me dito às duas da manhã de uma terça-feira, aquela provavelmente era a mais surpreendente. Talvez porque a resposta fosse tão clara: óbvio que ele não podia dormir ali! E se meus pais abrissem a porta e encontrassem o Paco no meu quarto no meio da noite? Acho que nenhuma explicação que eu bolasse para isso, por melhor que fosse, seria capaz de aplacar os ânimos dos meus pais em uma situação como aquela. Também era inadmissível ter alguém invisível comigo ali dentro.

— Por favor! — insistiu quando eu permaneci calada.

Mesmo com todos os argumentos para negar, parte de mim estava com pena dele. Seu medo era grande o suficiente para ele sair de casa no meio da madrugada e vir pular a minha janela. Eu não podia simplesmente mandá-lo de volta, né? Nem mesmo *eu* era tão sem coração assim.

— Você vai ter que sumir daqui antes do amanhecer — foi o que eu disse, entregando-lhe um travesseiro para que ele pudesse se aconchegar no sofazinho.

Eu me deitei na cama, exausta, louca para poder finalmente voltar a dormir, mas não conseguia me desligar do fato de que Paco tinha vindo parar na minha casa no meio da madrugada por medo.

A casa nova dele, na rua Benedito Arcuri, era um lugar incrivelmente aconchegante e gracioso. Aparentemente, também era assombrado.

Ou pelo menos Paco estava convencido disso.

Ficamos os dois deitados, cada um em seu lugar, olhando para o teto. Mesmo sem termos nos comunicado, sabíamos que o outro estava tendo dificuldades para dormir.

— Então fantasmas existem? — perguntei de repente.

— Quê?

— Você tá com medo de fantasmas e... até alguns momentos atrás eu juraria de pé junto que eles não existiam... Mas... até alguns dias atrás, nem passava pela minha cabeça que *cupidos* existissem, e aqui está você mesmo assim. Então... talvez você tenha informações privilegiadas sobre a existência de outras criaturas míticas ou sei lá.

— Faz sentido — concordou ele.

— Então... Eles existem?

— Eu sinceramente não sei.

— Como você pode ter medo se nem sabe se eles existem?

— Bom... — Paco ficou em silêncio por um tempo. — Vai me dizer que nunca sentiu medo de algo que não sabia se era real? Talvez *especialmente* por não saber...

Pisquei algumas vezes. Eu não tinha como argumentar contra aquilo. Lá estava eu, com medo de ter sentimentos, ainda que fossem a base da essência humana. Quem era eu para ridicularizar um simples medo de fantasmas?

A minha linha de pensamento começou a ficar profunda demais, então mudei de assunto.

— O que mais existe no mundo? Fadas existem?

— Não estou autorizado a dar esse tipo de informação — respondeu Paco, calmamente.

— Arrá! Então existem! — Me ergui na cama para enxergar melhor o sofá. Meus olhos agora estavam acostumados ao escuro, mas nem assim eu conseguia ver Paco direito. — Senão você poderia muito bem ter simplesmente dito que não!

— Eu não estou autorizado a dar qualquer informação a APs, mas pense o que quiser.

— E... e... Lobisomens?

— Lili, vai dormir.

— Vampiros?!

Ele começou a me ignorar neste ponto.

Primeiro pensei que ele só estivesse adicionando um pouco de mistério para depois me responder com algo como "Se eu contasse, eu teria que matar você...". Mas não. Ele apenas ficou calado por um longo, longo tempo.

— Você é muito chato — afirmei, voltando a me deitar e fechando os olhos.

Pude escutá-lo dar uma risadinha.

Mas então o silêncio voltou e dessa vez prolongou-se por mais tempo.

Era bem provável que Paco já tivesse dormido, mas eu não conseguia pregar os olhos. Remexi um pouco na cama, procurando uma posição mais confortável, mas nada foi capaz de me fazer relaxar. Alguma coisa estava me deixando inquieta.

— Paco? — sussurrei finalmente, esperando que ele ainda não tivesse me abandonado para o sono.

— Hm? — A resposta veio alguns instantes depois, e eu sabia que ele estava apenas parcialmente consciente no momento.

— Não consigo dormir.

— Não se preocupe, Lili — retrucou Paco de forma arrastada, mais dormindo do que acordado. — Agora que eu estou aqui, não vou deixar ele machucar você.

— O quê? — Ergui a cabeça, surpresa, franzindo a testa. — Ele quem?

Paco não respondeu.

— Paco? — insisti.

Ele continuou sem responder.

— Paco. Sério — sussurrei, alarmada. — Ele quem? O fantasma? O vampiro? Paco!

Percebi após uns segundos que ele não estava me ignorando por birra. Estava dormindo. Completamente apagado. Sua respiração regular não mentia. Se ele estava assim tão entregue à inconsciência, aquilo só poderia significar que, fosse qual fosse a ameaça, ela não apresentava risco algum no momento.

Ainda assim, a frase estranha proferida por Paco havia me deixado arrepiada.

Cobri a cabeça com o cobertor e fechei os olhos, esperando pelo que pareceu séculos até que o sono finalmente me alcançasse.

Pela manhã, fui despertada pelo toque do celular.

Eu me levantei, assustada, procurando o aparelho.

A imagem na tela me informava que se tratava de Augusto.

Joguei a cabeça de volta no travesseiro e fechei os olhos enquanto o celular continuava tocando. Parte de mim pensou em recusar a chamada.

Não que eu não gostasse de Augusto — longe disso! Era só que... eu não estava muito a fim de falar com ele no momento. Na verdade, não estava a fim de *mentir* de novo para ele, o que era claro que eu teria que fazer. Enquanto eu não me apaixonasse de verdade, enquanto eu ainda estivesse treinando para ser a cupido substituta de Paco, não poderia ter uma conversa sincera com o meu melhor amigo. E aquilo era insuportavelmente cansativo.

Suspirei e olhei ao redor. Já era de manhã e, como havia me prometido, Paco tinha ido embora. As únicas evidências de que ele tinha estado no meu quarto eram o travesseiro ainda amassado no sofá e o seu perfume característico, que se demorava persistentemente pelo ambiente.

Suspirei outra vez e atendi ao telefone.

— Rodrigues? — chamou Augusto do outro lado da linha. — Acordei você?

— Oi — falei. Minha voz sonolenta não me deixava mentir: era claro que ele havia me acordado. Mas em breve eu estaria levantando para ir à escola, de qualquer forma. — Não tem problema. Bom dia.

— Bom dia. — Ele pareceu sorrir, mas depois sua voz assumiu um ar pensativo. — Desculpa. Eu só queria falar com você antes de você sair de casa. Eu sinto como se não visse você há um século.

— Você me viu ontem na escola. E na lanchonete — lembrei, suprimindo um bocejo.

— É, mas depois eu precisei ir fazer trabalho na casa do Guilherme... e tentei ligar pra você mais tarde, mas você não atendeu.

— Ah, sim, desculpa. Eu não pude atender na hora. Eu estava... — Mordi os lábios antes que completasse com algo como "atirando seringas de amor em árvores para treinar minha mira de cupido". — Eu estava com o Paco.

Augusto ficou em silêncio por um momento.

— Ah. Sim. Paco. *O vizinho.*

Olhei para o travesseiro amassado e abandonado sobre o sofá e suspirei.

— Esse mesmo.

— O esquisito que gosta de observar pássaros.

— Ele não é tão esquisito assim — retruquei em tom defensivo. — Bom, talvez só um pouco — completei, para não parecer que eu estava tomando o lado do Paco nem nada assim.

Augusto riu.

— E como foi? Você mostrou a cidade pra ele?

— Sim. Foi... interessante. Ele tem uns trejeitos culturais muito engraçados.

— Ah, é?

— É. Por exemplo, ontem à noite fomos comer no shopping, e ele não sabia como funcionava o bebedouro com botões laterais. — Eu ri, me lembrando. — Toda vez que apertava o botão e a água começava a subir, ele inclinava a cabeça para beber e, sem nem perceber, soltava o botão. Daí, é claro, a água parava de subir, e ele olhava para baixo sem entender nada. Foi hilário! Ele ficou uns cinco minutos até entender o mecanismo. — Enquanto eu recuperava o fôlego das risadas, esperei que Augusto se manifestasse de alguma forma, mas ele não deu nem mesmo uma risadinha, chocha que fosse. — Bem... — Pigarreei. — Acho que é uma daquelas situações em que você tinha que ter estado lá pra entender a graça.

— É. Acho que é — disse Augusto simplesmente. Então ele pareceu respirar fundo e mudou o foco da conversa. — Olha, Rodrigues, eu sei que não é da minha conta, mas, como seu... hã... seu melhor amigo, eu adoraria saber se tiver algo acontecendo entre vocês dois, porque eu...

— Entre nós dois? — interrompi. — Paco e eu?

— Desculpa se eu estiver sendo ridículo, mas é que... Bem, só acho que seria legal ter essa informação. Só pra, tipo... Só pra saber mesmo.

Engoli em seco.

— Gu, Paco e eu não temos nada — disse, e afinal não era mentira. — Ele não é o meu tipo.

— Rodrigues, fala sério! — Augusto bufou. — O cara parece que saiu de um comercial de margarina! Ele é o tipo de todo mundo. Ele é até o *meu* tipo! Se você quer que eu acredite, por favor, não finja que não acha que ele é bonito.

— Eu não disse que ele não é bonito — protestei baixinho. — Ele é lindo, admito. Parece um artista de cinema ou uma pintura clássica ou sei lá. — Pisquei, percebendo que estava esquecendo qual era o meu argumento central. — Mas ele não é pra mim. Entende?

— Ok. — Augusto suspirou. — Se você diz.

Sorri levemente e, mesmo sem vê-lo, sabia que Augusto também estava sorrindo. Ficamos os dois em um silêncio pacífico por uns instantes.

— Olha, Rodrigues, na verdade eu liguei pra perguntar se você quer fazer algo depois da escola. Só nós dois.

Eu me virei para a janela e olhei a paisagem lá fora de forma pensativa.

— Depois da escola. Claro. Eu só tenho que ver se o Paco precisa de mim nesse horário — disse quase automaticamente.

— *Precisa* de você? Por que seu vizinho precisaria de você?

Fechei os olhos, percebendo a besteira das minhas palavras.

— Bem, é que eu meio que prometi que o ajudaria com umas coisas... — Sacudi a cabeça. — Quer saber? Não é nada de mais. Esquece. Posso dizer pra ele que estou ocupada. Ele não vai se importar... Sim, sim, vamos fazer alguma coisa depois da aula, nós dois. Só eu e você.

Satisfeito, Augusto apenas concordou e se despediu. Fiquei com o celular na orelha por um longo tempo após ele ter desligado.

— Não me importo de você sair com o Augusto — uma voz disse atrás de mim, me fazendo pular.

— Paco! — exclamei, batendo no ombro dele com força. — Que merda! Você me assustou!

— Desculpe! — Ele baixou os olhos. — Não sabia qual seria a melhor maneira de avisar que eu tava aqui. Achei melhor esperar o fim da ligação.

— Você escutou a conversa toda?

Ele sorriu, olhando para cima de modo travesso.

— Achei especialmente interessante aquela parte sobre eu ser lindo como um artista de cinema...

— Seu besta! — Bati em seu ombro outra vez, mas ele só riu. Coloquei as mãos na cintura. — O que você tá fazendo aqui, afinal? Eu pensei que tinha dito pra você ir embora antes do amanhecer!

— Não, não, não! — Ele sacudiu a cabeça. — Você me disse pra *sumir* antes do amanhecer. E eu sumi. Ou tinha sumido até alguns minutos atrás, quando resolvi me revelar antes que você começasse a fazer algo muito privado.

— Você sumiu? — Ergui as sobrancelhas.

— Sim. Coloquei o cinto. — Ele sorriu, se achando superespertinho.

— Você é ridículo! — reclamei, voltando a me jogar sobre a cama.

Paco riu e caminhou calmamente na direção da janela.

— E você deveria ir se aprontar, ou vai chegar atrasada na escola.

Ele começou a sair pela janela, mas de repente parou com uma perna para dentro e uma para fora e sorriu para mim.

— Divirta-se com Augusto hoje. Treinamos quando você voltar, tá?

Então terminou de pular a janela e foi embora antes que eu tivesse chance de responder.

19

Era domingo outra vez. A semana tinha sido uma loucura.

De alguma forma, eu havia conseguido me dividir entre as tarefas da escola, as saídas com Augusto e o treinamento com Paco, e agora era quase uma atiradora profissional, enquanto meu melhor amigo criava grandes esperanças de um futuro relacionamento.

Mas não era isso o que importava no momento.

— Você tá pronta — anunciou Paco depois que eu consegui atirar a centésima seringa seguida na árvore adolescente sem errar. — Vamos para a segunda parte do seu treinamento.

A segunda parte do meu treinamento consistia em uma espécie de teste: eu deveria encontrar um casal com potencial e, usando tudo o que havia aprendido com Paco naquela semana, fazê-lo se apaixonar.

Então Paco me levou ao shopping.

Certo.

Quer algo mais clichê do que amor à primeira vista no shopping?

Eu disse justamente isso a Paco, mas ele argumentou que clichês são ótimos para o nosso ramo de trabalho. Inclusive me prometeu que, em pouco tempo, eu estaria beijando o chão que o clichê pisou, porque clichês facilitam tanto a nossa vida quanto a vida dos apaixonados.

— O problema é quando aparece alguém que foge de todos os clichês — completou ele, olhando significativamente para mim. Sorriu de lado, provocando. Então voltou a ficar sério. — Agora se concentre, Lili. Vou deixar você sozinha. Quero ver se aprendeu o que eu ensinei.

Ele começou a se afastar, e eu senti o início de uma crise de desespero.

— Espere! — exclamei, segurando o braço dele. — Como assim? Você quer que eu faça... o que, exatamente?

Paco olhou bem para mim e sorriu.

— Tudo.

Ele foi se esconder atrás de uma planta do shopping. Não foi um esconderijo muito bom, especialmente levando em consideração o tamanho dele, mas a distância que estava de mim impedia a nossa comunicação, então acho que o esconderijo cumpriu seu propósito.

Respirei fundo e sentei em um banco.

O que eu precisaria fazer primeiro?

— Vamos lá, Liliana — murmurei para mim mesma. — Passo a passo.

Coloquei a mochila com os apetrechos ao meu lado no banco. Notei que estava nervosa. Para mim, parecia quase bobo ficar nervosa naquela situação. O trabalho em si não devia ser assim tão complicado, se um bebê com asas era capaz de realizá-lo. Abri o zíper e observei os equipamentos, tentando me decidir qual deles usar primeiro. Quando puxei a debellatrix para fora, com a intenção de deixá-la a postos no cós da minha calça, Paco saltou de trás da planta parecendo exasperado.

— O que tá fazendo?! — perguntou ele.

Olhei abobadamente para a arma em minhas mãos.

— Estou me preparando? — disse eu, incerta.

— Liliana! Qual é o primeiro passo *sempre*?

Abri a boca, mas não consegui pensar em nada para responder. Por fim, acabei soltando apenas um grunhido confuso e encolhendo os ombros.

— O cinto! — exclamou Paco, levando as mãos aos céus. — Eu já disse três mil vezes. O cinto! É como colocar o cinto de segurança num carro: é a primeira coisa que você faz *sempre*. — Ele se aproximou de mim e sussurrou: — Sem o cinto, as pessoas vão ver você e começar a fazer perguntas: "Por que essa menina tá apontando uma arma para as pessoas no meio do shopping?", "É algum tipo de atentado terrorista?". Isso não é bom. Perguntas chamam atenção. E não queremos chamar atenção. Se o meu... hã... chefe nos descobrir, estamos os dois ferrados.

Ele se afastou novamente e eu peguei o cinto da mochila com um suspiro.

Claro. *O cinto*. Depois que ele falou, tudo pareceu óbvio demais. Como deixei passar?

Contornei a cintura com o cinto e estava prestes a fechá-lo quando Paco pulou de novo na minha direção, sacudindo as mãos de modo ansioso.

— Não aqui! Você quer que as pessoas vejam você sumir?

Fiz uma careta para ele, colocando as mãos na cintura de forma irritada.

— Você pode, por favor, deixar eu pensar nas coisas sozinha? Ou você não quer que eu aprenda nunca?

— Mas você tá fazendo tudo errado! — exclamou Paco.

— É errando que se aprende! — retruquei. — Agora, volta pro seu esconderijo. — Abanei a mão, tentando enxotá-lo. — Deixa eu me virar um pouco.

Relutante, Paco voltou a se esconder atrás da planta, me observando por entre a folhagem.

Foquei o olhar na minha própria missão.

O cinto.

Certo.

Tentando não deixar Paco perceber que eu estava, de fato, seguindo o seu conselho, caminhei até um canto mais escondido do shopping. Entrei em um pequeno corredor que levava aos banheiros e telefones públicos e, me certificando de que estava sozinha, fechei o cinto.

Para garantir que tinha funcionado, assim que saí de lá, sacudi a mão na frente da primeira pessoa que encontrei. Era uma moça conferindo a vitrine de uma loja cara. Ela nem piscou. Então começou a andar de repente, como se fosse me atropelar.

Fiquei pensando o que aconteceria se uma pessoa passasse através de mim. Será que ela sentiria algo, como se tivesse batido a cara em uma parede invisível? Ou será que simplesmente atravessaria o meu corpo, como se eu fosse um fantasma?

Estremeci e saí do caminho antes de descobrir a resposta de maneira desagradável.

— Ok, Liliana — falei comigo mesma. — Agora vamos ao que interessa.

Paco havia me contado sobre como em alguns países os cupidos podiam ser Atiradores Livres, ou seja, podiam andar por aí atirando em quem julgassem que deveria receber uma flecha do amor. Ainda segundo Paco, um Atirador Livre deveria passar por um rigoroso treinamento e ser aprovado em um exame final dificílimo. O que estávamos fazendo ali — eu, uma humana sem treinamento oficial, empunhando uma arma de cupido e mirando em alvos aleatórios — era completamente ilegal no mundo dos cupidos. Mas o que era mais um crime entre tantos outros? Paco preferiu arriscar. Ele disse que todo cupido que se forma precisa passar por um teste desses, e eu não poderia ser diferente. Ainda que fosse apenas uma cupido temporária.

A primeira coisa que eu deveria fazer, de acordo com os ensinamentos de Paco, era *sentir o clima*. Como não tinha um roteiro a seguir, deveria aprender a confiar nos meus "instintos de cupido" — mesmo tecnicamente eu não sendo uma cupido. Então tirei da mochila os óculos de coração e os fones de ouvido e, por um longo tempo, apenas me concentrei no cenário ao meu redor.

Não sei exatamente como eu esperava que enxergar o mundo por meio de apetrechos de cupido fosse ser. Acho que pensei que só iria começar a ver o ambiente em um tom mais cor-de-rosa ou que os sons ao meu redor fossem se mesclar em uma trilha sonora de amor.

Mas o que aconteceu foi uma cacofonia terrível e um borrão bagunçado de cores que não faziam sentido nenhum para mim.

Arranquei os fones de ouvido em um golpe bruto e precisei tirar os óculos e piscar algumas vezes, massageando as têmporas, antes de colocá-los de volta. Fechei os olhos com força e, voltando a abri-los, mergulhei na sensação de ser uma cupido.

Quando me concentrei, consegui sintonizar, e era quase como estar em uma nova dimensão. Eu não havia saído do lugar, mas ao mesmo tempo sentia como se tivesse viajado para o outro lado do mundo.

Tudo era igual, mas superdiferente. Todos os meus sentidos pareciam ter sido afetados. A madeira do banco em que eu estava sentada tinha, de alguma forma, uma textura mais macia. O burburinho das pessoas conversando na praça de alimentação soava quase musical. Até mesmo o aroma do carrinho de amendoim caramelizado tocava diretamente a minha alma. Era uma sobrecarga sensorial, mas não era necessariamente algo ruim.

Mas, principalmente, havia as cores. Cada pessoa que passava por mim tinha uma aura de cor diferente, em tons e intensidades variadas. Racionalmente, eu não sabia o que cada cor significava, mas por instinto eu conseguia prever (ou imaginar) o resultado das combinações. Algumas seriam obras de arte; outras, talvez ficassem melhor sem se misturarem.

Tirei da mochila a máquina fotográfica de cupido e com ela congelei a cena. Assim, imaginei, ficaria mais fácil encontrar a combinação perfeita.

Quando o tempo parou, eu sorri sozinha, percebendo que aquelas maluquices de cupido ainda eram capazes de me impressionar.

De acordo com Paco, o tempo não havia realmente parado. Era uma ilusão momentânea, um efeito de vantagem de perspectiva que duraria apenas o suficiente para que eu pudesse me orientar no espaço, sondando tanto os personagens quanto o cenário.

Mesmo sabendo disso, tive que controlar a parte de mim que queria simplesmente jogar tudo para o alto e sair saltitando pelo shopping, tomando um banho de loja. Eu não precisaria enfrentar filas nem multidões! Eu não precisaria nem mesmo pagar pelas compras, se eu não quisesse! Poderia ter um guarda-roupa todo novinho. E de graça! Aquele era, realmente, o sonho de qualquer pessoa...

Mas, claro, também era extremamente antiético.

Paco tinha me alertado umas trezentas vezes sobre as repercussões de se usar os "poderes de cupido" para benefício próprio. Havia um bilhão de consequências, ou foi o que Paco quis que eu acreditasse, mas a maior e pior dessas implicações seria que, quebrando certas "regras", acabaríamos chamando a atenção do chefe dele — coisa que definitivamente não queríamos fazer. Paco me contou que a última pessoa castigada pelo chefe dele tinha sido colocada em um espeto para assar pelo resto da eternidade. Talvez ele só estivesse me botando medo, mas não estava nos meus planos descobrir se aquela história toda era verdade ou não, não com tanta coisa em risco.

Então eu contive meus impulsos consumistas e foquei na missão.

Era engraçado observar as expressões que as pessoas faziam quando não sabiam que iriam ser congeladas. Eram expressões sinceras, carregadas e abertas. Talvez a pessoa não estivesse nem vestindo essa expressão tão confortavelmente, mas o congelamento parecia capaz de captar os micromovimentos que fazemos com o rosto sem nem percebermos. E eram esses pequenos fragmentos de expressão que eu podia ver nos rostos ao meu redor.

Passei ao lado de um garotinho de uns cinco anos correndo alucinado por entre as pessoas. Ele tinha no rosto um misto de empolgação e sapequice. Logo atrás, sua mãe o chamava. A boca da mãe estava aberta, congelada em alguma das vogais do nome do garoto. Seus olhos estavam arregalados. A lupa de Paco me informou que a mulher tinha pavor de que seu filho sumisse para sempre.

Estremeci e fui em busca de alguma coisa mais alegre.

Alguns pensamentos talvez não devessem ser lidos. Se é que algum pensamento *deva* ser lido.

Parei na frente de uma atendente no quiosque de amendoim caramelizado. A cor de sua aura, pelas lentes dos óculos de cupido, era lilás, mas foi a sua expressão que me chamou a atenção. Ela olhava para a frente com um brilho interessante no olhar. Eu conhecia aquele brilho, e o conhecia bem: era como Augusto costumava olhar para mim.

Eureca!

Segui seus olhos e encontrei um estúdio de tatuagens.

Aquilo era muito peculiar, especialmente porque a moça tinha um jeito de menina comportada, não me parecia o tipo que se interessaria por um tatuador — ou pelo menos não o estereótipo que eu tinha de um tatuador, ou seja, um cara corpulento com o corpo todo coberto de tatuagens, usando um colete *jeans* com ombreiras de espetos e uma expressão carrancuda.

No entanto, percebi, com uma análise melhor, que ela não estava olhando para ninguém em particular.

Peguei a lupa de pensamentos e apontei para ela. "Queria ter a coragem", estava pensando, "de transformar o meu corpo em uma obra de arte".

Certo. Então talvez não fosse o mesmo olhar que Augusto lançava para mim, mas... Aquilo tinha me dado uma excelente ideia!

Saltitei até o estúdio de tatuagem e mirei a lupa em cada uma das pessoas lá dentro. Confesso que esperava que alguma delas estivesse pensando algo do tipo "Queria ter coragem de me tornar o rei do amendoim". Facilitaria o meu trabalho pra caramba.

Mas é claro que eu não tive essa sorte.

Então, me contentei em escolher aleatoriamente.

Na verdade, não tão aleatoriamente. Peguei o sujeito mais marrento, mais "não acredito na vida, no amor nem nas pessoas", porque de repente me pareceu muito divertido mudar as perspectivas filosóficas dele com um simples clique da debellatrix. Uma pessoa que não acredita em nada não pode ser assim tão feliz, afinal. Eu estaria fazendo um enorme favor a ele.

A cor da aura dele, pelos óculos, era laranja-escuro.

Eu não sabia exatamente como, mas simplesmente conseguia imaginar as cores dos dois se entrelaçando em uma espécie de espiral trabalhada, e o efeito na minha mente era maravilhoso.

Ainda de acordo com os óculos, de um ponto de vista hipotético, os dois se sentiriam atraídos um pelo outro caso seus caminhos se cruzassem. Os hormônios e as frequências energéticas eram 100% compatíveis.

Ela era delicada e trabalhava com amendoins. Ele era alto e tinha o corpo todo tatuado. Ela gostava de tatuagens. Ele, bem... ele gostava de comer. Ou pelo menos, sendo da espécie humana, provavelmente ingeria alimentos. O que incluía amendoins. Ou eu esperava que sim.

Assim que escolhi meu casal, a cena descongelou automaticamente.

O mundo voltou a se movimentar ao meu redor, mas eu estava agora tão focada nos dois futuros pombinhos que só conseguia ter olhos para eles. Era como se todo o resto fosse um borrão sem foco. Só os dois escolhidos importavam.

Tirei os óculos e os fones de ouvido e os guardei cuidadosamente dentro da mochila, enquanto aproveitava para pegar o minitablet que continha as informações de todos os seres humanos do mundo.

Com ele, descobri que meus escolhidos se chamavam Pedro e Anna.

Pedro tinha 26 anos, 41 tatuagens, dois irmãos mais novos e um gato chamado Botas. Anna era filha única, tinha 22 anos e meio, fazia faculdade de educação física no centro e era bailarina profissional nos fins de semana. O sonho de Anna era abrir um estúdio de dança para crianças em situação de vulnerabilidade. O sonho de Pedro era... viver uma vida simples em uma casinha tranquila com sua esposa, filhos e o gato Botas? Ok! Afinal, quem era eu pra julgar o sonho alheio? Só porque não se encaixava no que *eu* sonhava, não significava que não poderia ser um sonho legal... *pra ele*. Mas era definitivamente um sonho secreto, algo que ele guardava a sete chaves.

De acordo com o dado gerador de coincidências, uma troca "acidental" de olhares era o que mais ajudaria na hora de espetar as seringas naquele casal. Assenti para mim mesma, já sabendo o que fazer.

Para começar a pôr meu plano em ação, voltei para o corredor escondido e tirei o cinto da invisibilidade. Depois, peguei uma nota de cinco reais na carteira e fui comprar um pacotinho de amendoim caramelizado.

— Boa tarde — disse Anna, sorridente.

Pedi o meu pacotinho de amendoim, paguei e depois perguntei, como quem não quer nada, se ela conhecia o serviço do estúdio de tatuagem.

— Estou pensando em fazer uma — expliquei, apontando na direção do local, mais especificamente na direção de Pedro, que podia ser visto pela vitrine.

Anna seguiu meu dedo com os olhos e sorriu inconscientemente. Sim, claro, lembrei-me de seu sonho de transformar o corpo em uma obra de arte. Chamando a atenção para o estúdio (e para a minha possível tatuagem), eu garantiria que ela fosse ficar curiosa e me olhar pela vitrine quando eu estivesse conversando com o Pedro. Daí ela iria *olhar* para o Pedro. Ou pelo menos era o que eu esperava que fosse acontecer.

— Nunca fui lá, mas só ouvi coisas boas — me disse Anna.

Agradeci e me despedi. Em seguida, entrei no estúdio de tatuagem. Um senhor mais velho tentou me atender, mas eu insisti que queria falar com o Pedro, que ergueu o olhar quando eu disse seu nome. Seus olhos caíram para o pacotinho de amendoim na minha mão. Eu sorri, satisfeita. Tudo estava indo conforme o planejado.

— Posso ajudar? — perguntou, se levantando de uma das poltronas.

Expliquei que estava pensando em fazer uma tatuagem. Ele me entregou uma pasta com opções e eu rapidamente apontei para aquela tatuagem bem clichê de um coração sendo atravessado por uma flecha. Foi muito automático, eu nem sequer pensei em cupidos ou em Paco ou em nada. Mas, depois que apontei, ri sozinha. Nem no meu subconsciente eu estava livre daquela maluquice toda.

Pedro fez um orçamento e me disse que poderíamos tatuar quando eu quisesse, mas que precisaria de uma autorização por escrito dos meus pais ou responsáveis.

O tempo todo, durante a nossa conversa, fiquei comendo o amendoim devagar, fazendo ruídos de prazer, dizendo que estava incrível.

— Quer um pouco? — ofereci por fim. Pedro arregalou os olhos de um jeito que me dizia que ele até estava com vontade de aceitar, mas não considerava adequado. Puxei o saquinho de amendoim para longe dele e apontei na direção do carrinho lá fora. Na direção de Anna. — Foi ali que eu comprei.

Então, o rapaz virou o rosto para seguir meu dedo e seus olhos encontraram os de Anna, que, bem como eu esperava, estava me observando.

Daí foi como se todas as pessoas naquele shopping estivessem segurando a respiração ao mesmo tempo. Anna e Pedro se olharam, e foi um olhar sem significado específico, mas definitivamente importante, apesar de nenhum dos dois saber disso ainda. Foi apenas quando Pedro desviou o olhar e voltou a sorrir para mim que percebi que eu estava encarando os dois de forma bem deselegante.

Agradeci e, sorrindo, prometi que voltaria mais tarde com a autorização dos meus pais para a tatuagem.

Me escondendo mais uma vez, usei o cinto para ficar invisível de novo.

Quando voltei para perto de Anna, ela ainda lançava olhadelas sorrateiras para o estúdio de tatuagem. *Para Pedro.*

A lupa de pensamentos confirmou as minhas suspeitas: ela estava pensando nele.

Nada romântico, para ser justa. Era só algo nas linhas de "Olha só aquele cara. Ele tem muitas tatuagens".

Mas era algo com que eu poderia trabalhar.

Sorridente, saltitei até ela e empunhei a debellatrix. Respirei fundo e atirei delicadamente em seu pescoço.

Voltei correndo para o estúdio e olhei para Pedro por meio da lupa de pensamentos. Ri comigo mesma. Ele estava pensando no amendoim. Sucesso!

Esperei uns cinco minutos até Pedro decidir se levantar e ir comprar um amendoim. Então o segui.

Ao apontar a lupa para Anna, percebi que a debellatrix havia funcionado perfeitamente. Era bizarro, até, quão bem o negócio tinha dado certo. A cabeça de Anna estava cheia de pensamentos de paixão sobre Pedro e de perguntas não respondidas como "Quem é esse cara?", "Como nunca reparei nele antes?" e "Ai, ele tá vindo pra cá! Será que meu coração aguenta?".

Meu sorriso morreu no rosto.

Certo, parte de mim estava mesmo feliz por ter conseguido.

Mas a outra parte, provavelmente a maior, estava assustada com o poder que eu tinha em mãos.

Na verdade, o meu medo envolvia o fato de que esse poder que estava agora em minhas mãos, há apenas alguns dias estava nas mãos de outra pessoa. Uma outra pessoa que, inclusive, pretendia usar o poder *em mim*.

Estremeci e agradeci a sequência de eventos que impediu que essa seringa esquisita encostasse no meu corpo. Também agradeci mentalmente a Paco por não ter me deixado atirar em mim mesma. Eu ainda queria gostar de Augusto, claro, mas talvez não *daquele jeito*. Deveria existir outra alternativa menos drástica.

Sacudi a cabeça e me concentrei na missão. Ok, era bizarro, mas era um serviço. Para Pedro, pelo menos, as consequências fariam mais bem do que mal. Ou eu esperava que sim.

Mirei a lupa e a debellatrix na direção do rapaz e esperei até que seus pensamentos se transformassem em "Olha só essa garota do amendoim. O cabelo dela é vermelho".

Daí atirei.

E pude ver a mudança instantânea em seus pensamentos. A lupa passou a mostrar coisas como "Essa é a garota mais linda que eu já vi na vida" e imagens um tanto proibidas para menores de dezoito envolvendo os dois.

— Argh! — exclamei, guardando a lupa e a arma de volta na mochila.

Pornografia grátis. Não era à toa que Paco, com sua libido de cupido e tudo o mais, adorava o próprio trabalho.

— Nada mal — sussurrou Paco no meu ouvido, me fazendo pular.

Dei um tapa leve no ombro dele por ter me assustado, mas em seguida me virei para Pedro e Anna e concordei com a cabeça.

— É, eles formam um casal legal.

Naquele momento, Pedro estava pedindo o telefone dela, e ela estava corando loucamente. O sorriso voltou ao meu rosto. Se você ignorasse que os dois estavam sob o efeito do líquido radioativo da debellatrix, a cena era até bonitinha de se ver.

— O "*bad boy*" e a "mocinha"... — Paco deu uma risada. — Você se aproveitou de um clichê. O ditado mais antigo que a Terra: os opostos se atraem.

— Bem, *desculpa* se não foi original o suficiente para o seu gosto, mas foi só a minha primeira vez! Acho que mereço um desconto, né? — me defendi, irritada.

— Ei! — Paco sorriu torto, me puxando para um abraço de lado. — Foi um elogio. O que eu disse pra você sobre os clichês? E sobre opostos se atraírem? Estou orgulhoso.

— Então eu passei no teste? — perguntei, virando o rosto para olhar para ele.

Paco sorriu abertamente.

— Você tirou nota dez.

20

À noite, Paco me deixou na porta de casa, cumprimentando meus pais como sempre fazia quando eles apareciam com seus olhinhos curiosos para investigar o que estava acontecendo. Como Paco e eu passávamos a maioria dos dias treinando, essa despedida noturna na frente da minha casa havia se tornado comum o suficiente para que minha mãe fizesse o seguinte comentário, assim que fechei a porta:

— Tem certeza de que não estão namorando?

Foi uma constatação tão absurda que minha primeira reação foi rir.

— O quê? Eu e o Paco? Nosso relacionamento é estritamente profissional — informei, sacudindo a cabeça.

— Profissional? — perguntou meu pai, confuso.

Então me toquei de que a parte de eu estar trabalhando meio período como cupido era um segredo de Estado. Forcei uma risada para fazer parecer que eu estava brincando.

— Somos só amigos. — Encolhi os ombros.

— Assim como você e o Augusto são só amigos — provocou meu pai.

— Exatamente — disse eu, colocando um ponto-final àquela suposição ridícula.

Quando cheguei ao meu quarto, Paco já estava me esperando do lado de fora da janela. Abri o vidro, dando passagem para que ele entrasse.

Aquele era outro hábito que havia se formado entre nós em pouco mais de uma semana de convivência: Paco vinha dormir no meu quarto todos os dias. Depois daquela primeira noite, em que apareceu na minha janela com medo dos fantasmas da sua nova casa, ele havia voltado todas as madrugadas e piscado aqueles olhinhos pidões até que eu concordasse que poderia ficar.

Ele não usava o cinto da invisibilidade, porque eu achava simplesmente bizarro saber que ele estava lá sem realmente poder vê-lo, mas geralmente ia embora logo que amanhecia, ou quando eu acordava para ir à aula.

Assim que entrou no meu quarto, sem dizer uma palavra, Paco se jogou no sofá e fechou os olhos, se sentindo completamente em casa.

— Você foi muito boa hoje — comentou em tom ameno quando já estava acomodado.

Eu me permiti o luxo de ficar surpresa por dois segundos completos antes de rir.

— Fique à vontade — falei ironicamente.

Paco abriu os olhos.

— *Su casa, mi casa.* — Ele sorriu de lado com a piadinha. — Ah, qual é. Já passamos da fase de formalidades, não é, Lili?

Revirei os olhos, sorrindo, e bati nos pés dele para que me desse espaço ao seu lado.

— O que é que você estava dizendo mesmo sobre eu ser muito boa?

Paco ajeitou as pernas sobre o meu colo, esfregou os pés para tirar os tênis, que caíram no carpete sem fazer muito barulho, e agitou os dedinhos do pé como uma criancinha.

— Eu estou falando sério — disse ele, e ajeitou a cabeça no braço do sofá enquanto me olhava na maior tranquilidade. — Você me impressionou, Liliana Rodrigues. Parece que tem um dom natural para a cupidagem.

Foi a intensidade nos olhos dele, mais do que tudo, que me desestabilizou. Mordi a bochecha e deixei meus cachos escuros caírem por cima do rosto para esconder o desconcerto.

— Você fala como se fosse um trabalho *realmente* muito difícil... — murmurei.

— Ei! — protestou ele, franzindo o nariz de um jeito ofendido, mas brincalhão. — Tá achando que é moleza, é? — disse, cutucando minhas costelas com o dedão do pé.

Caí na risada, não só pelas cócegas, mas porque não tinha sido minha intenção inicial desmerecer o trabalho. Eu só estava querendo me esquivar do elogio. Mas o modo como ele levou na defensiva me fez querer provocá-lo.

— Acho que pra alguns é mais fácil do que pra outros, realmente — disse eu, indicando a mão quebrada dele. Ele fez careta. — Não fique assim! — Eu ri enquanto brincava com um fiozinho solto no joelho da calça dele. — Se as pessoas que eu conheço são algum indício, você não é o único cupido que precisa melhorar no trabalho. A vida amorosa do ser humano comum é bem caótica.

— Caos é nossa especialidade — concordou Paco, encolhendo os ombros.

— Não fica assim todo orgulhoso também, não! — Bati na perna dele, o que o fez gargalhar e encolher os joelhos para escapar. — Isso não é uma coisa boa, Paco!

— Ah, não? — Ele arqueou as sobrancelhas. — Conta pra mim, então, o que seria das vidinhas sem graça de vocês sem um pouquinho do nosso drama?

Abri a boca, pronta para dizer alguma coisa igualmente espertinha, quando algo me atingiu: aquilo não era apenas uma brincadeira. O "pouquinho de drama" dos cupidos havia me afetado antes, pessoalmente. Havia me magoado em uma profundidade até então inimaginável para mim. De repente, me pareceu o absurdo dos absurdos eu estar ali sentada ao lado de alguém cuja profissão era arruinar a vida de pessoas felizes.

Afastei as pernas dele do meu colo e me levantei. Quando caminhei até a janela, Paco saltou do sofá e veio atrás de mim.

— O que houve?

Fechei os olhos e, no começo, eu juro que estava decidida a ficar calada e não fazer drama, mas simplesmente não consegui me conter.

— Por que é que vocês fazem isso? — As palavras escaparam de dentro de mim.

— Isso o quê? — sussurrou Paco, parecendo confuso de verdade.

Eu abri os olhos e olhei para ele, sacudindo a cabeça.

— Por que fazem a gente se apaixonar pela pessoa errada? Por que causam tanta dor, tanto sofrimento, quando... quando vocês têm na mão esse... esse poder incrível que... que poderia transformar tudo em... — Mordi o lábio, incapaz de prosseguir. Suspirei. — Por que partir corações, hein? Que prazer bizarro vocês sentem em nos destruir?

Paco ficou um longo tempo apenas me encarando com o que parecia ser pena e arrependimento e aquela dor típica de quem quer ajudar, mas não sabe como.

Ele finalmente deu um passo à frente e colocou a mão sobre meu ombro.

— Lili, se isso é sobre o Yago...

O nome fez meu estômago congelar.

— Não quero falar sobre isso! — decretei imediatamente. — *Nunca.*

Demorei uns instantes para entender como ele sabia sobre Yago ou sobre o fato de eu estar exatamente pensando no garoto e no episódio do nono ano, mas então me toquei de que ele tinha acesso a todo o meu histórico amoroso. Ele tinha acesso a todos os *desastres*. Aquilo era *extremamente* enervante.

Paco arregalou os olhos, surpreso com a minha explosão, mas obedeceu meu pedido sem hesitar.

— Claro — murmurou, dando um passo para trás. — Não precisamos falar sobre isso. Des... desculpa.

Abaixei os olhos e assenti, querendo dizer que estava tudo bem.

— Desculpa — repetiu Paco.

— Acho melhor a gente ir dormir — sugeri.

— É... Melhor mesmo.

Peguei um dos meus travesseiros e joguei para ele. Paco o ajeitou sobre o sofá, então pegou o lençol dobrado sobre a mesinha, que já estava acostumado a esperar por ele todas as noites, e terminou de preparar sua cama improvisada. Entrei no banheiro para colocar meu pijama enquanto ele se desfazia das peças de roupa desconfortáveis, ficando só com a calça de moletom e uma camiseta macia. Em seguida, bateu na porta do banheiro, e eu lhe dei passagem; enquanto escovávamos os dentes lado a lado, me perguntei quando é que tinha ficado tão normal dividir minha rotina noturna com um cupido que até poucos dias atrás era um completo desconhecido. Quer dizer, o cara tinha até uma escova de dentes na minha casa! Aquilo era para ser estranho, impensável até!

Mas parecia tão *natural*...

Já estávamos deitados com as luzes apagadas quando Paco falou de novo.

— Eu não estava brincando quando disse que você é realmente boa nessa coisa de cupido — começou ele. — Confesso que, no começo, eu estava receoso de tudo acabar dando errado, mas agora acho que temos uma boa chance de conseguir fazer o plano funcionar. E eu... Eu pensei em chamar o Doc pra nos ajudar.

— Ajudar? — Minha voz saiu rouca e falhada. Pigarreei. — Ajudar como?

— Bem... — Paco respirou fundo. — Doc sempre tem maneiras muito criativas de ajudar as pessoas. Ele pode nos fornecer dicas, soluções e, o mais importante, *apetrechos*.

Mordisquei o lábio inferior por alguns segundos, considerando aquilo. Apesar do sucesso da missão do dia, não estávamos em posição de recusar qualquer ajuda que viesse. Doc poderia ser útil. Se Paco estava dizendo aquilo, eu acreditava.

— Ok... — murmurei.

— Ok — concordou ele. — Amanhã cedo ligo pra ele então.

Ficamos quietos depois disso. Encarei o teto por longos segundos, tentando fazer minha cabeça sobrecarregada relaxar para que pudesse dormir.

— Confesso que estava preocupado com como você trataria Doc, mas você se comportou muito bem da última vez em que ele esteve aqui — murmurou Paco subitamente. — Nem ficou encarando a deformação dele.

— Deformação? — indaguei. — Estamos falando do mesmo Doc? Doc, o médico maravilhoso que, se não fosse tão grosseiro, teria certamente roubado o meu coração com aquela aparência de deus de ébano?

— Roubado seu coração? — ecoou ele, confuso. — Bem, eu estou falando do Doc que veio aqui outro dia engessar a minha mão.

— Esse mesmo. Mas não entendi a história da deformação.

Paco não disse nada a princípio, parecendo quase envergonhado.

— A deformação na... na sobrancelha esquerda dele, Liliana. Não me faça entrar em detalhes, é definitivamente rude debater sobre a deformação alheia.

— A cicatriz?! — exclamei, incrédula. — Paco, aquilo não é uma deformação! Aquilo faz parte do charme dele!

E fazia mesmo. A cicatriz tomava a parte superior esquerda do rosto do médico, cortando sua sobrancelha em duas. Não dava para especular com precisão só de olhar, mas parecia ter surgido de uma queimadura e fazia qualquer um que olhasse para ele imaginar em que espécie de aventura havia se metido para ganhar aquela recordação.

Paco riu consigo mesmo.

— APS realmente têm gostos peculiares de estética — comentou, suspirando.

Deixei o silêncio se espalhar por um tempo, mas então fiz a pergunta que vinha me rondando há algum tempo.

— Podemos confiar em Doc?

Mesmo sem olhar para Paco, sabia que ele tinha aberto um enorme sorriso.

— Com as nossas vidas — disse simplesmente.

21

Aquela segunda-feira na escola parecia eterna. Os minutos escorriam preguiçosamente, e mais de uma vez conferi o horário no celular, com a sensação de que o tempo estava andando para trás.

Acho que o que realmente me pegava era saber que existia um mundo inteiro lá fora, um mundo mágico que precisava de mim, e eu estava ali, presa entre quatro paredes, ouvindo meus professores despejarem um bando de conteúdo completamente desinteressante.

Parecia injusto que apenas um dia atrás eu estivesse fazendo um casal se apaixonar perdidamente e agora estava sendo obrigada a resolver exercícios sobre potência elétrica na aula de física.

A aula de genética, no entanto, acabou sendo mais legal do que eu esperava. O professor Jonathan nos mandou formar grupos para apresentar um trabalho. Como Augusto não tinha ido à aula, Letícia, Carol e Marina me chamaram para me juntar a elas. Desde nosso encontro ao acaso dias antes, vínhamos conversando bastante durante as aulas e havíamos nos tornado, de certo modo, bem próximas.

Enquanto dividíamos as tarefas para cada integrante do grupo, o assunto acabou indo parar em vestibular e no que cada uma de nós queria fazer depois da escola.

Eu detestava falar sobre aquilo, porque, obviamente, ainda não fazia ideia do que queria para a minha vida. Mas a conversa não foi tão ruim assim. Descobri que Marina e Carol também estavam completamente perdidas quanto ao futuro e se sentiam imensamente pressionadas a escolher uma carreira o quanto antes. Letícia, no entanto, já sabia desde bem pequena que queria ser médica. Eu não a conhecia bem, mas sabia que ela era muito inteligente e eu admirava sua determinação.

Depois do intervalo, o tédio voltou a reinar na minha vida.

Eu estava seriamente me perguntando se iria conseguir sobreviver àquela tortura quando, no final do quarto horário, fui chamada à coordenação, porque havia uma ligação urgente para mim.

Claro que achei superestranho. Os meus pais nunca haviam considerado nada urgente o suficiente para me tirar da aula. Nem mesmo quando minha avó havia falecido, dois anos antes, eles acharam pertinente me informar para que eu saísse mais cedo da escola.

— Liliana? — a voz do meu pai perguntou quando eu atendi.

— Pai? — Fiquei sem ar. Era mesmo o meu pai. A coisa deveria ser bem séria para ele estar ligando. — Pai, o que aconteceu?

— Por que sempre tem que ter acontecido alguma coisa? — uma voz completamente diferente perguntou do outro lado da linha.

Demorou um tempo para cair minha ficha, para reconhecer aquela voz e entender o que estava se passando. Quando isso aconteceu, eu fiquei naturalmente irritada. Eu me encolhi perto do telefone, para sair do alcance auditivo da secretária à minha frente.

— Paco? O que você tá fazendo? Como convenceu o meu pai a ligar aqui dizendo que era algo urgente?

Acho que usei um tom de voz tão ríspido que o cupido até se assustou.

— Calma — disse ele devagar. — Não fique zangada. É urgente. E quanto ao seu pai, eu... — Ele pigarreou. — Espero que ele não me processe por ter usado a voz dele sem permissão.

— Processar? — perguntei sem entender.

— É, vocês, APS, estão sempre processando uns aos outros... E é sempre por um motivo patético assim, que pode ser resolvido com uma simples conversa ou um desinflar de ego ou...

— Como você pode usar a voz de uma pessoa sem a permissão dela?

— Apetrechos de cupido, lembra? Aquela bolinha laranja que transforma uma pessoa em outra — explicou ele, como se fosse óbvio. — Mas, de qualquer forma, como eu disse, existe uma emergência. E eu vou precisar que você venha pra cá.

— Emergência? Que tipo de emergência?

— O Doc — falou Paco simplesmente, em um tom meio mórbido.

— O Doc? — perguntei em um tom agudo, preocupada. — O Doc morreu?

— Morreu? — Paco riu. — Não. Mas ele está seriamente considerando me matar. Lili, é sério. Vem logo pra cá!

— Paco, não posso simplesmente sair da escola quando eu bem entender — informei sussurrado, olhando a secretária com o canto do olho para garantir que ela não estava prestando atenção.

— Por que não? É uma espécie de prisão?

— Sim! — Eu ri. — É tipo uma prisão mesmo.

— Mas eu preciso de você agora, Lili!

— Ok, mas eu não tenho como fazer nada! O único jeito de sair daqui antes da hora é se algum dos meus pais... — Não terminei a frase, porque uma ideia surgiu como uma lâmpada na minha cabeça. —Paco, por acaso você ainda tá com a bolinha laranja aí perto?

Paco entendeu meu plano na mesma hora.

— Sim. Você consegue chorar de improviso?

— Sim.

— Então, me encontre aqui em casa assim que puder. Agora passe o telefone de volta para a secretária e comece a chorar.

Obedeci. Tive que forçar as primeiras lágrimas, cutucando o canto do olho, mas o resto saiu com naturalidade.

Quando a secretária desligou o telefone, ela me ofereceu uns lencinhos e colocou as mãos nos meus ombros de forma confortadora.

— Sinto muito sobre seu avô, querida — disse ela. — Seu pai disse que você teria que voltar sozinha pra casa, já que ele não tem condições de vir buscá-la no momento. Acha que dá conta?

Assenti. Ela me escreveu um bilhete de saída liberada e lá fui eu atrás de Paco, Doc e a suposta emergência.

Eu já tinha estado na casa de Paco antes, mas a sensação de ir até lá sozinha, de subir os três pequenos degraus até o portão sem a companhia dele, de tocar a campainha e de ficar esperando ansiosamente até ser recebida era definitivamente nova e estranha.

O som da campainha ecoou por toda a casa, me fazendo lembrar dos fantasmas que supostamente moravam ali.

— Ah, tá vendo? Ela chegou! E nem demorou muito! — disse Paco lá de dentro, com a voz animada. — Dóquerti, pode abaixar isso aí agora. Não tem necessidade de tomarmos medidas tão drásticas.

"Abaixar isso aí"? Então Doc estava mesmo ameaçando a vida de Paco, apontando uma arma para o garoto. E "Dóquerti"? Era esse o nome verdadeiro de Doc? Eu sempre pensei que Doc fosse o diminutivo de Doutor, porque ele era uma espécie de médico e tudo o mais. Mais tarde, eu viria a descobrir que se escrevia Docherty — não que isso diminuísse a estranheza. Naquele momento, ao ouvir pela primeira vez aquele nome maluco, me perdi em pensamentos. Será que o nome de Paco também se tratava de uma abreviação de algo bizarro, tipo... Pacoberto?

Fiquei esperando, curiosa, na porta da frente, até que finalmente Paco veio me receber. Ele sorriu como se eu fosse um anjo que vinha lhe trazer a salvação divina.

Doc, atrás dele, não segurava uma arma e, sim, um celular. No entanto, seu dedo estava perigosamente perto do botão de discar, o que me fez perceber o que poderia causar tanto alarme em Paco: Doc provavelmente estava a um simples toque de dedurar todo o nosso esquema ao chefe maligno de Paco.

— Ah, que maravilha! — resmungou Doc ironicamente ao me ver, mas abaixou o celular e o guardou no bolso da calça jeans.

Fechei a cara.

— Também é um prazer revê-lo, Docherty — alfinetei secamente, sorrindo por dentro ao vê-lo recuar diante do som de seu nome verdadeiro.

Apesar do meu tom de repúdio, era realmente um prazer vê-lo. Literalmente. Ele estava ainda mais lindo do que da última vez. Depois da menção de Paco, a cicatriz foi a primeira coisa a se destacar aos meus olhos. Como é que qualquer pessoa podia chamar aquilo de deformação? A cicatriz era *um charme*. Tão sexy quanto todo o resto dele.

Pisquei e retomei o foco.

— Fiquei sabendo que você estava ameaçando a vida do Paco — afirmei, fechando a porta atrás de mim.

— Não é minha culpa se ele se comporta como um degenerado. — Doc suspirou, virando de costas para mim. — Algumas coisas não estão ao meu alcance. Mas é meu dever denunciar desvios de conduta. O Paco sabia disso quando me chamou.

— O Paco também sabia que você não é exatamente reconhecido pelo cumprimento de leis — disse Paco, usando a terceira pessoa. — Qual é, Doc. Dá uma chance pra Lili. Você vai ver. Ela não é como as outras APS!

— Eu sei — disse Doc de forma sombria. — É isso que me preocupa.

O seu tom de voz fez minha pele inteira arrepiar.

— Doc, por favor — pedi gentilmente, me aproximando devagar do médico. — Por favor, não estrague a vida do Paco. Ele só... Só está tentando ser um bom cupido. Só está tentando cumprir suas responsabilidades. Por favor, não ligue pro chefe malvado dele!

Doc ficou me encarando por um tempo com o rosto completamente neutro, mas por fim sua expressão assumiu um ar quase de... pena. Ele se virou para Paco.

— Você é cruel, garoto — afirmou antes de voltar a olhar para mim. — Minha querida, eu não vou estragar a vida do Paco. Você não tá entendendo? É o Paco quem tá estragando a *sua* vida.

22

Demorei um tempo para registrar aquelas palavras. Então, minha voz sumiu e eu me vi completamente incapaz de dizer qualquer coisa. Olhei para Paco, sem entender. Ele caminhou para perto de mim e tomou minhas mãos nas suas.

— Não é verdade — disse ele. — Bom... Não se tudo der certo.

— Paco — rosnou Doc. — Se o seu pai descobrir o que está acontecendo aqui, você sabe que alguém vai ter que pagar por isso. E você sabe que esse alguém não vai ser você.

Um pouco assustada, tentei me afastar de Paco.

— Não — pediu ele, prendendo os meus dedos. — Eu não vou deixar ele tocar nela! Não vou deixar que a machuquem!

— Isso não está nas suas mãos, estagiário. Se eu não contar tudo para o seu pai agora, as consequências vão ser piores quando ele descobrir sozinho no futuro, quando for tarde demais pra voltar atrás. Você sabe disso.

— Mas... mas e se ele não descobrir? — perguntou Paco, com a voz rouca.

Doc deixou uma longa pausa no ar antes de sorrir penosamente.

— Sua ingenuidade me comove, garoto — disse, sacudindo a cabeça.

— Estou falando sério! — insistiu Paco. — A Liliana... A Liliana é incrível! Você duvida só porque nunca a viu em ação. Ontem mesmo ela juntou o primeiro casal e seguiu os próprios instintos. O casal que ela juntou, Doc, era uma bailarina e um tatuador! E foi incrível! Incrível! A Lili tem um talento natural!

Doc olhou para mim como se estivesse me enxergando pela primeira vez.

— Espere aí. Você tá falando de Pedro e Anna? — perguntou, surpreso.

Eu, por minha vez, surpresa com o fato de ele saber o nome do casal, me limitei a assentir fracamente.

Doc então tirou o celular do bolso e digitou algumas coisas por uns segundos em completo silêncio. Depois, ainda sem dizer nenhuma palavra, me entregou o aparelho.

Lancei um rápido olhar para Paco antes de puxar as mãos para longe das dele e aceitar o celular de Doc. O cupido parecia tão confuso quanto eu. Meus olhos correram pela tela brevemente. Era uma notícia em um aplicativo chamado O Arco do Cupido *On-line*. A grande foto da capa registrava os rostos sorridentes de Anna e Pedro, olhando um para o outro de forma apaixonada.

ROMANCE NÃO REGISTRADO GERA POLÊMICA

Na noite deste domingo, um estranho acontecimento chamou a atenção de cupidos ao redor do mundo: pela primeira vez, desde 1998, um casal não registrado pareceu adquirir sentimentos não autorizados um pelo outro. O evento ocorreu em um pequeno shopping no Brasil, e as razões e explicações para o fato ainda são especulativas.

A estudante de educação física e bailarina ocasional Anna Moreira não esperava a reviravolta que sua vida daria neste domingo, quando conheceu o tatuador Pedro Pacheco e se apaixonou por ele. Até então, tudo parecia certo. APs geralmente nem imaginam o que lhes aguarda até que finalmente se apaixonem. O maior problema com essa história é que Anna e Pedro não estavam nos registros, ou seja, não haviam passado por qualquer discussão do Conselho. Por essa razão, acredita-se que tenham se apaixonado (ou que tenham sido feitos se apaixonarem) de forma ilegítima e até mesmo ilegal em regiões humanas como o Brasil.

Segundo o artigo 13 do Estatuto do Atirador, um cupido tem permissão de atirar em alvos não planejados desde que os julgue pertinentes e adequados aos padrões de Elite e que, em sua opinião profissional, se trate de uma situação urgente e inadiável. Também é obrigatório, para ser um Atirador Livre, que o cupido tenha mais de 21 anos, tenha se graduado com louvor na Academia e que, após o ato, reivindique seu casal e abra um processo pedindo a permissão posterior do Conselho. Esse tipo de conduta não é incomum. Em algumas regiões do mundo, cupidos se dedicam a serem Atiradores Livres de forma profissional e muitos ganham medalhas e condecorações por sua bravura.

No entanto, de acordo com uma estagiária do Ministério de Assuntos Internos que preferiu permanecer anônima, nenhum desses requisitos foi cumprido no caso de Pedro e Anna. A estagiária afirma que percebeu a incongruência nas listas por puro acidente. "Eu estava verificando as listas de entrada (casais aprovados pelo Conselho) e saída (casais que se apaixonaram) e percebi que a matemática não batia", contou ela ao Arco. "Já achei estranho, porque é muito raro as contas não baterem por aqui, mas fiz como fui instruída, indo conferir a lista dos casais reivindicados por Atiradores Livres. Quando não encontrei nada que explicasse a situação de Pedro e Anna, percebi que tinha um evento muito particular nas minhas mãos." A estagiária então verificou detalhadamente as informações de Pedro e Anna, descobrindo para sua própria surpresa que não se tratava de um mero acidente, e sim de um casal que realmente tinha chances de um relacionamento de sucesso. "Pela minha experiência, esse tipo de casal só pode ter sido juntado por um cupido altamente habilidoso."

Ao pensarmos em "cupido habilidoso" que especificamente não segue as regras de Atirador Livre, um nome certamente pula em nossas mentes. Em 1996, a onda de apaixonamentos não autorizados espantou o mundo. O cupido responsável pelos atos recebeu o apelido de Alma Livre...

— Alma Livre! — Paco suspirou atrás de mim. Olhei brevemente para ele, assustada por não ter percebido que lia a matéria por sobre o meu ombro. — Mas, Doc, eu pensei que...

— Deixe a garota terminar de ler — disse Doc, em um tom surpreendentemente cansado.

Paco obedeceu sem reclamar.

... O cupido responsável pelos atos recebeu o apelido de Alma Livre, uma vez que não parecia ouvir nenhuma autoridade, atirando em casais como bem entendia e, no entanto, fazendo um maravilhoso trabalho. Por seu talento e dedicação, Alma Livre foi considerado por muitos um herói. Para o governo, porém, ele foi um grande incômodo. A identidade do Alma Livre nunca foi revelada, embora tenha parado de atuar no início de 1998.

Especialistas no caso do Alma Livre consideram ser difícil que Pedro e Anna simbolizem o retorno do herói. "Para começo de conversa, o Alma tinha uma assinatura inconfundível, presente em todos os casais já juntados por ele: a tatuagem espectral do coração de fogo atrás da orelha. Pedro e Anna, pelo que entendi, não têm sinais da marca do Alma Livre em qualquer parte de seus corpos", nos explicou Theodor Mitchell, líder do movimento Volta Alma. "É possível que se trate de um atirador ***copycat***", declarou Mitchell, querendo dizer que algum outro cupido pode estar tentando copiar o ***modus operandi*** do Alma Livre e que, portanto, podemos esperar novos alvos em um futuro próximo.

Seguidores da Fé acreditam que Pedro e Anna não tenham relação nenhuma com quem Alma Livre foi ou deixou de ser, sendo o casal, na verdade, fruto do mitológico Verdadeiro Amor. De acordo com a lenda, antes da tomada de poder por parte de Eros, o amor acontecia espontânea e livremente, sem precisar ser guiado por cupidos operários. Os Seguidores da Fé defendem a ideia de que esse tipo de amor ainda existe no mundo, manifestando-se ocasionalmente, ou que está adormecido e acordará em breve. O clérigo Grifin Sanguiniscupitus disse: "Pedro e Anna são o sinal do retorno do Verdadeiro Amor ao mundo". Isso, segundo ele, também simboliza o final dos tempos.

O Ministro de Assuntos Internos se recusou a dar declarações.

Ao terminar de ler, levantei os olhos. Doc me encarava com uma expressão quase amigável.

— O que isso quer dizer? — perguntei, incerta. — Eu atirei em Pedro e Anna, mas eu... Eu não sou esse tal de Alma Livre.

Doc sorriu.

— Eu sei — retrucou ele, pegando o celular de volta. — Não foi aberto para o público, mas em 1998 o Alma Livre foi identificado e... punido.

— Identificado?

Doc abriu mais ainda o sorriso.

— Ele está nessa sala agora mesmo.

Olhei de Doc para Paco, chocada.

— Mas... 1998. Nenhum de vocês dois parece velho o suficiente para ter tido idade de atirar e menos ainda para ter sido um *bom* atirador nessa época! Eu nem era nascida!

Doc riu. Era estranho vê-lo assim, me tratando de uma forma completamente nova. Fazia uma cosquinha pinicar no fundo da minha barriga, como quando um astro de cinema nos nota no meio da multidão.

— Cupidos envelhecem de forma diferente — disse ele. — Nós somos mais velhos do que parecemos.

Arregalei os olhos.

— Ah, por favor, não venham me dizer que vocês têm tipo uns três mil anos ou sei lá o quê! — exclamei.

Era bem a minha cara estar andando com um bando de sujeitos com idade o suficiente para terem fundado o planeta, e eu nem mesmo suspeitar do fato. Realmente sempre tive dificuldade em fazer amizade com pessoas da minha idade.

— Ei, nem olha pra mim. — Paco ergueu as mãos em sinal de inocência. — Eu tenho só dezenove.

Olhei então para Doc. Doc, o cupido bonitão, com jaqueta de couro e que dirigia uma motocicleta. Sim, ele definitivamente parecia ser um pouco mais velho que Paco, mas não tão mais velho assim. Não parecia ter mais que uns vinte e cinco anos. Trinta, no máximo.

— Não sou assim *tão* velho. Apenas velho o suficiente — disse ele, encolhendo os ombros. — Eu tinha mais ou menos a sua idade quando tudo aconteceu.

— Isso é bizarro — declarei, cruzando os braços.

Sacudi a cabeça e me joguei em um dos sofás da sala.

Doc sentou na poltrona à minha frente.

— Então você... Você é o Alma Livre? — perguntei. — Mas Paco me disse que você não passou no exame de atirador, e eu pensei que...

— Ele está certo. Não passei. Mas isso não quer dizer nada. Você também não passou em exame algum e ainda assim aqui estamos nós.

Era um bom argumento, e eu não tinha como contestar. Apenas mordi os lábios, esperando ansiosamente que meus pensamentos parassem de girar.

— Anna e Pedro — disse Doc finalmente. — Foi um bom trabalho. Fiquei orgulhoso de terem achado que tinha sido eu.

— Obrigada — murmurei, abaixando os olhos e sentindo as bochechas queimarem levemente.

— Eu disse! — interrompeu Paco, sentando ao meu lado e colocando o braço ao redor dos meus ombros de forma espalhafatosa. — Ela tem um talento natural.

— Sem dúvidas. — Doc sorriu. — E, por isso, decidi que vou ajudar vocês.

Paco se inclinou para a frente, parecendo não acreditar no tamanho da própria sorte.

— Você vai? — perguntou quase sem voz.

— É claro. — Doc fez uma careta ofendida, como se Paco e eu estivéssemos loucos de pensar por mesmo um só momento que ele não nos ajudaria. — Quer dizer, o estrago já tá feito. Se o seu pai ficar sabendo sobre... o que quer que seja *isso*, a garota... — Ele não completou a frase, mas pelo tom sombrio eu sabia que o que ele pensava que iria acontecer comigo era bem pior do que o que Paco tinha me dito que seu chefe faria. — Eu prefiro tentar evitar que isso aconteça.

— Sabia que poderia contar com você! — Paco estava radiante.

— Mas... — começou Doc, fechando a cara por um instante. — Se por acaso ou por algum descuido o seu pai acabar descobrindo mesmo assim, eu... — Seus olhos pararam nos meus, me fazendo arrepiar inteira. — Eu não tive nada a ver com isso. *Capisce*?

— Com certeza — concordou Paco.

Eu pisquei e achei que já tinha passado da hora de eles me incluírem nos planos e compartilharem comigo algumas informações básicas.

— Esperem. Eu tenho algumas perguntas. Muitas, na verdade.

Paco lentamente escorregou o braço para longe dos meus ombros e ficou olhando para a mesa de centro sem dizer nenhuma palavra. Doc alternou o olhar entre mim e Paco por alguns segundos até que suspirou e deu de ombros.

— Certo. Prometo responder o que estiver ao meu alcance.

— Obrigada, mas a maioria das perguntas é para o Paco, na verdade. — Me virei para o cupido, que continuava evitando os meus olhos. — Primeiro de tudo, quero entender sobre o que exatamente Doc estava falando quando disse que você estava estragando a minha vida.

— Ele não disse que eu estava estragando. — Foi a primeira tentativa de defesa de Paco. — Ele disse que eu vou estragar.

— Como se isso mudasse alguma coisa! — exclamei.

— Mas eu... eu prometi que isso não aconteceria. E não vai acontecer, se tudo der certo.

— O que não aconteceria, Paco?

— Bem, eu... — Ele suspirou e fechou os olhos, coçando a nuca de leve. — O que eu estou fazendo aqui... com você... é completamente ilegal, você sabe. Nós... nós não devemos nem mesmo interagir com APs fora do horário de trabalho, quanto menos contar a eles sobre o nosso estilo de vida, fornecer informações privilegiadas sobre a nossa linha de trabalho e... treinar um AP para ser um cupido! É um completo absurdo! Isso tudo que estamos fazendo deve ferir pelo menos metade de todas as leis existentes, você entende?

— Sim, essa parte você tinha me contado mais ou menos, e faz sentido. — Sacudi a cabeça, irritada. — Mas o que não faz sentido é o que eu tenho a ver com isso, Paco. Eu não faço parte da sua sociedade. Não conheço as leis dos cupidos. Eu não estou quebrando nenhuma lei que *eu* jurei não quebrar. Como isso arruinaria a minha vida?

Paco desviou os olhos mais uma vez, parecendo muito envergonhado. Olhei para Doc, procurando respostas, mas ele apenas fez um sinal para que eu esperasse Paco se manifestar.

— Eu meio que... meio que tenho imunidade política — disse o cupido finalmente. — Mas esse tipo de situação requer punição, nem que seja de pelo menos uma das partes. É como a lei funciona no nosso mundo.

— Então a punição vai ser *pra mim*? — indaguei com a voz esganiçada por conta da incredulidade. — Você acha isso justo?

— Eu... — Ele suspirou. — Eu nunca disse que nossas leis eram justas.

— E você sabia disso desde o começo? — perguntei, me recusando a acreditar que Paco era um traidor duas caras. — Desde que me implorou para que eu fosse a sua substituta?

Paco não respondeu. Ele olhou para Doc, parecendo suplicar que o médico fizesse alguma coisa, mas Doc só balançou a cabeça. Aquela batalha era de Paco. O cupido havia feito a cama e agora estava na hora de se deitar.

— Você nunca se importou com o que aconteceria comigo? Só se importou com o seu trabalho e com a sua reputação e com o seu noivado e com o seu chefe...

Doc pigarreou.

— Eu sei que é difícil entender, AP, mas as coisas no nosso mundo não funcionam como no seu — começou ele, muito diplomaticamente. — Bem, o pai de Paco... Ele é...

— O pai de Paco? — interrompi. — Vocês estão falando do pai de Paco desde que eu cheguei! Não basta um chefe que cozinha as pessoas em um espeto de churrasco, também tenho que me preocupar com o seu pai agora?!

Doc olhou para Paco, surpreso.

— Você não contou a ela?

— Não me contou o quê?

— Meu pai é o meu chefe — murmurou Paco, de forma acanhada.

— Não qualquer chefe. — Doc riu, sem emoção. — Paco é filho de Eros, o cupido original.

23

Doc se levantou da poltrona com um salto e sorriu amarelo.

— Vocês dois têm muito o que conversar. Vou dar um pouco de privacidade. Estarei no cômodo ao lado organizando alguns equipamentos. Venham até mim quando estiverem prontos.

Paco e eu ficamos nos encarando por um longo tempo. Abri a boca diversas vezes, mas a fechei logo em seguida, porque realmente não sabia o que deveria perguntar primeiro.

— Eros... Tipo o deus grego? — Foi o que consegui proferir com um fiapo de voz.

Paco fez uma careta.

— Ele dificilmente pode ser considerado um deus no sentido tradicional da palavra, mas... Basicamente, sim. Eros nas histórias gregas, Cupido nas romanas.

— Você é filho de Eros, *o deus grego*? — perguntei de novo, só para garantir.

Paco assentiu.

— Olha, me desculpa. — Ele se inclinou para perto de mim e quase tocou na minha perna, mas por fim decidiu apenas colocar a mão boa no bolso da calça. — Eu queria ter falado alguma coisa antes, mas... nunca me pareceu muito oportuno e... bom, você...

— Uau — interrompi. — Isso deve ser uma grande pressão pra você!

Paco pareceu surpreso com a minha reação.

É claro. Cinco minutos atrás eu estava prestes a enforcá-lo com as minhas próprias mãos e agora eu estava só... muito interessada.

Também, né, quem não estaria? Não é todo dia que você encontra um filho de um deus grego passeando por aí. Todo aquele drama da minha morte iminente e tudo o mais podia dar uma pausa de cinco minutos para que eu pudesse satisfazer a minha curiosidade quanto à vida de Paco.

— É uma pressão indescritível! — Paco suspirou, com genuíno cansaço. — Sou o primeiro filho dele em mais de cinquenta anos e... Bom, ele já é exigente o suficiente com cupidos comuns. Mas com membros da família, com verdadeiros *Sanguiniscupitus*, sangue de Eros... como o Doc e eu...

— O Doc?

— O Doc é meu... meio que meu sobrinho... mais ou menos... Bem, é complicado. Não vem ao caso agora. O fato é que Doc sabe como é difícil ser sangue do sangue de Eros. Mas... a pressão de ser filho *dele* é incomparável.

Eu só podia imaginar. Crescer à sombra de um deus, com os outros sempre esperando que ele fosse tão grandioso quanto o pai... A vida de Paco não parecia ter sido um mar de rosas.

— Foi por isso que você chorou até se acabar quando descobriu que não iria poder fazer seu trabalho por um mês? — perguntei delicadamente.

— Se ele descobrisse... se ao menos suspeitasse que eu errei daquela maneira no dia em que nos conhecemos, Lili... — Paco sacudiu a cabeça, afastando as lágrimas. — Posso ter imunidade política, então eu não sofreria punição corporal, mas ele... ele definitivamente me deserdaria. Minha mãe... talvez nunca mais olhasse na minha cara e... Eu seria, sem dúvida, condenado ao ostracismo.

— Eu nunca imaginaria isso do deus do amor.

— O negócio dele definitivamente não é o amor familiar.

Paco deu de ombros e fingiu que aquilo não o afetava, embora eu pudesse perceber, pela mágoa que transpareceu em sua expressão, que a indiferença e a crueldade de Eros eram a base de todos os problemas psicológicos de Paco.

Coloquei minha mão sobre a mão engessada dele.

Ele levantou os olhos para mim finalmente, e seu rosto demonstrava um arrependimento tão intenso que me senti abalada.

— Desculpe, Lili — disse ele. — Estava tão preocupado com o que aconteceria comigo que acabei nem me tocando do que poderia acontecer com *você*. É claro, eu não conhecia você direito na época, mas também não queria ver você pagar pelos meus erros nem nada... Eu só... só não pensei nas consequências e agora... de uns tempos pra cá, isso vem me incomodando e eu... eu só queria poder voltar no tempo e...

Paco perdeu a linha de raciocínio e apenas fechou os olhos, voltando a abaixar a cabeça.

Ficamos em silêncio por um tempo.

— Eu receberia punição corporal? — perguntei de repente.

— Eu nunca deixaria isso acontecer com você! — exclamou, parecendo desesperado para que eu acreditasse. Ele tirou a mão do bolso e rapidamente segurou a minha mão, apertando os meus dedos com força. — É sério, Lili! Eu juro!

— Eu sei, mas... — Sorri pesarosamente. Eu sabia que ele não estava mentindo. Era naquilo que realmente acreditava, que seria capaz de me proteger quando a hora chegasse. Mas, ainda assim, eu precisava saber. — Era isso o que aconteceria comigo? Punição corporal?

— Talvez — admitiu ele. — Provavelmente. Talvez pena de morte — revelou baixinho, como se o tom de sua voz pudesse evitar o cumprimento daquelas palavras. — Talvez você fosse retirada do seu contexto social ou forçada a trabalhar para cumprir sua pena... Nunca se sabe com o meu pai.

Eu não disse mais nada por alguns segundos. A surpresa pela traição dele já havia sido quase anulada e a minha raiva, amenizada quando soube de sua história. Mas eu ainda estava magoada e amedrontada. Puxei a mão para o meu colo e suspirei.

Paco olhou para mim com aquela carinha de cachorro sem dono.

— Não precisamos continuar, se você não quiser. É claro. — Ele sustentou os meus olhos por alguns segundos, então abaixou a cabeça. — Mas...

A combinação da palavra "mas" com o fato de ele ter abaixado a cabeça, evitando os meus olhos, me assustou.

— Mas o quê? — perguntei, com um tom levemente irritado.

Paco manteve os olhos baixos.

— A esse ponto, Lili, vou ser honesto... Se nós pararmos e desistirmos do plano agora, o meu pai virá pessoalmente investigar o ocorrido e eu... Não sei se vou conseguir manter o que você já fez por mim em sigilo. Eles têm... hum... métodos de me fazer abrir a boca.

Eu entendi seu raciocínio imediatamente.

— E se não pararmos nem desistirmos do plano...?

Ele sorriu de forma triste.

— Temos mais chances de sobrevivência se continuarmos. Sinto muito, mas é assim que as coisas são. Se pudermos passar um mês, só mais três semanas, fingindo para o meu pai que tudo está ótimo, juro que saio da sua vida e você nunca mais vai ter que se preocupar com nada! — Ele sacudiu a cabeça, obstinado. — Mas, é claro, você decide. Se realmente quiser desistir, eu não culpo você, Lili. Eu sei que fui egoísta de colocar você nessa situação e prometo que vou fazer o possível para protegê-la do que vier e do que o meu pai...

— Paco — interrompi, voltando a segurar sua mão e apertando seus dedos de leve para chamar a sua atenção.

Ele olhou para mim, preocupado.

— O quê?

— Vamos ver se Doc já arrumou os equipamentos.

— Sério? — perguntou ele, surpreso. — Você quer mesmo continuar com isso?

Forcei uma risada.

— Não estou feliz, mas parece que é a nossa única saída.

Então, tomei a mão dele e o guiei para a sala ao lado.

Eu estaria mentindo se dissesse que não estava com medo. Estava petrificada. Mas parte de mim ainda não havia se tocado de que tudo aquilo se tratava de uma situação séria e concreta. Usei essa parte para continuar ativa. Ignorei meus temores e meu irritante bom senso.

Não era apenas porque Paco precisava de mim.

De um jeito distorcido, *eu* precisava *dele* também.

Sim, minha vida estava em risco. Mas eu precisava admitir: aquela história toda de cupidos e deuses gregos e tudo o mais era o ápice de toda emoção que eu já tinha sentido em todos os meus dezessete anos. De uma forma bizarra, o perigo que eu estava encarando me dava um propósito concreto para continuar existindo.

Eu não poderia abandonar Paco, assim como não poderia abandonar a mim mesma e ficar sem ver como seria o final daquela história.

Doc terminava de apertar um bracelete no pulso de Paco, mas me chamou atenção o fato de ele estar olhando para o cupido e não para o pulso. O médico deslizou o olhar para mim por um segundo, então sorriu de lado.

— Isso é estranho — declarou, com a testa franzida.

— O que é estranho? — perguntou Paco preocupado, se inclinando para examinar o próprio pulso.

— Olhando pra vocês dois agora, eu poderia jurar que a cura não... — Ele riu. — Esquece. Tenho certeza de que estou enganado.

— Que a cura não o quê? — insisti, fazendo uma careta. — Você tá falando da cura macabra e sombria que deu pro Paco naquele dia, depois de ele ter sem querer espetado o dedo na debellatrix e se apaixonado por mim?

Doc se virou para mim com uma expressão divertida.

— Essa mesma.

— O que tem a cura? — Paco quis saber. Agora que Doc havia soltado seu braço, Paco girava o pulso como que para se alongar.

Doc suspirou, mas ainda parecia estar achando graça de tudo aquilo.

— A minha impressão é que a cura não funcionou — declarou ele por fim. — Mas é claro que isso é impossível. Já precisei usar a cura algumas vezes e... Ela é bem infalível.

— Mas se a cura não tivesse funcionado, Paco ainda estaria apaixonado por mim — constatei, frisando o absurdo.

Doc apenas ergueu as sobrancelhas.

Paco e eu ficamos em silêncio por alguns segundos até que nós dois, ao mesmo tempo, registramos a insinuação.

— Isso é ridículo! — exclamei.

— Eu chamei você pra nos ajudar, não pra fazer suposições idiotas sobre coisas que não são da sua conta! — Paco começou a exclamar ao mesmo tempo.

Doc sorriu.

— Tudo bem. Não tá mais aqui quem falou. — Ele sacudiu a cabeça. — AP, venha aqui. Preciso de uma gota do seu sangue.

— Liliana — corrigi brevemente, mas obedeci, estendendo o braço para que ele furasse o meu dedo.

Ele havia explicado mais cedo que com o meu sangue poderia alterar equipamentos de cupido para que funcionassem sob medida. Com um simples ajuste, poderia até fazer com que eu visse Paco mesmo com o cinto da invisibilidade, o que facilitaria a nossa comunicação.

No final da visita, ganhei meu próprio cinto, minha própria pulseira de desejos e minha própria debellatrix.

— O número de registro está no nome do Paco — advertiu ele, me entregando a arma. — Então não faça nenhuma besteira.

A minha debellatrix customizada se encaixava perfeitamente na minha mão. Como a de Paco, ela parecia vibrar com o brilho de uma vida própria, mas a vibração sintonizava perfeitamente os meus batimentos cardíacos. Quando fechei os dedos ao redor do cabo, era como se o instrumento fizesse parte do meu corpo. A sensação era estranha, mas incrível.

— Se eu fizer alguma besteira, ele tem a imunidade política dele — falei, dando de ombros.

Paco não riu. Ele apenas abaixou a cabeça, entristecido com o comentário. Doc também pareceu não achar graça.

— Estou falando sério — disse Doc, franzindo a testa. — Nada de fazer coisas arriscadas. Nada de juntar outros casais aleatoriamente, como Pedro e Anna. Foi um trabalho bom, mas muito inconsequente da parte de vocês. Se eles acharem que tem um outro Alma Livre por aqui, vão vir investigar. Se encontrarem você com uma arma registrada no nome do Paco, rapidamente vão descobrir toda a história. E você sabe muito bem quem pagará pelos pecados. Então, não faça nenhuma besteira. Pelo seu próprio bem, garota.

— Eu sei — concordei, meio envergonhada pela brincadeira infantil. — Prometo me comportar.

Aí Paco riu.

Estreitei os olhos para ele, o que só o fez gargalhar mais. Então bufei, desistindo de me importar.

Ao conferir as horas, fiquei espantada. As aulas já tinham terminado, e era quase o horário de eu chegar em casa. O tempo havia voado sem que eu percebesse.

— Preciso ir pra casa antes que meus pais me matem!

— Eu acompanho você — ofereceu Paco.

Doc se despediu de nós, prometendo voltar em breve para ver como estávamos nos saindo na missão e para verificar o progresso da recuperação da mão de Paco.

Quando ele partiu em sua motocicleta invocada, Paco suspirou.

— Por favor, perdoe Doc por suas adoráveis inconveniências.

— Que nada! Dessa vez, ele me tratou surpreendentemente bem! — Eu sorri. — Não tenho do que reclamar.

— Bom... Aquela coisa de ele achar que a cura não tinha funcionado... — começou Paco, incerto.

Eu tive a educação de não olhar em seu rosto, mas sabia que ele estava tão constrangido com a situação quanto eu.

— Pois é, eu sei que... — comecei, parando a frase no meio também.

Nós dois pigarreamos juntos.

— É tudo porque... Bom, Doc é um sujeito muito peculiar e ele... Ele não está acostumado a um nível de amizade como o nosso.

— Nível de amizade. Claro.

— E por isso achou que fosse algo a mais.

— Bem, olhando por esse lado, faz até sentido que ele tenha se confundido — concordei, ainda sem olhar para ele.

— Sim, é o que eu quero dizer. — Paco coçou a cabeça. — Achei melhor desanuviar a situação.

Evitei comentar que talvez, se ele tivesse apenas ignorado o comentário de Doc, teria sido muito mais fácil lidar com aquilo e fingir que nunca nem tinha acontecido.

Na verdade, eu evitei falar qualquer coisa que me incriminasse ou que expusesse quaisquer sentimentos que contradissessem as palavras de Paco quanto àquilo tudo se tratar de uma simples e bela amizade.

— Claro — disse eu em vez disso. — Obrigada.

24

Eu estava, honestamente, exausta. Física, mental e psicologicamente.

Paco me deu a tarde inteira para absorver toda aquela informação nova, o que eu achei que tinha sido bem generoso da parte dele.

Até que...

— Você tá acordada?

A voz vinha da janela. Eu havia esquecido a maldita janela aberta sem querer antes de pegar no sono. Apertei os olhos e xinguei baixinho, desejando que o chamado tivesse sido apenas um delírio, para que eu pudesse voltar a dormir.

— Ei, Lili, você tá acordada?

Eu não estava, mas, depois de várias batidinhas no vidro da janela e de vários "psssst", era óbvio que eu tinha despertado.

— Não — disse, cobrindo o rosto com o travesseiro.

— Se não tá acordada, como pode estar falando? — perguntou Paco, agora ao lado da minha cama, e eu percebi que já não podia escapar.

Respirei fundo e sentei, esfregando os olhos. O rosto do cupido pairava ansioso acima do meu. Seu sorriso brilhante e os olhos arregalados de empolgação me deram bom dia, apesar de ainda estar escuro lá fora.

— Você não dormiu aqui hoje — comentei e, só depois de as palavras saírem dos meus lábios, percebi como era absurdo eu estar surpresa por ter tido uma noite *normal*, para variar, sem caras aleatórios dividindo o quarto comigo.

— Não cheguei a dormir — respondeu Paco, então me toquei de que ele estava um pouquinho elétrico demais, especialmente para alguém que não tinha dormido. — Tinha muita coisa pra preparar.

— Você por acaso inventou de tomar café? — Estreitei os olhos.

Ele aproximou o polegar e o indicador para dizer "Só um pouquinho!", embora eu tivesse certeza de que aquilo era um eufemismo. Ou talvez não. Nunca se sabe com cupidos. Se um único comprimido de Tylenol 500 mg tinha sido o suficiente para dopá-lo, quem era eu para dizer que apenas uma xícara de café não poderia ter feito, sozinha, o serviço completo de eletrização?

— Vamos, vista uma roupa. Já perdemos tempo demais com essa semana de treinamento. Precisamos iniciar a lista de alvos que meu pai me mandou antes que ele comece a desconfiar.

Pisquei algumas vezes, sacudindo a cabeça.

— Lista de alvos? Paco, eu acabei de acordar, você vai precisar me dar um tempinho antes que eu...

Só então reparei que ele estava conversando comigo como se fosse um horário normal, em voz alta e tudo o mais. Arregalei os olhos, de repente desperta, e cobri a boca dele com as duas mãos antes que me respondesse.

— Você é *louco*?! — exclamei num sussurro. — Fale baixo! Meus pais estão dormindo! Eles podem ouvir você agora, lembra?! Que horas são, afinal?

Os olhos de Paco sorriram e ele levantou a mão engessada em sinal de inocência. Com a outra, ergueu a camiseta para expor seu cinto da invisibilidade. Confusa, puxei as mãos.

— Tá vendo? Não precisa se preocupar — falou ele. — E são cinco e vinte e dois — completou, conferindo o horário no meu rádio-relógio.

— Mas... eu... consigo ver você... — argumentei meio boba. De repente, entendi tudo, arregalei os olhos e segurei as mãos dele. — Paco, você se espetou com uma seringa da debellatrix outra vez?! — Uma risada brotou dos meus lábios. — Você tá apaixonado por mim de novo?

Ele revirou os olhos e me empurrou para trás, rindo da minha cara por considerar aquele absurdo.

— Doc customizou o cinto, esqueceu? — Quando desviou o olhar, eu percebi que não estava rindo de mim. Estava rindo de nervoso! Envergonhado. Antes que eu pudesse rir disso, no entanto, ele apontou para mim, ordenando: — Vamos logo, coloque seu cinto. Precisamos chegar lá antes das seis. É quando ele sai de casa.

— Ele quem? — perguntei por reflexo. Então sacudi a cabeça. — Paco. Eu tenho aula hoje. Não posso fazer coisas de cupido com você agora.

— A gente termina antes da hora da aula, prometo — disse ele, impaciente, me puxando pela mão na direção da janela. — Agora, vamos, vamos! Tempo é dinheiro!

Eu soltei uma gargalhada espontânea, então cobri a boca me lembrando de que deveria ser silenciosa. Paco arregalou os olhos, mas não evitou um sorriso.

— Coloque o cinto — sugeriu ele de novo, dessa vez sussurrando.

Concordei e corri para obedecer, antes que eu acabasse sendo a responsável por nos meter em problemas.

Apesar da pressa, Paco me deu um tempo para me aprontar para a escola e escrever um bilhete para os meus pais avisando que tinha precisado sair mais cedo — já que eu pretendia ir direto para a aula depois do serviço.

Ainda faltavam vinte minutos para as seis da manhã quando pulamos minha janela e seguimos o aparelhinho GPS dos cupidos rumo ao nosso primeiro alvo.

Para minha surpresa, esse meu tal primeiro alvo não era alguém completamente desconhecido.

Paco pareceu perceber isso quando chegamos em nosso destino e eu dei uma olhada no rapaz, rapidamente associando seu belo rosto ao nome na lista fornecida por Eros e murmurando "Ah!". Se não fosse tão impossível, eu até diria que o cupido ao meu lado havia sido mordiscado pelo bichinho do ciúme.

— Vocês se conhecem? — perguntou em um tom casual forçado.

— Ele é o barman da Subsolo — expliquei.

— Ah! — Paco de repente estava com a mesma expressão de reconhecimento que eu. — Verdade! Ele estava servindo o tal Chuva de Uva quando eu... — A voz dele foi sumindo conforme percebia o quanto refletir sobre os eventos daquela noite o deixava constrangido.

Não que aquele assunto também não me deixasse desconcertada, mas me esforcei para desanuviar o clima.

— ... quando você se espetou na própria seringa e se apaixonou por mim — falei rápido, revirando os olhos, fingindo que não era nada de mais, e completei com uma risada. Segurei a mão de Paco e o puxei para seguirmos Alex rua abaixo. — Vamos! Senão vamos perdê-lo de vista.

Alex, o barman, ou, como o *tablet* dos cupidos se referia a ele, Alexandre Padilha, estava a caminho da faculdade. Ainda de acordo com o *tablet*, ele fazia Engenharia da Computação e, além de ser barman, era também professor de informática voluntário em escolas de comunidades carentes. Paco leu as informações para mim enquanto Alex esperava no ponto de ônibus.

Nós o seguimos para dentro do ônibus, e eu já ia tirando minha carteira para pagar a passagem quando Paco me lembrou de que estávamos invisíveis. Vantagem de ser invisível: não precisar pagar pelo transporte público.

Alex se sentou em um dos bancos altos do meio do ônibus, e Paco e eu ficamos nos bancos vagos logo à frente, ajoelhados para podermos espiar. Ele agora olhava poeticamente para fora da janela, sem nem suspeitar de que, em poucos minutos, estaria perdidamente apaixonado.

O ônibus começou a andar, mas freou de repente e abriu a porta. Paco me cutucou e apontou para a garota que corria para alcançar o ônibus. Ela estava com um livro grosso em um dos braços e, com a outra mão, segurava o cartão de vale-transporte.

— É ela! — Percebi logo de cara.

Marília Salgado. A garota por quem Alex deveria se apaixonar.

Ela soltou um longo suspiro aliviado e sorriu em agradecimento para o motorista antes de aproximar seu cartão do leitor eletrônico, liberando a catraca.

Então Marília usou o pulso para tirar os cabelos do rosto e olhou para a frente. Seus olhos foram direto para Alex, como se fosse o destino.

Bem, tecnicamente *era*.

Animada, eu virei a cabeça para ver como Alex tinha reagido àquela troca de olhares e... Alex encarava a tela do celular.

— Fala sério, Alex!

Revirei os olhos, sem acreditar. Ele havia perdido um dos momentos mais significativos de sua vida por causa de um vício tecnológico!

Paco, ao meu lado, soltou uma gargalhada.

— É. *Eu sei*. Hoje em dia é quase impossível fazer o acaso acontecer. Tá todo mundo sempre com a cara enfiada no celular, distraído demais para notar o que acontece ao seu redor. Algumas vezes o amor tá bem na frente do seu nariz, mas você deixa passar...

Fiz uma careta. Não era hora de discursos moralistas de cupido.

— Ok, mas como eu faço ele olhar pra ela agora?

Paco sorriu de lado.

— Não precisa. Ela já o viu. Ela tá vindo, olha! — E apontou com uma inclinada de cabeça na direção de Marília, que se aproximava de onde estávamos.

A garota hesitou com a mão na barra do ônibus, a cabeça voltada para mim, e eu prendi a respiração, certa de que ela podia me enxergar. Até cheguei a colocar a mão sobre o cinto da invisibilidade para ter certeza de que ainda estava preso. Mas então Marília respirou fundo, e notei que seu olhar estava perdido. Percebi que ela só estava tomando coragem.

Em seguida, parecendo com o humor renovado, sorriu e sentou ao lado de Alex, que levantou a cabeça e sorriu de volta em cumprimento.

— Tá vendo? — O cupido me cutucou com o cotovelo. — Tudo acaba se encaixando.

Marília e Alex já se conheciam.

Segundo a ficha deles, que Paco leu para mim em seguida, não chegavam a ser *melhores amigos* nem nada do tipo, mas tinham sido colegas no ensino médio e agora, por morarem em lugares próximos, geralmente acabavam pegando o mesmo ônibus pela manhã.

Nos últimos meses, vinham dividindo assentos lado a lado e conversavam até que chegasse a hora de Marília descer para ir ao trabalho. A companhia um do outro era reconfortante. A conversa, quase sempre, divertida. Às vezes eles compartilhavam fones de ouvidos, trocavam dicas de música, debatiam política, *reality shows* e fofocavam sobre o que seus antigos colegas de escola supostamente estariam fazendo anos depois da formatura.

Era um relacionamento gostoso e confortável.

Mas agora o Conselho Supremo dos Cupidos havia decidido que eles precisavam se apaixonar.

Porque, é claro: deixe qualquer coisa boa cair na mão dos cupidos que eles não vão perder tempo para tentar estragá-la.

— Reclama menos e atira mais — retrucou Paco quando expressei minha preocupação.

Sacudi a cabeça, espantando minha irritação pessoal, e foquei no sentimento de felicidade de Marília, que agora ria por conta de alguma piadinha sem graça do *barman*. Talvez existisse mesmo alguma razão boa para juntar aqueles dois. Eles pareciam fazer bem um ao outro, e essa é a base do sucesso de qualquer relacionamento, não é mesmo? Então talvez eu estivesse fazendo um bem ao mundo...

Respirei fundo e ergui a debellatrix, colocando a garota amável do cabelo curto bem na minha mira. Paco segurava a lupa dos pensamentos e, de acordo com o que estava vendo, era o momento ideal para atirar.

Aparentemente, o motorista do ônibus também achou que era o momento ideal para frear sem aviso bem na hora em que eu apertei o gatilho. Eu me desequilibrei e quase caí no corredor, mas Paco me segurou pela cintura no último segundo. Nós dois prendemos a respiração enquanto a seringa da debellatrix cruzava o ar quase em câmera lenta, passando de raspão pelo rosto de um senhor que lia o jornal no banco de trás e por baixo da axila de uma moça que se segurava nos suportes de mão enquanto esperava seu ponto chegar.

Suspiramos em alívio conjunto quando a seringa espetou na parede do fundo do ônibus, sem atingir ninguém.

Só então percebi que Paco ainda me segurava.

Ergui o rosto para encontrar os olhos dele, e o cupido sorriu para mim.

— Tenta de novo — sugeriu ele, lentamente retirando as mãos do meu corpo. — Dessa vez com o veículo parado, de preferência.

Estreitei os olhos, mas não consegui evitar o sorriso. Paco guiou minha mão para que eu posicionasse a debellatrix outra vez. Agora que o ônibus estava imóvel, era a oportunidade ideal.

Atingi Marília primeiro, mas Alex não escapou no próximo sinal fechado.

— Ah, o amor... — Paco suspirou ao meu lado, apoiando o queixo no encosto do banco enquanto observávamos o mais novo casal reunido.

A breguice daquele comentário me despertou para a realidade. Soltei uma risada e dei uma cotovelada brincalhona no cupido, pegando a lupa de pensamentos da mão dele para dar uma espiada no que se passava na mente de Alex e Marília.

E foi então que eu me deparei com uma informação peculiar.

"Este é o sinal que eu estava esperando", Marília pensava.

Minhas sobrancelhas se curvaram em curiosidade.

— Sinal? — Me virei para Paco, mas o cupido apenas encolheu os ombros. Voltei a olhar Marília, esperando que talvez ela fosse elaborar aquele pensamento. — Sinal de que, Marília?

— Ela não consegue ouvir você — comentou Paco.

— Eu sei, é só que...

Parei de falar, porque a lupa estava me revelando mais coisas: "Tudo bem, eu poderia tentar encontrar meu sonho no Rio de Janeiro, mas... Alex não estaria lá".

— O quê?! — gritei. — Paco, me dá o *tablet*. Que sonho é esse que a Marília decidiu largar só por causa de macho?

— Liliana... — Paco tentou me acalmar. — Não é por causa de "macho", é por causa de amor.

Arranquei o *tablet* dos cupidos da mão dele e descobri que Marília tinha o sonho de ser uma atriz famosa, de estrelar nas grandes telas mundo afora. Ela estava planejando se mudar para o Rio para tentar a sorte, talvez conseguir uma pontinha em alguma novela, porque é assim que os grandes atores começam. Algumas pessoas considerariam essa uma fantasia infantil, mas era o que Marília queria — era seu objetivo de vida mais sagrado! E agora, por causa de Alex... Por causa de *mim*... Ela estava desistindo de tudo!

— Minha nossa, Paco! O que foi que eu fiz?

25

Demorou um bom tempo para que Paco me convencesse a descer daquele ônibus, e no final eu acabei cedendo não porque "Eu sei que parece injusto, mas é a vida, Lili" nem porque "Óbvio que Alex não é a razão central da escolha dela! Ela já devia estar com o pé atrás desde antes... Uma mudança para o Rio de Janeiro é uma decisão gigante, afinal de contas", mas porque eu estava atrasada para a aula.

E só por isso.

Durante todo aquele dia eu não conseguia apagar do meu coração a culpa de ter estragado a vida de alguém com, quase literalmente, minhas próprias mãos. Enquanto meus professores discutiam sobre política, filosofia e história da arte, eu só conseguia pensar em Marília e Alex. Quem era eu para causar sentimentos tão intensos nessas duas pessoas inocentes?

Quem eram os cupidos para decidirem o que deveria existir no coração de cada ser humano?

Paco apareceu no meu quarto depois do almoço com um relatório gigante sobre como Alex e Marília estavam radiantes. De acordo com as estatísticas, os dois estavam muito mais felizes nas últimas seis horas depois da "flechada" do que tinham estado em todos os outros dias do mês *combinados*. Endorfina é uma coisa que corre desenfreada na sua veia quando você está apaixonado. Eles também estavam se provando muito produtivos em suas respectivas tarefas e possuíam o que Paco descreveu como "o brilho do amor" (uma aura de energia que cativa e afeta todos ao redor).

— Além do mais — me garantiu Paco —, Marília não desistiu de ir para o Rio. Ela só adiou os planos por um tempinho...

Eu não fiquei totalmente convencida, mas topei continuar o serviço.

Então... Aqui está um grande fato sobre fazer o trabalho de cupido "na área": como residente da tal área, eu conhecia muitos dos meus alvos, pelo menos de vista ou de ouvir falar.

Por causa disso, tentei manter tudo o mais impessoal possível. Paco lia as informações sobre os APS e bolava as estratégias. Eu apenas atirava.

Se houve qualquer injustiça em causar aquelas paixões (e, conhecendo cupidos como agora eu conhecia, provavelmente *havia*), eu não queria saber. O que os olhos não veem o coração não sente, não é mesmo?

Assim, por vários dias, preferi fazer vista grossa para as decisões absurdas do Conselho dos Cupidos.

Para ser justa, não eram todas *péssimas*. Algumas pessoas pareciam mesmo *melhores* pelo amor que irradiava de cada um dos seus poros após uma picada da debellatrix. Algumas paixões faziam sentido. Alguns destinos se entrelaçavam perfeitamente e outros rodavam sem nunca se encontrarem em um labirinto de reflexão pessoal e filosófica.

Nas minhas primeiras semanas como cupido, tive a oportunidade de observar vários pequenos milagres. Como meu vizinho viúvo finalmente se reabrindo para novas possibilidades, ou a filha do dono do açougue redescobrindo completamente a sua identidade a partir do que seu coração era capaz de sentir agora.

Tudo parecia bem e feliz, e eu estava realmente começando a acreditar que talvez eu pudesse acabar fazendo algumas mudanças boas nesse universo, sendo um cupido...

Até que a tal da lista de alvos resolveu me provocar de forma *muito* pessoal.

— Mas meu irmão só tem dez anos! — protestei, horrorizada.

Sim, de acordo com o Conselho Supremo dos Cupidos Babacas, Carlos Eduardo — meu *Caduzinho*, cujo corpo pequenino eu havia embalado em meus braços não muitos anos atrás — deveria se *apaixonar*.

Paco não só não achou um completo absurdo como também teve a pachorra de dizer:

— Ué, e daí?

— E daí?! Ele é um *bebê*, Paco! — insisti. — Mal saiu das fraldas, por favor!

— Você está sendo dramática — disse o cupido.

Quando um *cupido* diz que você está agindo de forma dramática, é hora de parar e pensar.

Eu sabia que ele estava certo, pelo menos em algum nível, mas não ia dar o braço a torcer.

Fiz uma careta e cruzei os braços.

— Que seja, mas eu não vou atirar no meu irmão! Isso está absolutamente fora dos limites, entendeu? Então pode ir tirando seu cavalinho da chuva!

Paco franziu a testa.

— Você está dizendo bobagens — começou ele. — Eu não tenho um cavalo, e nem mesmo está chovendo.

Eu não aguentei segurar a risada, o que é sempre uma droga quando você está determinada a mostrar que não está feliz com alguma coisa. Paco, é claro, tomou meu riso como um sinal de que estava perto de uma vitória naquela batalha.

— De acordo com as estatísticas, seu irmão está passando da idade de ter uma paixãozinha infantil — argumentou ele com um sorriso sabido, me segurando pelos ombros. — A maioria das pessoas cai de amor em idades bem mais tenras... Inclusive, conheço uma garotinha que, se eu não me engano, tinha sete anos e meio quando resolveu ter seu primeiro namoradinho... Eles brincavam no balanço, montavam castelos de areia, escalavam árvores e andavam de mãos dadas...

Ele estava falando de mim, obviamente. Se eu não tivesse a memória da situação, as sobrancelhas sugestivas de Paco revelariam isso.

— Pare de ler minha ficha, seu *stalker*! — reclamei.

Mas eu precisava admitir que ele tinha tocado num ponto sensível.

Apesar do fiasco do nono ano, minhas paixõezinhas de infância eram eventos para os quais eu olhava com apreço. Eram puras, inocentes, eram friozinho na barriga, sorriso de verão. A dor não existia naquela época. Meu coração costumava se regenerar bem mais rápido.

— Você não vai querer privar seu irmão querido de todas essas experiências maravilhosas, vai? — O cupido deu seu golpe final.

Fechei os olhos com força.

— Eu odeio você, sabia? — murmurei.

Paco riu, porque ele sabia que meu resmungo significava que a guerra havia terminado, e ele era o grande vencedor: faríamos as coisas de acordo com sua vontade. Por mais que eu o houvesse contrariado de início, sabia que no fundo o que ele falava fazia sentido, e era por isso que eu o odiava.

— Você só vai precisar atirar — garantiu ele. — Eu faço o resto do trabalho sujo.

Eu não sabia se Paco tinha dito aquilo para me confortar, mas ele pareceu perceber que só me deixou ainda mais ansiosa. Então me deu um longo abraço relaxante e garantiu:

— O amor faz parte da vida, Lili. Está na hora de o Cadu conhecê-lo em primeira mão...

Meu irmão deveria se apaixonar por uma garota do sétimo ano chamada Larissa.

Ela era bonita, tinha a pele do mesmo tom negro da pele de Cadu e, apesar de ter apenas doze anos de idade, suas curvas femininas já estavam começando a aparecer. Além disso, seus cabelos pareciam ter saído de uma propaganda de *shampoo*, e ela tinha um brilho superior no olhar que a tornava irresistível. Se estivéssemos em um filme adolescente hollywoodiano, ela definitivamente seria uma daquelas líderes de torcida cobiçadas pela escola inteira.

— Ah, claro que meu irmão vai se apaixonar por ela — resmunguei, sarcástica. — Nem um pouco clichê.

Paco ergueu as sobrancelhas para mim.

— Achei que já tivéssemos estabelecido que clichês são nossos amigos...

Bufei, revirando os olhos para ele.

— Se eu pudesse escolher alguém pra namorar meu irmão, seria mais criativa que os cupidos. — Observei a garota à minha frente por mais alguns segundos. — Mas preciso dar o braço a torcer: *ela* se apaixonar por *ele* é um pouco inesperado.

— Hum... — fez Paco.

— Tipo, meu irmão é *fofíssimo* — continuei —, mas ele é bem mais novo que ela e... O que foi? — Parei de repente, notando que Paco estava agindo de maneira esquisita. Bem, mais do que o normal, pelo menos.

— Nada — disse ele com a voz abafada. — É só que... Hum...

Estreitei os olhos.

— Paco. — Meu tom era de alerta. — Desembucha.

O cupido suspirou e me guiou pelo braço até o outro lado do pátio da escola do meu irmão. Agora estávamos mais perto de Cadu e mais longe de Larissa. Paco tirou o celular do bolso e me mostrou a lista de alvos.

Demorei um tempo para entender do que ele estava falando, mas assim que meu cérebro processou as informações senti meu coração partir: eu deveria fazer meu irmão se apaixonar pela garota, mas ela não corresponderia.

— Não. — Sacudi a cabeça com força e me preparei para ir embora. — Isso já é maldade demais.

— Lili... — Paco respirou fundo, guardando o celular no bolso para poder segurar meus dois ombros sem impedimento. — Isso não muda nada.

— Isso muda tudo!

— Não, não muda — insistiu ele, com a voz séria. Fiquei tão espantada com sua solenidade que apenas apertei os lábios e ouvi atentamente o que ele tinha para dizer. — Seu irmão precisa experimentar a vida, de uma maneira e de outra. E, sim, às vezes ele vai se machucar. Mas isso só vai fazê-lo crescer. É assim que o mundo de vocês funciona, não é mesmo? Sem dor não há progresso. Você não pode colocá-lo numa bolha, Lili. Você não tem como evitar que coisas ruins aconteçam a ele. E isso... — Um pequeno sorriso começou a se espichar em seus lábios. — Isso não é uma coisa ruim. Amar é bom. É empolgante. Uma aventura!

Apesar de não concordar, parte de mim sabia que, em algum nível, ele tinha certa razão. Mas não foi isso o que me convenceu no fim das contas.

Não.

O que me fez pegar a debellatrix e apontar para Carlos Eduardo foi a seguinte frase proferida por Paco:

— Se você não fizer isso, um outro cupido vai vir terminar o trabalho. E não teremos como garantir que será feito da maneira mais gentil possível.

A ideia de outra pessoa — outro *cupido*, que seja — machucar meu irmãozinho era demais para mim.

Cadu estava olhando para Larissa quando atirei. Ele não chorou nem pareceu sentir dor nenhuma, mas não consegui evitar que meus olhos inundassem a ponto de transbordar. Eu me senti completamente anestesiada quando a coisa toda acabou. Ainda invisível, abracei meu irmão e dei um beijo em sua bochecha pré-adolescente.

Pedi desculpas silenciosas e esperei que algum dia ele pudesse me perdoar.

Meu serviço ficou muito mais fácil depois de Cadu.

Acho que, depois que você faz seu próprio irmão cair em um romance desesperançado, nada mais é capaz de afetar você.

Fiquei, de certa forma, emocionalmente imune. E é claro que isso tornou meu trabalho de cupido mil vezes mais produtivo. Porque, para ser um cupido, você não pode ter um coração.

Depois de mais uma semana cheia de seringas atiradas, eu precisava admitir que estava pegando o jeito e me acostumando às coisas boas e também às ruins. Paco também parecia satisfeito com a minha *performance*.

— Ok, Lili — falou ele, no domingo. — Fizemos um ótimo progresso nesses últimos dias. Meu chefe acabou de enviar a lista atualizada de alvos para esta semana. Os primeiros da lista são um casal. Você adora esses, não? — Ele se referia ao meu desgosto por atirar seringas de amor não correspondido. Cruzei os braços e ergui as sobrancelhas, o que o fez rir. — Aliás, são pessoas que frequentam a sua escola. Acho que você conhece.

— Conheço?

— Bom, os nomes deles são... — Ele conferiu rapidamente a informação no celular. — Jonathan Neto e Letícia Voss.

Paco estava certo. Eu os conhecia.

Os nomes familiares ecoaram na minha mente, a combinação absurda dando um nó nos meus pensamentos.

Em um só instante, senti como se meu estômago tivesse despencado do quinquagésimo nono andar.

26

Quando finalmente recuperei a voz, minha primeira reação foi protestar.

— Mas... Mas o Jonathan é um professor!

— Sim. — Paco assentiu. — É o que diz a ficha dele.

— E a Letícia é uma aluna. Paco, ela tem a minha idade!

Paco inclinou a cabeça para o lado, enrugando a testa, sem entender o que me atormentava.

— Eu sei — disse ele calmamente.

— Paco, isso é errado! — insisti, segurando-o pelos braços e sacudindo-o. — E nem estou falando de errado como as outras coisas que a gente fez, tipo fazer meu irmão se apaixonar por uma garota que não gostava dele ou garantir que Marília desistisse de seu sonho de ser atriz para ficar com Alex. Não, não, Paco, é pior ainda! Eu tenho quase certeza de que isso é *ilegal*! É um tipo de abuso. Se o Jonathan não acabar indo preso, ele com certeza pode ser demitido. E a Letícia... Espere aí, eu conheço a Letícia! Ela é minha... minha *amiga*. E ela é tão meiga e sensível. Paco, não podemos fazer isso!

O garoto me encarou por um momento. Seus olhos buscaram nos meus a minha preocupação e, por fim, se fecharam de modo compreensivo.

— Bom... — começou ele com a voz um pouco rouca, então fez uma longa pausa. — Existe um jeito de não precisarmos cumprir a lista, mas... Vai ser bem complicado — disse finalmente.

— Qualquer coisa! — supliquei.

Ele coçou a nuca e voltou a abrir os olhos.

— Nós temos que... hum... fazer os dois se apaixonarem por outras pessoas. Cada um por uma pessoa, digo.

— Sim, sim. Faz sentido — sorri, soltando seus braços, satisfeita por ter uma saída para aquele dilema.

Paco me olhou em tom de alerta.

— Mas isso não vai ser fácil como quando você juntou o tatuado e a bailarina no seu teste — disse ele severamente. — Não podemos juntar um casal meia-boca. Tem que ser o casal *perfeito*, entende? Alma gêmea e tudo o mais. Senão, é capaz de... hum... meu chefe...

— Vir aqui conferir pessoalmente — sugeri num sussurro.

Ele apenas assentiu, o que foi pior do que se ele tivesse dito qualquer coisa. Se ele tinha medo até de falar sobre o assunto, é porque a coisa era séria mesmo.

Senti um arrepio percorrer a parte de trás do meu pescoço.

As mãos macias e quentes de Paco seguraram meu rosto até que eu voltasse a olhar em seus olhos.

— Mas não precisa ficar com medo, Lili — sussurrou ele gentilmente. — Nós não vamos deixar que ele descubra, né?

Como sempre, por estarmos com problemas, chamamos Doc.

— Se Doc existe, graças a Deus que ele existe! — Sorri ao ver a moto do médico se aproximar.

Paco me encarou sem entender, e eu já ia abrindo a boca para explicar o meme quando Doc estacionou ao nosso lado e minha atenção se concentrou na salvação da pátria.

— Ótimo! — exclamei, puxando-o pela mão assim que ele pegou sua maleta médica no bagageiro. — Justamente quem eu queria que aparecesse.

— Mas... foram vocês que me chamaram... — comentou Doc abobadamente.

— É modo de dizer — explicou Paco, já se achando o especialista em cultura e comportamento humano.

Doc fez uma careta e soltou minha mão para colocar seu cinto da invisibilidade, sumindo imediatamente para mim. Eu precisei de alguns instantes para me lembrar de que o cinto dele não havia sido modificado para que eu pudesse enxergá-lo. Ou seja, ao colocar o cinto, ele só podia ser visto por outros cupidos. Apesar do que as últimas semanas haviam feito parecer, eu não era uma cupido.

Quando chegamos em meu quarto e Doc reapareceu num passe de mágica, Paco não esperou muito tempo para atacar o problema.

— Doc — começou ele —, parece que vamos precisar de alguns dos seus truques.

Doc olhou para mim, desconfiado.

— Como assim?

— Bom, acontece que a nossa querida Lili aqui… — Paco supirou. — Não que eu a culpe, mas ela tem um pequeno problema com nossa lista de alvos. E nós estamos pensando em… Fazer algumas mudanças.

Doc abriu a boca, um pouco espantado.

— Mas… Se vocês não seguirem a lista, vão precisar…

— Eu sei — interrompeu Paco. — Vamos precisar juntar casais perfeitos para compensar. É por isso que eu disse que vamos precisar dos seus truques.

Doc respirou fundo, mas, agora que ele já havia concordado em nos ajudar, nosso sucesso nas missões também era de seu interesse. Ele colocou a maleta médica sobre a minha cama e começou a retirar vários equipamentos experimentais.

— Essas coisas aqui eu geralmente vendo para Atiradores Livres — o médico se virou para mim e explicou: — São cupidos que buscam alvos por conta própria, sem seguir lista alguma. É até mesmo ilegal em alguns países humanos… Mas, na minha opinião, é uma verdadeira arte. — Ele esperou que eu assentisse antes de prosseguir. — A maioria desses equipamentos é experimental. — Ele fez uma pausa. — Só pra deixar avisado mesmo.

Eu peguei uma espécie de lanterna que Doc havia retirado da maleta e a inspecionei de perto.

— O que isso faz? — perguntei, procurando o botão de ligar.

— Cuidado! — exclamou o médico, tirando o objeto da minha mão antes que eu tivesse a chance de acendê-lo. — Não é um brinquedo. — Ele fez uma careta como se eu fosse uma criancinha. — Isso é um holofote portátil.

— Uma lanterna, você diz? — zombei.

— Não, um *holofote* — insistiu Doc. — Você o aponta para alguém que quer que vire o centro das atenções. A "luz" dessa lanterna contém partículas de atração e olhar para a pessoa iluminada passa a ser irresistível.

— Hum… — tive que dar o braço a torcer de que era um equipamento bem útil. — E quanto a este troço que parece um perfume barato? — indaguei, pegando um frasco nas mãos.

Doc não demorou para tirar aquilo do meu alcance também.

— Feromônios — explicou simplesmente, passando para o próximo equipamento: uma caixinha de música. — E este dispositivo musical aqui provoca sonhos com amores em potencial, sonhos tais que podem ser observados pela lupa de pensamentos, que vocês já possuem. A partir disso, fica muito mais fácil ter ideias de em quem usar a debellatrix.

Eu estava verdadeiramente impressionada, mas tentei não deixar isso transparecer, porque Doc não precisava de mais motivos para se sentir o gostosão da parada.

O médico nos mostrou ainda mais algumas outras coisas, como uma maçã do amor que, quando ingerida (mesmo em pequenas quantidades), provocava reações hormonais semelhantes às de alguém apaixonado (uma espécie de amostra grátis do poder verdadeiro das seringas normais), e um pequeno aparelhinho que era capaz de controlar uma parte (pequena, no entanto útil) do clima e da temperatura — muito conveniente quando você quer criar a ambientação perfeita para o romance.

Por fim, Doc suspirou e de repente ficou muito sério.

— Bem, e se nada disso der certo... Eu venho trabalhando em algo novo que tenho certeza que vai poder ajudar.

Dizendo aquilo, ele tirou de um compartimento secreto em sua maleta uma caixinha de ferro. Dramaticamente, abriu a caixa, revelando duas seringas vermelho-sangue tão cintilantes que pareciam emitir luz própria. O médico olhou para a gente, esperando que absorvêssemos a magnitude de tudo aquilo sem precisarmos de explicações.

— O que são? — Paco fez a pergunta que estava na minha cabeça.

— Bem... — sorriu torto Doc. — Eu estive aperfeiçoando a fórmula. Não as utilizem, se puderem evitar. É apenas para casos de emergência.

— O que elas fazem? — insisti.

— Amor Eterno e Devoção Completa — declarou Doc. As palavras pareciam ridículas saindo de sua boca. — O poder afetivo de uma seringa normal é geralmente de duas semanas a oito meses, antes de precisarmos renovar a dose, não é? Bem... estas aqui... Estas aqui duram *para sempre*. E elas causam uma devoção tão pura que, nem se quisessem, os indivíduos poderiam escapar.

— Mas isso é absurdo — protestei automaticamente, em nome da espécie humana. — Quer dizer, você não pode fazer duas pessoas se apaixonarem assim desse jeito! Eles têm vida também, não podem viver só para o romance!

Paco olhou para mim e assentiu, embora eu soubesse que, pela filosofia dos cupidos, ele acreditasse que as pessoas não só poderiam como *deveriam* viver só para o romance.

— Além do mais, eu não tenho certeza se o chefe ficaria muito feliz com isso, Doc — disse Paco devagar. — Ele triunfa na tragédia. Com amor eterno não há tragédia.

— É aí que você se engana, meu camarada. — Doc sorriu, sabiamente. — O amor eterno é a maior tragédia que pode acontecer a dois APs desavisados. No entanto, devo concordar com a parte de seu pai não ficar particularmente feliz, já que nós dois sabemos bem o quanto é difícil agradar aquele lá. É por isso que não anunciei ainda a existência destas belezinhas... — suspirou ele. — Mas elas funcionam. Apenas tomem cuidado, porque elas podem cegar o juízo até do sujeito mais esperto — ele estendeu a mão para entregar a caixa para Paco, mas parou no meio do caminho, dizendo em tom máximo de alerta: — Se você se espetar com uma dessas aqui, nem eu serei capaz de salvá-lo.

Paco assentiu sombriamente, e Doc entregou-lhe a caixa. O cupido travou o fecho no mesmo instante.

Foi apenas quando aquelas seringas saíram do meu campo de visão que fui capaz de voltar a respirar normalmente.

Fui para a aula na segunda-feira achando que tudo ia ficar bem, porque os equipamentos de Doc realmente pareciam promissores. Mas ai de mim por querer ser otimista uma vez na vida!

Assim que cheguei na sala e Letícia Voss me cumprimentou, meiga e sorridente como sempre, eu senti todo o meu ar sumir.

A vida dela estava nas minhas mãos, e ela não fazia ideia.

— Quem morreu? — perguntou Augusto em tom de brincadeira, se aproximando e tomando o lugar ao lado do meu.

Quem morreu? Eu sei que era para ser uma piada por conta da minha expressão sombria, mas a minha reação inicial foi responder à pergunta mentalmente. Quem morreu? Ninguém. *Ainda*. Mas alguém poderia muito bem morrer. Por exemplo, *eu*, se eu e Paco fôssemos descobertos pelo pai maligno dele. O professor Jonathan talvez, se ele acabasse indo para a cadeia e tomasse uma facada no baço. Talvez até Letícia pudesse entrar nessa lista de causalidades, por alguma complicação em um aborto clandestino. As possibilidades eram morbidamente infinitas.

Eu me esforcei para sorrir e dizer para Augusto que não era nada, que só estava um pouco cansada.

O que não deixava de ser verdade.

Mas claro que foi um erro dizer aquilo justamente para Augusto, porque daí ele começou um discurso gigante de como eu estava afastada dele ultimamente, agindo de forma estranha, deixando-o fora da minha rotina e blá-blá-blá.

Enterrei o rosto nas mãos e quis morrer, porque não era justo que, além de toda a loucura com os cupidos, eu precisasse lidar com aquilo agora também.

Para minha sorte, o professor do primeiro horário entrou em sala e nossa DR foi interrompida.

Eu passei o tempo todo num modo zumbi, lançando olhares ocasionais na direção de Letícia, pobre Letícia, que não fazia ideia do quanto eu podia arruinar tudo para ela se não fizesse meu trabalho direito.

Letícia era uma garota quieta e comportada. Ela era bem bonita, apesar de não gostar de chamar atenção para si mesma. Suas feições eram suaves e redondas, desenhadas como que por um artista profissional em sua pele negra, bem mais escura que a minha. Ela usava os cabelos crespos e cheios soltos. Muitas vezes, os prendia em um coque com uma fivela prateada que, segundo ela própria tinha me contado um dia, havia pertencido à sua tataravó. Era linda e tinha uma vida inteira de histórias, mas ao olhar para ela eu não conseguia ver mais nada a não ser a grande tragédia em que tudo aquilo poderia terminar.

Em algum momento, Augusto colocou a mão carinhosamente sobre a minha, mas eu estava tão envolvida nos meus próprios pensamentos que mal percebi. Só sei que, quando eu olhei para baixo, lá estava a mão dele. Sorri tristemente. Parte de mim queria poder voltar no tempo e simplesmente me deixar apaixonar por Augusto. Parte de mim queria voltar ao momento em que as coisas eram tão puras e descomplicadas que o simples toque de uma mão na minha poderia resolver todos os problemas do mundo. Parte de mim queria nunca ter topado ser a cupido substituta de Paco sem saber o tamanho da responsabilidade que recairia sobre meus ombros. Mas aquele mundo antigo no qual eu vivia antes parecia tão distante do meu que eu sentia como se tivessem se passado anos e não semanas.

— Rodrigues — me chamou de repente o professor Jonathan. Eu estava tão dispersa que nem percebi que a aula dele havia começado. Olhei para ele, sentindo meu coração murchar. — Está tudo bem?

Não havia nenhum modo racional de ele saber com certeza sobre a possível tragédia que se tornaria a sua vida. Não havia como ele saber o que eu estava pensando.

Ainda assim, foi a primeira coisa que me ocorreu. "Ai, que droga! Ele descobriu tudo. Estamos ferrados. Paco e eu vamos ser assados na fogueira da meia-noite."

— Você não está com uma cara muito boa — explicou ele. Eu literalmente suspirei de alívio, então precisei sorrir e garantir que estava bem, o que o fez prosseguir com a aula.

Talvez eu devesse ter agido de forma diferente, ter feito um drama, um escarcéu, puxado o alarme de incêndio — qualquer coisa! Qualquer coisa para impedir que, ao final da aula, Letícia se levantasse para tirar uma dúvida direto na mesa do professor.

Letícia era uma aluna muito inteligente, porém tímida, e não era nada anormal que ela fosse resolver suas dúvidas com os professores depois da aula. No entanto, agora eu olhava para aquilo com outros olhos.

A linguagem corporal da garota dizia tudo. O modo como ela desviava os olhos timidamente quando sorria. O morder dos lábios, tenso, mas em expectativa. O jeito como seus olhos brilhavam ao escutar a explicação.

Do outro lado, Jonathan parecia igualmente cativado pela aluna à sua frente. Ele falava usando um tom de voz mais amigável que profissional, e mexia as sobrancelhas de um jeito quase sedutor.

Eu me levantei rapidamente e arrumei minhas coisas.

— Aonde você está indo? — perguntou Augusto. — Ainda faltam mais duas aulas.

— Eu sei, mas é uma emergência — respondi sem paciência.

Ao deixar a sala de aula, coloquei meu cinto da invisibilidade e saí da escola sem ser barrada. Eu precisava ver Paco imediatamente, porque a pior de todas as catástrofes tinha acontecido bem diante dos meus olhos: antes que eu pudesse impedir, Letícia e o professor já haviam se apaixonado.

27

— Eles não se apaixonaram — repetiu Paco pela milésima vez.

E é claro que, pela milésima vez, aquilo não me acalmou nem um pouco.

— Como é que você sabe, hein?

— Porque o Verdadeiro Amor não existe! Pessoas não se apaixonam assim espontaneamente, Lili! — bufou ele, erguendo os braços em frustração. — Você está agindo como os Seguidores da Fé, pior até que o Grifin, que é o chefe deles! Agora, vai começar a achar que estamos no fim dos tempos também?

— O que tem a ver? — perguntei de volta.

— Bom, se o Verdadeiro Amor começar a existir, nós cupidos vamos perder a nossa função, então consequentemente vai ser o começo do fim dos tempos! Isso não importa, não é real. O verdadeiro problema é você se comportar como uma maluca. Já disse que não existe nem mesmo uma hipótese de eles terem se apaixonado na sua ausência. Aquieta o facho. Ok?

Sacudi a cabeça e me joguei no sofá da sala de Paco.

— Fácil falar — resmunguei. Ficamos um tempo em silêncio, até que eu não aguentei mais. — Você acha que, se eu pedisse com carinho, o seu pai consideraria me pulverizar da face da Terra?

A primeira reação de Paco foi rir. Depois, ao perceber que eu ainda estava séria, ele se ajoelhou na minha frente e colocou a mão delicadamente no meu joelho.

— Você não precisaria nem pedir com muito carinho... — informou ele, suspirando. — Mas por que você iria querer uma coisa dessas?

— Porque... — encarei o garoto aos meus pés. Eu estava tremendamente exausta e vê-lo ali, tão solícito, me fez ter vontade de chorar. — Pessoas pulverizadas não precisam lidar com nada.

Ele franziu a testa, preocupado.

— Isso não é só sobre a Letícia e o professor, é?

Eu respirei fundo. Como ele me conhecia tão bem em tão pouco tempo?

— Eu não quero me apaixonar por Augusto — soltei, o que não só surpreendeu a Paco como também a mim mesma. Quer dizer, pelo menos inicialmente. No entanto, quanto mais eu pensava naquilo, mais fazia sentido, e então as palavras começaram a jorrar de mim. — Não consigo parar de me preocupar com tudo o que vai acontecer depois que sua mão melhorar. Fico pensando em como vai ser me apaixonar por ele. Porque antes... Antes ele era só meu amigo, e era ótimo, e eu era muito feliz. Eu costumava ficar tão empolgada de sair com ele, ou de ficar só conversando por horas e horas. A gente se divertia tanto! Às vezes eu ria até a minha barriga doer e... eu podia falar sobre qualquer coisa com ele. Eu já choraminguei sobre a vida no ombro dele, já o segurei enquanto ele se lamentava. Nós compartilhávamos todos os segredos e eu... eu amava isso. Eu amava a nossa amizade, eu amava o Augusto e agora... Agora ele veio me perguntar por que eu estava tão distante... e tudo o que eu queria era desaparecer.

— Já estamos nesse nível? — perguntou Paco, preocupado.

— No fundo, no fundo, talvez não. Mas algo mudou entre nós, e eu não... Eu não gosto disso, Paco!

Paco sorriu tristemente e sentou no braço da poltrona para poder me abraçar de lado. Encostou a cabeça na minha de forma confortadora.

— Não precisa ser assim... — murmurou ele.

Eu ri de desgosto.

— Não precisa! — repeti com ironia. — Claro, mas daí o quê? Minha amizade acaba também. Sem falar de você, né, e do seu emprego. E do chato do seu pai! O que ele faria se você não fizer eu me apaixonar pelo Augusto?

Paco apenas acariciou a lateral da minha cabeça, fazendo movimentos reconfortantes.

— Não é o fim do mundo — disse ele calmamente.

— Ah, não? — perguntei com raiva. — Aliás, por que é que vocês fizeram o Augusto se apaixonar por mim, mas não eu por ele, ao mesmo tempo? É uma coisa que vocês fazem demais, não é? Amor não solicitado, não correspondido! Vocês são tão cruéis!

Paco encaixou minha cabeça entre seu pescoço e seu queixo e riu levemente.

— Talvez — disse casualmente. Mas então pareceu ficar muito sério. — Preciso contar uma coisa para você.

Levantei a cabeça para olhá-lo nos olhos.

— Que coisa?

Ele levou a mão boa ao meu rosto e secou algumas lágrimas.

— Por favor, odeie a mensagem, mas não o mensageiro — pediu ele, com a voz suplicante.

Aquilo me alarmou.

— Do que você tá falando, Paco?

Ele suspirou e revirou os olhos. Agora que tinha me falado sobre a existência daquela "mensagem", era tarde demais para voltar atrás e não me contar tudo, e ele sabia muito bem disso. Tinha acabado de cavar a própria cova.

— Nenhum cupido fez o Augusto se apaixonar por você.

Esperei um segundo até que meu cérebro registrasse e decodificasse aquelas palavras.

— Do que você está falando? — insisti. — Foi aquele negócio de Verdadeiro Amor, então? Ele se apaixonou sozinho? Paco, você acabou de me dizer que esse tipo de coisa não...

— Eu disse que não existe — me interrompeu ele, confirmando. — E não existe mesmo. O caso é que o Augusto... Lili, ele... Ele não... Ele nunca se apaixonou por você.

Eu comecei a rir da piada, até que percebi que Paco ainda me encarava com aquela expressão de alguém que sente dó. Ele estava falando *sério*.

— Isso é impossível! Augusto sempre foi doido por mim!

— Ele... sempre *gostou* de você — concordou Paco, a contragosto. — Sempre gostou da ideia de ter você só pra ele. Mas nunca se apaixonou.

— Isso é ridículo. — Eu fechei a cara. — Ele nunca faria isso comigo! Nunca fingiria me amar só pra me magoar...

— Ele não está fingindo, Lili — disse Paco gentilmente. Ele tentou puxar minha cabeça de volta para o seu peito, mas eu resisti, me mantendo afastada. — Ele genuinamente acredita que é apaixonado por você. Mas é apenas um... um... como se diz? Fascínio!

— Tipo uma obsessão? — resmunguei.

— Um encanto temporário — corrigiu ele. — Ele nunca se apaixonou por ninguém antes, então não sabe que desta vez não é real. Ele gosta de você, de verdade, só que você gosta dele igualmente. Mas você já se apaixonou por alguém antes, você sabe bem a diferença entre uma simples atração e uma paixão verdadeira.

Ficamos quietos por uns instantes.

— Então vocês estavam desesperados por me fazer apaixonar por ele quando ele nem mesmo corresponderia? Que filhos da mãe!

Paco pigarreou. Lentamente, ele se levantou do braço do sofá e respirou fundo. Começou a caminhar para um lado e para o outro de forma pensativa.

— Lembra quando eu disse que o seu caso era complicado? — começou ele, após uma longa pausa. — Bom, para que a debellatrix funcione, é preciso que a pessoa esteja minimamente aberta, sabe? De acordo com o seu relatório, depois dos eventos do... hum... nono ano, você se fechou quase que completamente. Há registro de pelo menos treze tentativas de cupido de fazer você se apaixonar depois que você se fechou para o mundo. Uma delas, inclusive, era uma tentativa de que você se apaixonasse pelo próprio Augusto e... Nenhuma delas deu certo. Mas o simples fato de você ter se tornado amiga do Augusto já era um fenômeno a ser estudado. Alguns dos especialistas defendem que você só se tornou amiga dele por conta de um efeito ameno da debellatrix. E eu fui mandado aqui para intensificar seus sentimentos. Doc me garantiu que com mais uma ou duas doses você se renderia. — Ele fez uma segunda pausa para suspirar. — Lili, nós, cupidos, não temos noção de justiça. Para o Conselho não importa se é cruel, se o Augusto vai magoar você ou se os dois vão sair machucados da história toda. Para eles... para o meu pai... só importa se você está no jogo. E você sempre foi um grande problema para nós. Porque se autoexcluiu do jogo.

— Mas você disse que o Augusto nunca tinha se apaixonado por ninguém antes — argumentei após uns instantes. — Por que essa obsessão dos cupidos comigo e não com ele?

Paco sorriu tristemente.

— Exatamente por ele estar aberto para se apaixonar, quando estivermos prontos para ele. Você, por mais que tentássemos, não se apaixonou. É por isso que chamou a nossa atenção.

Assenti e abaixei a cabeça, pensando naquilo. Paco me deixou refletir sobre a situação por quanto tempo eu precisasse.

— Augusto me machucaria? — perguntei finalmente com um fiapo de voz.

— Para ser sincero, eu acho que seria mais provável *você* magoar *ele*.

— Mas ele não é apaixonado por mim.

— Mesmo assim.

Eu suspirei e, dessa vez, quando Paco veio me abraçar, apenas me enterrei em seus braços.

— Eu sinto muito, Lili. Devia ter contado a você tudo isso antes, mas... Pelo menos agora você sabe que não precisa sentir remorso nenhum por não querer se apaixonar por ele. Você não precisa fazer isso.

— Mas... — Olhei para ele. — E o seu pai?

Paco riu com desgosto e considerou por um momento.

— Se encontrarmos a sua alma gêmea, meu pai não vai ter como reclamar.

Aí eu comecei a rir de verdade. Gargalhar. Paco me acompanhou, porque acho que àquele ponto mesmo ele entendia como suas palavras estavam soando ridículas.

— Um problema de cada vez — declarei, colocando um sorriso definitivo no rosto. — Vamos encontrar as almas gêmeas do professor e da Letícia primeiro. Depois a gente pensa no resto.

— Combinado. — Paco sorriu.

Ele me ofereceu a mão para me ajudar a levantar. E lá fomos nós.

28

Depois de dar aula para a minha turma, o Jonathan tinha o restante da grade livre. Por isso, Paco e eu o encontramos em um boteco mal frequentado, mais ou menos perto da escola.

Resolvemos tirar nossos cintos da invisibilidade e pegar uma mesa, como dois seres humanos normais, porque já estávamos ficando com fome e ninguém é de ferro.

— Que tal aquele cara? — perguntei, apontando para o sujeito que tinha acabado de entrar.

Paco ergueu o olhar brevemente antes de voltar a encarar seu prato de batatas fritas, mal se importando em fingir interesse.

— Pelo que eu me lembre, a ficha do seu professor dizia que ele é heterossexual.

— É, mas... talvez não faça mal expandir um pouco os horizontes.

— Talvez — concordou Paco. — Mas quando realmente for pertinente. Não acho que seria saudável forçá-lo a "expandir os horizontes" apenas porque uma garotinha impaciente só o viu interagindo com homens até o momento.

— Até o momento? Estamos aqui há quase duas horas! Talvez seja um sinal para que ele comece a expandir os horizontes...

— Duas horas, Lili. Duas horas e você já quer mexer com a orientação sexual do sujeito. Nós temos duas horas contra... quantos anos a ficha disse que ele tinha, mesmo?

Conferi o *tablet* na minha mão.

— Quarenta e dois.

Era interessante ter tantas informações pessoais sobre o meu professor de genética. Ouso dizer, mais interessante do que qualquer uma das aulas dele.

Jonathan era um cara elegante, bem conservado e se arrumava decentemente. Algumas pessoas o consideravam muito bonito. Se não fosse a coisa toda com a diferença de idade e o desequilíbrio absurdo na balança de poder, talvez eu não precisasse me opor tanto assim ao casal original sugerido pelos cupidos.

Mas, do jeito que as coisas eram, aquele romance só se tornaria realidade por cima do meu cadáver.

Estremeci quando percebi que aquilo talvez pudesse acontecer mesmo, e bem literalmente, caso Eros acabasse descobrindo tudo.

— Apenas tenha um pouco mais de paciência — disse Paco. — Certo?

Eu voltei a sentar olhando para a frente, para Paco, e me esparramei na cadeira, emburrada. Estávamos naquela droga de lugar por duas horas. E não eram, como Paco tinha insinuado, "só duas horas". Eram "caramba, *duas horas*! Que quantidade absurda de tempo para ficar de tocaia atrás do seu professor!".

Pesquei uma das batatinhas de Paco, pois as minhas já haviam acabado uns vinte minutos antes. Ele apenas olhou para mim como se reprovasse, mas não me impediu. Por fim, até mesmo sorriu. Foi difícil manter minha cara de emburrada diante daquele sorriso, mas foi um trabalho que precisei cumprir a ferro e fogo.

— A debellatrix funcionaria nessa situação? Quer dizer, ele sendo heterossexual e tudo o mais? — perguntei, levemente curiosa. — Ele se apaixonaria pelo cara?

Paco pensou por um instante.

— É difícil dizer. Os efeitos variam de acordo com o organismo — disse ele, despejando de forma casual um pouco mais de *ketchup* na borda do prato. — Com alguns APS, a debellatrix tende a realçar o lado sexual. Com outros, o romântico. Com alguns, todos os lados do amor são contemplados, com outros nada acontece — ele olhou enfaticamente para mim. — Para algumas pessoas, a debellatrix apenas traz à superfície algo que já estava escondido lá dentro. Para outras pessoas, os sentimentos são criados do zero.

— Então, provavelmente não causaria em Jonathan o efeito que estamos precisando.

— Provavelmente não — confirmou Paco, dando de ombros.

Cruzei os braços e suspirei, impaciente.

— Acho que talvez seja menos perda de tempo dar uma pausa aqui e ir procurar a alma gêmea da Letícia primeiro.

— Acho que talvez a gente não precise — disse Paco, sorrindo de lado. — Dê uma olhada.

Obedeci, e era verdade. Lá estava o professor Jonathan conversando com uma moça alta e bonita, gostosona e tudo o mais, que havia acabado de chegar. Ele fez um gesto, convidando-a para sentar à mesa com ele, e pôs o livro que estava lendo de lado.

— Quem é essa? — perguntei, interessada.

Paco puxou o *tablet* das minhas mãos. Com um simples clique em um botão, ele conseguiu rastrear a identidade da moça e acessar todas as suas informações.

— Maria Carla — disse ele. — Colega de faculdade.

Apoiei o queixo no encosto da cadeira e sorri. Aquilo parecia muito promissor.

— Colega, hein? E o que ela está fazendo aqui?

— Isso eu não sei — disse Paco, mas rapidamente pescou em sua mochila a lupa de pensamentos e a entregou para mim. — *Ainda.*

Apontei discretamente o aparelho na direção de Maria Carla. Paco se inclinou sobre o meu ombro para poder observar também. Descobrimos que ela estava passando por perto e viu meu professor pela janela. Eles não se viam havia anos, mas costumavam ser bons amigos na época da faculdade. Nunca tinha rolado nada de romântico entre os dois, porque...

— Quem é esse? — perguntei, apontando para a imagem de um rosto masculino que ficava piscando e piscando na mente de Maria Carla.

Paco conferiu o aparelhinho e imediatamente perdeu o sorriso.

— Acho que temos um pequeno problema — disse ele, após uma breve pausa. — Ela é casada.

Claro. Alegria de pobre dura pouco. Suspirando, voltei a me endireitar na cadeira.

— De volta à estaca zero.

Paco pareceu mais chateado de me ver chateada do que com a situação em si.

— Não necessariamente — insistiu ele, colocando a mão delicadamente por cima da minha. — O fato de ela ser casada não anula a possibilidade de eles serem almas gêmeas.

Olhei para as nossas mãos, mas não recuei.

— Paco. Esquece. Não vou destruir um casamento só por um capricho meu. Se está no destino do professor Jonathan que ele seja um cafajeste, que pelo menos ele seja um cafajeste embasado pela opinião do Cupido Original, ou sei lá.

— Mas você própria me disse que a relação dele com a Letícia seria *ilegal* — insistiu Paco novamente, fazendo uma careta. — Isso aqui... isso aqui pode não ser o ideal, Lili, mas pelo menos ele não tem como ir para a cadeia por isso.

— Talvez seja melhor ele ir logo para a cadeia. — Suspirei, cansada. — Pelo menos não vai ser minha culpa.

— Você é quem vai ter que atirar, lembra? — Paco ergueu a mão engessada.

— Mas eu vou estar só seguindo ordens — argumentei.

— Lili, essa é uma desculpa terrível, e eu sei que você sabe disso. Olha só, não desista. Aqui está falando que o casamento dela já está esgotado — ele me entregou o *tablet* para que eu lesse por conta própria. — Tudo nesta situação indica que Maria Carla e Jonathan podem ser um casal perfeito. Por que você não dá uma chance?

Passei os olhos rapidamente pelas informações no aparelho. Maria Carla e o marido, Bernardo, haviam se conhecido no ensino médio. Quando eles ficaram juntos pela primeira vez, todos os seus amigos se mostraram incrivelmente surpresos, porque os dois não tinham nada a ver um com o outro. Mas, no começo, eles se divertiam. De acordo com o que estava no *tablet*, a primeira paixão entre os dois havia sido obra de um cupido chamado Zuper. Três anos depois, quando os dois estavam na faculdade e o relacionamento começou a ser abalado de verdade, Zuper foi chamado para renovar os sentimentos, e o efeito foi marcadamente menor do que na primeira vez. Agora, Maria olhava para o marido e algumas vezes pensava que estava completamente vazia por dentro.

Aquilo me deixou um pouco abalada, mas era sem dúvidas uma prova de que talvez o plano não estivesse completamente perdido. Devolvi o *tablet* ao dono.

— Eles têm filhos? — perguntei. Sem filhos, a tragédia seria menor.

Paco conferiu a ficha de Maria Carla.

— Não — respondeu para o meu alívio. — Eles até chegaram a tentar, mas não deu muito certo...

Precisei fechar os olhos e abstrair para não me envolver muito com a história. Não iria adiantar de nada.

— Ok. — Suspirei. — Vamos lá então. Mãos à obra.

Depois que colocamos nossos cintos da invisibilidade, Paco e eu retornamos ao local. Éramos um time incrível. Simplesmente estávamos em perfeita sincronia. Ele me entregou a debellatrix sem eu precisar pedir e eu, por reflexo, segurei seu braço antes que ele tropeçasse em um bonequinho de plástico que uma criança havia deixado cair.

Chegamos o mais perto possível da mesa dos nossos alvos. Eu podia ver os poros no rosto do professor Jonathan. Acho que nunca tinha chegado tão perto assim dele antes. Paco ergueu a lupa de pensamentos na altura dos meus olhos, para que eu observasse o que eles estavam pensando. Não era tão difícil assim, porque, como Jonathan e Maria já estavam conversando, estavam pensando um no outro. Claro, também estavam pensando no tópico da conversa e por isso Paco me disse para esperar pelo momento perfeito.

"Caramba, ela ainda está linda", o professor Jonathan pensou por um instante, fingindo prestar atenção no que Maria Carla estava dizendo, mas, na verdade, apenas se utilizando de sua distração momentânea para analisar o rosto e o corpo da moça.

— Agora — sussurrou Paco.

Atirei.

Paco e eu estávamos saltitando de volta para casa, felizes depois de termos tido sucesso em fazer o novo casal se apaixonar, quando de repente o tema de um filme de terror começou a soar.

Parei de andar imediatamente, procurando a fonte do barulho. Paco, porém, pareceu saber do que se tratava desde o início. Seu sorriso despreocupado sumiu no mesmo instante e ele tateou os bolsos. Aparentemente, era o seu celular que estava tocando.

— É ele — disse Paco sombriamente, antes de deslizar o dedo para atender a ligação. — Pai? Oi.

A voz do outro lado veio tão irritada e alta que mesmo eu pude escutar um zunido saindo do telefone.

— *Pai?* Moleque, estamos em horário de trabalho!

— Certo — disse Paco de modo atrapalhado. — Chefe. Desculpe, senhor. O que aconteceu?

— Por que teria que ter acontecido qualquer coisa? — a voz ríspida cuspiu do outro lado. E, então, após uma pequena pausa: — Acho que você sabe muito bem por que estou ligando.

Paco olhou para mim, meio que pedindo ajuda, mas ele próprio sabia que não havia nada que eu pudesse fazer.

— Na verdade, senhor... — começou ele, parecendo muito inseguro. — Eu não sei.

— *Não sabe!* — O pai de Paco soltou uma risada estridente. — Tudo bem. Então você poderia me dizer por que raios Jonathan Neto acabou de se apaixonar por Maria Carla Castro?

Paco parou de andar e ficou encarando o horizonte com uma expressão apavorada.

— J-Jonathan Neto, senhor?

— O seu alvo, estagiário. Segundo a lista que eu enviei, ele teria que se apaixonar por Letícia Voss.

— E-eu sei, mas... — começou Paco. Ele olhou para mim com aqueles olhinhos de "Por favor, Lili, me ajuda!". Eu comecei a fazer mímicas para que ele copiasse as minhas palavras. Apontei para mim mesma e depois para o meu cérebro. — Eu achei que... — falou Paco prontamente. Juntei as mãos, coloquei-as diante do meu coração e depois fiz um sinal de positivo com os dois polegares. — O casal que juntei hoje me pareceu melhor.

— Está questionando uma decisão do Conselho?

— N-não, não, pai. Quer dizer, chefe, senhor. — Paco arregalou os olhos e virou de costas para mim. — É só que, enquanto eu estava observando Jonathan hoje, Maria Carla chegou, e ela é uma antiga colega de faculdade dele e... Bom, eles me pareceram ótimos juntos e... O Conselho não teria como saber sobre esse encontro, claro, porque ocorreu naturalmente e sem interferências, e eles não preveem o futuro — Paco fez uma tentativa de risada forçada. — E-então eu... simplesmente...

— Seguiu seus instintos?

Paco abaixou a cabeça.

— Pai, eu...

— Assuma seus erros, Pacífico.

Pacífico? Sem perceber, deixei escapar uma risada pelo nariz. Paco se virou para mim e seus olhos estavam cheios demais de medo para protestar contra o meu deboche.

— Sim, senhor. Segui meus instintos.

O pai de Paco fez uma longa e dolorosa pausa antes de começar a rir.

— Foram ótimos instintos, rapaz. Não se envergonhe deles — disse ele. — O Conselho está genuinamente surpreso, e alguns duvidaram da sua habilidade. Disseram que não havia sido você. Mas eu garanti:

filho meu é sempre mais esperto que qualquer Conselho. Bom trabalho, Pacífico.

Paco soltou todo o ar de uma vez e o sopro saiu tremido de alívio. Coloquei a mão no ombro dele, e ele deixou a cabeça cair de lado, encostando na minha.

— Obrigado, pai.

— Quanto ao outro alvo, Letícia, presumo que você vai encontrar alguém para ela também.

— Esse é o plano.

— *Ótimo. Prossiga.* — Ele fez outra pausa dramática. — Por acaso ficou sabendo sobre esse suposto retorno do Alma Livre? Sua irmã me garantiu que Docherty não tinha nada a ver com o caso.

— Sim, Doc me contou, mais ou menos. Ele também me garantiu o mesmo.

— O evento se passou na região onde você se encontra — prosseguiu Eros. — Tem certeza de que não sabe nada sobre o ocorrido?

— Apenas o que o Doc me contou — mentiu Paco, fechando os olhos como se aquilo fosse ajudar em alguma coisa.

— Certo — disse Eros simplesmente.

Mais uma pausa.

— Como vão as coisas com a Coração de Pedra?

Paco olhou para mim.

— Ótimas — disse decididamente. — Mas, senhor, estive pensando... Talvez o Augusto não seja a melhor combinação para Liliana. Eu realmente acredito que...

— Pacífico — rugiu Eros. — Não invente! Você está aí para seguir ordens. Sim, sua saída do curso hoje foi valente e ousada, mas não ficarei contente se isso virar um hábito. O Conselho já decidiu quem Liliana Rodrigues deve amar. O rapaz, Augusto, é a única opção viável. Se não ele, quem mais? Quem você teria em mente, estagiário?

— N-ninguém ainda, mas...

— Então siga as ordens — disse Eros.

E a ligação acabou.

Paco olhou para mim com verdadeira pena.

— Ainda temos tempo de pensar em alguma coisa — disse ele fracamente.

— Um problema de cada vez — lembrei, puxando-o pela mão. — Agora, eu preciso voltar para casa antes que os meus pais fiquem muito preocupados. Mas amanhã vamos encontrar um par para a Letícia e tudo vai ficar bem.

Quando chegamos na minha rua, me despedi de Paco com um beijo na bochecha.

Tudo vai ficar bem, eu havia dito.

Mas não estava tão certa das minhas palavras.

29

Quando cheguei em casa, tive uma *bela* de uma surpresa: não só meus pais já estavam esperando por mim na porta como dois cães de guarda, como Augusto também estava com eles.

Aparentemente, ele tinha ido ver se estava tudo bem comigo depois de eu ter saído correndo no meio da aula, e é claro que a preocupação aleatória dele acabou revelando minha fuga secreta.

— Isso é sério, mocinha — falou minha mãe. — Você simplesmente saiu da escola sem dizer nada a ninguém. Quero que você me fale agora mesmo onde esteve!

Olhei para Augusto. Ele abaixou os olhos, sabendo muito bem que ele e sua boca grande eram as verdadeiras razões para eu estar encrencada.

— Eu me enganei — murmurou Augusto. — A Liliana tinha ido ao banheiro, e eu pensei que ela tinha ido embora. Peço desculpas se eu confundi vocês, eu só...

— Não tente defendê-la, Augusto — rosnou meu pai. — Nós ligamos para a escola depois que você falou conosco, e eles confirmaram que ela tinha escapado.

— Escapado! — exclamei, rindo do exagero daquela palavra.

— Liliana Rodrigues Sevedo — disse minha mãe de forma ríspida. — Onde é que você estava?

Olhei para Augusto. Honestamente, o meu maior impedimento de contar a verdade era ele. Claro, eu sabia que meus pais não ficariam felizes, mas eles já não estavam felizes de qualquer forma. O fato de eu estar com Paco não iria mudar nada no sentimento deles. Agora, o Augusto...

Suspirei.

— Olha, eu precisei... Precisei resolver umas coisas. Vocês não entenderiam. O importante é que não farei de novo.

— Liliana — insistiu meu pai.

— Está bom! — ergui as mãos em rendição. — Eu precisei falar com o Paco. Foi uma emergência!

Todos ficaram muito quietos por um longo tempo. O silêncio começou a corroer o caminho das minhas orelhas, parecendo prestes a desgastar o meu cérebro. Eu já não conseguia aguentar mais um segundo daquela situação, quando de repente meu pai falou:

— Paco? O vizinho?

— Paco? — ecoou Augusto num sussurro, parecendo magoado.

Fiz uma careta e resolvi finalmente fazer a pergunta que estava me incomodando desde o momento em que eu havia entrado na minha casa naquele início de tarde.

— Sem ofensas, Gu, mas o que é que *você* está fazendo aqui?

A expressão chateada de Augusto pareceu se intensificar.

— Fiquei preocupado e seus pais me convidaram a esperar — disse ele. — Mas, se for um incômodo assim tão grande, posso ir embora.

— Não foi o que eu quis dizer — tentei argumentar em um tom mais leve.

— Liliana! Não trate o Augusto dessa maneira — me repreendeu minha mãe.

Levantei as mãos para o alto e tive vontade de gritar.

— Não estou tratando ele de maneira nenhuma! Caramba, que saco! — Suspirei e saí marchando para o meu quarto, antes que me impedissem.

Ouvi as vozes fracas dos meus pais me chamando de volta. Chamando, não: ordenando que eu voltasse. Nenhum deles nunca impôs muita autoridade, então simplesmente ignorei. Eu me refreei para não bater a porta atrás de mim com força para mostrar o quanto estava emburrada. Sozinha no quarto, me joguei na cama, querendo chorar.

Não me pergunte o motivo.

Não sei dizer exatamente.

Só sei que chega um ponto em que qualquer pessoa se esgota.

Tudo o que eu havia retido dentro de mim pelos últimos dias de repente começou a explodir. Toda a estranheza que eu tinha sido obrigada a suportar. Os perigos que corria ao ajudar Paco, desde o fato de seu pai ser Eros, o deus grego do amor, até os sentimentos conflituosos que meu coração experienciava quando eu estava perto do cupido. Tudo o que eu tinha aprendido, todo o treinamento físico e intelectual. As decisões morais que eu tinha sido forçada a tomar. Ter o poder da debellatrix nas minhas mãos. O meu próprio destino: o que seria de mim? Se eu não me apaixonasse por Augusto, o pai de Paco descobriria tudo e eu receberia a punição, fosse ela qual fosse. Mas se eu me apaixonasse por ele... por Augusto...

Augusto...

Cobri os olhos com as mãos e solucei.

Ah, Augusto.

Uma batida tímida na porta me fez engolir o choro.

— Rodrigues? — murmurou Augusto, incerto.

Sentei na cama e fiz o meu melhor para enxugar as lágrimas na blusa.

— Gu? — chamei, mas a minha voz ainda estava rouca. — Pode entrar.

Ele obedeceu, mas foi como se estivesse entrando no meu quarto pela primeira vez na vida. Sua linguagem corporal estava toda contida e o rosto expressava receio e distanciamento. Ele olhou ao redor e sorriu tristemente antes de pousar os olhos em mim.

— Eu literalmente estou com *medo* de perguntar, mas... Rodrigues, o que está acontecendo?

Eu prendi a respiração, receando começar a chorar como uma descontrolada.

— Não sei — consegui dizer com um fiapo de voz.

Augusto assentiu calmamente e sentou na cadeira da minha escrivaninha, de frente para o encosto para poder apoiar o queixo e olhar para mim pensativamente.

— No começo, eu achei que estivesse só na minha cabeça, mas... Já tem um tempo que você começou a... a me tratar diferente, a me olhar diferente, sei lá. E me apavora pensar que as coisas podem nunca voltar ao normal entre nós.

Meus olhos se encheram de lágrimas ao escutar aquilo e Augusto percebeu na hora. Ele saltou da cadeira, espantado, e se ajoelhou ao pé da minha cama.

— Você está chorando? Por favor, não chore — suplicou ele. — Minha nossa! É sério Rodrigues? Acho que eu nunca vi você chorando antes! Não sei o que fazer. Não sei nem por onde começar!

— Não estou chorando — disse eu, mas no mesmo instante uma lágrima escorreu pelo meu rosto.

Augusto segurou o meu rosto delicadamente e enxugou a lágrima com o polegar.

— Por favor, não chore — repetiu em um sussurro. — Olha, Rodrigues, você sabe bem que eu gosto de você. Mas se isso deixa você assim tão desconfortável, eu juro que eu não...

— Gu, não é só isso — interrompi, sentindo um enorme peso começar a se deslocar dos meus ombros apenas pelo simples fato de eu poder admitir.

— Então o quê?

— Tantas coisas — falei, deixando meu corpo pender para a frente com o peso das palavras.

Ele segurou as minhas mãos e olhou bem nos meus olhos.

— Conte pra mim — pediu. — Você sempre contou tudo pra mim.

Eu sorri, mas as lágrimas voltaram com mais força. Eu realmente tinha sentido falta do Augusto-Melhor-Amigo. Eu gostava tanto mais dele do que do Augusto-Por-Quem-Eu-Devia-Me-Apaixonar... Não importava o que tentassem me dizer, eles não *eram* a mesma pessoa.

— Não posso — choraminguei. — Queria poder.

Augusto suspirou e subiu na cama comigo, puxando o meu corpo para perto do seu. Seu abraço era exatamente como eu me lembrava, quente e confortador. Fechei os olhos e respirei fundo várias vezes enquanto ele simplesmente me apertava com todo o carinho do mundo.

Até que, após um tempo, ele disse:

— Isso tem a ver com o Paco, não tem? — e deu uma breve risada sem ânimo. — Você está agindo estranho desde que ele apareceu.

É claro que eu não disse nada. É o princípio da não autoincriminação. *Nemo tenetur se detegere:* ninguém é obrigado a produzir provas contra si mesmo.

Bem, eu não respondi, mas foi a mesma coisa que responder. Para o crédito de Augusto, ele não pareceu se enraivecer e nem mesmo começou nenhum discurso enciumado sobre como Paco não prestava e blá-blá-blá. Ele apenas ficou em silêncio, ainda me abraçando.

Eu era egoísta; e eu sabia disso.

Os motivos para eu não dizer a Augusto que eu nunca poderia ser sua eram plenamente egoístas. E não era nem egoísta no sentido de que eu provavelmente perderia a minha vida se não me apaixonasse por ele, como agora eu sabia que aconteceria. Afinal, o egoísmo autopreservador é compreensível e escusável.

O fato é que, admito, eu definitivamente não pensava nos interesses *de Augusto*. Nem mesmo nos interesses de Paco, que perderia o emprego e a dignidade se eu não me apaixonasse. Não. A única razão para não cortar o mal pela raiz e deixar Augusto ser livre era... para não *o perder*.

Por causa de toda aquela confusão, eu quase acabei perdendo-o mesmo assim.

Era egoísmo não querer vê-lo com alguém que pudesse realmente ser uma boa namorada para ele, com alguém que ele realmente merecia.

Agora, nos braços dele, eu sabia que precisava reparar os meus erros.

— Gu — comecei, me soltando do abraço para poder olhá-lo nos olhos. — Quando você disse que... que essa coisa de você gostar de mim tão abertamente me deixa desconfortável, acho que você estava certo.

Seus lábios se curvaram para baixo em um sorriso ao contrário, mas ele não parecia surpreso.

— Tudo bem — disse ele devagar.

— Sei que não é uma coisa que dá para controlar, mas... Mas isso me machuca, Gu. Isso machuca você também. Porque eu nunca vou poder ser o que você precisa, entende?

Augusto ficou em silêncio, o que doeu mais do que se ele tivesse gritado na minha cara e me xingando de tudo quanto é nome. Ele estava ferido, e era minha culpa.

— Gu... — murmurei. — Isso nunca ia dar certo. Você sabe disso. Você é um garoto incrível. É lindo, atencioso, inteligente, engraçado... E eu... Eu puxo você pra baixo.

Augusto balançou a cabeça, mas não abriu a boca para negar.

— É tudo por causa do Paco, não é?

Ele não disse isso de um modo particularmente petulante. Ele só constatou o óbvio.

Suspirei.

— Provavelmente — disse eu. — Mas não do jeito que você pensa. Paco e eu não temos e nunca teremos nada romântico um com o outro.

— Então por quê?

Engoli as lágrimas que ameaçaram voltar e forcei um sorriso.

— Porque... Porque, nesses últimos dias, descobri muitas coisas sobre o mundo. Há tanto para experimentar, tanto para ser sentido... Gu! Não é justo para nenhum de nós dois fingir que a nossa amizade pode ser qualquer coisa além disso — apertei os lábios e respirei fundo. — Por muito tempo, meio que sem perceber, prendi você a mim... e estava sendo egoísta. Porque pensava que poderia perder você para sempre se não desse pelo menos um pouquinho de corda para seus sentimentos. Mas agora... Agora eu sei que nunca seria capaz de... — pausei um momento. Não poderia dizer "corresponder o que você sente por mim" nem " amar você de volta" porque, de acordo com Paco, Augusto não era nem mesmo apaixonado por mim. — Eu nunca seria capaz de dar a você o que você quer de mim — disse eu por fim.

Augusto abaixou a cabeça e assentiu. Parte de mim esperava que ele começasse a protestar, mas ele não o fez. Apenas pareceu ficar bastante chateado e, em algum nível, surpreendentemente resignado.

O clima ainda estava pesado, no entanto, e eu senti como se pudesse sufocar se não fizesse alguma coisa para mudar a situação.

— Você consegue alguém melhor que eu, Gu. Por quenão sai hoje, vai para alguma festa e encontra uma menina bonita que possa realmente gostar de você? — sussurrei suavemente.

Augusto riu.

— O quê? Não vou nem deixar o corpo do nosso relacionamento esfriar?

— O corpo? Augusto, nosso relacionamento não morreu! — exclamei. Ele me olhou sem entender, então ri para cortar a sobriedade do drama. — Ele apenas... apenas caiu de um precipício... sem paraquedas... Mas está sobrevivendo, mesmo que com a ajuda de aparelhos — daí ele riu de verdade. Eu o acompanhei por alguns segundos, então levei uma das mãos dele ao meu coração para que ele sentisse as batidas. — Viu?

Ele sorriu de volta para mim. Ficamos em silêncio por um tempo, apenas sentindo as batidas do meu coração. Após alguns minutos, Augusto se levantou da minha cama e se soltou das minhas mãos aos poucos.

— Acho melhor eu ir embora — disse ele.

Eu fiz que sim com a cabeça e o acompanhei até a porta. Nós trocamos um abraço desengonçado e nos despedimos.

Quando ele partiu, fechei a porta e voltei a me jogar na cama. Entretanto, não comecei a chorar outra vez. Eu me sentia vazia demais para lágrimas. Encolhi o corpo em posição fetal e fechei os olhos, tentando descansar um pouco.

30

Paco pareceu pressentir que eu precisava de um tempo para processar a angústia, porque ele me deu a tarde inteira de folga. Só resolveu aparecer no meu quarto à noite.

Se eu achava que ele tinha vindo apenas para dormir, descobri bem rápido que não era o caso.

Aparentemente, ele queria sair "para dar uma volta".

— Paco, eu tenho aula amanhã — respondi, cansada.

— Eu sei, mas ainda está cedo. Relativamente. E você está com cara de quem precisa conversar. Além do mais, tenho algumas novidades sobre a Letícia Voss para compartilhar com você.

A minha curiosidade me rendeu.

— Que novidades? — indaguei, pegando o meu cinto de dentro do armário e o colocando desajeitadamente.

— Você primeiro. O que aconteceu hoje?

Então, me joguei na cama ao lado de Paco e fiquei um bom tempo olhando para o teto, sem dizer nada.

— Eu conversei com o Augusto — falei por fim. — Sobre o fantasma de romance pairando ao redor do nosso relacionamento. E daí colocamos um ponto-final em tudo.

Paco pegou minha mão, entrelaçando seus dedos nos meus e virou a cabeça para olhar para mim.

— Sério?

Olhei para ele.

— Sério. — Suspirei, revirando os olhos. — Você provavelmente já sabia. Seu pai deve ter ligado contando. Olhe, desculpe se atrapalhei seus planos e tudo o mais, mas eu realmente precisei fazer isso. Não podia deixar as coisas em aberto, sabe? Estava fazendo mal pra nós dois.

— Não, meu pai não fica sabendo sobre relacionamentos a não ser que haja paixão envolvida — Paco mordeu a bochecha e voltou a encarar o teto. — Quando alguém se apaixona, uma pequena luz ao lado de seu nome se acende no escritório dos cupidos e... E daí meu pai fica sabendo.

Digo, ele fica sabendo que a pessoa se apaixonou e o nome do alvo da paixão. Fora isso, ele não sabe de nada.

— Isso me alivia — comentei, virando a cabeça de volta para o teto também. — Eu tinha a impressão de que a gente estava vivendo uma espécie de *reality show* da vida real.

— Se fosse assim, meu pai já teria descoberto sobre nós dois — disse Paco, mas, em seguida, pareceu refletir sobre sua escolha de palavras. — Quer dizer. Sobre o que estamos fazendo, com você sendo minha substituta e tudo o mais.

— Verdade — concordei.

Suspiramos em sincronia.

Paco escorregou a mão pela cama até encontrar a minha, então a apertou. Virou a cabeça para olhar para mim, mas não retribuí o gesto e continuei olhando para o teto.

— Você está bem? — perguntou ele gentilmente.

— Estou me sentindo melhor — disse honestamente.

Pela minha visão periférica, pude ver Paco sorrir.

— Fico feliz — disse ele num sussurro cúmplice.

Não evitei sorrir de volta.

Ficamos em silêncio por alguns minutos.

— E as novidades? Sobre a Letícia? - perguntei finalmente, olhando para Paco.

Ele sorriu e se levantou rapidamente para se ajoelhar na cama, ao meu lado. Foi só quando ele soltou a minha mão que eu percebi que tínhamos estado de mãos dadas por todo aquele tempo. Minha pele tinha se acostumado tanto à dele, meus dedos tinham se acostumado tanto à sensação confortável de ter os dedos de Paco entrelaçados entre eles que a coisa tinha se tornado excessivamente natural, a ponto de eu me esquecer que Paco não fazia, de fato, parte de mim. Estremeci, passando a mão rapidamente pela minha blusa para me livrar dos sentimentos estranhos.

— Assim que você veio pra casa, eu dei meia-volta e fui ver como estava nossa querida Letícia. E adivinha?

Lentamente, sentei também, segurando as mãos para impedi-las de me traírem novamente.

— O quê?

— A Letícia não tem só um, mas três pares em potencial — anunciou Paco, com um sorriso. — *Três* — repetiu, sorridente.

Eu sorri de volta. Aquilo parecia bem promissor...

— Sério? Quem?

— Sério! Bom, a Letícia primeiro me pareceu uma garota tímida e retraída, mas acontece que ela tem alguns amigos muito verdadeiros fora da escola, e é da minha opinião profissional que pelo menos dois desses amigos podem...

— Não — cortei imediatamente.

Paco parou de falar e me olhou com uma expressão confusa.

— O quê? Como assim? Por quê?

— Não vou forçar a Letícia a se apaixonar por seus melhores amigos e acabar perdendo a amizade deles. Não vou fazer isso.

Paco suspirou, entendendo imediatamente. Ele colocou a mão sobre as minhas, me fazendo recuar, alarmada.

— Lili. Não é por que não deu certo com você e com o Augusto que não vai dar certo para a Letícia.

— Eu sei. Mas também não é por isso que *vai* dar certo — retruquei. — Não temos como saber com certeza e eu... Eu não vou arriscar.

Paco ficou olhando para mim por um tempão, parecendo ter algo para dizer, mas por fim acabou não dizendo nada. Ele suspirou e coçou a nuca.

— Bom. Tudo bem, eu acho. É você quem vai ter que atirar a seringa, então faz sentido a decisão final ser sua.

É claro que percebi o tom de ressentimento na voz de Paco. Ele obviamente não queria que eu o excluísse da escolha do casal. E fazia sentido, afinal era o emprego dele em jogo. Além da minha *vida*. Mas tudo bem.

Respirei fundo e escolhi não brigar.

— Você disse três pares em potencial, mas apenas dois amigos.

Paco voltou a sorrir de forma enigmática.

— Venha comigo — declarou, me puxando pela mão na direção da janela.

— Macadâmia? — perguntou Paco do outro lado do balcão. Tínhamos ido parar em uma sorveteria fechada às quatro da manhã. Ele havia vestido o avental do vendedor e estava imitando um atendente, segurando a colher de sorvete de um jeito todo invocado e tudo o mais.

Revirei os olhos.

— Eu não sei nem o que é macadâmia — resmunguei, esfregando os olhos. — Amanhã, na escola, eu vou odiar você por ter me feito ficar acordada até tão tarde.

— Tecnicamente hoje — disse Paco, colocando uma colher de macadâmia para ele e outra para mim e passando para o próximo sabor. — Pistache?

Eu sorri e fiz um sinal positivo.

Após Paco ter me falado sobre o terceiro par potencial de Letícia (um amigo que ela havia feito em um acampamento de verão quando tinha uns doze anos e com quem ainda mantinha contato virtualmente) e sobre como os dois poderiam ser perfeitos um para o outro, saímos da sorveteria e caminhamos pela cidade adormecida apenas conversando.

Começamos falando de Augusto e de como eu me sentia em relação a ele, e sobre como aquela conversa final tinha me machucado, mesmo tendo sido eu a responsável por tudo. Conversamos sobre o meu medo de ter acabado perdendo Augusto para sempre.

Sentamos em um banco no parque vazio, com vista para a árvore adolescente, e descansamos nossas pernas enquanto libertávamos nossas almas em uma conversa que parecia não ter mais fim.

Em certo momento, perguntei sobre sua noiva, por pura e genuína curiosidade. Paco coçou a nuca, incerto, mas por fim cedeu aos meus pedidos.

— Ah, você sabe, não é nada demais. Casamento arranjado. Meus pais tiveram muitos filhos em todos esses milênios, e ela é de uma família boa, tataraneta de um dos meus irmãos que nunca conheci. É ótima no trabalho de cupido. Meu pai quer que eu me case com ela especialmente porque, segundo ele, teremos filhos geneticamente excelentes.

— Mas você não a ama — afirmei, meio perguntando.

— Lili, cupidos não amam — disse ele.

— Você me amou uma vez — insisti.

— Mas foi um acidente — argumentou ele.

— Então você não se incomoda em não se casar por amor?

Ele pensou por um momento, então finalmente balançou a cabeça.

— De onde eu venho, a gente não se casa por amor.

Aquilo me pareceu uma sentença muito cruel, mas quem era eu para questionar a cultura deles? Até alguns dias antes, eu mesma não acreditava no amor.

— E por que não acreditava no amor? — perguntou Paco quando eu disse isso em voz alta.

Eu sabia que ele conhecia a história. Ele tinha lido minha ficha.

Mas uma coisa era ler um relato feito por um cupido aleatório que não tinha como saber o que era estar na minha pele. Outra coisa completamente diferente era ouvir tudo saindo dos meus próprios lábios.

Sim, Paco já sabia o básico, mas os detalhes faziam toda a diferença. Além do mais, era eu quem precisava contar a história, mais do que ele precisava ouvir. Eu nunca havia contado a história inteira para ninguém; nem para os meus pais, nem para as minhas amigas e muito menos para Augusto. Aquilo estava preso dentro de mim havia muito tempo.

Então contei a Paco sobre o nono ano.

Sobre *Yago*.

Eu tinha acabado de fazer quinze anos e ele tinha dezessete, quase dezoito. Todas as minhas amigas morreram de inveja quando ele falou comigo no intervalo da escola pela primeira vez. Ele era do terceiro ano do ensino médio, e garotos como ele não costumavam dar bola para meninas da minha idade. Concordei em ir ao cinema com ele. Antes que eu percebesse, nos tornamos inseparáveis. Eu era completamente apaixonada por ele, e ele me tratava bem. Ele gostava de mim também, eu acho, mas as proporções eram definitivamente diferentes. Para mim, ele era um deus. Para ele, eu era apenas uma garota legal e bonita... e mais nova que ele. Ele era um pouco ciumento, então acabei me afastando de todos os meus amigos homens no começo, e de todas as minhas amigas mulheres no final. Eu fazia o que ele quisesse, porque eu o *amava*. Eu o amava tanto que não tomei nenhum cuidado para proteger meu coração. A gente era o tipo de casal que brigava na chuva, em público, e depois se beijava enquanto a água ainda escorria pelos nossos cabelos. Eu adorava t das as sensações que ele causava em mim. Por isso, quando ele decidiu que era hora de darmos o nosso próximo passo como casal, é claro que não resisti. Ou pelo menos não resisti o suficiente.

Finalmente, no último dia de aula, eu me entreguei a ele. Fomos para a casa dele depois que a aula acabou, e seus pais estavam viajando. Eu deixei que ele me tocasse e me entreguei de corpo e alma, afinal, eu o amava, e ele havia me dito que é assim que as pessoas adultas que se amam fazem. Não me importei com o detalhe de eu ainda não ser uma adulta.

No dia seguinte, ele me contou que iria mudar de cidade por conta da faculdade e disse que era melhor terminarmos antes que nosso relacionamento se desgastasse. Ele queria conhecer garotas da idade dele que estavam vivendo o mesmo momento que ele, e me disse que eu conheceria garotos da minha idade. "E quem sabe, no futuro..."

Minhas amigas me rejeitaram quando voltei chorando para elas. Disseram que esse era o castigo da vida, um carma ruim voltando para me golpear por eu ter largado elas para ficar com ele. Elas não sabiam sobre a parte de a gente ter transado.

Sofri por todos esses anos sozinha. Nunca deixei ninguém se aproximar de mim emocionalmente. Ainda que tivesse mudado de escola, o passado me assombrava. Eu me sentia protegida, mas estava extremamente solitária.

Até que conheci Augusto, e ele foi meu primeiro melhor amigo depois de tudo o que aconteceu. E agora... Agora eu não sabia se ele ainda queria continuar essa amizade, depois de tudo.

Percebi então que o assunto, de alguma forma, tinha feito um giro completo e acabou voltando para Augusto e, para a nossa conversa dolorosa e para a minha mágoa atual.

Paco me abraçou por um longo momento quando terminei a história.

— Você precisa de sorvete — o cupido estava decidido. — Sorvete cura um coração partido.

— Ou só anestesia — corrigi. — Mas, Paco, são quatro da manhã. Todas as sorveterias estão fechadas!

— Isso não é um impedimento para duas pessoas invisíveis, minha querida.

Então foi assim que o cenário se montou. Eu, com meu pijama com estampa de sapos, às quatro da manhã, tomando sorvete com Paco, o cupido estagiário, em um dia de semana. Por mais que eu reclamasse, estava adorando. Nunca poderia agradecer a Paco o suficiente pelo conforto que aquela madrugada me trouxe.

Paco me entregou meu pote de sorvete e uma colherzinha cor-de-rosa. Era um pote imenso e havia pelo menos doze sabores diferentes de sorvete ali dentro. Pensei no prejuízo que aquela sorveteria iria levar quando descobrisse tudo pela manhã e me senti mal.

Quando disse isso a Paco, ele apenas sorriu e colocou uma nota de cem no balcão, com um pequeno bilhete.

"Desculpe, mas tivemos que pegar seu sorvete. Foi uma emergência. Fique com o troco."

31

No dia seguinte, eu me sentia como uma estrela do *rock* que tinha passado a noite toda farreando e agora era obrigada a sair em plena luz do dia para trabalhar. Minha cabeça doía, meu corpo todo parecia pesar dez vezes mais, e meus olhos mal se aguentavam abertos por mais de cinco segundos.

Ao meu lado, Paco pediu outro gole do café antes de entrarmos na sala de aula.

Ele estava usando seu cinto da invisibilidade, mas, para mim, a única que podia vê-lo no momento, parecia tão acabado quanto eu me sentia.

Tinha sido muito legal da parte dele me acompanhar no sofrimento de ter dormido pouco mais de duas horas durante a noite. Ele não precisava ter vindo para a escola comigo, mas se sentiu responsável por ter me feito ficar acordada até tão tarde, então resolveu que seria justo sofrer comigo também pela manhã.

Entreguei o copo de isopor para ele, mas puxei de volta após apenas um gole.

— É seu último gole — avisei. — Não precisamos assustar ninguém com um copo de café flutuante.

— Na verdade, o copo apenas desapareceria.

— Fique quieto. Eu vou parecer uma louca falando sozinha.

Ele fingiu fechar a boca com um zíper e sorriu de lado.

Quando abri a porta, a primeira pessoa que vi dentro da sala foi Augusto. Ele estava sentado na primeira fileira do canto, totalmente distante do nosso lugar de sempre, no fundo da sala. Ao me ver, seus olhos desviaram para o chão. Abri a boca para perguntar o que estava acontecendo, mas fui interrompida antes que tivesse a chance de dizer qualquer coisa.

— Liliana Rodrigues — disse o professor de História, com um sorriso sarcástico. — Que gentil da sua parte finalmente se juntar a nós, meros mortais. Mas, da última vez que eu conferi, os regulamentos da escola não permitiam óculos de sol em sala de aula, a não ser por autorização prévia.

— Desculpe, é que eu... — comecei.

Ele me cortou abruptamente.

— Liliana, apenas tire os óculos e vai pro seu lugar. Já atrapalhou minha aula o suficiente, não acha?

Suspirei. Eu sabia que discutir só iria me render ainda mais dor de cabeça e uma visita grátis à coordenação, então simplesmente tirei os óculos escuros sem protestar mais.

Assim que o fiz, escutei suspiros surpresos e murmúrios curiosos pela sala de aula. O professor os calou com um gesto até que eu sentasse.

Paco sentou na cadeira vazia ao meu lado, tentando mais uma vez pegar o copo de café da minha mão, mas desistindo, resignado, assim que eu tirei o objeto de seu alcance.

— Isso é normal? — perguntou ele, apontando para o professor com o polegar. — Ele pode tratar as pessoas assim?

Assenti e fiz um gesto querendo dizer para ele não se preocupar.

Paco então, para a minha surpresa, ficou completamente calado pelo resto da aula enquanto o professor explicava qualquer coisa sobre a Guerra Fria.

No segundo horário, Paco já estava se sentindo em casa. Ele estava esparramado na cadeira, com os pés em cima da mesa, quando de repente um aluno que havia perdido a primeira aula se jogou na cadeira ao lado e depositou sua mochila bem no colo de Paco. Foi tudo tão rápido que nenhum de nós dois teve como prever. Eu levei um susto e pulei para trás, surpresa. A mochila ultrapassou o corpo de Paco, como se o cupido não estivesse nem mesmo ali. O garoto, Bruno, olhou para mim como se eu fosse louca, mas ignorei. Estava muito ocupada olhando para Paco com os olhos arregalados de espanto.

Paco, rindo, se levantou e bateu as mãos nas pernas, como que para remover alguma sujeira invisível deixada pela mochila que havia ignorado a existência de seu corpo. Olhei para ele com mais intensidade, implorando mentalmente que ele me explicasse aquela maluquice sem que eu precisasse pedir em voz alta.

— Só os objetos que eu escolho podem tocar em mim, ou eu neles — explicou Paco. — Não se preocupe. Não senti nada.

Dizendo aquilo, ele voltou a sentar, mas, dessa vez, em cima da mesa, como se temesse sentar em cima da mochila de Bruno e quebrar alguma coisa importante.

Não sei por que fiquei tão surpresa. Era só, mais uma vez, cupidos sendo cupidos, com suas maluquices sem fim que desafiavam bravamente todas as leis da física.

Virei para a frente, tentando prestar atenção à aula, que agora era de espanhol. Uma mensagem no meu celular me distraiu após alguns minutos.

"Você está bem?"

A mensagem era de Augusto.

Suspirei de novo e hesitei por uns segundos, pensando se devia ou não responder. Acabei respondendo, porque não falar com ele era realmente muito estranho. "Apenas cansada. Por que tá sentado aí?"

"Preciso de um tempo", respondeu ele imediatamente.

Mordi os lábios e soltei o celular. Fazia sentido. Ele também estava sofrendo com a situação esquisita entre nós, afinal. Provavelmente até pensava que estava sofrendo mais do que eu, porque, segundo Paco, Augusto realmente acreditava estar apaixonado.

Não respondi por alguns minutos. Preocupado, Augusto enviou outra mensagem. "Tudo bem?"

Dessa vez, respondi. "Se é isso que quer, tudo bem."

Paco, sem perceber a tensão, de repente deu um suspiro cansado e saltou da mesa, se espreguiçando.

— Vou ver como está a nossa AP preferida — anunciou ele, caminhando até o outro lado da sala na maior tranquilidade. Claro. Ninguém podia vê-lo, a não ser eu. Eu o invejei. Queria poder ficar invisível e fugir dali também.

Ele estava com a lupa dos pensamentos na mão, apontando-a para Letícia. Um sorriso esperto brotou em seus lábios. Com a mão engessada ele desajeitadamente pegou a debellatrix do bolso da calça e, apoiando-a na mesa, retirou uma das seringas do compartimento de recarga. Olhando para Letícia pela lupa, ele simplesmente espetou a seringa no braço dela, sem a menor cerimônia.

Então, se voltou para mim com uma expressão maravilhada de "missão cumprida". Ele ainda estava segurando a lupa quando fez isso, e a apontou na minha direção de brincadeira. Provoquei-o com um pensamento. *Eu pensei que eu fosse a sua AP preferida.*

Paco riu.

— Você não é uma AP, Lili. Você é a minha parceira no crime.

Ri sozinha, fazendo várias pessoas olharem na minha direção, curiosas. Fechei a cara, sentindo o meu humor mudar drasticamente.

Todos estavam agindo assim o dia inteiro, cochichando uns com os outros sobre Augusto e sobre mim.

Eu já estava completamente exaurida, não suportava mais todos aqueles olhares furtivos na minha direção, fossem eles de pena, de compaixão ou de simples curiosidade. Não conseguia mais aguentar não saber o que meus colegas estavam imaginando ou que espécie de teorias estavam formulando. Teorias sobre a distância física entre mim e Augusto na sala de aula. Sobre as minhas olheiras profundas e a minha aparência de zumbi aposentado. Sobre o nosso suposto relacionamento que queimou mais rápido do que um fósforo. Não saber o que estavam pensando me deixava ainda mais irritada.

Se ao menos eu pudesse, pelo menos por um segundo, pegar a droga da lupa do Paco e usá-la em benefício próprio... Se ao menos eu pudesse agir como uma adolescente comum uma vez na vida e colocar meus interesses acima dos de todas as outras pessoas! Ah, se eu pudesse me esquecer por um mísero instante de Paco e do pai dele e da missão besta com Letícia Voss e de tudo o que estava tornando a minha vida um inferno e simplesmente... simplesmente usar aquela droga de lupa a meu favor pelo menos uma vez na minha droga de vida, eu...

— Eles acham que o Augusto usou você — anunciou Paco, me roubando dos meus pensamentos.

Olhei para ele, espantada.

— A maioria está pensando em como não esperava que ele fosse ser o vilão da situação — prosseguiu Paco, apontando a lupa em todas as direções. Balancei a cabeça para que ele parasse. Ele não pareceu perceber o meu gesto e apontou a lupa para um grupo de meninas que nunca foram com a minha cara. — Aquelas ali acham que você pirou de vez, deixando o Augusto escapar desse jeito. Elas estão usando palavras como "vadia" e... vixe! É melhor ficar só com "vadia", pra não perder a classe.

— Tá bom — murmurei baixinho, esperando que me ouvisse. — Chega.

Ele não me escutou.

Ou, se escutou, me ignorou completamente.

— Uau, aquele ali está pronto para fazer coisas de gente grande com você, Lili — disse ele, olhando para Guilherme Lacerda, três cadeiras atrás de Augusto. — "Agora que o caminho está livre." Palavras dele, não minhas.

Paco então foi girando o corpo lentamente até que estivesse apontando a lupa diretamente para Augusto. Ele ficou em silêncio imediatamente.

Fechei os olhos e abaixei a cabeça.

— Ah, Lili... — começou Paco. — O Augusto...

— Pare! — falei mais alto. — Por favor, pare!

Abri os olhos e Paco estava olhando para mim, incrédulo. Ele ficou um bom tempo apenas ali, parado, de boca aberta, empunhando a lupa dos pensamentos como uma arma na minha direção.

— Eu pensei que era isso o que você queria, Liliana! — exclamou ele finalmente, abrindo os braços como se estivesse se referindo a toda aquela situação boba. — Apenas poder se ver livre de mim e agir como uma adolescente uma vez na vida, fazendo coisas em benefício próprio! — ele soltou uma risada enraivecida.

Meu sangue estava fervendo. Eu estava exausta. Então, me levantei, batendo na mesa.

— Não é porque eu disse que queria que necessariamente é o melhor para mim, Paco! — gritei, sentindo o meu rosto inteiro queimar com a frustração. — Essa é a regra número um da vida! Se você não sabe desse simples detalhe, então não me impressiona você ser tão péssimo no que faz!

Paco fechou a expressão imediatamente. Ele abriu a boca e pareceu querer dizer algo mais, mas acabou desistindo. Por fim, apenas jogou a lupa dramaticamente no chão, e o vidro da lente se quebrou em milhares de pequenos pedaços. Enquanto eu ainda estava em choque, o cupido deu meia-volta e marchou para fora da sala. Ninguém mais viu a porta se abrir e fechar sozinha, porém eu pulei, espantada, com o grande estrondo que ecoou pelos meus ouvidos quando Paco a bateu atrás de si.

Olhei ao redor e percebi que todos estavam me encarando.

— Liliana Rodrigues — disse a professora de espanhol, devagar. Ela parecia seriamente preocupada. Então, perguntou: — Está tudo bem?

Passei as mãos pelo rosto e respirei fundo. Todos ainda estavam olhando para mim. Alguns olhavam para o local de onde Paco tinha acabado de desaparecer, provavelmente se perguntando com quem eu estava falando.

Ai, minha nossa! O que eu tinha feito?

Forcei um sorriso.

— Sim, estou ótima — falei sem ânimo. — Só preciso de um pouco de ar.

Dizendo isso, corri para fora da sala sem esperar permissão.

Parte de mim realmente temia que Paco houvesse ido embora, quem sabe para sempre.

No entanto, assim que saí da sala, lá estava ele no corredor, com a cabeça apoiada na parede à sua frente enquanto apertava e soltava o botão do bebedouro, vendo a água subir e descer com o fascínio de uma criança. Parei a alguns metros dele sem dizer nada, apenas o observando por alguns instantes. Eu sabia que ele sabia que eu estava ali.

— Desculpe — nós dois dissemos ao mesmo tempo.

Então, sorrimos pela sincronia.

— Acho que estamos muito cansados — falei devagar, me aproximando.

— Acho que precisamos de mais algumas horas de sono — concordou Paco, virando a cabeça na minha direção sem se desgrudar da parede. — Desculpe, Lili. De verdade. Eu... eu perdi a razão.

— Eu também peço desculpas — disse eu. — Nem sei o que foi aquilo.

— Nem eu — admitiu ele.

— Você sabe que eu não me sinto assim sobre você, não sabe? — insisti. — Como se você fosse um fardo e tudo o mais. Foi só... só uma fraqueza momentânea. Tudo bem, tudo isso que está acontecendo é muito, muito louco. Louco demais para uma cabeça humana. Mas eu me divirto com você, Paco.

Paco pegou impulso na parede para chegar mais perto de mim, então segurou minhas mãos nas suas.

— Você sabe que pode desistir a qualquer momento.

— Eu sei. — Sorri. — Mas eu não quero. Por mais que possa parecer que eu queira.

Ele sorriu de volta. Levou minhas mãos aos lábios e as beijou. Eu fiquei sem reação diante daquele gesto tão antiquado, mas não foi particularmente ruim; só esquisito.

— Vamos para casa — disse ele. — Precisamos descansar um pouco.

Soltei uma risada fraca.

— Eu adoraria, Paco. Mas não posso perder mais aula. Meus pais me matariam.

— Rodrigues? — uma voz perguntou atrás de mim. — Com quem você está falando?

Reconhecendo a voz antes de tudo, prontamente puxei as mãos para longe das de Paco, como se fosse um crime deixar nossas peles entrarem em contato. Então, me virei na direção do chamado.

— Com ninguém. — Pigarreei. — Só estava... hum... praticando um monólogo. Estou planejando ter aulas de teatro.

Augusto estreitou os olhos.

— Paco — falou ele. Meu coração deu um salto. — Você disse "Paco" lá dentro. E algumas vezes aqui fora.

— Eu disse? — perguntei, fingindo inocência. — Bem, acho que posso ter me inspirado em Paco para criar o personagem... Acho que talvez eu precise pensar em algo melhor...

Augusto riu, claramente não acreditando na minha desculpa, mas, para a minha surpresa e talvez decepção, parecendo não se importar. Eu já não era problema dele.

— Acho que talvez você precise voltar pra casa e se recuperar — disse ele. — Não sei o que aconteceu, mas você parece péssima.

Precisei ignorar a clara falta de tato dele.

— Não posso simplesmente voltar pra casa no meio de um dia letivo, Augusto — argumentei.

Eu raramente o chamava pelo nome completo, e acabei fazendo isso sem nem perceber. Augusto, é claro, percebeu na hora. Ele franziu o nariz, como se tivesse sido atingido por um tapa, mas um segundo depois deixou passar.

— Vou recolher o seu material lá dentro e já trago pra você — disse ele. — Vá pra casa. Converse com seus pais. Eles vão entender, Rodrigues. Eles são mais legais do que você pensa.

Então, ele mergulhou de volta na sala, me deixando constrangida e envergonhada no corredor vazio da escola.

— Eles *são* mais legais do que você pensa — repetiu Paco atrás de mim.

Eu tive que rir. Pelo menos aquilo fez a tensão se dissipar um pouco.

— E a lupa? — perguntei, preocupada, olhando para a porta fechada da sala.

— Vou ligar para o Doc assim que chegarmos em casa — respondeu Paco.

Não foi Augusto quem retornou com o meu material e, sim, um de seus amigos. Ele falou que Augusto havia pedido que ele me dissesse para eu me cuidar. Eu tive que rir outra vez.

Então, Paco e eu demos meia-volta e saímos da escola.

32

Sair da escola sem uma autorização formal não é particularmente difícil quando se tem um cinto da invisibilidade. Na verdade, não é nem mesmo empolgante. Não dá nem aquela adrenalina causada pelo medo de ser pego a qualquer momento. É bem simples, para ser honesta.

— Você queria ser pega? — perguntou Paco, rindo de mim assim que dobramos a esquina.

Eu ri e esfreguei uma mão na outra para produzir calor.

— Eu queria... café — anunciei, entrando na primeira padaria que encontramos.

Paco me puxou de volta para fora da loja, me empurrando para um beco.

— O cinto, Lili — disse ele.

Ele passou as mãos pela minha cintura e desafivelou meu cinto. Eu me virei para ele e ficamos olhando um para o outro por um longo tempo sem dizer nada. Eu não sabia dizer se era o cansaço mexendo com o meu cérebro, mas Paco realmente estava lindo naquela manhã. Particularmente lindo. Mesmo com os olhos vermelhos de sono, mesmo com olheiras, ele conseguia ficar lindo. Um vento suave entrava no beco e soprava seus cachos para trás como em um comercial de *shampoo*. Por um longo tempo, fiquei apenas olhando para ele e admirando a obra de arte que era Paco, o cupido estagiário.

Paco, por sua vez, parecia fazer o mesmo comigo.

Quando dei por mim, nossos rostos estavam incrivelmente perto. Perto demais. Pigarreei e dei um passo para trás, batendo as costas na parede.

— Você também — disse eu.

Desafivelei o cinto de Paco com um movimento rápido, sem precisar olhar para seu rosto. Paco soltou uma risada espontânea e, puxando a minha mão, começou a me levar de volta na direção da padaria para podermos comprar o café.

Fomos barrados na entrada do beco por um sujeito corpulento.

— O que vocês estão fazendo aqui? — perguntou ele, com a voz rouca e uma simpatia claramente falsa. — Estão perdidos?

Embora ele não tivesse nos ameaçado com palavras especificamente, toda a sua linguagem corporal era intimidante. O corpo grande, forte e pesado parecia preparado para nos atacar a qualquer momento. Para nossa sorte, ele era justamente a espécie de pessoa contra quem eu tinha treinado para me defender por todo aquele tempo de aula de defesa pessoal.

Eu me posicionei protetoramente na frente de Paco. Se aquilo resultasse em uma luta, apenas um de nós tinha a habilidade de vencer o sujeito mal-encarado. E, claramente, Paco não era essa pessoa.

— Fique atrás de mim — falei entre dentes.

Paco nem mesmo hesitou.

— O que foi, gata? — O sujeito riu. — Você é o homem da relação?

— Não — disse eu, firme. — Eu sou uma mulher. — Então, dando um passo destemido para a frente, pedi quase gentilmente: — Por favor, deixa a gente passar.

— Pô, acho que não — disse o homem, parando de sorrir. — Eu ficaria muito chateado de ver vocês dois irem embora tão cedo assim! Por que a gente não conversa um pouco?

— Olha — disse Paco atrás de mim. Sua voz estava surpreendentemente calma. — Não queremos confusão, senhor. Só queremos voltar pra casa.

— Tudo bem — disse o sujeito. — Também não quero confusão. Então me passem tranquilamente todo o dinheiro que vocês têm aí com vocês. Celulares. Relógios. Tudo de valor.

Paco deu um passo hesitante para trás. Eu sabia por que ele tinha ficado tão tenso: se o ladrão levasse embora seu celular, ele perderia o contato com o pai, com Doc e com o seu mundo, e não teria como explicar aquilo sem confessar todos os seus crimes desde o início... O que anularia os nossos esforços de tentar esconder tudo de Eros por tanto tempo.

— Paco, não se preocupe. Ele não vai levar nada de nós — disse eu, com convicção. Entrelacei meus dedos e os estalei de forma ameaçadora, me preparando para a briga. — Se ele quiser alguma coisa, ele vai ter que vir tomar. E eu só quero ver ele tentar.

Foi a coisa errada a se dizer. Percebi isso quase imediatamente, quando o homem tirou uma arma de dentro da calça e a apontou para nós. Por melhor que fosse o meu treinamento, eu estava completamente indefesa com uma arma apontada para mim naquele ângulo, àquela distância.

Qualquer passo que eu desse seria arriscado demais. E não era só a minha vida em jogo, qualquer erro meu poderia acabar com a de Paco também. Ou era o que eu pensava, já que eu não fazia ideia se cupidos eram vulneráveis a balas como seres humanos comuns... porque não seria surpreendente se eu descobrisse que tinham uma espécie de pele-escudo, como o Super-Homem, isso não seria nem de longe a coisa mais bizarra depois de tudo o que eu tinha aprendido naquelas últimas semanas. O fato é que, de qualquer forma, eu não podia arriscar.

— Tudo bem, não precisa se precipitar — falei. — Vamos dar a você o que quiser.

Então, eu tive uma brilhante ideia. Paco tinha no bolso da calça uma das debellatrixes. Ela parecia o suficiente com uma arma de verdade para assustar o sujeito e, melhor de tudo, é claro que ele não tinha como prever que dois adolescentes indefesos estariam com uma arma no bolso só esperando para atirar em qualquer ameaça que aparecesse. O elemento surpresa estava definitivamente a nosso favor.

Dei um passo para trás, esbarrando no corpo de Paco e, muito lentamente, deslizei a mão por sua perna até encontrar a abertura do bolso.

Em momento algum eu tirei os olhos do ladrão com a arma apontada para nós. Ele estava esperando até muito pacientemente que eu recolhesse os meus pertences de valor e pareceu não se importar que Paco não estava fazendo o mesmo. Quando meus dedos se fecharam ao redor do cabo da debellatrix, eu sorri.

Então, tudo aconteceu rápido demais.

Puxei a arma, apontei para o sujeito. Sua expressão de pavor e espanto foi inevitável.

Ao mesmo tempo, Paco sussurrou com urgência no meu ouvido.

— Lili, quando eu contar até três, se abaixa!

Claro que eu estava muito concentrada no meu próprio plano para obedecer, então quando a contagem de Paco chegou no três, ele envolveu minha cintura com os braços e me puxou para baixo à força. Foi um movimento tão inesperado que me fez disparar a debellatrix com o susto. O assaltante também pareceu muito amedrontado e, por conta disso, atirou duas vezes no local em que, alguns segundos atrás, Paco e eu estávamos, antes de termos nos abaixado.

No instante seguinte, como num passe de mágica, tudo pareceu se acalmar.

O assaltante se jogou no chão de joelhos com a mão no pescoço exatamente onde eu tinha acertado a seringa. É claro que era só uma reação psicológica, porque não dava para de fato sentir a seringa invisível do amor, mas Paco, aproveitando-se da distração dele, me puxou para fora do beco.

— O que aconteceu? — perguntei, confusa.

Paco sentou em um banco próximo e eu, alarmada, insisti que a gente continuasse andando por pelo menos mais alguns quarteirões, porque não tínhamos como saber quando o assaltante se levantaria e voltaria a tentar nos atacar, provavelmente ainda mais furioso com a nossa fuga.

— Ele não vai nos encontrar — garantiu Paco. — Nós estamos invisíveis, Lili.

Então, ele me explicou tudo o que tinha acontecido naqueles últimos cinco segundos no beco.

Aparentemente, quando peguei a debellatrix, o sujeito não tinha ficado com medo da arma e sim do fato de Paco, um garoto de um metro e oitenta, ter desaparecido bem diante dos seus próprios olhos. Em seguida, Paco envolveu a minha cintura e clicou meu cinto no lugar, e eu desapareci também. Prevendo que o sujeito ficaria tão apavorado que atiraria em nós mesmo que estivéssemos invisíveis, Paco me puxou para baixo, para longe do alcance das balas.

Apenas o final, em que disparei a debellatrix contra o sujeito, havia sido uma surpresa para Paco. Aquilo, porém, não interferiu no resultado. No máximo, o sujeito agora estava apaixonado por mim, ou pelo Paco. Ou por nós dois.

Eu lembrei do dia em que conheci Paco e de como sua paixão por mim havia eliminado a invisibilidade do cinto. Quando questionei Paco sobre isso, ele respondeu que sabia, por experiência própria, que ainda teríamos um tempinho antes que o efeito colateral acontecesse. Tempo suficiente para escaparmos.

— Mas as balas pegariam em mim, mesmo eu estando invisível? — indaguei.

Paco suspirou.

— Difícil dizer. Você escolhe os objetos que tocam você, lembra? Bom, talvez, no susto, você acabasse escolhendo errado. Preferi não arriscar.

— Obrigada — agradeci sinceramente.

Ele sorriu de volta.

— Ainda quer seu café?

— Não. — Suspirei, mais cansada do que nunca. — Só vamos logo pra casa.

Paco, obviamente, não contestou.

Quando chegamos na casa de Paco, Doc já nos esperava na porta.

— Ei, olha só! — exclamei, sendo a primeira a ver o médico reclinado contra sua motocicleta. — Ele já chegou! Que eficiência!

Paco pareceu preocupado.

— *Já* chegou? — indagou ele. — Lili, eu ainda nem tive chance de ligar pra ele.

Senti os cabelos em minha nuca se arrepiarem.

Quando Doc nos percebeu ali, se endireitou e cruzou os braços. Não parecia particularmente zangado nem amedrontado, mas estávamos falando de Doc. Seu rosto maravilhoso estava sempre congelado na mesma expressão de descaso.

— O que aconteceu? — perguntou Paco.

Doc franziu a testa.

— Era pra ter acontecido alguma coisa?

Paco sacudiu a cabeça e suspirou.

— Precisamos de outra lupa — disse. — A minha acabou de quebrar.

— Ela quebrou sozinha? — perguntou Doc, preocupado.

— Foi um acidente — disse Paco.

Eu ri, sem conseguir evitar. Ele olhou para mim, com a intenção de me fazer parar de rir, mas acabou caindo na risada também.

Doc pigarreou, cortando a brincadeira.

— Estou aqui porque algo tem me incomodado desde que os vi pela última vez — disse ele. — Não estou nem conseguindo dormir direito. — Ele parou e olhou para os nossos rostos cansados. — E, pelo visto, nem vocês — declarou em um tom que parecia quase aborrecido. — Vamos entrar.

33

Assim que entramos e nos acomodamos no sofá da sala, Doc pediu que contássemos a ele sobre o caso da lupa.

Achei incrivelmente estranho ele não querer ir direto ao ponto e falar do que o estava incomodando naqueles dias todos, mas colaborei. Paco, por outro lado, só conseguiu ficar parado ali, com uma expressão fechada, enquanto eu contava a história inteira sozinha, desde o momento em que eu havia desejado desistir de ser um cupido e simplesmente ler os pensamentos dos meus colegas até o momento em que Paco, num surto de revolta, havia jogado a lupa no chão.

— E por que você desejou isso, pra começo de conversa? — perguntou Doc, se inclinando com interesse. — Por que pensou em parar de trabalhar como cupido?

— Eu estou muito cansada — falei. — E confusa. É normal para seres humanos terem pensamentos assim, Doc, mesmo que eles não estejam considerando seriamente o que estão pensando. Achei que vocês, com essas tecnologias todas, já tivessem tido tempo de se acostumar ao funcionamento de um cérebro humano.

— Certamente — concedeu Doc. — E por que você começou a ler os pensamentos em voz alta? — perguntou ele a Paco.

Paco não respondeu.

— Acho que ele também estava cansado — respondi pelo cupido. — E magoado. Eu meio que estava considerando me livrar dele, então foi compreensível.

— Magoado? — insistiu Doc. — Por que magoado, estagiário?

Paco ignorou novamente. Eu já estava ficando de saco cheio de ele me fazer carregar tudo nas costas. Também estava cansada das perguntas sem sentido de Doc. Mas tentei manter a calma. Doc olhou para mim e suspirou.

— E o grito no final? — continuou Doc, voltando a olhar para mim. — Por que o grito no meio da sala de aula?

Bufei.

— Sei lá, Doc. Já disse. Eu estava cansada.

— E magoada — completou ele.

— Não. Sim. Talvez. Quem liga? — perguntei, irritada.

— Então ele jogou a lupa no chão, vocês saíram da sala e fizeram as pazes — prosseguiu Doc. — Mesmo cansados, magoados e enraivecidos, fizeram as pazes no instante seguinte.

— Doc... — disse Paco, falando pela primeira vez em vários minutos. Sua voz era rouca e ele pronunciou o nome do médico como um alerta. — Só deixa pra lá.

Doc riu ironicamente.

— Deixar pra lá? — Ele parecia incrédulo com a sugestão. — Paco, isso é sério!

— Não entendo qual é o grande problema! — exclamei. — Foi só uma discussão boba! Nós estávamos cansados!

Doc se virou para mim e respirou fundo, parecendo tentar juntar toda a paciência que lhe restava para lidar comigo.

— Minha querida — disse ele, como se estivesse falando com uma criança —, por acaso você e Paco estão experimentando muitas variações de humor?

Olhei para Paco. Ele manteve o olhar para baixo e apenas murmurou:

— Doc. Chega.

— Variações de humor? — perguntei.

Doc sorriu de lado.

— Pra alguém vendo de fora, como eu, tudo isso parece muito peculiar. As minhas suspeitas são muito sérias, então antes prefiro verificar alguns sinais físicos, se vocês não se importam.

Paco riu secamente e estendeu o braço, expondo suas veias.

— Vai em frente — disse ele. — Não vai encontrar nada.

Doc ergueu uma sobrancelha, duvidando.

— Tudo bem — falou. — Vou verificar mesmo assim.

Ele primeiro conferiu os sinais de Paco. Eu estava pensando que seria uma análise toda incrementada com equipamentos de cupido e tudo o mais, mas não. Foi um *check-up* normal, uma consulta rotineira ao médico da família. Doc mediu o pulso de Paco, escutou seus batimentos com um estetoscópio, piscou uma lanterninha em sua pupila e fez o cupido dizer "Ahhh" enquanto examinava sua garganta, abaixando sua língua com um palito de madeira. Depois fez o mesmo comigo.

— Hum... — disse simplesmente, depois de ter terminado ambas as análises.

— Está vendo? — perguntou Paco, com um sorriso. — Nada.

— Nada? — perguntei. — Do que vocês estão falando?

Doc pigarreou.

— Estagiário — disse ele —, eu gostaria que você colocasse o cinto da invisibilidade.

— Eu já tô usando o meu cinto da invisibilidade — disse Paco, irritado.

— Não o seu — disse Doc. — O *meu*.

Paco ficou em silêncio por um longo tempo.

Doc sorriu.

— O que foi? — disse Doc. — Tá com medo do resultado?

Eu finalmente entendi do que os dois estavam falando. O cinto de Paco havia sido modificado para que eu pudesse vê-lo mesmo quando ele estava invisível. O cinto de Doc não havia sofrido tal modificação.

— Acha que Paco tá apaixonado por mim de novo? — perguntei.

Paco riu e coçou a nuca, se virando para Doc e me ignorando.

— Não tô com medo de nada. Me dá seu cinto.

— Isso é ridículo — exclamei para Doc, defendendo Paco. — Você mesmo sabe que não é assim que funciona. Ele não se espetou em nenhuma seringa. Não pode se apaixonar desse jeito.

Doc sorriu misteriosamente.

— Gostaria de testar mesmo assim — disse ele. — Só pra ter certeza.

Paco revirou os olhos e colocou o cinto. Assim que fechou a fivela, desapareceu completamente. Olhei para Doc.

— Ele sumiu — afirmei. — Satisfeito?

Doc olhou brevemente para mim e depois riu para a direção em que Paco provavelmente estava. Balançou a cabeça.

— Bem, pelo menos sei que ela não tem como estar fingindo — disse Doc. — Se tivesse escutado isso, estaria morta de vergonha.

— Escutado o quê? — perguntei.

Paco voltou a aparecer, as mãos ainda na fivela do cinto.

— Nada — disse ele.

Não deixei de notar que *ele* estava vermelho feito um pimentão.

Ok, aquele pequeno teste tinha sido muito constrangedor tanto para Paco quanto para mim, mas pelo menos agora Doc não tinha o que argumentar. A sua suposição absurda era infundada. Paco não estava apaixonado por mim. Nem eu por ele. Embora não houvesse nenhum teste rápido para comprovar, Doc nos disse que, se eu tivesse me apaixonado por qualquer pessoa, uma pequena luz no escritório dos cupidos se acenderia, e todos já estariam sabendo.

Depois de ter cansado de encher o nosso saco, Doc me deixou descansando no sofá enquanto conferia a situação da mão de Paco. Ele não tinha feito isso da outra vez por conta da confusão toda e, dado o estado da mão de Paco naquele primeiro dia, estava preocupado e curioso com o desenvolvimento da fratura.

Para a surpresa de nós três, a mão por baixo do gesso estava novinha em folha. Parecia absurdo para mim que uma fratura daquele nível se curasse tão rápido, mas, àquele ponto, eu já tinha aprendido que os cupidos funcionavam de forma diferente das pessoas normais.

— A sua mão apresenta melhora significativa, mas não tá totalmente curada — falou Doc, girando o pulso de Paco para um lado e para o outro e analisando o nível de dor manifestado pelo cupido. — Recomendo pelo menos mais uma semana de repouso. Nesse ritmo, você estará bem logo. Ainda tá tomando o remédio que dei a você?

— A cada doze horas — confirmou Paco.

— Ótimo. Continue com ele. Mas, por agora, vou precisar que você tome este aqui. — Ele entregou a Paco um pequeno frasco que havia acabado de retirar de mochila. O frasco continha um líquido vermelho e espesso como sangue. — Ele vai apagar você completamente, mas você precisa desse descanso de qualquer forma.

Doc refez o gesso na mão de Paco e, alguns minutos após ter ingerido o conteúdo do frasco, o cupido adormeceu em sua cama no quarto ao lado.

34

Doc e eu ficamos em silêncio por um longo tempo após Paco ter adormecido. Porém, não era um silêncio desconfortável. Nós dois estávamos muito cansados e, além disso, não tínhamos nada a dizer. Ficamos sentados lado a lado no sofá da pequena sala de estar, olhando para a parede sem dizer nada.

— É impressão minha ou a mão de Paco se curou rápido demais? — perguntei após vários minutos calada.

Doc olhou para mim e deu um meio sorriso.

— Liliana, por acaso você sabe por que os gatos ronronam?

Foi uma pergunta tão aleatória que me perdi por um instante. Fiz uma careta e sacudi a cabeça.

— Não faço ideia — disse honestamente.

— Por muito tempo, as pessoas tentaram descobrir exatamente o real motivo do ronronar de um gato — disse Doc, voltando a olhar para a parede de forma pensativa. — É certo que os gatos ronronam quando estão felizes. Quando se sentem seguros, amados, relaxados, contemplados... — Doc sorriu levemente. — Eles ronronam apenas perto de pessoas ou de outros gatos que *amam*.

— Isso é fofo — falei, porque não sabia mais o que dizer. — Então eles ronronam pra demonstrar amor?

Doc riu. Era um som muito diferente. Nunca imaginei que algum dia eu ouviria uma risada genuína vinda de Doc. Ainda mais uma risada como aquela, quase carinhosa.

— Talvez — disse ele. — Mas certamente não é a única razão. Veja, o ronronar normalmente está associado a situações familiares. Amamentação. Limpeza. Carinho. Brincadeira. Mas também é muito comum que aconteça em situações de estresse, uma vez que o ronronar do gato serve para acalmá-lo e suavizá-lo. Ou para acalmar e suavizar outros gatos. Algumas pessoas comparam o ronronar do gato, nesse caso, à nossa própria reação quando estamos magoados ou estressados: muitas vezes choramos quando queremos nos acalmar; o gato, ronrona. — Doc virou a cabeça para mim enfim. — Recentemente descobriram uma outra função do ronronar: a cura.

— Cura? — repeti, incerta.

Ok. Agora gatos possuíam poderes mágicos de cura por meio do rom-rom?

— Gatos domésticos ronronam em uma frequência aproximada de vinte e seis hertz. O intervalo da vibração promove regeneração de tecidos danificados. E fortalecimento ósseo.

Dizendo aquilo, Doc pareceu satisfeito e voltou a encarar a parede, sem dizer mais nada.

Franzi a testa.

— Está me dizendo que um gato curou a mão do Paco?

Doc riu.

— Um gato, não. *Você.*

Foi a minha vez de rir.

— *Eu?!* — exclamei. — Não tenho poder algum de regeneração óssea ou seja lá o que tenha acontecido naquela mão dele!

— Você tem mais poder do que pensa — disse Doc. — Nós, cupidos, temos um potencial de regeneração incrível quando experienciamos emoções intensas. Paco... Paco está mudado, desde que conheceu você. Muito mudado.

— Como assim mudado?

— Bem, pra começar... Ele nunca foi tão imprudente — disse Doc, sacudindo a cabeça. — Mas também nunca me pareceu tão feliz. As variações de humor me preocupam... Elas são um sinal claro de... de afeição. Não, não só afeição. De uma mudança brusca no emocional.

— Acho que sei aonde você quer chegar... — comecei devagar. — Mas Paco não tá apaixonado por mim. Você mesmo viu, com o cinto e tudo o mais!

— Talvez não *apaixonado*. — Doc sorriu, achando graça. — Como você mesma disse, isso seria impossível... embora alguns Seguidores da Fé jurem que aconteça. Mas há algo definitivamente acontecendo entre vocês dois. E é perigoso, Liliana. Seja o que for. Preciso que vocês tomem cuidado. Vocês dois podem acabar se machucando muito.

— Estamos tendo cuidado — insisti. — O pai dele... Eros... nunca vai descobrir! — disse com uma convicção que, na verdade, eu não tinha.

— Mesmo se ele não descobrir... — Doc suspirou. — Vocês dois podem sair machucados. Cupidos e APS não têm futuro, Liliana.

— Eu sei que não têm futuro! — exclamei, irritada. — Por que de repente você se preocupa tanto com isso?!

Doc abaixou a cabeça.

— Paco é uma boa pessoa. Talvez um dos meus melhores amigos — murmurou baixinho. — E você... Você não é lá tão ruim.

— Obrigada — sussurrei de volta, não esperando aquela confissão.

Está certo, parecia quase um xingamento, mas, vindo de Doc, eu sabia que era um grande avanço. Quase como um elogio sério.

— Sei que não parece, mas... sou a última pessoa a querer ver qualquer um de vocês ferido. Então... tomem cuidado.

— Não precisa se preocupar — garanti, embora eu mesma estivesse começado a cultivar uma preocupação que certamente cresceria de modo absurdo e acabaria me sufocando no final.

Após alguns instantes, Doc rapidamente se levantou e recolheu todos os seus pertences para ir embora.

— Mande lembranças a Paco — disse ele, me entregando uma lupa de pensamentos novinha. — E se cuida, Liliana.

Quando Doc se foi, eu devo ter adormecido no sofá, porque a próxima coisa que lembro é de ter sido despertada bruscamente por um conhecido tema de filme de terror. Pulei, imediatamente acordando e, é claro, por um segundo pensando que estava prestes a ser assassinada.

Daí me lembrei do que aquela musiquinha significava e fiquei mais apavorada ainda.

Paco havia esquecido o celular em cima da mesa da sala. Na tela, lia-se "Chefe". Estremeci.

O celular continuou tocando na minha mão por mais alguns instantes antes de eu perceber que provavelmente deveria acordar Paco.

Quando entrei no quarto, ele estava apagado. Seu rosto estava sereno. Os cachos, amassados. Sorri por um segundo, não conseguindo evitar. Então, me preparei para quebrar completamente a harmonia da cena.

— Paco — chamei, sacudindo o ombro dele enquanto o tema macabro continuava tocando. — Paco, acho que você precisa atender isso.

Paco devia estar mesmo muito mergulhado em seu sono, porque nem se mexeu. O celular em minha mão parou de tocar e eu, tomando aquilo como um péssimo sinal, entrei em desespero.

Subi em cima da cama para poder sacudir Paco melhor.

— Acorde! — insisti. — É sério! Você precisa acordar!

Dessa vez, ele apenas fez uma careta e grunhiu. Era melhor do que nada, mas ainda não era o suficiente.

Então fiz o que precisava fazer: eu o empurrei da cama até que ele caísse no chão.

Ele acordou com o impacto bem a tempo de escutar o telefone tocando de novo. Felizmente para mim, assim que começou a escutar o toque, ele ignorou qualquer vontade que provavelmente teve de me estrangular.

— Chefe — disse, atendendo prontamente. Sua voz estava ainda rouca de sono e estranhamente sexy. — Como vai?

Não consegui escutar o que Eros dizia, pois estava longe do telefone e ele não falava alto o suficiente. Então, me esparramei na cama de Paco e esperei que desligasse o telefone.

— Foi um acidente — disse Paco. — O sujeito a estava ameaçando com uma arma e a minha primeira reação foi tentar distraí-lo. Portanto, fiz com que ele se apaixonasse por ela. Era melhor do que esperar ele atirar nela, senhor. Sem a garota, eu não poderia completar meu trabalho, afinal.

Eu franzi a testa.

Ele estava falando do ladrão em quem eu havia atirado algumas horas antes, provavelmente. É claro. Assim que ele se apaixonou, uma luz se acendeu no escritório dos cupidos. Era impossível esconder aquele tipo de coisa do pai de Paco.

— Sim, eu sinto muito. Eu só agi sem pensar. — Paco suspirou. — Mas foi um erro isolado, senhor. Não cometerei mais equívocos.

Eu sorri de lado. Não era verdade que a ação havia sido feita com descaso. Quando tive a ideia de atirar com a debellatrix no ladrão do beco, pensei que fosse um plano genial e muito elaborado.

Mas é claro que aquela explicação não era suficiente para Eros.

— Ah... S-sim... — gaguejou Paco. — Quanto a isso... Sei que talvez não tenha sido a melhor escolha, mas eu... — Ele parou de falar. Certamente tinha sido interrompido pela voz áspera do pai. — Você tem razão.

Eu não sabia do que ele estava falando agora, mas parecia que o assunto já tinha mudado, e eu não era mais o ponto central da conversa. Cansada, parei de prestar muita atenção.

— Me perdoe — dizia Paco agora. — Compreendo por que se sente assim. Eu realmente sinto muito.

Fechei os olhos.

— Não vai acontecer de novo, senhor — disse Paco. — Sim, só vou seguir a lista agora. Sim, eu prometo.

Eu sorri, irritada. A lista. A maldita lista.

— Eu sei. Eu sinto muito. Desculpe desapontá-lo.

Se eu pudesse entrar naquele telefone, eu daria um soco na cara de Eros sem nem pensar muito. Quantas vezes ele faria o garoto se desculpar?

Após uma longa pausa em que só pude ouvir um zumbido que deveria ser a voz de Eros vinda do outro lado da linha, Paco finalmente suspirou, parecendo quase feliz.

— Mãe? Oi! Sim, eu estou bem... — Ele soltou uma risada, o que chamou a minha atenção. Aquele era um lado de Paco que eu não tinha tido a chance de ver antes. Curiosa, virei a cabeça na direção dele e abri os olhos. Paco olhava para o teto e tinha um sorriso estranho nos lábios. — Sim, sim. Estou me comportando, sim. E a senhora, como está?

Eu demorei um tempo para perceber, mas logo ficou claro: Paco estava com saudades de casa. Era compreensível, mas eu nunca tinha parado para pensar naquilo. Antes de me conhecer, ele tinha toda uma vida. Uma vida que já estava quase toda planejada.Ele tinha uma família, um emprego, amigos e uma noiva. E provavelmente era feliz antes de mim. Claro. Fazia sentido. É só que nunca tinha me ocorrido.

Paco olhou para a mão machucada, para o gesso que Doc havia trocado apenas algumas horas antes. O sorriso dele se tornou esperançoso.

— Talvez eu volte em uma semana, se tudo der certo.

Voltei a me deitar na cama, sentindo uma pontada estranha no peito.

Uma semana.

Eu conhecia Paco havia menos de um mês, mas os dias tinham sido todos tão intensos que a minha impressão é que ele havia estado na minha vida desde sempre.

A perspectiva de perdê-lo em menos de uma semana me deixou bastante chateada.

Tão chateada que mal percebi quando se deitou ao meu lado na cama, tendo desligado o telefone. Ele suspirou, parecendo mais cansado do que antes de adormecer.

— Como está sua mão? — me forcei a perguntar.

Paco me ignorou.

— Meu pai ficou chateado com o pareamento da Letícia Voss — explicou para mim. — Disse que foi um "trabalho porco".

Eu me lembrei da nossa missão na madrugada anterior, investigando o amigo virtual de Letícia e todo o potencial de paixão entre os dois. Pela manhã, logo antes da nossa briga boba por causa da lupa, Paco havia espetado Letícia com a seringa da debellatrix, fazendo-a se apaixonar.

— Não foi tão ruim — argumentei, fazendo uma careta defensiva.

— Bom... Só sei que não correspondeu ao Padrão Eros. E ele ficou muito decepcionado.

— Ninguém é perfeito — disse eu, suspirando. — Vamos fazer melhor na próxima vez.

— Vamos seguir a lista na próxima vez — disse Paco imediatamente, quase me cortando. Depois, ele apertou os lábios e piscou devagar. — Por favor, Lili.

Pensei por um momento, mas acabei assentindo.

— Uma semana, é? — comentei, não conseguindo me segurar.

Paco virou a cabeça para encarar o teto e ficou muito sério de repente.

— Minha mão tá quase boa de novo. Não vou precisar dos seus serviços por muito mais tempo.

Desviei o olhar para não deixar que ele percebesse o quanto aquele simples comentário havia me afetado.

— Você vai embora? — perguntei devagar.

— Preciso ir. Tenho a minha própria vida.

— E eu? — Consegui fazer minha voz sair.

Paco fez uma pausa.

— Você tem a sua — disse ele.

— Não foi o que eu quis dizer. — Sacudi a cabeça e apertei os olhos. Ergui o corpo me apoiando no cotovelo para poder olhá-lo. — Nós estamos quase livres da fúria do seu pai, eu sei. Mas ainda falta um pequeno, porém crucial, detalhe: eu.

Paco olhou para mim brevemente antes de suspirar.

— Augusto — disse ele, compreendendo imediatamente.

Assenti. Para que Paco cumprisse sua missão na Terra, ele precisaria fazer com que eu me apaixonasse pelo meu melhor amigo.

— O que nós vamos fazer?

Paco ficou sem palavras por um longo tempo. Voltei a deitar, desistindo de esperar. Sem dizer nada, ele segurou a minha mão com a sua mão boa e apertou os meus dedos de forma amigável.

— Temos uma semana para descobrir — disse ele por fim.

Parecia impossível que fôssemos descobrir a solução para os nossos problemas em tão pouco tempo. Como convencer o pai de Paco de que eu não precisava me apaixonar por Augusto? Como desobedecê-lo sem atrair suspeitas?

Com a mão de Paco na minha, eu não tinha tanto medo. Entrelacei nossos dedos com naturalidade, e ficamos os dois deitados por muito tempo, apenas olhando para o teto e respirando em sincronia.

A campainha tocou de repente, nos tirando daquele pequeno transe.

— Doc voltou? — sugeri, sem me mexer.

— Doc não se preocupa em tocar a campainha. — Paco riu. Então, suspirou. — Já volto.

Seus dedos escorregaram dos meus e, fracamente, tentei prendê-los. Por fim, apenas deixei minha mão cair de volta na cama. Fechei os olhos e me concentrei em respirar.

Alguns segundos depois, a voz de Paco me chamou, vinda de longe.

— Hum... Lili?

— O quê? — resmunguei.

— Acho melhor você vir aqui.

— Preciso mesmo? — perguntei, sonolenta.

Paco demorou alguns segundos para responder.

— É meio que... hum... importante — disse ele por fim.

Revirei os olhos, me levantei e me arrastei até a sala de estar.

Quando vi quem estava parada na porta de entrada, todo o sono que eu sentia evaporou instantaneamente para dar lugar ao pânico.

35

— Mãe? — perguntei, abobada.

Lá estava ela, na porta da frente de Paco. Minha mãe, em carne e osso.

Ela não parecia particularmente feliz.

— Então você está mesmo aí — constatou ela, com uma risada irônica.

— Como você sabia? — as palavras saíram da minha boca antes que eu tivesse a chance de pensar no quanto aquilo me deixava ainda mais ferrada.

— Juntei dois mais dois — minha mãe revirou os olhos. — Não sou a boba que você pensa, Liliana. Você sumiu da escola outra vez e, depois do que aconteceu ontem, estava na cara que você estaria com o bonitão aqui.

Ela fez um gesto de descaso na direção de Paco.

— Sra. Rodrigues, sinto muito preocupar a senhora — começou Paco. — Acontece que...

— Não, não, mocinho. Não quero ouvir mais nada de você — cortou minha mãe em um tom firme. — Com licença — disse ela, dando um passo para dentro da casa de Paco. O cupido recuou, pasmo demais para protestar. Minha mãe me pegou pelo braço e me puxou para fora. — Você vem comigo. Quero só ver como vai tentar se safar dessa.

Finquei os pés no chão, me recusando a ser carregada para fora como uma criancinha. Paco, percebendo, colocou a mão boa sobre o meu ombro.

— Vai — disse ele com um sorriso cansado. — Depois conversamos.

Assenti e deixei que minha mãe me puxasse. Mas aí ela riu escandalosamente e me soltou para poder encarar Paco de frente.

— "Depois conversamos" — imitou a voz do cupido. — Acho que não! Caramba, é só terça-feira e vocês dois já estão me dando mais dor de cabeça do que uma semana inteira no trabalho! Escuta só, bonitão. Enquanto você continuar sendo uma má influência, tirando ela da escola desse jeito, quero que fique longe da minha filha! — disse minha mãe, cutucando o peitoral de Paco com autoridade. Depois, ela suspirou e deu um passo para trás, voltando a segurar meu braço. — Argh, só espero que vocês dois tenham sido espertos o suficiente para terem usado proteção!

— Mãe! — protestei, sentindo as bochechas queimarem.

— Vamos logo, Liliana!

Lancei um último olhar na direção de Paco, pedindo perdão com os olhos por toda aquela maluquice. Ele também parecia bastante envergonhado pela cena, mas me encarou de volta com uma expressão compreensiva, encolhendo os ombros.

Assim que estávamos longe do alcance visual de Paco, puxei meu braço com força e me virei para a minha mãe, irritada.

— Por que você fez isso? — indaguei, colocando as mãos na cintura. — Paco e eu somos só amigos!

— Que belo amigo! Fazendo você matar aula! — retrucou minha mãe.

— Ele não me fez fazer nada! — gritei, entrando apressadamente em casa, sem esperá-la.

Marchei até o meu quarto batendo os pés e fechei a porta com força.

Aí me deitei na cama e me lembrei da advertência do Doc. "Variações de humor." Eu nunca tinha sido tão... tão imprudente.

Nem tão feliz.

Fechei os punhos e cobri os olhos com os braços. O que estava acontecendo comigo?!

Uma batida suave na porta me fez colocar todos os sentimentos para dentro outra vez.

Minha mãe abriu a porta devagar, deixando apenas uma pequena fresta.

— Li... — começou ela. — Posso entrar?

Suspirei e assenti. Timidamente, ela se aproximou da minha cama e sentou ao meu lado.

— Desculpa — murmurou ela.

Eu sabia que talvez devesse me desculpar também pelas minhas atitudes rebeldes, mas não fiz isso. Apenas sentei e mordi os lábios, não dizendo nada por um tempo.

— Só não entendo por que você resolveu se importar do nada — confessei por fim.

Minha mãe me olhou com um misto de pena e espanto.

— Do nada? Li... Eu *sempre* me importei! Sei que Paco parece um cara legal, mas as coisas estão indo rápido demais, não acha? E se ele... se ele machucar você...

— Mãe — disse eu devagar, franzindo a testa. — Eu já fui machucada antes — admiti com dificuldade. — E vou ser machucada outras vezes

— ela fez uma expressão magoada e segurou as minhas mãos nas suas de forma maternal. Acho que deve ser difícil para qualquer mãe ver a filha admitindo uma coisa dessas. — Mas você não tem que se preocupar. Paco... Paco é uma boa pessoa. E ele é só meu amigo. Ele não vai me machucar.

— Mas é claro que me preocupo — disse ela. — Tudo está acontecendo tão rápido! Só quero proteger você de ser usada por esse garoto! Eu mal vejo você aqui em casa! Você anda passando tanto tempo com esse tal de Paco e, querida, garotos normalmente não pensam antes de agir. Sei que, na sua idade, um romance assim pode parecer incrivelmente importante... Mas é preciso se amar, construir um bom relacionamento consigo mesma, antes de cair de cabeça em um relacionamento tão intenso. E não há pessoa alguma neste mundo por quem valha a pena abrir mão do futuro. É importante pensar na sua educação como um passaporte para a vida. Não dá para simplesmente abandonar seus sonhos, seus planos, por causa de um garoto que você acabou de conhecer, Li!

Suas últimas palavras trouxeram de volta as emoções que eu havia enterrado por anos. Yago. O coração partido. O desastre do nono ano.

Minha mãe estava certa. Garoto nenhum merecia estar em um pedestal como aquele. Eu já tinha experimentado fazer aquilo e tinha dado absurdamente errado.

Mas ela não sabia disso. Não tinha como saber. Na tentativa de me proteger do que havia acontecido, me isolei.

De repente, me senti sufocada pelos sentimentos e pelas lembranças da dor. Mesmo tentando me fazer de forte, minha mãe pareceu perceber imediatamente que havia algo errado. Ela se aproximou de mim e pegou minhas mãos nas suas.

— Fale comigo — pediu baixinho. — Conte o que está deixando você assim.

Então, contei a ela toda a mágoa que havia ficado presa dentro de mim desde que Yago me descartara como um lixo qualquer e o quanto isso tudo me fez ter dificuldade de baixar a guarda e permitir que o amor me encontrasse de verdade. Ela ouviu atentamente a história, procurando esconder o choque nas partes mais tensas, tentando ser para mim a amiga e companheira que, por anos, eu tinha precisado.

No final, minha mãe me puxou para um abraço, fazendo minha cabeça descansar em seu peito. Fechei os olhos e me deixei ser embalada como um bebê por alguns instantes. Eu poderia ter chorado, mas me sentia cansada demais. Exaurida. Meu corpo amolecido finalmente havia encontrado alívio e conforto, e eu me sentia mil vezes melhor sabendo que tinha o apoio da minha mãe. Ela, por outro lado, chorou; talvez por perceber que realmente não tinha como me proteger dos males do mundo.

Quando nos acalmamos, ela voltou a segurar minhas mãos e olhou com seriedade em meus olhos.

— O que ele fez foi muito errado — começou delicadamente. — Ele se aproveitou da sua inocência. Não consigo nem imaginar o quanto você se sentiu sozinha esse tempo todo... — Ela suspirou. — Quero que você saiba que pode falar comigo sempre, está bem? Seja para contar as coisas boas ou as ruins. Se fico brava, é porque me preocupo. Mas prometo que vou me esforçar ao máximo para entender qualquer decisão que você tomar. Eu amo muito você, filha. Quero o melhor para você. Mesmo que eu não possa garantir que nada machuque você, posso tentar ajudar a lidar com os desafios que, inevitavelmente, surgem em nosso caminho.

— Paco vai embora — soltei sem querer. Minha mãe parou de falar e me olhou, confusa. — Em uma semana, Paco vai embora pra sempre.

— Embora? Pra onde?

— Para o lugar de onde veio.

Naquele momento, admiti para mim mesma que não queria que Paco fosse embora. Mesmo não estando apaixonada, mesmo sabendo que ele não me devia nada e que APS e cupidos não tinham futuro algum, eu não queria que ele partisse. E, mesmo eu tendo dito para a minha mãe que Paco não me machucaria, já era tarde demais: eu já estava magoada.

Minha mãe voltou a me abraçar e me segurou por um longo tempo, até que finalmente se afastou e me beijou na testa.

— Vai ficar tudo bem — disse ela. — Tudo sempre fica bem no final.

Pelo resto da tarde, fiquei esperando que Paco aparecesse, mas, mesmo depois do jantar, ele não apareceu. Relutantemente, me aprontei para dormir. Paco era fã de visitas na madrugada, afinal. Talvez, se eu fosse dormir, eu o atrairia. Ele provavelmente tinha um sensor de Lili-está-dormindo-então-é-hora-de-incomodá-la naquele cerebrozinho dele.

Quando fui pegar meu pijama no armário, encontrei uma estranha peça de roupa dobrada em uma das minhas gavetas. Era uma jaqueta. Uma jaqueta que não era minha. A jaqueta de Paco.

Ele tinha me emprestado a jaqueta logo naqueles primeiros dias, em um gesto casual quando eu reclamei do frio enquanto estávamos esperando por Doc.

Meu primeiro instinto foi levá-la ao nariz para inspirar o inconfundível aroma do cupido. Um segundo depois, caí na real e percebi que estava agindo de maneira muito boba. Joguei a jaqueta de volta com o resto das minhas roupas e decidi ignorá-la.

Após me aprontar para dormir, deitei na cama e apaguei a luz.

Paco não apareceu.

Esperei por bastante tempo e, em certo ponto, eu realmente me entreguei ao sono, mas acordei no meio da noite sozinha. Meu rádio-relógio dizia que eram cinco da manhã e absurdamente Paco ainda não tinha dado as caras. Tudo bem se ele tivesse finalmente decidido usar a própria cama, afinal, dormir no meu sofazinho não deveria ser equivalente a um hotel cinco estrelas, mas... ele podia pelo menos ter dado notícia.

Fiquei deitada na cama, apenas olhando para o teto por alguns minutos.

Por que é que Paco não tinha aparecido?

Talvez ele tivesse passado o resto do dia se recuperando das noites maldormidas por minha causa. Provavelmente ele estava só colocando o sono acumulado em dia. Eu não poderia culpá-lo. Era exatamente o que eu deveria estar fazendo.

Mas... e se não fosse só isso?

E se a minha mãe tivesse tido sucesso em sua tentativa de afastá-lo de mim naquela tarde? E se o tivesse espantado com aquele papo todo de "espero que tenham usado proteção"?

E se Doc o tivesse assustado? Doc estava bem convencido de que havia algo rolando entre mim e Paco. Talvez Paco tivesse, como eu, se tocado de que as suspeitas de Doc não eram assim tão infundadas. Talvez tivesse finalmente percebido que nós dois tínhamos, mesmo, que tomar cuidado.

Ou talvez...

Talvez sua mão já estivesse cem por cento melhor. Talvez ele tivesse percebido que já não tinha razões para permanecer na minha vida. Talvez ele já tivesse partido. *Para sempre.*

Suspirei e me levantei. Caminhei lentamente até a janela e encostei a cabeça no vidro, cansada, não apenas física e mentalmente, mas também emocionalmente.

Fechei os olhos e me concentrei na sensação que o vidro gelado causava na minha pele.

Minha cabeça estava confusa.

Se eu não podia me apaixonar por Paco... por que me sentia assim? Por que eu sentia como se gostasse dele bem mais do que eu tinha gostado do Yago? E por que me magoava tanto o simples fato de ele não ter vindo falar comigo?

Ri tristemente e abri os olhos. Do lado de fora, os postes iluminavam a rua vazia. O silêncio reinante só era interrompido por ruídos no esguicho de água automático do vizinho, que ligava a cada cinco minutos para espirrar água por vinte segundos. Tudo estava sereno e amigável. É essa a cara que o mundo tem quando acha que ninguém está olhando.

De repente, percebi uma sombra estranha na árvore que fica na frente da minha casa. Espremi os olhos, tentando enxergar melhor.

Era definitivamente uma pessoa. Meu sangue pareceu gelar dentro das veias e fui incapaz de respirar normalmente por alguns instantes. Até que o vento espalhou as nuvens e, na fraca luz do amanhecer, fui capaz de reconhecer a pessoa imediatamente.

Paco.

Ele estava sentado com as costas apoiadas no tronco da árvore e as pernas esticadas. Seu rosto alerta se voltava para a direção do esguicho do vizinho toda vez que ele ligava.

Nas mãos, Paco tinha uma arma.

Não era a debellatrix, mas era tão estranha quanto e não parecia com as armas do mundo real.

Um arrepio subiu pelo meu corpo, eriçando todos os meus pelos.

Não sabia o que Paco estava fazendo ali, acordado àquela hora, sozinho no frio. Não fazia ideia do porquê de ele não ter entrado pela janela como das outras vezes ou pedido para dormir no meu sofá. Mas, de repente, tudo isso pareceu não importar, porque aquela arma estranha nas mãos dele consumia todas as outras dúvidas e fazia o resto parecer brincadeira de criança.

Dei um passo para trás, deixando a cortina voltar a cobrir o espaço da janela em que eu estava encostada.

Talvez eu devesse ter ido até Paco e exigido respostas.

Mas, naquele momento, eu não tinha tanta certeza se queria saber. A ignorância é uma bênção, não é o que dizem?

Voltei a me deitar, fechando os olhos com força para tentar fazer minha cabeça parar de rodar com as milhares de possibilidades macabras. Tentei me concentrar no pedacinho de mim que ficou aliviado quando viu que Paco ainda estava ali. Ele não tinha me abandonado, não tinha se sentido ameaçado pelas palavras da minha mãe ou pelas de Doc. Ele não tinha decidido que não precisava mais de mim. Ele estava ali, na frente da minha casa, com uma arma, como um guardião secreto.

De alguma forma, em meio aos pensamentos inquietos e conflitantes, adormeci.

Quando acordei novamente, Paco já não estava ali e tudo parecia ter sido apenas um sonho.

Tenho orgulho de poder falar que aguentei o dia escolar até o final, mesmo aquilo me parecendo uma grande perda de tempo. O que a minha mãe disse meio que tinha feito muito sentido. Eu não sabia que sentimentos estranhos eram aqueles que eu estava tendo por Paco, mas não podia deixar que eles arruinassem a minha vida escolar.

Admito que talvez eu também estivesse com um pouco de medo do que poderia acabar descobrindo.

Mesmo assim, quando as aulas acabaram, minha curiosidade não aguentou mais e fui imediatamente para a casa de Paco.

Toquei a campainha, ansiosa.

Paco abriu a porta após apenas alguns instantes. Ele olhou para mim, parada do lado de fora, e sorriu um sorriso tímido. Meus medos e preocupações evaporaram diante daquela expressão tranquila e aliviada dele.

— Oi — disse ele.

— Oi — respondi.

Nós dois abaixamos a cabeça e sorrimos para o chão.

Ergui os olhos.

— Posso entrar?

Paco sorriu mais e deu espaço para que eu passasse. Ele fez café para mim e chá para ele e tomamos nossas bebidas com biscoitinhos em quase completo silêncio.

— Eu vi você hoje bem cedinho — resolvi dizer após um tempo.

Paco olhou para mim, parecendo surpreso.

— Viu?

— Sim. Na árvore na frente do meu quarto. Com uma arma.

Ele não tentou negar, mas também não assumiu a responsabilidade.

— Por que você estava lá? — insisti.

Ele colocou a xícara de chá de volta sobre a mesa de centro e coçou a nuca.

— Eu já disse. Tenho medo.

— Medo! — exclamei. — Medo do quê? Não vai me dizer que é dos fantasmas desta casa, porque eu juro que não...

— Medo de ele ir atrás de você enquanto ninguém está por perto para testemunhar — disse me cortando. Olhei para Paco sem saber o que dizer. Ele pigarreou e prosseguiu: — À noite, quando está sozinha na sua cama, você está completamente vulnerável. Racionalmente sei que, se algo der errado, ele virá primeiro me procurar, mas... mas eu fico pensando "E se ele resolver ir atrás dela primeiro?". Não consigo dormir, então... então eu prefiro me certificar de que ninguém vai entrar no seu quarto. Ele não costuma agir em locais públicos, por isso aproveitei para dormir quando você foi para a escola.

Paco não precisou me dizer quem era "ele". Estava óbvio que estava falando de seu pai.

— Mas por que aquela arma? — perguntei. — Ela seria capaz de impedir Eros se ele quisesse me machucar?

Paco me olhou com todo o seu medo estampado em sua expressão.

— Não tenho como ter certeza — disse, como se aquele fato o machucasse pessoalmente. — Ela é feita para imobilizar. Teoricamente Doc a criou para funcionar até nos mais poderosos, embora seja impossível ele ter testado diretamente no chefe. Mas alguma coisa deve ser capaz de impedi-lo, né?

Estendi a mão e segurei os dedos dele nos meus. Ficamos assim por alguns segundos, apenas olhando um para o outro.

— Por que você não entrou? — perguntei com um fiapo de voz. — Por que não me acordou e me chamou? Por que não dormiu no meu sofá como das outras vezes?

Paco riu sem ânimo e puxou os dedos para longe da minha mão. Esfregou o rosto com a mão boa e suspirou.

— Não posso me dar o luxo, Lili — disse ele, como se doesse muito. — Doc estava certo. Eu... Nós... precisamos tomar cuidado. Ou isso não vai acabar bem.

Assenti, concordando. As palavras dele pesaram no ambiente e o silêncio me arrepiou.

Pigarreei.

— Então, naquela primeira noite em que você disse que estava com medo da sua casa nova...

— Eu tive um pesadelo naquela noite — começou Paco, bagunçando os próprios cachos de modo pensativo. — Acordei sufocado.

— Que pesadelo? — insisti.

Ele olhou para mim de modo sombrio.

— Nada que valha a pena reviver — disse, quase sem fôlego. Qualquer um poderia perceber que ele estava profundamente apavorado. — Mas eu prometo que nunca se tornará realidade.

Estremeci inevitavelmente, mas tentei disfarçar. Cheguei mais perto de Paco no sofá e puxei a cabeça dele para o meu peito, mais ou menos como minha mãe tinha feito comigo no dia anterior. Ele não resistiu. Entrelacei meus dedos em seus cachos e apertei seu rosto para perto de mim.

— Não vai se tornar realidade — garanti com uma confiança que não era verdadeira.

Paco me abraçou e ficamos assim por vários minutos, até que ele tivesse se acalmado completamente. Então, ele se afastou de mim, me olhou nos olhos e agradeceu.

— Como está sua mão? — perguntei, puxando a mão engessada de Paco para que eu pudesse olhar.

— Está bem melhor — disse ele e, por incrível que pareça, conseguiu mexer as pontas dos dedos sem nenhum sinal de dor. — Achei que nunca fosse recuperar alguns dos movimentos.

Lembrei da conversa que tive com Doc, sobre gatos ronronando e tudo o mais, e soltei a mão engessada de Paco um tanto bruscamente sem querer. Que droga, por que era tão difícil tomar cuidado? Por que, com qualquer distração, eu me sentia cada vez mais atraída pela ideia de estar apaixonada?

— Cadê a lista? — perguntei, decidida a mudar de assunto. — Não temos que fazer ninguém se apaixonar hoje?

Paco riu de lado e pegou o celular para conferir a lista.

— Temos dez nomes para cobrir antes do próximo domingo — falou Paco. — Antes de eu precisar voltar.

Tentei ignorar o fato de que estava tremendamente chateada com o retorno de Paco para a sua própria vida. Especialmente porque aquilo significava que ele teria que sair da minha vida.

Mas daquela vez eu sabia que precisava abafar o meu surto de egoísmo. Em uma semana, Paco iria embora, porque ele *queria* ir embora.

E não havia nada que eu pudesse fazer.

36

O dia quente em pleno outono sinalizava uma grande tempestade por vir. Contudo, o sol do meio-dia não era capaz de me atingir, a não ser que eu permitisse, por causa do cinto da invisibilidade. Aparentemente, nem os fenômenos da natureza eram capazes de saber que eu estava ali a não ser que eu escolhesse ser detectada.

Eu estava deitada de barriga para baixo no gramado. Paco estava ao meu lado.

— Ela vai chegar a qualquer momento — insistiu ele pela milésima vez, meio que prevendo minha reclamação. — Só um pouco mais de paciência.

Bufei e encostei a testa na grama.

— Isso é muito chato — resmunguei.

— Eu nunca disse que seria legal — retrucou Paco simplesmente. No instante seguinte, coçou os olhos e bocejou, então eu soube que ele estava falando tudo aquilo da boca para fora. Ele estava tão cansado e entediado quanto eu.

O meu alvo daquela vez seria vítima do que Paco chamava de *amor não correspondido*.

Faltavam apenas três nomes na lista. Nós havíamos cumprido todo o resto com precisão militar e em tempo recorde. Dez alvos em menos de sete dias era uma tarefa que exigia dedicação, o que tanto eu quanto Paco havíamos entregado de sobra. Eros não havia reclamado do trabalho sequer uma única vez.

— Talvez seja um sinal pra deixarmos ela pra lá — comentei, tentando parecer casual.

De todos os dez nomes, esse me incomodava mais. Não que eu a conhecesse, mas a situação dela como alvo era, definitivamente, mais polêmica que os outros. Graças aos deuses, nenhum dos nomes envolvia pedofilia ou adultério ou quaquer problema particularmente grave. Mas o caso daquela mulher, o caso de Giovana Camargo, me deixava com o pé atrás.

A gente teria que fazê-la se apaixonar pelo seu chefe.

Isso já seria ruim o suficiente, claro. Nenhum relacionamento consegue ser genuinamente bom quando a balança de poder está desequilibrada. Ao se apaixonar, Giovana viveria pisando em ovos — qualquer passo em falso poderia arruinar sua carreira.

Mas o caso ainda piorava: seu chefe, Ulisses Figueira, era um cafajeste de quinta categoria.

O Conselho dos Cupidos havia sido tremendamente injusto ao decretar que aquela paixão deveria acontecer.

Eu já havia reclamado desse fato para Paco pelo menos umas cinco vezes, e toda vez ele respondia a mesma coisa.

— Lili, isso é sério — disse daquela vez também, invariavelmente. — Precisamos seguir a lista.

Eu sabia as implicações de não seguir a lista. Paco estava preocupado porque, se desviássemos um pouquinho que fosse do que estava escrito ali, ele não teria a mínima chance de me libertar, sem que seu pai se zangasse, do fardo de ter que me apaixonar por Augusto.

Eu sabia que ele estava fazendo tudo aquilo para o *meu* bem.

O que não significava que eu estava feliz. É difícil se sentir bem pensando na própria felicidade enquanto faz da vida dos outros um inferno.

Giovana dobrou a esquina de repente, me trazendo de volta ao plano. Ela ajeitou os cabelos que o vento insistia em bagunçar e parou na frente do carrinho de cachorro-quente.

Sentado à mesa dobrável de metal à minha frente, Ulisses avistou a moça. Ele engoliu o pedaço de cachorro-quente que mastigava e acenou amplamente, chamando-a pelo nome.

— Ughhhhh — resmunguei, batendo a testa no chão repetidas vezes.

Eu odiava aquele cara. Depois de ter tido que segui-lo por toda a manhã, era impossível não o odiar. Ele fazia parte do tipo de homem mais asqueroso que já caminhou pela face da Terra. E não estava nem aí para Giovana. Ele nunca estaria nem aí. Ele a machucaria, partiria seu coração em um milhão de pedacinhos, mas não sem antes se aproveitar da situação ao máximo.

Observei enquanto Giovana sorria para o chefe e, após ter comprado seu cachorro-quente, se juntava a ele na mesa.

— Sabadão ensolarado e você na ralação, né? — começou Ulisses.

Revirei os olhos enquanto Giovana riu, querendo impressionar.

— Não me importo — disse, dando de ombros. Ela deu uma mordida no cachorro-quente.— Pelo menos não sou a única.

Ela se referia ao fato de Ulisses também estar trabalhando naquele sábado. Realmente, era quase admirável. A maioria dos chefes coloca os empregados para fazer todo o trabalho pesado, usando o fim de semana para lazer próprio. Mas Ulisses, em vez de fazer isso, também estava no escritório com seus subordinados. Pelo menos em um aspecto de sua odiosa vida ele não era exatamente péssimo.

Então, de repente, tive uma brilhante ideia.

Ergui o pescoço, subitamente animada.

— E se a gente fizer ele se apaixonar por ela também? — sugeri a Paco.

Paco nem mesmo pensou sobre o assunto. Sacudiu a cabeça.

— A lista, Lili. Vamos só seguir a lista e nada mais.

— Mas isso é ridículo! A lista é ridícula! — protestei. Então, escorreguei meu corpo até estar bem próxima dele e disse em um tom de voz mais adorável: — Paco, e se a gente falar que foi um erro? Eles dois estão perto demais. Talvez você possa dizer que ela desviou a cabeça no momento do tiro e a seringa acertou nele sem querer!

Aquele plano fez Paco considerar minhas palavras. Ele olhou de Ulisses para Giovana e de volta para Ulisses.

— Não — disse por fim. — Meu pai não é fã de erros. Vamos seguir a lista e acabar logo com isso.

Segurei a mão de Paco e procurei seu olhar.

— Por favor — pedi carinhosamente.

Ele se permitiu olhar nos meus olhos por um longo tempo, mas em seguida puxou a mão para longe da minha.

Andava sendo assim desde a última visita de Doc: toda vez que eu o tocava ou que Paco me tocava sem querer, ele recuava, como se eu o queimasse. Eu sabia que a razão daquilo tudo era a conversa com Doc sobre estarmos sentindo algo um pelo outro e sobre como aquilo era perigoso, ainda mais agora que ele iria embora em dois dias.

Eu sabia que ele tinha razão em se afastar. Mas, toda vez que fazia isso, eu sentia uma ferida enorme se abrir no meu peito como se alguém estivesse enfiando uma faca.

— Não - insistiu Paco, desviando os olhos. — Não vale a pena arriscar.

— Paco... por favor...

Ele se recusou a olhar para mim.

Aquilo fez o meu sangue ferver.

Irritada, eu me levantei e agi por impulso. Peguei a minha debellatrix nas mãos e, sem pensar muito, atirei em Ulisses. Eu nem parei para conferir pela lupa se ele estava pensando nela, porque, conhecendo aquela mente como eu agora conhecia, ele provavelmente a estava imaginando nua naquele exato momento. Foi tudo muito rápido: minha decisão, o meu posicionamento, o tiro, a paixão de Ulisses por Giovana.

Não olhei nenhuma vez para Paco até que tudo estivesse terminado. Era melhor pedir perdão do que permissão.

Quando abaixei a debellatrix e pude, enfim, voltar a respirar, Paco se levantou também e me encarou, espantado.

— Lili, o que você fez?! — gritou ele. — Eu disse pra deixar quieto!

— Não vai fazer mal a ninguém! — argumentei, enfurecida. — Aliás, vai fazer mais bem do que mal! Vocês, cupidos, não sabem nada sobre a vida humana, não se importam com a gente! Só querem saber de se meter em tudo! Não é justo! E estou cansada de ser cúmplice desse absurdo!

Paco abriu a boca para gritar mais comigo, mas sua voz não saiu. Por fim, ele travou a mandíbula e abaixou os olhos. De seu bolso, tirou um pequeno canivete, que usou para cortar o gesso da mão quebrada.

— Paco, o que está fazendo? — perguntei preocupada, segurando seu braço.

Ele sacudiu o braço até que eu o soltasse.

— O que *você* deveria ter feito — disse ele friamente.

Terminou de arrancar o gesso e então pegou a debellatrix com a mão que antes estava machucada. Percebi imediatamente que a mão já estava curada por completo. Com a outra mão, Paco pegou a lupa de pensamentos e analisou a situação em um único instante. Então, fechou os dedos da mão direita ao redor da arma, mirou em Giovana e atirou.

Emiti um grito surpreso assim que a seringa espetou o braço da moça com precisão.

Paco lançou um breve olhar na minha direção, virou as costas e começou a caminhar para longe.

— Paco! — chamei, correndo atrás dele. — Paco, espere!

Segurei o braço dele outra vez. Ele respirou fundo e se virou para me olhar.

— Sua mão está melhor — disse eu, porque não sabia muito bem o que dizer.

— Sim — disse, sem emoção. — Parece que é hora de eu voltar pra casa.

Como se estivesse esperando uma deixa, o tema do filme de terror começou a soar. Eros estava ligando. Paco desviou os olhos dos meus e atendeu ao telefone.

Ele puxou o braço para longe das minhas mãos e caminhou alguns metros até se afastar de mim. Não o segui, apenas o observei enquanto ele tentava argumentar inutilmente com a pessoa do outro lado da linha. Por fim, pareceu resignado. Pediu desculpas e desligou o telefone.

Caminhei até ele.

— O que era?

— O que era? — Paco riu ironicamente. — Você sabe o que era! Outra bronca, claro! — Ele sacudiu a cabeça e continuou caminhando em passos apressados. Tive que me esforçar para acompanhá-lo. — Eu disse que era pra gente só seguir a lista! Não era tão difícil assim, Liliana!

— E agora? — perguntei baixinho.

— Agora ele me disse que não preciso nem me preocupar em terminar a maldita lista. Tenho até terça-feira pra... pra resolver a história toda com você — resmungou Paco, sem olhar para mim. Ele parou de caminhar e suspirou. — E *agora* eu preciso voltar pra casa e pensar em uma saída que não seja tão ruim pra nenhum de nós dois.

Engoli em seco, e ele se aproveitou da minha distração momentânea para escapar. Quando percebi, já estava longe demais para que eu o seguisse sem precisar correr.

Acima de nós, o céu relampejou e o ruído do trovão se seguiu quase imediatamente.

— Paco, espera! — gritei, saltitando na direção dele. — Espera, eu posso ajudar!

— Não, Lili — disse Paco. Quando virou seu rosto de leve, pude ver claramente suas emoções. Ele não conseguia disfarçar a expressão de pura dor. — Você já fez o suficiente.

As palavras golpearam meu peito como estilhaços de uma bomba. Naquele momento, eu estava chocada demais, ferida demais para reagir. Apenas encarei o corpo de Paco conforme ele se distanciava de mim e ficava, aos poucos, inalcançável.

A chuva começou a cair. Olhei para cima. As primeiras gotas acertaram meu rosto cansado e escorreram por minhas bochechas como lágrimas. Aí eu me lembrei de que, se não quisesse, a chuva não me molharia, e nesse mesmo instante a água parou de me atingir. Quando voltei a olhar para a frente, Paco era apenas um borrão distante.

Ele iria embora. Voltaria para a terra dos cupidos ou quem sabe para onde. Ele iria embora, e eu não podia fazer nada para impedi-lo.

Mas eu sabia *o que* deveria fazer.

Sinceramente, eu já sabia o que deveria fazer desde o primeiro momento, só que parte de mim era covarde demais para admitir. Covarde demais para admitir para Paco. Covarde demais para admitir para mim mesma.

Eu precisava me apaixonar por Augusto.

Era a única coisa que encaixaria todas as peças. Era o único jeito de libertar Paco, de libertar a mim mesma, de consertar o mundo e fechar aquele ciclo.

Obviamente, eu não *queria* aquilo. Não queria me apaixonar por Augusto, que, àquele ponto, já estava completamente desencanado de mim. No dia anterior, inclusive, eu o tinha visto passear de mãos dadas com outra menina. E ele não havia voltado a falar comigo direito ainda.

Mas o Conselho não tinha decretado que ele precisava me amar de volta ou sequer que precisávamos namorar. A única condição era que *eu* me apaixonasse.

Se fosse para alguém se magoar com amor não correspondido... Se fosse para que tudo voltasse ao normal... Se fosse para que Paco pudesse voltar à sua vida, da qual tanto sentia falta... Se fosse pelo bem de todos e a felicidade geral da nação...

Eu *precisava* fazer aquilo.

Peguei a debellatrix, que ainda estava quente do uso recente.

Hesitei. Eu não deveria atirar em mim mesma. Se desse errado, o pai de Paco ficaria furioso e todo o meu sacrifício teria sido completamente em vão.

Não.

Para que aquilo desse certo, Paco precisaria atirar em mim.

Agora que sua mão estava curada, ele poderia fazer isso.

Tomei fôlego e saí correndo em direção à casa dele. Peguei um atalho e, quando finalmente o alcancei, ele ainda não tinha dobrado a esquina da Benedito Arcuri.

— Paco! — gritei, aliviada quando o avistei.

Paco olhou para mim, confuso. Estava completamente encharcado. Escorria água de seus cabelos e pequenas gotas caíam em seus cílios, deixando-os pesados. Seus lábios molhados tremiam de frio.

Esquecendo completamente do meu propósito inicial, me aproximei de Paco e segurei seu rosto molhado em minhas mãos secas. Ele não recuou ao meu toque como das outras vezes. Apenas me encarou com igual intensidade enquanto a chuva continuava caindo entre nós dois.

Não sei dizer exatamente o que aconteceu comigo nos segundos seguintes.

Só sei que um calor invadiu meu peito e escorreu pelas minhas veias para todo o meu corpo. Olhei para Paco e tudo fez sentido de repente, como se uma montanha de sentimentos enterrada na profundidade mais inalcançável do meu ser finalmente viesse à tona.

Puxei o rosto de Paco para perto do meu, ficando na ponta dos pés para alcançá-lo.

Eu sentia sua respiração quente no meu rosto. Ergui os olhos, e ele estava me olhando de volta, petrificado.

— Lili… — protestou Paco baixinho.

Eu apenas sorri.

Quando nossos lábios se tocaram, voltei a sentir a chuva cair sobre o meu corpo e escorrer até o chão, levando embora consigo qualquer preocupação que antes houvesse cortado o meu desejo.

37

Paco me beijou. Nunca alguém tinha me beijado daquele jeito, com aquela intensidade, a ponto de fazer meu coração socar meu peito como se estivesse tentando sair de dentro de mim.

O beijo na chuva, pós-briga, era clichê. Mas Paco estava certo quando me alertou que eu um dia beijaria o chão em que o clichê havia pisado. Pelo jeito, tinha chegado o dia. Grande parte do encanto daquele nosso primeiro beijo foi o fato de ter se parecido tanto com uma cena de filme.

Paco e eu nos entregamos completamente aos instintos, às vontades, às emoções.

Por muito tempo, eu havia negado o que queria. Mas agora eu estava exposta.

E ele também.

Paco afastou o meu rosto gentilmente por um instante e olhou nos meus olhos.

— Lili — repetiu em um tom de voz diferente. Era o tom de alguém que estava inteiramente rendido aos próprios desejos. Nunca alguém havia dito meu nome daquele jeito. Senti meu corpo inteiro formigar de prazer e voltei a beijá-lo.

Nós entramos na casa de Paco e deixamos um rastro de água por toda a sala e pelo corredor até seu quarto. Depois, tiramos as roupas molhadas, mais por praticidade do que por sensualidade. Em um instante, nós éramos duas figuras ensopadas. No instante seguinte, lá estava Paco na minha frente, em toda a sua glória, seu peito descoberto molhado por pequenos resquícios da chuva. E ele era lindo.

Eu sorri e, quando o beijei, nossos lábios ferventes aqueceram o resto do nosso corpo.

Naquele momento, tudo parecia tão certo e tão deliciosamente divertido que ficava muito difícil entender por qual motivo havíamos evitado por tanto tempo.

É claro que nós dois estávamos bem conscientes das razões de nunca termos feito aquilo antes, que inclusive eram as mesmas razões para pararmos imediatamente. No entanto, nenhum de nós quis parar ou dizer qualquer coisa a respeito.

Nenhum de nós comentou sobre qualquer uma das coisas óbvias que certamente estavam passando tanto pela minha cabeça quanto pela dele.

Nenhum de nós disse "Nós não deveríamos estar fazendo isso...".

Ou...

"Isso vai mudar tudo entre a gente..."

Apenas seguimos o fluxo.

Paco olhava em meus olhos, não tinha medo de mim. Ele estava se colocando de bandeja na minha frente, completamente vulnerável. Ele sabia que, se eu quisesse, poderia feri-lo. Mas ele também sabia que eu não queria. Porque ali estava eu, igualmente indefesa.

Paco traçou uma trilha de beijos do meu rosto ao meu pescoço, me fazendo estremecer. Suas mãos quentes envolveram minha cintura enquanto ele me guiava para a cama. Deitamos, e seu corpo pesava sobre o meu enquanto ele me beijava, sua pele ardia contra a minha. Guiei suas mãos, dizendo a ele como me tocar e mostrando de que jeito eu gostava. Depois, peguei uma camisinha na mesa de cabeceira, mostrei a ele como usar e me entreguei. E foi tão perfeito que senti como se eu estivesse flutuando em meu próprio corpo, atravessando as sete camadas do paraíso.

Quando tudo acabou e Paco se deitou ao meu lado, ofegante, comecei a rir. Não por achar graça da situação, mas por ser inundada por uma maravilhosa sensação de liberdade e prazer. A risada brotava do meu interior e escapava dos meus lábios como se eu fosse uma criança travessa.

— Por que está rindo? — perguntou Paco, divertido. — O que foi?

— Nada... Nada. Eu só... tô feliz.

E era a mais pura verdade. Eu estava feliz. Eufórica! A mais pura alegria borbulhava pelo meu corpo e saía dos meus lábios em forma de risada, fazendo o mundo parecer se encaixar em um estado de perfeição supremo.

Paco sorriu e começou a rir junto comigo.

Então, me envolveu e me puxou para um abraço.

— Eu acho que amo você — sussurrou ele, beijando o topo da minha cabeça.

— Eu acho que eu também — murmurei de volta sem nem pensar duas vezes.

E, então, percebi que era verdade.

Por mais absurdo e improvável que fosse, era verdade. Mesmo tendo conhecido ele há pouco menos de um mês. Mesmo sem seringa do amor espetada em minha pele. Mesmo sem nada disso.

Eu estava apaixonada, era inegável.

Paco bateu no vidro do boxe com os nós dos dedos.

— Liliii — resmungou em tom divertido. — Vai logoooo! Eu estou com frio também!

Rolei a porta até ficar cara a cara com ele. A água continuava caindo sobre os meus cabelos e pelo meu rosto, escorrendo pelo meu corpo.

— Eu já disse que você pode entrar aqui comigo se quiser — cantarolei, segurando a mão dele.

Paco apoiou a mão na parede do boxe para evitar que eu o puxasse completamente para debaixo da água.

— E eu já disse que esse boxe é pequeno demais pra nós dois.

Eu continuei puxando-o mesmo assim até que ele cedeu. Estava só de cueca, então não tinha tanto problema assim se molhar. Sorri, satisfeita, e segurei seu rosto para baixo para poder beijá-lo.

A água caía por cima de nós dois enquanto nos beijávamos em silêncio, imitando o cenário na chuva algumas horas antes. Ficamos assim por alguns minutos, até que a água conseguiu se infiltrar em nossas bocas e precisamos interromper o beijo para cuspir. Caímos na risada.

Paco olhou para cima e eu segui o olhar dele.

— A conta de água vai vir cara — disse, embora não parecesse estar seriamente preocupado.

— Sim, e o planeta vai nos odiar pelo desperdício — concordei.

Paco acariciou minha bochecha e se afastou.

— Termine logo o banho — pediu, tentando não sorrir, enquanto balançava a cabeça para secar o cabelo como um cachorrinho molhado. Fiz um biquinho e sinalizei para que ele voltasse. Paco riu. — Sério, Lili. Não me vem com essa cara. Eu preciso tomar um banho também, antes que morra aqui de pneumonia.

Revirei os olhos e concordei.

— Ok, mas seu *shampoo* acabou — informei, virando o tubo vazio para demonstrar. — Não tenho como terminar esse banho sem *shampoo*.

Paco achou graça daquilo, mas compreendeu. Também, né? Com aqueles cachos loiros divinos, o mínimo que se podia esperar era que ele compreendesse as necessidades de um bom tratamento capilar.

— Tenho um novinho na despensa — informou. — Espera aí.

Ele ameaçou sair, mas segurei seu braço.

— Ei! — chamei. — Espera.

Ele se virou para mim, surpreso, quase preocupado.

— O que foi?

Sorri de lado e fiquei na ponta dos pés para beijá-lo novamente.

Quando Paco saiu do banheiro, fechei os olhos e deixei a água cair livremente pelo meu corpo, escorregando pela minha pele quente. Passei as mãos pela barriga, quase conseguindo sentir o toque das mãos de Paco que tinham estado ali apenas alguns segundos antes, e sorri comigo mesma.

Por que é que eu tinha tido tanto medo daquilo?

De me apaixonar?

Por que é que eu tinha me dedicado por tantos anos a evitar que acontecesse comigo?

Era tão... tão delicioso... tão... sincero... tão revigorante!

Sorri, escorregando os dedos pelos cabelos molhados, juntando-os atrás em um rabo de cavalo improvisado.

Eu tinha tido tanto medo de me apaixonar e agora... E agora eu só queria mais! E mais e mais e mais! Para sempre!

Um barulho alto vindo de dentro da casa me tirou da bolha de pensamentos bons. O som tinha sido abafado pelo rufar da água que caía no chuveiro, mas eu tinha quase certeza de que havia sido real.

— Paco? — chamei, preocupada. Quando ele não me respondeu, desliguei o chuveiro e repeti. — Paco!

Abri o boxe lentamente e comecei a andar na direção do quarto, incerta.

— O que é isso? — disse uma voz que definitivamente não era a de Paco. — A garota está aqui? Ela ainda está aqui?

Apesar de ter ouvido aquela voz apenas uma vez antes, ao escutar a ligação de outra pessoa, eu a reconheci imediatamente.

Houve uma grande pausa. Voltei para dentro do banheiro, me escorei na parede e tentei ficar em completo silêncio. As gotas escorriam do meu corpo molhado, formando uma pequena poça no chão.

Se tudo o que Paco havia me dito sobre o seu pai fosse minimamente verdade, eu estava ferrada.

— Era ela no chuveiro? — A voz de Eros quase riu. — Pacífico. Você *dormiu* com essa garota?

— Pai... — A voz de Paco saiu rouca e submissa.

— Ela ainda está no banheiro — constatou Eros, parecendo achar graça. Eu percebi que sua voz estava chegando cada vez mais perto, o que significava que ele vinha na minha direção.

— Não! — gritou Paco de repente. Vi seu vulto se posicionar de modo protetor na porta aberta do banheiro. Os braços de Paco se abriram para bloquear a entrada completamente. — Não! Por favor, não! — insistiu, em um tom suplicante.

Prendi a respiração e fechei os olhos, como se aquilo fosse ajudar alguma coisa.

Um grande silêncio se seguiu. Após um tempo, Eros deve ter parado de ameaçar entrar no banheiro, porque, quando abri os olhos, Paco estava baixando os braços e adotando uma postura um pouco mais relaxada. Engoli em seco, me sentindo um pouco aliviada, embora soubesse que ainda não estava totalmente segura.

— Sabe... — começou Eros, em um tom condescendente. De fato, sua voz parecia vir de mais longe, como se ele tivesse mesmo se afastado. — No começo, não acreditei que pudesse ser verdade. Sua irmã, Capitolina, foi quem viu a luz se acender. Eu tinha visto a luz da Coração de Pedra, é claro, mas, quando percebi que ela tinha se apaixonado por você, eu imediatamente soube que havia algo errado nesta equação. Porém eu não poderia culpá-la. Você tinha as seringas, moleque! Você era o responsável pelo trabalho! — Ele deu uma risada sarcástica. — Então sua irmã veio me avisar que a *sua* luz havia se acendido também e que havia se acendido por uma AP! E sabe o que mais a sua irmã me disse? Ela me disse que a sua luz já tinha se acendido antes, no mês passado. E me confessou que omitiu o seu erro por benevolência e porque, logo nos dias seguintes, a luz se apagou, então ela achou que não teria problema. Não teria problema! Hah! Consegue acreditar nisso? Agora, aqui estamos nós nesta situação deplorável! Sabe o que eu fiz com a sua irmã, Pacífico? Sabe qual foi a punição dela pelo pecado da omissão, por permitir que a semente de toda essa confusão fosse germinada?

— Não, senhor.

— Bem, para começo de conversa, ela perdeu o cargo na sala de supervisão — disse Eros. — Condenei-a a duas décadas de serviços comunitários.

A vida não está fácil pra Capitolina, Pacífico. E, você vai concordar comigo, a transgressão da sua irmã foi bem menor que a sua. Então, moleque, o que acha que devo fazer com você?

Paco não respondeu.

— Hum — fez Eros. — Sempre soube que você não era dos mais brilhantes, mas nunca imaginei que fosse assim tão burro. Você é um rapaz crescidinho, Pacífico. Se tivesse cometido um erro, se tivesse se espetado sem querer, sei que teria vindo antes confessar seu erro. Mas isto... — Eros estalou a língua. — Isto tudo me parece meticulosamente calculado. Você sentiu atração por uma AP, então espetou a própria pele, foi isso? E ela, Pacífico? Onde entra a grandiosa Liliana Rodrigues no cenário? Ela, por um acaso, sabia no que estava se metendo? — Eu parei de respirar novamente, porque podia escutar seus passos se aproximando do banheiro outra vez. — Ela sabia da punição que a aguardava por ter servido como um mero joguete pra você?

Paco voltou a erguer as mãos, bloqueando a porta.

— Não! — implorou. Percebi que estava chorando. — Por favor! Faça o que quiser comigo, mas deixa a Lili fora disso!

Eros soltou uma risada barulhenta.

— Ama mesmo essa garota, *Paco*? — perguntou ele, usando o apelido como forma de ofensa. — A debellatrix de Docherty não seria capaz de fazer tudo isso, ainda mais em um cupido quase adulto. Não. Há algo intrinsecamente errado com você. É triste quando a boa genética nos falha — declarou Eros em tom frio. — Agora, chegue para o lado. Por mais que queira tomar todas as dores, você sabe que não é assim que funciona. Você sabia desde o início. O sangue dessa garota está em suas mãos.

Paco não cedeu, embora eu pudesse ver pela postura de seu corpo que ele estava cansado de lutar.

— Não, não, não — insistiu ele, com a voz bloqueada pelas lágrimas. — Você não precisa fazer isso, pai! Sabe que não precisa!

— Pacífico, você é meu filho, e por isso tem a imunidade política a seu favor. Abrace isso como uma bênção, porque você não receberá de mim nenhum outro tipo de tratamento especial. Todo erro tem sua prestação de contas. Agora, se afaste da porta, ou os rapazes vão precisar arrancar você à força.

Em um movimento ágil, Paco saltou para dentro do banheiro e fechou a porta atrás de si, trancando-a e usando o peso do corpo para mantê-la fechada. Ele enxugou as lágrimas rapidamente, mas seu rosto angelical estava furioso e vermelho.

— Lili — disse ele, jogando para mim o roupão pendurado atrás da porta do banheiro. — A janela!

Eu me vesti apressadamente e olhei para a minúscula janela do banheiro. Ela era pequena demais, mesmo para mim, além de ser muito alta para que eu a alcançasse.

— Rápido, Lili! — insistiu Paco, quando as fortes batidas começaram na porta atrás dele. — Você tem que ser bem rápida! Corra e não olhe para trás! Mude de cidade, se puder! Deixe a sua vida pra trás e suma! Lili, isso é muito importante! Você precisa me prometer que vai fazer isso, ou eles vão encontrar você, Lili! E eu não sei o que eles fariam com...

— Pacífico! — A voz de Eros retumbou do lado de fora. — Abra esta porta imediatamente!

Eu estava molhada e com medo, e agora Paco queria que eu pulasse a janela e fugisse da minha vida para sempre. Talvez ele também estivesse com tanto medo que não reparasse no absurdo daquele comando, mas isso não significava que não tinha sido completamente ridículo.

Ainda assim, fugir era, pelo jeito, minha única opção.

Apertei o laço do roupão de forma decidida.

Tentei não pensar que era improvável que eu escapasse a tempo, ou que fugir daquele jeito, desaparecer do mapa, era provavelmente impossível. Tentei não pensar que, para qualquer lugar que eu fosse, Paco não estaria lá, ele não iria junto comigo. Ele ficaria e enfrentaria a fúria de seu pai e de seu povo por ter quebrado as regras. Por ter me amado.

Tentei não deixar minha cabeça divagar para muito longe. Paco havia me dado uma missão, e eu me concentrei em cumpri-la.

Olhei para a janela e me equilibrei no vaso sanitário para alcançá-la. Meus dedos arranharam a parede de forma desesperada. A cada nova batida na porta, eu ficava mais ansiosa para escapar e encontrava mais força de vontade. Quando consegui finalmente abrir a janela, meus dedos já estavam sangrando. Tentei escalar a parede, me pendurando na janela para poder pular, mas era impossível. Nem a minha cabeça conseguia passar por aquele buraco, muito menos o resto do meu corpo.

Paco percebeu imediatamente o fracasso do plano. Talvez até antes de mim.

— Lili... — chamou ele, em tom cansado.

— Não dá — disse eu, chorando. — Não dá, é muito pequena!

— Lili, vem aqui... — insistiu Paco. Ele tinha se sentado na frente da porta, ainda usando seu corpo para bloqueá-la.

Desci do vaso e corri até ele, me ajoelhando ao seu lado. Paco me abraçou e beijou o topo da minha cabeça. Era o fim, e nós dois sabíamos. Tudo o que nos restava era aproveitar os últimos segundos enquanto a porta atrás dele era esmurrada a ponto de fazer nossos corpos estremecerem.

Quando finalmente conseguiram arrombar a porta, Paco ainda me beijava. O nosso último beijo. A despedida.

No instante seguinte, arrancaram Paco violentamente de perto de mim. Senti como se tivessem arrancado um pedaço do meu corpo com um machado cego. Acho que tentei gritar seu nome, mas foi inútil, porque, logo em seguida, alguns dos soldados de Eros seguraram as minhas mãos e taparam a minha boca.

Eros entrou desfilando no banheiro. Seus sapatos finos faziam os passos ecoarem quase ensurdecedoramente pelo piso de cerâmica.

Ele não era nada como eu esperava. Não se parecia com Paco, nem mesmo um pouco, e não se parecia com o deus grego do amor das pinturas. Ele também não era o diabo encarnado, como eu tinha passado a acreditar quando comecei a ouvir as primeiras histórias sobre ele. Não. Era um homem comum.

Talvez só não tão comum porque era estonteante, como todos os outros cupidos que eu já havia conhecido.

Ele tinha a pele bronzeada e os cabelos negros. Olhos verdes que brilhavam como os de um gato. Seu sorriso era perfeito. O rosto, simétrico. O corpo era uma verdadeira obra de arte.

Ele parou à minha frente, me analisando com olhos curiosos.

— Liliana Rodrigues — disse, saboreando os sons do meu nome. Soltou um sorriso torto, me olhando de cima a baixo. — Finalmente nos conhecemos. — Após uma pausa dramática irritante, continuou: — Espero que saiba, Liliana, que você arruinou a vida do meu filho. E agora é a hora de você pagar por isso.

Ele virou as costas e me deixou sozinha com os soldados.

Assim que Eros saiu, o pânico que me imobilizava finalmente se estabeleceu o suficiente para que eu me acostumasse a ele e me libertasse de sua maldição. Tentei usar as minhas técnicas de defesa pessoal para escapar, mas os soldados eram muitos e incrivelmente fortes. Qualquer tentativa se mostrou completamente inútil.

Por fim, eu apenas parei de lutar e deixei que me levassem.

— Liliana Rodrigues Sevedo, pelo poder investido em mim como reforçador das ordens e cumpridor da paz de Eros, decreto publicamente que você está sendo apreendida sob acusações de sedução ilegal, corrompimento de *Sanguiniscupitus* e espionagem — disse um dos soldados em voz alta, enquanto eu era arrastada para fora da casa. — Por tais acusações, você, Liliana Rodrigues Sevedo, será julgada e devidamente punida.

38

Eu não sabia quantos dias tinham se passado.

Eles não estavam me torturando. Não fisicamente. Mas deixar uma pessoa em uma sala sem janelas até que ela perca toda a noção de tempo é, sim, uma espécie de tortura. Isso não se faz. Ou... não deveria ser feito.

Mas até que minha cela era confortável, limpa e espaçosa. Eu recebia refeições regularmente.

Acho que poderia me considerar com sorte. Afinal, eles não haviam me matado.

Ainda.

— Liliana, se você não falar comigo, não vou poder ajudá-la! — insistiu Doc pela milionésima vez, segurando as minhas mãos e tentando me obrigar a quebrar meu suposto voto de silêncio que havia se iniciado no ato da minha prisão.

Olhei para ele pela primeira de todas as vezes em que ele tinha vindo me visitar antes.

— Ah, porque se eu falar com você, vai me ajudar? — disse eu, sem ânimo. — Doc. Não há nada que você possa fazer.

— Quero entender o que aconteceu — insistiu Doc. — O exame de sangue de vocês mostrou resultado negativo para a presença do elemento X78, o que significa que vocês não usaram a debellatrix nem as seringas. Mas, mesmo assim, as luzes se acenderam, confirmando a sua paixão. Por quê?

— Eu não sei — disse, já cansada de ignorar a minha provável única amizade dentro daquele lugar. — Nós não fizemos nada. Apenas... aconteceu.

— Vocês se apaixonaram — disse Doc. — Espontaneamente?

— Acho que sim — respondi. Quer dizer, eu não me sentia escrava daquele amor nem nada assim, mas o que quer que eu estivesse sentindo tinha vindo a mim de forma espontânea e natural. Paco e eu não havíamos forçado nada. Não havíamos nos espetado com seringa nenhuma.

Doc soltou uma risada incrédula.

— Sabe o que isso quer dizer, Liliana?! Sabe o que quer dizer para a religião, para a ciência, para o mundo?! Tem a mínima ideia disso? — Doc estava eufórico. — Você e Paco... Vocês simbolizam o início de algo magnífico! O retorno do Verdadeiro Amor! Liliana, você é uma peça importante do grande jogo! Com esse argumento, eu talvez possa salvá-la!

A última frase dele me pegou completamente desprevenida.

Salvar?

Mas eu achei que não houvesse mais como me salvar...

— E Paco? — Fiz a pergunta que me sufocava todos os dias. — Como ele tá?

Parte de mim queria que Paco estivesse sofrendo tanto quanto eu, afinal, se havíamos pecado, havíamos pecado juntos e igualmente. O meu lado sensato, porém, não conseguia suportar a ideia de vê-lo mal e ansiava por saber notícias que me permitiriam voltar a dormir em paz à noite, comprovando que ele estava bem.

Doc ficou em silêncio por um longo tempo.

— Ele... confessou os crimes — informou Doc, em tom triste. — Por livre e espontânea vontade. Acho que pensou que isso ajudaria você de alguma forma.

— E o que o pai dele fez?

— Nada. Ainda. Eros decidirá o castigo de Paco assim que tiver decretado a *sua* sentença e punição. Talvez ele perceba que punir você já é castigo o suficiente para Paco... — Ele fez outra pausa. — Fora isso, o Paco está... Bem, você vai vê-lo amanhã, no seu julgamento — disse por fim.

Então, se despediu de mim sem enrolações, e me deixou novamente sozinha com os meus pensamentos naquela solitária.

Logo pela manhã (ou eu supus que *fosse* de manhã, já que eu tinha acabado de acordar), uma equipe de cupidos silenciosas veio me acordar. Sem dizer uma palavra, elas se entregaram ao ato de me deixar impecável para a presença de Eros. Duas delas cuidaram de dar um jeito no meu cabelo, enquanto outra lavava o meu corpo e as demais se ocupavam de tarefas mais simples, como fazer minhas unhas e escolher a roupa que eu vestiria.

Tentei arrancar delas algumas respostas.

Como seria o julgamento?

Eu teria direito a um advogado?

Como estavam meus pais? E Augusto? Estavam preocupados com o meu sumiço? Tinham recorrido à polícia para me procurar?

Ninguém me disse absolutamente nada.

Quando terminaram de me arrumar, fui guiada para fora da cela. Não sabia quando tinha sido a última vez que havia visto o céu e confesso que quase chorei quando isso aconteceu. Eu estava certa: era de manhã. O céu estava azul e quase sem nuvens, mas o calor era ameno. Fechei os olhos e deixei que o toque do sol banhasse o meu rosto.

Passamos por uma passarela até chegarmos a um grande prédio central. Dentro desse prédio havia uma sala, e dentro dessa sala seria o meu julgamento.

— Lili! — gritou uma voz assim que atravessei as grandes portas do saguão.

Meu coração deu um salto.

Paco.

Eu me voltei na direção da voz, sentindo o peito entrar em colapso. Paco. Era ele! Era ele mesmo! O único rosto familiar no meio de toda aquela gente, digo, cupido.

Eu quis correr até ele, mas os meus carcereiros impediram que eu me movesse.

Paco também estava sendo detido, mas a situação dele era indiscutivelmente menos pior que a minha: ele tinha apenas um guarda ao seu lado, não seis. Suas mãos, ao contrário das minhas, estavam livres. Ele parecia saudável e sem ferimentos, e estava vestindo um terno de corte impecável que o fazia parecer majestoso e divino. Ainda assim, ao me ver, pareceu ter sido atingido por uma onda incontrolável de emoções. Ele se soltou do aperto de braço de seu guarda e veio correndo até mim.

— Lili! — exclamou, bem perto e querendo se aproximar mais, mas sendo barrado por um dos meus guardas. — Você tá bem? Machucaram você?

— Não ainda — consegui dizer. E apenas com um fio de voz perguntei: — Paco, o que vai acontecer agora?

Paco empurrou um dos meus guardas para longe, conseguindo se aproximar o suficiente para poder segurar o meu rosto.

— Por favor, me perdoe por isso tudo — implorou, lutando com os demais guardas para poder continuar perto de mim. — Eu juro que vou tirar você daqui, de alguma forma.

— Eu estou com medo — disse eu.

Nessa hora, o guarda que Paco tinha empurrado primeiro voltou, parecendo furioso. Ele tentou arrancar Paco de perto de mim, mas Paco simplesmente o empurrou de volta e me abraçou. Senti quando uma de suas lágrimas caiu no meu rosto.

— Eu também — confessou ele, baixinho. — Mas vai dar tudo certo.

No instante seguinte, os guardas tiveram sucesso em arrancar Paco de perto de mim. Quando ele se afastou, senti o meu corpo ficar mais frio.

Eros entrou no salão, fazendo todos pararem e olharem para ele. Ao meu redor, todos o reverenciaram, até mesmo Paco. Menos eu.

Os olhos de Eros pararam em mim e na minha falta de reverência e um sorriso estranho perpassou seus lábios. Percebi mais tarde que, se eu fosse uma pessoa minimamente inteligente, eu teria feito a droga da reverência. Se eu fosse uma pessoa minimamente inteligente, eu estaria beijando os pés de Eros, implorando, para tentar ter uma mísera chance que fosse de sobreviver àquele julgamento. Mas acho que já deve ter ficado bem claro que eu nunca fui uma pessoa muito inteligente.

— Que comece o julgamento! — anunciou Eros, fazendo um sinal para que todos parassem com suas reverências.

Eros se sentou na cadeira do juiz, logo à frente. Os guardas me guiaram até uma cadeira à direita de Eros, que parecia ser reservada aos réus. Paco foi direcionado ao espaço dos espectadores.

Observei a plateia com a sensação de já estar sendo julgada. Todos me encaravam com um indiscreto interesse, semelhante ao que temos quando vemos um besouro preso dentro de um pote de vidro.

A única outra pessoa que eu conhecia naquele grupo, além de Paco, era Doc. Ao me ver, o médico se permitiu um minúsculo sorriso — tão pequeno que, sinceramente, não tenho certeza de ter sido real.

Aquele lugar não era como um tribunal comum. Não havia espaço para o júri nem para a defesa, ou mesmo para a acusação. Só havia Eros, na cadeira de juiz supremo; o público curioso, sentado em assentos organizados em uma espécie de arena; eu, a acusada, no canto; e uma cadeira vazia à esquerda de Eros.

Quando todos haviam se sentado e o burburinho da conversa foi diminuindo, eu me ergui, num surto de valentia, e me virei para Eros.

— Não tenho direito a um advogado?

Ele apenas olhou para mim por um longo tempo sem dizer nada, como se não pudesse acreditar que eu tinha tido a ousadia de lhe dirigir a palavra.

— Seu advogado será a verdade — disse Eros finalmente. — Assim como seu acusador.

— Isso não faz sentido nenhum! — protestei, sentindo o meu medo intensificar a minha coragem. — Quem determina o que é verdade e o que deixa de ser?

A minha pergunta pesou no ambiente sem ser respondida.

Eros apenas respirou fundo e bateu uma mão na outra cerimoniosamente.

— Que entre a primeira testemunha — anunciou ele.

Uma moça jovem e incrivelmente bonita se levantou e, timidamente, se sentou na cadeira vazia à esquerda de Eros. Ela não olhou para mim em momento algum, mas manteve seu olhar fixo em Paco.

— Diga o seu nome e o que incentivou a sua manifestação — comandou Eros.

A moça abaixou os olhos.

— Meu nome é Luci Sanguiniscupitus — disse ela, mordendo os lábios no final da frase. *Luci*, eu pensei. *A noiva de Paco.* — O que incentivou a minha manifestação foi o meu dever como cidadã.

— Muito bem — disse Eros. Ele pegou um papelzinho de cima da sua bancada e o leu com uma pompa forçada. — A ré é Liliana Rodrigues Sevedo. Ela está sendo acusada de sedução ilegal, corrompimento de *Sanguiniscupitus*, espionagem, falsidade ideológica e uso indevido de equipamentos governamentais. — As duas últimas acusações eram novas, então deviam ter relação com o fato de Paco haver confessado, como Doc tinha me dito. — Quais evidências, contra ou a favor, você, Luci Sanguiniscupitus, veio hoje mostrar a este tribunal?

Luci olhou para mim pela primeira vez. Seus olhos eram castanhos profundos e tão adoráveis quanto todo o resto de seu rosto. A noiva de Paco era realmente estonteante, e uma parte de mim se sentiu inevitavelmente ameaçada por sua beleza. O ciúme borbulhou no meu estômago, enchendo a minha boca com um gosto amargo. No entanto, a beleza de Luci e o meu ciúme eram os menores problemas que eu tinha naquele momento, afinal ela estava lá para depor contra mim, e isso poderia me custar a vida.

— São evidências contra — começou ela, devagar. — Como vossa excelência sabe, seu filho Pacífico e eu temos um compromisso e...

— Tínhamos — interrompeu Paco.

Eros o calou com um olhar severo.

— *Tínhamos* um compromisso — continuou Luci. — Conheço Pacífico desde que éramos bem pequenos e eu sei, ou melhor, eu tenho *certeza* de que ele nunca faria uma coisa dessas com a própria carreira, com a própria família e com a própria noiva.

O pior de tudo é que eu sabia que Luci não estava dizendo aquelas coisas por maldade. Estava apenas revelando fatos que acreditava serem relevantes para o meu julgamento. O único problema era que ela não tinha informações suficientes para montar uma linha de raciocínio que não fosse incrivelmente parcial.

— Estou aqui para dizer que, qualquer que tenha sido o erro cometido por ele, foi essa AP... essa... Liliana... Foi ela quem corrompeu Paco. Pacífico. Foi tudo obra dela. Quero declarar que a considero culpada de todas as acusações, além de também ter sido responsável pelos danos morais causados a mim pelo modo como afetou meu noivo.

— *Ex*-noivo — resmungou Paco, em tom alto o suficiente para que todos o ouvissem.

Uma mulher ao lado dele segurou seu braço e murmurou alguma coisa para que ele se acalmasse. A mulher era provavelmente uma parente sua, porque se parecia incrivelmente com ele. Podia ser sua irmã gêmea, com os mesmos cabelos loiros cacheados, os mesmos olhos violetas, a mesma beleza etérea. Paco respirou fundo e se deixou ser acalmado pela bela mulher.

Eros agradeceu Luci pelo depoimento e convocou a próxima testemunha, que era a mulher loira que eu estivera observando pelos últimos minutos.

Ela se sentou na cadeira das testemunhas e olhou diretamente para mim enquanto anunciava seu nome e sua motivação. Cecilie Solberg. Mãe de Paco.

Mãe?

Fiquei surpresa por apenas alguns segundos até me lembrar do que Doc havia me dito sobre cupidos envelhecerem de modo diferente. Ela não parecia nem mesmo um dia mais velha do que trinta anos de idade.

Cecilie tinha um olhar doce e um rosto sereno. Ela olhou para mim e quase sorriu.

— Por mais que Luci tenha tido boas intenções — começou Cecilie —, receio que ela não tenha dado crédito suficiente ao nosso filho. O Paco é um rapaz íntegro e de forte vontade própria, Eros. Você bem sabe. Se a garota deve ser culpada por qualquer coisa, eu questiono as acusações de corrompimento. Não sei quanto às outras, afinal não conheço a Liliana bem o suficiente para pôr minha mão no fogo por ela.

Eros soltou uma risada sonora e incrivelmente inapropriada para aquele ambiente.

— Mesmo que Pacífico *fosse* um rapaz de forte vontade própria, querida Cecilie, nós dois sabemos que ele não teria herdado isso de você. Não colocaria a mão no fogo pela Liliana, mas pelo seu filho sei que colocaria o corpo inteiro — disse ele, mas mais como se a desprezasse por aquilo do que como um elogio. — Se você pretende vir a este tribunal e deixar que seu filho a utilize como um fantoche, peço que poupe seus esforços. Pacífico terá a vez dele de falar. Agora, saia da cadeira.

Com um simples gesto, Eros comandou que dois de seus guardas escoltassem Cecilie para longe da cadeira das testemunhas.

Depois disso, vieram as outras testemunhas.

A irmã de Paco, Capitolina Sanguiniscupitus, veio relatar sua versão dos fatos, desde o instante em que tinha visto a luz de Paco se acender momentaneamente na sala de comandos, naquele primeiro dia, até a hora em que a luz havia voltado a acender, brilhando mais forte ainda, no dia em que fomos capturados.

Alguns outros conhecidos de Paco depuseram contra mim ao afirmarem que aquelas transgressões não eram do feitio do "Grandioso Pacífico" e blá-blá-blá.

Algumas "testemunhas oculares" também depuseram: cupidos que atuavam na minha cidade afirmaram terem visto Paco e eu juntos passeando por aí; disseram que só não denunciaram antes porque não sabiam que eu era uma AP; tendo reconhecido Paco como filho de Eros, não esperavam que ele fosse andar com APs, mas "certamente a garota teve sucesso em corrompê-lo".

Por fim, alguns especialistas deram seus pareceres: um Guardião da Lei, fosse o que fosse aquilo, explicou ao tribunal o quanto as leis que eu havia quebrado eram importantes para a sobrevivência da sociedade; um agente do serviço especial do governo reforçou o quão sérias eram as acusações de espionagem e sugeriu que eu estava prestes a contar ao mundo todo sobre a existência dos cupidos; um terceiro especialista, que na verdade acho que não era especialista em nada e estava lá apenas para atiçar as chamas, disse que, se me deixassem sair impune, a moral do universo entraria em colapso.

Eu estava cansada de ficar sentada ali e escutar todas aquelas baboseiras contra mim. Constantemente eu olhava para Paco em busca de ajuda, mas tudo o que ele podia fazer era olhar para mim de volta compartilhando do meu sofrimento, porque, após diversos comentários tentando me defender, Eros havia dito que se Paco abrisse a boca mais uma vez sem ser solicitado ele seria expulso do tribunal e perderia sua chance de argumentar.

Então, finalmente, recebemos uma testemunha a meu favor.

Era Theodor Mitchell, especialista no caso do Alma Livre.

Ele se sentou na cadeira das testemunhas e começou um longo discurso sobre o ótimo trabalho que eu havia feito como cupido, sobretudo com os casos que não estavam na lista do Conselho. Ele completou dizendo que, apesar de minhas ações terem sido equivocadas, meus instintos tinham sido bons, e eu acabara causando mais bem do que mal. Por aquela razão, era impróprio que me punissem.

Quando seus olhos pousaram nos meus, no fim de sua fala, agradeci com um gesto de cabeça, mas ele apenas desviou o olhar. Pelo jeito, ele só havia proferido aquele imenso discurso a meu favor por pura noção do que era certo e errado, e não por compaixão por uma mera AP. Se parasse para pensar, era um comportamento bem típico de cupidos e, àquele ponto, eu já estava acostumada. Suspirei, resignada.

Eros agradeceu o tempo e a dedicação de Theodor no caso e, despedindo-se dele, chamou a próxima testemunha.

A próxima testemunha era Paco.

39

Paco evitou os meus olhos enquanto caminhava até a cadeira das testemunhas, mas havia definitivamente um brilho especial de determinação em seu rosto. Eu lembrei do que ele tinha me dito, que nunca iria deixar que me machucassem e...

Quando se sentou, Paco lançou um breve olhar na minha direção e sorriu nervosamente.

— Seu nome e suas motivações — pediu Eros.

— Todos aqui sabem quem eu sou — disse Paco, cansado. — E quanto aos meus motivos, o meu interesse é dar à Liliana uma chance de que vejam seu lado da história.

— Que conste nos registros o fato de o sujeito irreverente na cadeira das testemunhas ser Pacífico Sanguinuscupitus. Meu... filho. — Eros sorriu de lado ironicamente. — Pelo menos até que eu decida deserdá-lo, o que pelo jeito vai ser muito em breve.

Paco ficou sem reação por uns três segundos, antes de respirar fundo e parecer ignorar aquela ameaça fria do pai.

— É injusto que nenhuma das testemunhas até agora conhecesse a Lili o suficiente para dizer qualquer coisa a respeito do caráter dela. É injusto, porque... nenhuma das testemunhas que poderia fazer isso foi sequer convidada! Se pudéssemos chamar os pais da Liliana... ou seu irmãozinho... ou as amigas da escola... ou o Augusto até! Tenho certeza de que eles diriam maravilhas a respeito da Lili! — Eros abriu a boca para protestar, mas Paco apenas ergueu as mãos pedindo que ele aguardasse. — Mas eu sei que nada disso é possível. Não podemos trazer essas testemunhas para cá sem agravar o problema. E é por isso que eu quero ser o porta-voz da Liliana hoje.

Então, me empertiguei na cadeira, mordendo o lábio inferior para conter um sorriso.

Meu coração batia de um jeito estranho, e eu sabia que Paco era o responsável por todos aqueles sentimentos esquisitos que eu não conseguia evitar. As sensações me tomavam, apesar da raiva que me subia quando eu pensava que Paco, além de ser o motivo da minha alegria, também era a razão da minha situação física e legal naquele tribunal.

O fato é que eu estava apaixonada.

Vê-lo ali era o suficiente para me fazer derreter de amores. O fato de ele estar na cadeira das testemunhas, prestes a dizer um bocado de coisas para tentar me salvar... Ah! Isso praticamente me mandava para uma outra dimensão de tanta euforia.

Então, Paco abriu a boca e começou a me defender.

— Liliana Rodrigues Sevedo — disse ele, se levantando da cadeira para poder caminhar pelo salão como um advogado de filme, reforçando seu apelo final ao júri. — Muitos aqui provavelmente já tinham ouvido falar dela muito antes de ela chegar, fisicamente, ao nosso mundo. Óbvio. Liliana Rodrigues representou uma grande dor de cabeça para muitos cupidos dedicados e, por anos, foi considerada um caso perdido. Uma missão impossível. Daí o meu pai resolveu me dar uma chance, porque, apesar de eu ainda ser um *simples estagiário*, eu era seu filho — ele disse a última frase com amargura, como se tivesse ficado ressentido com a missão desde o início. — E eu era um filho muito inútil, por sinal, e precisava demonstrar o meu valor.

Eros retorceu os lábios, não gostando do tom de voz de Paco, mas não interferiu. Todos os cupidos no recinto ouviam atentamente. Era uma história inédita e renderia ótimas fofocas mais tarde, certamente.

Paco puxou uma grande e dramática quantidade de ar antes de prosseguir com seu discurso.

— Liliana é uma adolescente teimosa, inconveniente, arrogante, egoísta e abusada — declarou Paco então. — Exatamente como eu tinha ouvido antes de começar a missão. Exatamente como a ficha dela me alertou.

Ele estava muito convenientemente de costas para mim naquele momento, o que o fez perder minha expressão de completa surpresa por estar sendo traída. Achei que ele estivesse do meu lado, afinal, e agora vinha com essa? Listando os meus piores defeitos? Não só me ajudando a cair no buraco como também jogando terra por cima para me sufocar mais rápido!

Paco, então, se virou para mim e sorriu abertamente.

Eu fiquei muito confusa.

O que é que ele estava fazendo?

— Essa foi, é claro, minha primeira impressão assim que botei meus pés naquela festa do Dia dos Namorados para fazer Liliana se apaixonar pelo seu melhor amigo — disse Paco. — Minha opinião deu uma incrível reviravolta conforme o desenrolar da história. E é o que eu espero que possa acontecer com a opinião de vocês, também.

Percebi que eu tinha ficado muito aliviada com aquela retratação, porque comecei a respirar de forma regular outra vez. Paco deu uma piscada discreta na minha direção e se voltou para a sua audiência.

— Nessa festa, teve aquela história toda de eu ter furado o meu dedo tentando carregar a debellatrix e de ter, sem querer, me apaixonado pelo meu alvo — ele riu, coçando a nuca, forçando uma sem-gracice que eu estava certa de não estar ali. Então, ele estufou o peito. — Mas, bravamente, meu bom sangue e a minha determinação repeliram o efeito do líquido, e eu me curei da paixonite acidental.

Essa parte era mentira. Mas eu sabia que ele estava apenas acobertando Doc, já que o médico havia deixado bem claro que, caso fôssemos pegos, era para fingirmos que ele nunca tinha nos ajudado.

Para mim, estava óbvio que aquilo era uma mentira; mesmo que eu não soubesse da verdade, eu perceberia; tudo em Paco revelava a farsa: sua linguagem corporal, seu tom de voz, tudo! No entanto, o resto dos cupidos pareceu acreditar sem problemas naquela história. Lembrei do que Paco havia me dito sobre todos terem esperanças de que a possibilidade de um cupido se apaixonar fosse apenas uma lenda urbana. Acho que só se deixaram acreditar tão facilmente por terem tanto medo da verdade. Afinal, a verdade significava que qualquer um poderia, a qualquer momento, mesmo sem se espetar com uma daquelas seringas, sofrer tudo o que eles próprios faziam os seres humanos comuns sofrerem todos os dias.

— Infelizmente, antes de o meu corpo combater o líquido do amor, a Liliana me viu. Vocês todos sabem da história da Anya, imagino. Sabem que, quando um cupido se apaixona por um ser humano, o cinto para de funcionar. — Ele suspirou. — Bom, foi o que aconteceu. Ela me viu e quebrou minha mão, pensando que eu fosse um assaltante.

Soltei uma risadinha baixa, mas sei que ele me escutou porque sorriu de lado de forma cúmplice.

A que ponto havíamos chegado se podíamos conversar sobre aquele pequeno incidente inicial como se fosse um tópico corriqueiro, e rir dele sem ninguém se sentir magoado ou ofendido? Era incrível e quase maravilhoso. Ou *seria* maravilhoso, se o contexto não fosse um julgamento com a minha própria vida em jogo.

Paco olhou para a mão direita, agora completamente curada, e sorriu consigo mesmo.

— Eu... hum... tive medo da reação do... hum... do meu... — ele olhou para Eros e pigarreou. — Bem... Decidi que seria mais simples convencer a garota a fazer o meu trabalho enquanto eu estava incapacitado — ele ergueu as mãos em sinal de inocência, quando vários pequenos protestos começaram a surgir da boca da multidão. — Eu sei. Não foi um plano genial. Mas eu estava desesperado — ele estendeu a mão direita para a visão de todos. — E, na verdade, não foi um plano tão estúpido. Se vocês vissem o estado em que a minha mão ficou depois que a Lili deu um trato nela, ninguém aqui duvidaria de suas habilidades. — Ele fez uma pausa. — Vocês sabiam que ela é a estrela da turma de defesa pessoal? — anunciou orgulhosamente.

Ninguém parecia estar achando aquilo tudo tão divertido quanto eu própria estava. Eu sempre havia detestado quando os mocinhos nos filmes de romance faziam um longo discurso sobre seu amor incondicional pelas mocinhas. Sempre havia achado incrivelmente brega e irreal. Mas, agora, lá estava eu, me divertindo tremendamente com o modo como Paco contava a seu mundo a nossa história.

— Depois que fui tendo a chance de conhecer a Lili, descobri que ela tinha, sim, muitas das características que sua ficha descrevia. Ela é, sim, teimosa, inconveniente, abusada, terrivelmente impaciente... Mas também é dedicada, justa, doce, inteligente e... bom, para resumir, ela é tudo o que torna alguém um *ser humano*. — Ele fez uma pausa para que aquelas palavras se assentassem no ambiente. — E é por isso que eu afirmo que minha aliança com a Liliana foi essencial para os meus trabalhos bem-sucedidos nessas últimas semanas. Como humana, ela tinha um ponto de vista privilegiado para lidar com APS. Evitou casais que não funcionariam e me ajudou a juntar interesses em comum. Afirmo que todos os nossos alvos são pelo menos cem vezes mais felizes do que qualquer um dos alvos já acertados antes na história da nossa profissão! E tudo graças a Liliana.

Eu não fazia ideia de que Paco se sentia assim. Para mim, ele sempre havia detestado minhas interferências na maldita lista de alvos que seu pai enviava semanalmente. No entanto, ele não parecia estar mentindo. Talvez só exagerando um pouquinho.

Joguei um olhar breve na direção de Eros para ver como ele estava reagindo. O chefe dos cupidos tinha uma expressão sem humor e parecia não estar nem um pouco contente com o rumo dos argumentos do filho.

— Reitero que ela não deve ser punida. Nenhum cupido jamais foi punido por ter feito um excelente trabalho. Peço que se lembrem de Marcório, o Justo, que juntou na época da guerra mais de dois mil casais felizes ou... ou... hã... de Jamile, a Próspera, que, contra a vontade de seus pais, se tornou uma das cupidos mais prestigiosas que já tivemos. — Ele sorriu, feliz por ter encontrado exemplos tão bons na ponta da língua. — E agora peço que olhem para a Liliana e pensem em todos os seus excelentes feitos. Devemos puni-la por nos ter sido tão prestativa?

Um burburinho de concordância tomou conta do salão. Ou eu esperava que fosse de concordância, pelo bem de Paco. E pelo meu próprio bem, é claro. Mas eles podiam era estar apenas comentando o quanto o filho mais novo de Eros havia enlouquecido nessa última missão, por defender uma reles AP. Com um sorriso no rosto, além de tudo!

Eros se acomodou em sua cadeira, mas nada disse.

— Não — respondeu Paco à sua própria pergunta retórica. — O certo... O *justo* não é puni-la. Ainda mais porque a Liliana é inocente por desconhecimento. Ela não sabia de nenhuma de nossas leis quando as feriu. Ela não faz parte desta sociedade e é injusto que seja julgada como uma cupido comum. Não. Devemos deixá-la ir, livre e sem culpa.

As palavras dele faziam completo sentido. Os cupidos assistindo àquilo pareciam concordar com a sua lógica, o que me deixava tremendamente aliviada. Se aqueles cupidos fossem capazes de escutar a voz da razão, talvez ainda existisse esperança para mim.

Paco virou o rosto momentaneamente para mim. Ele sorriu e eu pressenti, por sua expressão empolgada, que aquela primeira parte do discurso tinha sido só o começo.

— Não só isso, como também acho que devemos usar o caso da Liliana como exemplo. Seres humanos, como ela provou, são altamente benéficos para nossas missões. Se cada cupido em missão pudesse adotar seu próprio ser humano particular para auxiliá-lo nas suas...

— Chega! — disse Eros severamente, se erguendo da cadeira. — Já falou o suficiente, Pacífico. Não temos tempo de ficar ouvindo suas caraminholas neste tribunal.

— Mas, pai...

— Pacífico, sente-se ou terei que pedir que se retire! — ralhou Eros. — Francamente. Não bastava você ter me decepcionado com suas ações, agora vem com esse discurso barato de defesa, querendo atrapalhar a ordem das coisas como as conhecemos desde os tempos primordiais... Não me interessa se a Liliana lhe foi útil ou não. Não me interessa se você é tão incompetente no seu trabalho que uma AP é capaz de fazê-lo melhor que você. Houve uma transgressão nas regras, Pacífico, e essa transgressão precisa ser punida.

Paco ainda abriu a boca para retrucar, mas por fim pareceu perceber que aquilo só pioraria as coisas para mim. Abaixando a cabeça, ele se levantou da cadeira das testemunhas e caminhou lentamente até seu lugar, na ala do público.

Eros suspirou, parecendo doido para acabar logo com aquilo.

— Alguém mais? — perguntou, olhando ao redor. — Alguém mais deseja falar qualquer coisa contra Liliana Rodrigues ou a favor dela?

Então, eu me levantei.

— Eu não posso falar? — perguntei a ele, tentando manter o queixo erguido, embora, por dentro, estivesse morrendo de medo. — Não posso tentar me defender?

Eros sorriu como se achasse graça, mas fez um gesto me convidando a tomar a cadeira das testemunhas ao seu lado esquerdo. Obedeci e me sentei no novo lugar.

— Muito bem — falou ele. — O que tem a dizer em sua defesa?

Engoli em seco. Havia ficado tão aliviada com o discurso de Paco e tivera tanta certeza de que suas palavras me livrariam da punição que, agora, eu estava desnorteada e enraivecida. Mas sabia que precisava manter a calma se quisesse ter, naquela batalha, qualquer vantagem que fosse.

— Tenho a dizer o mesmo que Paco disse — comecei. — Não tive culpa das minhas ações porque eu ignorava que se tratasse de transgressões às leis de vocês. E eu peço perdão por isso. — Suspirei. Era verdade. Embora mantivesse a opinião de que minhas escolhas de alvo e casais haviam sido bem melhores do que as decretadas pelo Conselho, eu estava arrependida de ter me metido naquilo tudo para começo de conversa. — Se me deixarem ir embora, prometo que nunca mencionarei a ninguém nenhuma palavra sobre a história doida que vivi. Nunca contarei sobre vocês, cupidos, e a vida que levam aqui. Nunca mais interferirei. E... hum... aceitarei de bom grado minha paixão por Augusto. Ou por quem quer que seja que vocês queiram que eu me apaixone.

Eros riu e mandou que eu voltasse a me sentar na cadeira do lado direito.

— Foi uma tentativa adorável, querida — disse ele. — Admiro a sua coragem. De verdade. — Ele suspirou dramaticamente, parecendo tão cansado quanto eu por ter que aguentar horas e horas daquela mesma baboseira. — Mais alguém gostaria de se pronunciar sobre o caso? Última chance!

Para a minha surpresa, Doc se levantou e caminhou até a área da frente.

— Eu sou Docherty Sanguiniscupitus — anunciou formalmente, sentando-se na cadeira das testemunhas. — Venho em nome da sabedoria, da ciência e de tudo o que nós consideramos sagrado.

40

A declaração dramática de Doc fez Eros sorrir de forma irônica. Ele entrelaçou os dedos e se inclinou para a frente em sua bancada, apoiando o queixo nas mãos em uma pose de expectativa.

Doc se virou para ele.

— Chefe, para que o meu papel como embaixador da verdade se cumpra, vou precisar entrevistar algumas testemunhas.

Eros revirou os olhos, como se já estivesse acostumado a lidar com a atitude de Doc.

— Certo — disse ele, sem tirar o queixo das mãos apoiadas. — Faça como desejar.

A risadinha que ele deu em seguida me fez estremecer.

Aquele certamente era um dia comum na vida de Eros. Nada iria lhe afetar se ele me condenasse a uma morte em um espeto de churrasco. Era tudo tão trivial que ele às vezes poderia ter se esquecido de que estava lidando com uma *vida*. E isso era definitivamente ruim para a pessoa cuja vida estava em jogo.

Doc fez um sinal para os guardas, pedindo que eles colocassem dois bancos à frente da cadeira das testemunhas, e eles prontamente obedeceram.

— Eu convoco para os bancos da entrevista a ré Liliana Rodrigues e seu cúmplice, Pacífico Sanguiniscupitus.

Houve um ruído de espanto coletivo. Até mesmo Eros pareceu incomodado. Ele se endireitou em sua grande cadeira de juiz e pigarreou.

— Docherty, Pacífico não é culpado ou cúmplice — relembrou o chefe dos cupidos, entre dentes.

Doc bufou.

— Bem, desculpe, chefe. Ele não é *considerado* culpado, é claro, porque é seu filho. Mas, como ele próprio confessou alguns minutos atrás, agiu com completa consciência. Além do mais, amar não é uma atividade que se faz só — ele ergueu as sobrancelhas de modo petulante.

O que ele disse fazia tão completo sentido que Eros pareceu desconcertado por um instante. Era impossível argumentar contra o fato de que eu, sozinha, não teria sido capaz de realizar todas as transgressões das quais eles estavam me acusando.

— Ainda assim — disse Eros, se recompondo. — Sei que você é inteligente e se aterá aos termos técnicos daqui em diante. Pelo seu próprio bem, Docherty.

— Sim, senhor — disse Doc em um tom falsamente animado, batendo uma continência debochada. — Então, chamo aos bancos a ré Liliana Rodrigues... e o puro e inocente Paco.

Antes que uma confusão maior tivesse chance de se alastrar, caminhei rapidamente até o banco dos entrevistados. Paco se sentou ao meu lado. Sua mão roçou de leve na minha, e eu sei que foi de propósito; por isso mesmo senti meu corpo inteiro se arrepiar. Não podíamos nos dar as mãos naquele momento, mas seu toque me fez perceber que, se não fosse tremendamente inadequado, ele faria isso sem pensar duas vezes. Lembrei do nosso último momento juntos, antes de sermos capturados. Lembrei de seu braço ao redor do meu corpo e do incrível sentimento que parecia me esmagar quando eu estava perto dele.

— Muito bem — disse Doc, sorrindo para nós dois de um modo estranho. — Agora, chefe, preciso da sua permissão para utilizar nesses dois um componente de uso restrito que é até mesmo considerado ilegal em alguns lugares: o soro da verdade.

Mais uma vez, o público soltou uma exclamação em uníssono.

— Doc... — protestou Paco baixinho.

— Vou precisar que você confie em mim, estagiário — retrucou Doc, alto o suficiente para que apenas Paco e eu escutássemos. Então, mais alto do que os cochichos da multidão, ele declarou: — O efeito desse soro é essencial para que vocês todos possam acreditar no ponto que estou tentando provar.

Eros fez um gesto consentindo.

Doc então chamou um assistente que lhe trouxe uma maleta prateada. Dessa maleta, ele tirou uma seringa (uma seringa comum, de hospital, não uma seringa da debellatrix) e dois frascos de um líquido amarelo borbulhante. Quando ele limpou o meu braço para poder me espetar com a agulha, percebeu que eu estava tremendo. Então, surpreendentemente, segurou minha mão com sua mão livre e sussurrou que tudo ficaria bem e que ele me tiraria dessa enrascada. Só por isso, aceitei a picada sem reclamar, nem mesmo quando o líquido começou a percorrer as minhas veias e a causar uma sensação desconfortável por todo o meu corpo, como se pequenas minhocas estivessem nadando sob minha pele.

— Agora, imagino que todos vocês saibam do que o soro da verdade é capaz. Uma pessoa injetada com esse líquido se sente compelida a ser brutalmente honesta, mesmo contra sua própria vontade. Todos nos lembramos do caso de Gregor Amadeos, que, sob o efeito desse mesmo soro, admitiu ao mundo ter sequestrado APs para guardá-los em um armário de enfeites. O temível traidor, Cústio, também revelou sob o efeito do soro todos os seus planos de destronar seu pai, Eros, e trazer o mundo a uma nova era. E o Alma Livre... — Ao dizer isso, ele olhou diretamente para Eros. — Embora muitos não saibam, o Alma Livre foi identificado e confessou todos os seus crimes apenas graças ao soro da verdade.

Eros deu um sorriso contido. A menção do Alma Livre pelos lábios do próprio havia sido suficiente para atrair a atenção do chefe dos cupidos.

— Prossiga — disse Eros.

— Liliana e Pacífico não poderiam mentir agora nem se quisessem. Mas, para os que ainda estão céticos, vamos fazer uma pequena demonstração. — Doc se inclinou para perto de mim. — Por favor, querida, diga seu nome e sua idade.

— Liliana Rodrigues. Dezessete anos — respondi.

Eu não estava mentindo, claro, mas também não estava sendo forçada a contar a verdade. Havia respondido honestamente porque eu queria. As palavras saíram da minha boca de forma completamente voluntária.

— Muito bem — disse Doc. — E por que você está aqui hoje?

— Porque as leis daqui são estranhas e eu, que nem faço parte desta sociedade, aparentemente fui escolhida para pagar o pato pelos crimes de um filhinho de papai — falei. De novo, as palavras pareceram sair naturalmente dos meus lábios. Não era como se eu estivesse me sentindo forçada a dizer aquilo. Mas, logo após as palavras terem escapado, percebi que talvez tivesse sido mais rude do que eu planejava inicialmente. Olhei para Paco. — Desculpa, eu só...

— Tudo bem — disse Paco. — É a verdade.

Doc ignorou a intervenção de Paco.

— Então está dizendo que é inocente das acusações? — perguntou para mim. — Está me dizendo que você não usou a debellatrix sem permissão? Você não se fingiu de cupido, aceitando fazer o trabalho do rapaz ao seu lado? Não ficou sabendo alguns dos segredos mais profundos da nossa sociedade, mesmo sendo uma AP? Está me dizendo que não se apaixonou por Paco? Não dormiu com ele?

— Não estou dizendo nada disso — afirmei. — Se essas são as acusações, eu me declaro inteiramente culpada.

As palavras dessa vez me escaparam completamente. Mesmo que ainda tivesse a sensação de estar no controle da minha própria boca, eu obviamente não estava. O soro da verdade agia no meu organismo, e eu não era capaz de combater a sua potência.

Fiz uma careta para Doc. Ele disse que me ajudaria e, em vez disso, só conseguiu me afundar mais. Tudo bem que ninguém naquele tribunal parecia precisar de uma confissão em voz alta da minha parte para decidir me condenar, mas também não era como se confessar fosse ajudar o meu caso.

Doc sorriu, radiante. Ele se virou para Eros.

— Como pode ver, chefe, esta garota está sob a influência do soro da verdade. Ninguém, em sã consciência, entregaria o ouro dessa forma. Quanto ao seu filho... Paco, por favor, me conte seu segredo mais vergonhoso.

— Eu fiz xixi na cama até os sete anos — disse Paco prontamente. Logo em seguida, seu rosto tomou uma expressão espantada, como se ele só então tivesse percebido a gravidade do que havia acabado de declarar. Quando um burburinho de risadas começou a ecoar pelo salão, Paco se endireitou na cadeira e tentou consertar as coisas: — E-eu tinha medo. Quer dizer, às vezes até acordava no meio da noite antes de fazer xixi, mas tinha medo de me levantar para ir ao banheiro no escuro. Então eu fazia xixi na cama e dizia para minha mãe no dia seguinte que tinha sido sem querer.

As risadas se intensificaram, até que Eros ergueu a voz exigindo silêncio.

— Docherty, se continuar se utilizando do seu tempo neste tribunal para humilhar o meu filho em público, vou ter que pedir que se retire.

— Desculpe, senhor — disse Doc, embora ele não parecesse muito arrependido. — Era só para que ninguém desconfiasse das palavras destes dois. Paco e Liliana. Completamente honestos. Agora podemos partir para o que interessa. — Ele se virou para mim. — Liliana, por favor, nos conte como você se sente a respeito de Paco.

— Estou apaixonada — respondi sem nem hesitar.

Doc assentiu, aprovando a resposta.

— E você, estagiário? O que acha dessa AP ao seu lado?

— A Liliana é a pessoa mais incrível que eu já conheci — disse Paco. — Eu estou inegavelmente apaixonado.

A confissão de Paco trouxe de volta alguns daqueles cochichos. Aparentemente, não era todo dia que um cupido confessava seu mais puro amor por uma simples Alvo em Potencial.

— Responda, Paco. Você acidentalmente espetou o dedo com uma das seringas da debellatrix?

— Sim — disse Paco a contragosto.

— Então é por isso que está apaixonado pela Liliana agora?

— Não. Quer dizer, eu espetei meu dedo, sim, naquela primeira noite... mas depois disso você me deu a cura, Doc, você sabe disso.

Aquilo chamou a atenção de Eros.

— Você sabia do acidente, Docherty?

— Senhor, por favor, me deixe continuar. Não sou eu quem está sendo julgado hoje. — Ele suspirou, sem se virar para trás para olhar para Eros. — Estagiário, como é que você pode estar apaixonado pela Liliana agora se eu apliquei a cura em você?

Paco, mesmo com o soro da verdade em suas veias, teve que parar para pensar na resposta.

— Eu não sei — disse ele finalmente. — Sinceramente não sei.

Doc se virou para Eros outra vez, com um sorriso enorme no rosto.

— Ele não está mentindo.

— Como assim, não sabe? — questionou Eros, confuso. — Então você não se espetou novamente com a seringa do amor, por querer, como disse em sua confissão?

— Não — disse Paco. — Não me espetei com seringa nenhuma pra me apaixonar por ela.

— Chefe, dê uma olhada nisso — disse Doc, fazendo um sinal para que seu assistente entregasse um papel a Eros. — O exame de sangue dos dois deu negativo para o elemento X78. O que quer que tenha feito estes dois se apaixonarem, não foi uma das minhas seringas, nem mesmo uma das antigas flechas...

Eros investigou o documento em suas mãos, procurando evidências para negar o que Doc havia acabado de dizer. Aparentemente, não encontrou nada.

Ele ergueu os olhos.

— O que isso quer dizer?

Doc se permitiu sorrir, como se aquela fosse exatamente a pergunta que ele estava esperando para responder desde o início.

— Verdadeiro Amor — disse simplesmente. — Sei que não temos evidências de Verdadeiro Amor desde antes de o senhor ter tomado o poder, mas aqui estão eles! — Doc apontou para Paco e para mim. — A primeira prova concreta de Verdadeiro Amor em milênios.

Um silêncio esmagador se espalhou pelo salão. Todos estavam tão espantados que ninguém ousava nem ao menos abrir a boca para comentar sobre a afirmação que Doc tinha acabado de proferir. Mesmo Eros parecia ter sido pego de surpresa.

Por fim, o chefe dos cupidos riu.

— Ah, Docherty. Eu tinha tantas esperanças de que você fosse crescer para ser tão grandioso quanto a sua mãe. No entanto, aqui está você, tão louco quanto seu irmão Grifin...

Doc não se deixou abater.

— Então como explica os eventos? — Ele cruzou os braços.

Eros fez uma careta de irritação.

— O que eu quero dizer é... — Doc abaixou a cabeça pela primeira vez. — Senhor, não pode condenar a Liliana à morte — declarou em tom alto o suficiente para ecoar pela sala como o zumbido de um mosquito irritante. — Eu sei que é a punição usual para casos graves como esse, mas agora Liliana Rodrigues é muito mais do que uma simples infratora. Ela é um elemento-chave para todas as nossas questões de ciência e religião. Condená-la à morte é simplesmente um desperdício. — Ele voltou a levantar a cabeça e olhou diretamente para Eros. — Peço ao senhor que, por favor, considere a opção de entregar a ré em minhas mãos e, como punição por seus atos, que ela sirva de cobaia em experimentos que nos dirão mais sobre nossas dúvidas existenciais mais primitivas.

41

Saltei do banco abismada com o que tinha acabado de ouvir.

— Cobaia?!

Imediatamente, dois soldados de Eros avançaram e me seguraram antes que eu partisse para cima de Doc.

— Vocês todos pensam que são incríveis, mas são um bando de degenerados sem coração! — gritei, furiosa. — Você disse que iria me salvar, Doc! Ser cobaia de um experimento ilegal não é exatamente o que vem na minha cabeça quando penso em salvação!

Eros me repreendeu com a voz severa.

— Por favor, contenha-se, Liliana Rodrigues. Docherty fez um imenso favor a você. Ele está certo. Não posso condenar alguém tão interessante à morte. Seria burrice.

Eu ri, furiosa.

— Você acha que tá me fazendo um favor? Eu prefiro a pena de morte a isso!

Eros continuou olhando de volta nos meus olhos, sem se deixar intimidar.

— Bem, que pena então que não é você quem dá a palavra final por aqui, não é mesmo?. Guardas, podem levar a garota de volta para a cela. Ela servirá à ciência e à fé pelo resto de seus dias. Declaro esta sessão encerrada.

Dizendo aquilo, desceu de sua cadeira e passou por nós para sair pela grande porta.

Paco, que até então tinha estado muito quieto, se jogou no chão de joelhos aos pés do pai.

— Por favor, não faça isso com ela! — implorou ele. — Ela é só uma garota, pai!

Eros olhou para o próprio filho naquele estado patético e só conseguiu rir.

— Prefere que ela morra?

— Não! — exclamou Paco rapidamente. — É só que...

— Então aceite a minha decisão e me deixe em paz — cortou Eros friamente. — Amanhã veremos o que vou fazer com você.

Paco olhou ao redor, sondando a possibilidade de simplesmente me pegar pela mão e fugir dali. No entanto, ele logo percebeu que, com os seis guardas ao meu redor e mais uns doze naquele salão, escapar com vida era virtuosamente impossível.

Doc pigarreou.

— Na verdade, chefe... — começou ele. — Para que os testes sejam eficazes, eu vou precisar das duas partes do casal.

Eros olhou para Doc. Sua primeira expressão foi de espanto, mas em seguida ele olhou para Paco, ainda ajoelhado, e para mim. Com um suspiro, Eros fez um pequeno gesto com a cabeça, concordando.

Então, fez sua saída triunfal, livre de qualquer sensação de culpa, como se não tivesse acabado de condenar seu próprio filho a ser usado como um brinquedinho nas mãos de um médico maluco.

Quando a porta se abriu, me encolhi voltada para a parede.

— Doc, por favor, vá embora — resmunguei, olhando-o pelo pequeno reflexo no vidro escuro da parede. — Você pode me usar de rato o que for, mas, por favor, se tem algum sentimento dentro desse seu coração... Só preciso ficar sozinha por um tempo.

Doc ficou em silêncio profundo e, por um segundo, imaginei que tinha me obedecido e saído do quarto. No entanto, a impressão não durou muito. Além de vê-lo embaçado no vidro, podia sentir a sua presença me observando. Tentei ignorar, mas aquilo começou a me irritar profundamente. Finalmente, me virei, encarando o intruso.

Não era Doc.

Ele se parecia terrivelmente com Doc. Tinha o mesmo rosto maravilhoso e a mesma expressão de desapontamento permanente estampada no rosto. No entanto, eu sabia que não era Doc. O cabelo crespo estava cortado quase rente à cabeça, as roupas eram simples e claras demais, e a cicatriz na sobrancelha não estava ali.

— Olá — disse o intruso. — Meu nome é Grifin.

— O que houve com o Doc?

— Ele está cuidando de outra coisa — disse Grifin simplesmente.

— Você é irmão dele ou algo assim?

— Gêmeo — assentiu Grifin. — Mas você já ouviu falar de mim antes.

— Sim — disse eu. — No meu julgamento, Eros falou de você, eu acho. Seu nome também estava na notícia sobre o Pedro e a Anna. Você é padre, né? Ou algo assim.

— Algo assim — concordou ele.

Assenti, abraçando os joelhos e apoiando meu queixo neles de forma pensativa.

— Vocês vão me machucar? — perguntei. — Nos experimentos?

Grifin sorriu. Ele era, de longe, muito mais amigável que o irmão.

— Não é a intenção — disse ele.

— Mas e sem querer?

— O amor às vezes machuca sem querer.

— O que vai acontecer comigo? — perguntei. — O que vai acontecer com a minha vida? Digo, não só a minha vida aqui, mas a vida que eu deixei pra trás? Minha mãe, meu pai, meu irmão... Augusto... — suspirei. — Eles devem estar preocupados.

— Provavelmente não estão — disse ele. Quando fiz uma careta, demonstrando o quanto aquela afirmação tinha sido inconveniente, Grifin se aproximou e se ajoelhou ao lado da minha cama, falando comigo na altura dos meus olhos. — Quando você foi detida, deixaram em seu lugar um *doppelgänger*. Sabe o que é isso? Uma duplicata ambulante. Uma cópia sua, que fala, anda e age como você. Muitas pessoas não saberiam dizer a diferença.

Abaixei os olhos, sentindo o meu coração apertar.

— Então eles não vão nem sentir a minha falta?

— Para eles, não há falta alguma para ser sentida — confirmou Grifin.

Encostei a testa nos joelhos e fechei os olhos. "Bem", eu disse a mim mesma, "pelo menos não frei ninguém mais sofrer por minha culpa". Aquele pensamento, é claro, não me acalmou muito. Eu era egoísta demais para ignorar minha própria dor.

— E quanto ao Paco? — perguntei, voltando a erguer a cabeça.

Grifin então sorriu.

— Ele está esperando por você.

Grifin me disse para abaixar o meu nível de felicidade. Sim, ele estava me levando para ver Paco, mas precisava que todos pensassem que aquilo tudo fazia parte dos experimentos — embora, ele me garantiu, não fizesse. Não exatamente.

Então mantive a cabeça baixa enquanto ele me escoltava para fora da minha cela, para longe do complexo de prisioneiros, dois andares para cima no elevador e finalmente para dentro de uma porta de madeira trabalhada.

Assim que passei pela porta, Paco saltou de uma maca e veio correndo em minha direção, me abraçando. Eu o abracei de volta, aliviada de ter finalmente alguém conhecido por perto.

Havia várias outras macas na sala. Doc estava ao lado da de onde Paco tinha acabado de levantar. Ele me cumprimentou com um gesto de cabeça enquanto Paco continuava me abraçando.

Paco me afastou para poder examinar meu rosto.

— Machucaram você?

Sacudi a cabeça negativamente.

Ele me abraçou de novo e parecia que nunca mais iria me soltar. Eu sabia que ele se sentia culpado por tudo o que havia acontecido comigo. Mas, conforme Doc falou, amar era uma atividade para dois, então eu era tão culpada quanto Paco. Ele não havia me forçado a fazer nada que eu não quisesse ter feito. Na verdade, se havia um verdadeiro vilão naquela história toda era o mundo dos cupidos e suas leis idiotas.

Eu me permiti ficar nos braços de Paco por um tempo. Era estranho me sentir assim. Sempre adorei abraços, eles sempre me fizeram sentir confortada e querida. No entanto, agora eu estava abraçando alguém que tinha o meu coração inteiro nas mãos. Ou pelo menos essa era a sensação. Isso tornava o abraço ainda mais intenso e íntimo.

Afastei Paco finalmente e, olhando para cima, para ele, sorri.

Ele sorriu de volta, igualmente doce, e então se abaixou e plantou um leve beijo em meus lábios.

— O que eles vão fazer com a gente? — perguntei por fim, indicando Grifin e Doc com a cabeça. — O que vai acontecer agora?

Um sorriso enorme tomou conta do rosto de Paco, e seus olhos brilharam.

— Diga a ela, Doc — falou Paco, sem conseguir se conter.

— Não vamos machucar vocês — disse Doc, como se fosse óbvio. Deixei que a voz dele me acalmasse, mas não tirei meus olhos de Paco. — Só queremos estudar as particularidades da situação de vocês, então basicamente vocês dois vão ter que passar todos os dias juntos para os testes, o que significa que vão ficar juntos até o final da vida. Ou seja, é um final feliz para os dois, e meu irmão e eu vamos...

Paco mordeu os lábios, e sua expressão ficou um pouco tensa.

— Acho que ele quer dizer a outra coisa — murmurou Grifin, interrompendo.

Doc fez uma pausa.

— Ah. Certo — pigarreou ele. — Grifin criou um plano, e agora vocês têm duas opções. Opção A: os dois ficam aqui conosco, juntos, se amando, e tudo fica ótimo. Opção B... Bem, na opção B, você pode... talvez... voltar pra casa.

Virei o rosto na direção de Doc, surpresa.

— Voltar pra casa? — as palavras quase não conseguiram sair dos meus lábios, tamanho meu espanto.

Eu não esperava que essa fosse ser uma opção. Já tinha aceitado o meu destino. Acho que desde o momento em que fui capturada, sendo sincera comigo mesma. Mesmo durante o meu julgamento eu sabia que nunca mais voltaria para casa, que nunca mais teria a minha vida de volta, que nada voltaria ao normal. Se eles não me matassem, iriam me punir de outra forma, ou me aprisionando para sempre, ou ferindo até mesmo a minha alma de maneira tão irreparável que, se alguém voltasse para casa, não seria a Liliana Rodrigues; seria apenas uma sombra de quem um dia ela foi.

No entanto, aqui estava Doc dizendo que todos os meus medos foram em vão. Que eu poderia voltar para casa.

O sorriso de Paco voltou a se abrir quando olhei de novo para ele. Ele tinha me prometido que me salvaria, e a promessa tinha acabado de se tornar realidade.

— Como? — perguntei, sentindo o estômago afundar por medo da resposta.

Paco me puxou pela mão até que estivéssemos diante da maca onde ele tinha estado sentado antes de eu chegar. Nós dois sentamos nela lado a lado.

Doc franziu a testa.

— Mas na primeira opção você e Paco podem viver felizes para sempre, como num conto de fadas...

— O povo está encantado com a história de vocês — começou Grifin, ignorando o irmão. Era realmente muito estranho ter duas versões do Doc à minha frente. — E, com o poder do povo a nosso favor, podemos fazer qualquer coisa.

Paco apertou a minha mão ansiosamente.

— Eu disse, Lili! — Ele sorriu. — Disse que tiraria você de apuros!

— Vou poder voltar pra casa? — perguntei, não deixando meu coração criar muita esperança sem ter certeza absoluta. — Pra minha vida?

Grifin me contou o plano. Basicamente, Doc havia feito uma lista de testes que, se aplicados a mim e a Paco, poderiam ajudar a ciência a entender mais o fenômeno que havia ocorrido entre nós. Testes como ferir um de nós e avaliar os níveis de compaixão no outro, ou tentar usar a cura escura e macabra em nós para saber se nosso amor suportaria aquilo ou se morreria. Grifin garantiu que esses testes nunca seriam feitos; eles só funcionariam como um motivo de choque para que a população, que nos considerava sagrados graças aos ensinamentos da fé, se revoltasse contra a sentença de Eros.

— Uma coisa sobre Eros — continuou Grifin — é que seu comportamento é muito previsível. Se ele antecipar uma rebelião do povo, vai ter que voltar atrás na sentença. Por mais que ele seja orgulhoso, não é burro. O povo já anda bastante descontente com o cenário político atual, e Eros anda tentando evitar qualquer razão para o estopim de uma revolução. Então ele certamente vai permitir que você volte para casa, porque esse vai ser o jeito mais fácil de lidar com o problema. Então, sim, você vai voltar pra sua vida. Se assim você desejar.

— Por que eu não desejaria?

— Porque você só pode escolher uma das opções — disse Doc, resolvendo voltar a participar da conversa. Ele estava carrancudo, os braços cruzados. — Ou você fica aqui fazendo os testes com o Paco ou volta pra casa.

Olhei para Paco. Ele tinha uma expressão resguardada e ansiosa, mas não disse nada. Mordi os lábios, pensativa. Claro, a ideia de fazer companhia a Paco pelo resto da minha vida era até legal e fazia o meu coração pular descompassado, mas eu não podia simplesmente largar a minha família, a minha vida inteira na Terra, apenas por um capricho do meu coração.

Foi isso que eu disse a eles, cuidadosamente.

— Eu amo o Paco, e o que sinto por ele nunca senti antes por ninguém, mas... Se eu tiver que escolher... — continuei. — Se eu puder escolher voltar...

Doc ficou ainda mais revoltado com as minhas palavras.

— Mas Liliana! Foi Verdadeiro Amor! E, se você voltar pra casa, nunca mais vai poder ver o Paco na sua vida!

O silêncio que se seguiu terminou de partir meu coração em pedaços. Abaixei a cabeça, sentindo o peso da decisão derrubar meus ombros.

— Nunca mais? — perguntei baixinho.

Eu tinha imaginado que as coisas dificilmente voltariam a ser como tinham sido naquelas mágicas semanas em que ficamos juntos, mas... nunca mais vê-lo? Nunca mais?!

— Nunca mais — confirmou Doc, sério.

Puxei as mãos, colocando-as no rosto para esconder o meu desespero. Paco deixou meus dedos escaparem sem protestar, mas logo em seguida senti seus braços ao redor do meu corpo e sua cabeça repousou em cima da minha de forma confortadora.

Era uma escolha cruel.

Algo que, definitivamente, uma garota de só dezessete anos não deveria ter que fazer sozinha. Era como quando nos obrigam a escolher o curso da faculdade, como se alguém tão novo pudesse realmente saber com certeza o que quer fazer pelo resto de sua vida.

Eu adorava Paco. Eu o *amava*. Nunca havia me sentido assim por ninguém antes e estava certa de que nunca teria nada igual depois, afinal nosso amor era fruto do mitológico Verdadeiro Amor e desafiava as explicações até dos cientistas cupidos mais renomados, como Doc. Eu não podia simplesmente jogar isso fora, dizer adeus até nunca mais, fingir que nada tinha acontecido, ir embora sem olhar para trás. Se eu deixasse Paco, eu sabia, nunca mais perdoaria a mim mesma. Uma parte de mim sempre se perguntaria "E se eu tivesse ficado?".

Mas, por outro lado, era a minha *vida*. A minha família, os meus amigos, o meu quarto, a minha cama, a minha escola, as minhas conquistas, o meu futuro... Tudo isso ficaria para trás.

— Ei — sussurrou Paco no meu ouvido. — Sabe que qualquer pessoa "normal" escolheria ficar aqui comigo.

— Eu sei — murmurei de volta, sentindo uma sensação estranha tomar conta do meu peito.

Ele riu e afrouxou o abraço para poder me encarar nos olhos.

— Mas você não é qualquer pessoa, Lili. Você é você. — Ele sorriu levemente. — E você sendo você deve escolher a sua vida a... qualquer coisa que pudéssemos ter aqui. Eu sei que é o que você faria. Em todos esses dias juntos, aprendi que você não é o tipo de pessoa que larga tudo por amor, e é esse seu jeito que me faz amar você ainda mais, Lili.

— Mas... — comecei. — Paco, nunca mais...

— Amar não é só ficar junto, Lili — continuou ele. — Amar também é saber dizer adeus. Você me ensinou isso. E... e você merece a sua vida, Lili. Assim como eu mereço a minha.

— Eu ensinei isso? — perguntei levemente, achando quase engraçado.

— Você me ensinou mais do que você pensa — respondeu ele, com um sorriso ameno.

Eu ri, mas logo a risada se transformou num soluço magoado.

— Que droga. Queria não ser uma professora tão boa — brinquei. Suspirei e voltei a me aconchegar nos braços dele. — Queria poder ficar aqui com você.

— Mas você não pode ficar aqui, Lili — insistiu Paco. — Eu nunca poderia me perdoar se fizesse você abandonar a sua vida por mim.

— Eu sei.

— E eu também... eu também não posso voltar com você. Não posso largar minha mãe aqui sozinha, ou Doc, ou o resto do meu mundo. Sem falar que meu pai nunca permitiria.

— Eu sei — repeti tristemente.

— Eu odeio isso, Lili — disse ele, beijando a minha testa. — Eu odeio isso, mas acho que vai ser o melhor para nós dois. Você vai ter a sua vida de volta e eu, a minha. E ambos teremos as lembranças do que aconteceu. Talvez não seja um final feliz, mas certamente não será horrível. Ao menos você estará viva, rodeada das pessoas que ama, livre para seguir em frente.

Eu não tinha como discordar. Paco estava dizendo tudo o que eu sentia. Sim, era horrível me separar dele daquele modo e eu odiava cada segundo daquilo, mas era o certo a se fazer.

— Mas isso é ridículo! — exclamou Doc, interrompendo o lindo momento de despedida. — Pensei que vocês se amassem!

Grifin pôs uma mão no peito do irmão, impedindo que ele avançasse para nos sacudir até que mudássemos de ideia.

— E eles se amam — disse Grifin de forma paciente, como quem explica a uma criança. — Essa é a maior prova.

42

Como Grifin previu, a população ficou irada assim que Doc divulgou a lista de testes. Em menos de três dias, o próprio Eros me chamou de volta ao tribunal (dessa vez sem plateia) e revogou a minha sentença.

— Você está livre para ir embora — disse ele, formalmente.

Em vez de me deixar livre para ficar com Paco, no entanto, Eros continuou insistindo que o nosso amor era proibido e que deveria ser cortado pela raiz. Dessa maneira, assim como Doc havia prometido, eu nunca mais poderia ver Paco.

No final da mesma tarde eu já estava em casa.

Era estranho estar de volta. Deixei a mão repousar por um instante na maçaneta da porta da frente antes de abrir. Lá estava eu, como se nada houvesse acontecido, como se aquele fosse um dia como qualquer outro. Como se eu não tivesse acabado de deixar o meu coração em outro universo.

Ao escutar o ruído dos meus passos, Cadu veio correndo para a sala e me analisou de cima a baixo.

— É você? — perguntou meu irmão, com medo. — É você de verdade? Você voltou?

Eu fiz uma careta confusa. Não era para ele *não* ter sentido a minha falta? E aquela história lá da *doppelgänger* que havia tomado o meu lugar enquanto eu estava fora?

— Do que você está falando, pirralho? Eu fui a algum lugar?

— Ah, é você! — exclamou ele aliviado, jogando os braços ao meu redor e me abraçando. Eu o abracei de volta, porque, sinceramente, tinha sentido a sua falta. — Li, uma impostora tentou tomar o seu lugar por vários dias. Ela era tão simpática e educada! — dramatizou ele. — Foi assustador!

Eu ri e o empurrei para trás em um gesto de brincadeira.

— Está querendo dizer que eu não sou simpática e educada?

Ele saiu gargalhando, mas ao mesmo tempo ergueu as mãos aos céus como se estivesse realmente agradecendo pelo meu retorno.

Sorri sozinha.

Meu irmãozinho, o pestinha, havia percebido que a impostora não era eu. Ele tinha, de seu jeito peculiar, sentido a minha falta, e até parecia genuinamente aliviado por me ver de volta. Era uma coisa pequena, mas fez meu coração se aquecer.

Eu havia feito a escolha certa decidindo voltar para casa. Por mais que houvesse doído, não podia ter escolhido diferente.

Assim que abri a porta do meu quarto, no entanto, já não tinha mais tanta certeza assim. Por mais surreal que parecesse, eu ainda conseguia sentir o cheiro de Paco no ambiente, e meu coração inevitavelmente se apertou.

Seria assim dali em diante? Eu me sentiria sempre assim, com um buraco bem no meio do peito? Com uma tristeza nostálgica tão profunda, tão intensa, que me sufocava?

Aquilo era tão pior do que a coisa toda com Yago no nono ano. Yago havia me abandonado por não gostar de mim o suficiente. Paco, no entanto, havia me deixado ir porque me amava demais.

Deitei na cama e fiquei encarando o teto por um longo tempo.

Uma outra parte da nova sentença era que eu deveria me apaixonar por Augusto e deixar que as coisas seguissem seu fluxo natural, assim como seriam se Paco não houvesse estragado tudo no início.

Eles haviam me informado o exato horário em que o carrasco responsável por fazer cumprir a minha sentença viria para fazer com que me apaixonasse por Augusto. Como eu já sabia da história toda, não faziam questão de cerimônias. O carrasco viria às nove da manhã, no meio da aula de inglês, eu pensaria em Augusto, ele enfiaria uma, duas ou mais seringas no meu braço até que eu estivesse caída de amores pelo garoto certo.

Estremeci, imaginando como minha vida seria depois disso.

Meu irmão veio avisar que estava na hora do jantar, mas eu disse que estava sem fome. Resolvi tomar um banho para tentar lavar as minhas emoções e deixar que elas escorressem pelo ralo.

Depois, quando abri o armário para pegar o pijama, encontrei novamente a jaqueta de Paco e sorri sozinha.

Uma lágrima saudosa escorreu pelo meu rosto. Aquela jaqueta era a minha única prova concreta de que Paco havia sido real, de que aquilo tudo não tinha sido apenas um sonho louco ou uma alucinação de uma adolescente desesperada.

Vesti a jaqueta de Paco por cima do pijama e me deitei na cama, me sentindo derrotada. Desde quando eu tinha ficado assim tão fraca? Desde quando eu tinha me permitido ser hipnotizada daquela forma por um garoto?

O mais estranho de tudo é que eu gostava daquela sensação.

Ela significava que eu estava viva o suficiente para senti-la. Significava que o meu coração não era feito de pedra. Significava que eu tinha amado, estava amando, e o meu corpo inteiro reconhecia o sentimento e dava a ele o valor merecido.

É claro, naquela noite, não consegui dormir.

Não sei se era uma mistura de pensamentos turbulentos, do cheiro de Paco na jaqueta me deixando louca e do cansaço causado pelo fuso horário do mundo dos cupidos, mas eu simplesmente não conseguia pregar os olhos.

Na verdade, havia um motivo bem óbvio para eu não estar conseguindo dormir, mas eu não queria admitir para mim mesma. Era um pensamento muito ridículo. "Se eu dormir, eu vou acordar, o dia seguinte vai chegar, eu vou me apaixonar por Augusto, provavelmente esquecer Paco, e vai ser o primeiro dia do resto da minha vida." Na minha mente perturbada, não cheguei nem mesmo a considerar que o dia seguinte chegaria mesmo se eu não dormisse.

Cobri o nariz com a jaqueta e inspirei, fechando os olhos.

Uma batida me fez praticamente pular da cama. Vinha da janela. Meu coração disparou e, afobadamente, ergui os olhos.

Lá estava Paco.

Sem pensar duas vezes, abri a janela e permiti que ele entrasse.

Paco estava vestido todo de preto, o cabelo úmido do orvalho da noite e a expressão em seu rosto muito semelhante à de alguém que tinha perdido completamente a sanidade.

Ainda assim, vê-lo ali no meu quarto me encheu de sentimentos tão conflitantes que não fui capaz de esboçar nenhuma reação por alguns segundos. Eu estava aliviada, afinal achava que nunca mais o veria na vida, e lá estava ele provando o contrário. Eu estava eufórica. Estava com medo do que viria a seguir. Estava confusa. Mas, acima de tudo, estava descrente.

Não conseguia acreditar que ele estava mesmo no meu quarto. E se fosse apenas uma ilusão?! E se, ao acreditar naquilo, eu me machucasse mais ao acordar e descobrir que tinha sido só uma miragem?! Então, por um longo tempo, apenas fiquei ali parada, encarando-o, esperando que tudo fosse se revelar irreal no instante seguinte.

— Não consegue dormir? — perguntou Paco.

Ele me analisou brevemente e percebeu que eu usava sua jaqueta. Eu senti as bochechas arderem, mas ele não disse nada sobre isso.

— Estou sonhando? — perguntei abobadamente.

Paco sorriu.

— Eu tive uma ideia — anunciou ele. — Eu também não estava conseguindo dormir, e daí tive uma ideia. Por isso estou aqui.

Olhei para ele sem dizer nada por alguns instantes.

— Que ideia? — cedi por fim, porque a minha curiosidade era mais intensa do que o meu bom senso.

Ele riu e sacudiu a cabeça.

— Lili, por que é que nós dois não quisemos arriscar tudo pelo nosso amor?

Pisquei várias vezes. Estava tarde demais para uma conversa daquelas. Literalmente, mas também figurativamente.

— É uma pegadinha? — debochei, sentando cuidadosamente no sofazinho do meu quarto, sem tirar os olhos de Paco por medo de que ele fosse simplesmente desaparecer.

Paco me ignorou outra vez.

— O que faz você não arriscar é o medo de sentir falta das coisas que você deixaria para trás, né? Eu sei, porque é assim comigo também. Sinto que amo você, mas amo várias coisas, Lili, e não estou preparado para deixá-las para trás... — Ele fez uma pausa dramática. — Pelo menos não ainda.

A última frase fez um arrepio percorrer a minha coluna. Esfreguei uma mão na outra em busca de um calor que pudesse eliminar aquela sensação de ansiedade.

— Paco — comecei devagar. — Como assim? Do que você está falando, seu doido?

Ele colocou a mão no bolso de seu moletom e manteve a cabeça baixa por um tempo.

— E se... — perguntou baixinho. — E se pudéssemos eliminar esse medo?

Então, ele tirou do bolso uma caixinha de ferro que reconheci imediatamente. Logo eu entendi o plano maluco, mesmo antes de ele abrir a caixinha e revelar lá dentro as duas pequenas seringas vermelhas do Amor Eterno que Doc havia dado para ele em uma de suas visitas. Amor Eterno e Devoção Completa. "Estas aqui duram para sempre", eu quase podia escutar a voz de Doc repetindo as palavras. "E elas causam uma devoção tão pura que, nem se quisessem, os indivíduos poderiam escapar."

Minha reação inicial deveria ter sido de repulsa imediata, mas me vi, em vez disso, atraída pela ideia. O líquido cor de rubi parecia me chamar pelo nome.

Uma fuga egoísta e poética.

Encontrei os olhos de Paco, que me observavam com uma ansiedade intensa.

— Eu sei, eu sei, eu sei — disse ele, sentando ao meu lado no sofá e depositando a caixinha na mesinha. — É loucura. Mas... mas talvez seja uma loucura que a gente mereça. Talvez a gente mereça um final feliz, um amor eterno, uma recompensa divina. Não sei como isso foi acontecer com a gente, mas andei pensando sobre o assunto e... Foi especial. Foi único. Talvez a gente devesse honrar esse pequeno milagre. Talvez a gente devesse correr sem olhar pra trás — ele mordeu os lábios e esperou a minha resposta. Quando eu não disse nada, ele voltou a falar. — Pense bem. Nós seríamos felizes, Lili. E em nenhum momento nos arrependeríamos da decisão, porque... — ele olhou para os tubos dentro da caixinha de ferro. — Porque *esta coisa aqui* não iria deixar.

Paco e eu havíamos dito adeus antes, mas será que não tínhamos nos enganado? Será que não merecíamos ficar juntos no final, depois de tudo o que tivemos que enfrentar?

Será que a vida iria mesmo parar, se eu me fosse? Se eu largasse tudo e partisse com Paco sabe-se lá para onde, será que isso iria causar alguma catástrofe mundial? Será que faria alguma diferença para qualquer pessoa se eu ficasse ou me fosse? E será que essa diferença importaria a alguém? Por que eu nunca pensava no que seria bom *para mim* ou divertido *para mim*? Ou no que *eu* realmente queria?

Pelo menos no plano de Paco eu teria o poder de decisão final. Estaria no controle. Se eu recusasse esse plano, seria forçada a me apaixonar por alguém que nem mesmo me amava de volta e que provavelmente nunca poderia me satisfazer. Se eu recusasse esse plano, eu seria escrava do sistema. Se eu o aceitasse, eu só seria escrava de mim mesma.

— Lili — Paco chamou meu nome, agoniado com o meu silêncio. Olhei para baixo e percebi que suas mãos seguravam as minhas.

Meus dedos estavam gelados e trêmulos, quase sem sensação. Olhei para o meu coração e soube imedia tamente o que eu queria: ir com ele, me jogar, sem me importar com as consequências. Mas eu estava com medo.

Para aceitar, para dizer sim, eu não precisaria de coragem. Não. Como Paco havia dito, o líquido vermelho bloquearia qualquer sensação de arrependimento, e eu não estaria aqui para lidar com as consequências de qualquer um dos meus atos.

Para aceitar, eu talvez só precisasse de um pouco de covardia e de egoísmo, duas qualidades que eu tinha de sobra.

— Então? O que me diz? — insistiu Paco, com um desespero claro na voz. — Você fugiria comigo?

Se me afastar dele e seguir minha vida sozinha era o correto a se fazer, então por que doía tanto?

Talvez... talvez porque *não fosse* o correto a se fazer...

Da mesma forma que eu havia feito Paco perceber que às vezes arriscar tudo não era um bom negócio, a convivência com ele tinha me feito perceber que... Bem, basicamente, que quem não arrisca não petisca.

Estendi a mão para a caixinha em cima da mesa e fechei os dedos ao redor de uma das seringas. O calor do líquido vermelho irradiou pelo vidro, aquecendo meus dedos rapidamente. Puxei a seringa para perto de mim devagar. Paco, encarando aquilo como um sinal positivo da minha parte, pegou a outra seringa para si.

Cheguei a encostar a agulha na parte macia do meu braço antes de voltar a mim. A dor da agulha começando a espetar a minha pele me despertou. Joguei a seringa para longe. Ela quicou no carpete até desaparecer de vista. Olhei então para Paco. Ele já tinha enfiado a seringa no braço, mas o parei a tempo de impedi-lo de apertar o êmbolo.

— Não! — exclamei.

Em um movimento rápido, puxei a seringa dele e a esmaguei com tanta ansiedade que o vidro se desfez na minha mão. O fluido cor de rubi se esparramou pelo meu braço, causando uma sensação de queimação que, estranhamente, não era de todo ruim.

Ficamos os dois em silêncio por alguns instantes, apenas olhando para o líquido escorrendo pelo meu braço, completamente inútil agora, evaporando lentamente e levando consigo todos os nossos planos doidos.

Quando Paco olhou para mim, ele estava chorando.

— Não podemos — murmurei.

E não podíamos mesmo. Era um plano irreal, egoísta, louco. Não podíamos deixar nossas vidas para trás para ter um romance artificial, mesmo que eterno.

Paco não disse nada por muito tempo.

— Eu sei — sussurrou ele de volta por fim. Encaixou o rosto no espaço entre o meu ombro e o meu pescoço. — Mas eu queria tanto...

— Eu sei — repeti, envolvendo-o em meus braços. — Eu também.

Ficamos um bom tempo apenas abraçados. O choro de Paco não era descontrolado, apenas sincero. Senti lágrimas querendo escapar dos meus olhos também e, cansada demais para lutar, permiti que elas caíssem.

Após alguns minutos, Paco desfez o abraço e puxou a minha mão com preocupação. Ela ainda estava molhada e o líquido vermelho, que ainda não tinha evaporado, escorria até o cotovelo em trilhas lentas, borbulhando levemente como se estivesse vivo.

— Machucou? — perguntou Paco, tentando examinar os meus dedos mesmo no escuro.

Era difícil dizer. Se estivesse sangrando, o líquido camuflava qualquer ferimento. E eu também não tinha certeza se estava doendo. Não quando, naquele momento, meu coração doía bem mais.

Enxuguei o excesso do líquido no short do pijama e disse para Paco não se preocupar.

Então, o beijei, sabendo que aquela era uma das últimas vezes em que eu poderia fazer aquilo.

Fomos para a minha cama e lá passamos nossa última noite. Dormi com a cabeça de Paco recostada em meu peito, com os meus dedos entrelaçados nos cachos de seus cabelos. E, naquele instante, tudo parecia perfeito.

Naquele instante, tivemos o nosso final feliz.

Quando acordei, Paco não estava mais lá.

Enterrei o rosto nas mãos e me permiti chorar uma última vez. Depois, a vida seguiria. O mundo giraria. Eu ficaria bem.

Sim, doía, e muito, mas não era nada como no nono ano. Eu não tinha desejo nenhum de voltar no tempo e me impedir de me apaixonar. Não. Eu tinha me apaixonado, e aquilo tinha me feito crescer tanto que, mesmo sem Paco ao meu lado agora, eu era uma outra pessoa, uma outra Liliana. E só tinha a agradecer.

Era definitivamente melhor ter amado, mesmo nada tendo dado certo, do que nunca ter sentido nada assim tão intenso e maravilhoso.

Epílogo

Três anos depois...

Fiquei apaixonada por Augusto por apenas duas semanas.

Nossa amizade nunca mais foi a mesma. Depois de algum tempo, ele começou a namorar a garota loira da festa; mas não que isso tenha sido a verdadeira causa do nosso distanciamento. O que aconteceu foi que, quando o ano terminou, ele foi fazer faculdade em uma cidade distante e eu nunca mais o vi. Tanto ele quanto eu fizemos novas amizades, passamos a nos interessar por coisas diferentes, começamos a ver o mundo de ângulos distintos... Ele até chegou a voltar a falar comigo, mas parecia que a gente não combinava mais... E amigo pra ser amigo precisa ter aquela sintonia quase que mágica, né?

Depois de todo aquele negócio com Paco, acho que eu devo ter ficado imune a tragédias.

Mesmo assim, por mais vezes do que deveria ser saudável, eu havia me perguntado como seria a minha vida se tivesse aceitado a proposta final de Paco. Como seria se eu tivesse me entregado ao Amor Eterno e fugido do mundo, sem olhar para trás?

Toquei inconscientemente no pingente pendurado em meu pescoço. O pingente era uma pequena seringa vermelha. *Aquela* seringa vermelha. Vedada com resina e sem a agulha afiada, era incapaz de causar qualquer efeito a quem a tocasse. Mas ela não servia só para me deixar nostálgica: também servia para não me deixar esquecer.

Eu não *queria* esquecer.

No entanto, três anos haviam se passado. E, então, era aniversário do dia em que Paco havia partido da minha vida para sempre. Eu havia convivido com ele por pouco mais de um mês, e mesmo assim sua presença tinha sido marcada em mim como uma tatuagem. Mas estava na hora de abrir mão das minhas lembranças, eu sabia. Não poderia seguir minha vida até que eu tivesse superado todo aquele drama.

Caminhei até um banco que dava vista para a árvore-adolescente que eu tinha usado como alvo para treinar na época de Paco. Agora, uma árvore robusta e bonita que denunciava todo o tempo que havia passado.

Paco...

Onde será que ele estaria? O que será que teria acontecido com a sua vida? Certamente, seu pai não deveria tê-lo deserdado, ou correria o risco de enfurecer ainda mais a população. Então o que aquilo significava para Paco? Será que teria se casado com aquela noiva? Será que ainda era um estagiário? Será que ainda pensava em mim ocasionalmente ou será que já teria me esquecido?

Eram perguntas para as quais eu nunca teria respostas.

Com um movimento firme, puxei o pingente, fazendo o cordão ao redor do meu pescoço arrebentar.

Olhei para ele. Aquela era a seringa que podia ter mudado a minha vida.

No dia seguinte ao fim, quando percebi que Paco havia partido, encontrei a seringa escondida por entre os fios do meu carpete. Por algum milagre, ela estava intacta. Com cuidado, eu a guardei e a transformei naquele pingente.

E agora lá estávamos nós duas, antagonistas clássicas, naquele banco, naquele parque. Eu, a sofredora; a seringa, a causadora do drama. O símbolo de toda a dor e de toda a felicidade que haviam ficado no passado.

E estava na hora de me desfazer do meu passado.

— Você não precisa disso — disse uma voz atrás de mim, me fazendo pular.

Olhei na direção do som e por um instante achei que estivesse delirando.

Lá estava Doc, parado ao lado do banco. Ele não havia mudado nada. Ainda era o mesmo cupido maravilhoso de sempre. Usava as mesmas roupas de couro e tranças ainda mais bonitas dos que as que usava da última vez que o vi, e tinha aquele ar de "eu sei que sou um dos caras mais gatos da face da Terra".

Meu queixo caiu, e eu demorei alguns segundos até aceitar que aquela era a realidade, que Doc realmente estava ali parado tão perto de mim, mesmo depois de todos aqueles anos de completo silêncio.

— Doc — consegui dizer finalmente. — O que faz aqui?

Reprimi minha vontade de saltar do banco e abraçá-lo, porque, se eu me lembrava bem, Doc não era exatamente uma pessoa que apreciava demonstrações de afeto como aquela.

Ele apontou para o pingente ainda em minhas mãos.

— Essa seringa é inútil para você. A luz nunca se apagou. Você acredita nisso? — Ele riu, sem me responder, e se sentou ao meu lado no banco. — Mesmo depois de todos esses anos.

— Que luz? Do que você está falando?

— Eu demorei muito tempo pra aceitar que vocês tinham tomado a decisão certa — prosseguiu ele, ainda ignorando as minhas perguntas. — Não conseguia entender como tinham desperdiçado uma chance daquelas. Verdadeiro Amor. Até a ciência duvidava... Mas as luzes não se apagaram, garota. Nem a sua nem a dele.

As luzes...

As luzes no escritório de Eros, aquelas que indicam paixão quando acesas.

— Ele ainda está apaixonado por mim? — perguntei, meio com medo da resposta.

Doc assentiu.

— E você por ele.

No fundo, eu sabia que era verdade. Eu sempre soube que não havia superado os meus sentimentos. Mesmo quando estava apaixonada por Augusto, eu nunca havia esquecido Paco. Era ridículo me sentir assim por alguém que eu nunca mais veria na vida, mas não consegui evitar.

E agora ali estava Doc, falando que tinha evidências concretas de que a minha paixão nunca havia morrido.

Fiquei em silêncio por alguns segundos.

— Como ele está? — perguntei por fim.

Doc riu.

— Ele está... — parou a frase no meio e sacudiu a cabeça. — As coisas estão muito diferentes desde a última vez que nos encontramos, garota.

— Diferentes como?

— Vocês foram os primeiros casos de Verdadeiro Amor em milênios, certo? Mas não foram os únicos. Vários outros se seguiram, e a confusão gerou o pânico, que gerou a revolução. Diferentes *desse jeito*.

Voltei a olhar para a árvore-já-não-tão-adolescente, pensativa.

— Por que você veio aqui, Doc?

Eu não quis parecer grosseira, mas talvez tenha saído assim. Afinal, eu estava mesmo um pouco irritada com a visita. Quase tanto quanto surpresa. Aliás, conforme o elemento surpresa ia se dissipando, eu só ia ficando ainda mais irritada. Estava quase superando aquela história toda dos cupidos e tudo o mais... Por que é que ele tinha que voltar justo agora e fazer tudo vir à tona?

— Paco — disse Doc, olhando na direção da árvore. Virei o rosto para ele. — Paco quer vê-la.

— Ah, é? — mordi os lábios. A irritação borbulhou quando foi misturada ao elemento saudade. — Então cadê ele? Por que *ele* não está aqui?

— Ele está ocupado — Doc se ergueu e estendeu a mão para mim. — Venha comigo.

— Para onde? — perguntei, aceitando a mão dele e me levantando do banco também.

— Paco estava preocupado em estragar a sua vida voltando assim do nada depois de anos... — Doc suspirou e soltou a minha mão. — Ele não sabe que estou aqui. Mas eu sei que você quer vê-lo tanto quanto ele quer ver você.

Não tive como negar.

Doc continuou caminhado em uma direção específica, e eu acompanhei seus passos.

— Mas de que adianta vê-lo? — perguntei, cansada. — Por que agora, e não três anos atrás?

— Porque agora vocês podem ficar juntos — respondeu Doc. Meu coração deu uma pequena cambalhota. — Se assim quiserem.

Parei imediatamente de caminhar.

— Como assim? — perguntei num fiapo de voz. — O que mudou?

Doc sorriu misteriosamente.

— Minha querida — disse ele. — Tudo mudou.

Apenas o seu tom de voz foi o suficiente para me desestabilizar.

Então, ele fez uma revelação que transformaria, mais uma vez, toda a minha vida.

— Eros está morto — foi o que disse. — Paco é o novo chefe.

Agradecimentos

Quando penso nas pessoas que preciso agradecer, minha cabeça quase explode. São muitas!

Acho que, primeiro, devo agradecer a Deus, não só por ter me dado um cérebro de escritora (cheio de caraminholas), como também por ter me ajudado a aguentar todos os perrengues da vida de artista, com altos muito altos e baixos muito baixos.

Depois, é claro, agradeço a minha família por sempre ter incentivado minha imaginação — especialmente meus pais, dois jornalistas que, às vezes, ficam mais empolgados com minhas conquistas do que eu mesma. Meus queridos familiares, tanto por parte de pai quanto por parte de mãe, que me apoiam em todos os momentos: eu sou muitíssimo grata a cada um de vocês. Mas gostaria de deixar um obrigada especial à Tady e à Tia Fá, que, desde pequenininha, me fizeram acreditar que eu poderia ser tudo o que quisesse.

Obrigada aos meus leitores tão queridos que me acompanham há anos e nunca me deixaram desistir.

Muito obrigada a toda a equipe maravilhosa da melhor editora do mundo, que me acolhe todos os dias. Eu até choro de pensar o quanto amo trabalhar com vocês! Tenho muita sorte de este livro, tão especial para mim, estar sendo produzido por mãos tão competentes. Lu, obrigada por ser uma chefe perfeita e por ter decidido investir na minha história. Ric, Ju Ida, Ju Volta, Verena, Val, Taki, Cassius, Michelle, Carol, Heila, Dani e todos os demais do grupo IBEP: vocês alegram minha vida! Estou muito feliz de poder compartilhar esse momento com vocês.

Vitor ficou de fora dos agradecimentos anteriores porque tenho que agradecer em especial por esta capa perfeita! Obrigada por trazer meus bebês à vida!

Camile e toda a equipe do Ab Aeterno, que se dedicaram tanto para que este livro saísse em sua melhor versão possível, muito obrigada! A atenção, o carinho e a paciência que vocês tiveram com *Eu, cupido* foram essenciais.

Vane, minha leitora sensível mais especial, obrigada de todo o meu coração por seus apontamentos. Clara e Ray, obrigada pelos blurbs lindos! É uma honra ter vocês na minha capa!

Muito obrigada, Giulia (a primeira leitora oficial de *Eu, cupido*), Clarissa, Asas e todo mundo da comunidade NRA do Orkut. O que seria de mim sem vocês? Obrigada, Mel, minha melhor amiga para sempre, que deu tanto amor aos meus personagens ao longo dos anos. Obrigada, Carla, minha companheira dos primórdios do Wattpad. Brubs, Tamis, Cele, Vere, vocês sabem que foram pessoas muito especiais dessa jornada. Mima, Mila, Neej e todo o pessoal do Grusela: eu amo vocês e obrigada por tudo! Muito obrigada, Ags, Helena, minhas amigas da UnB e todo mundo da melhor turma de Produção Editorial que já existiu.

Tem muito mais gente que eu precisava agradecer, claro, mas espero que saibam quem são. Se seu nome não apareceu aqui, foi apenas por esquecimento, não por falta de gratidão.

E muito obrigada a você, que está lendo (ou relendo) este livro. Estou muito feliz que ele tenha chegado em suas mãos, e espero que tenha se divertido tanto quanto eu me diverti enquanto escrevia.

Este livro foi publicado em julho
de 2021 pela Editora Nacional,
impresso pela Gráfica Exklusiva.